*Bettina Isabel Rocha*

# *Buenos Aires, mi amor*

Roman



*Krug & Schadenberg*

*Buenos Aires, 18. Juni 2004*

Elena klingelte. Es dauerte eine Weile, bis sich die Tür öffnete und Ramón ihr, noch im Schlafanzug, gegenüberstand. Er grüßte sie verdutzt, und während er sich unschlüssig über die dunklen Stoppeln an seinem Kinn strich, glitten seine Augen erstaunt über Elenas Gepäck. Bevor Elena etwas sagen konnte, erschien Conchita hinter Ramón im Türrahmen. Sie erfasste die Situation blitzschnell. »Elena, du bist zurück! Wie es aussieht, kommst du gerade vom Flughafen.« Mit einer Handbewegung bedeutete sie Ramón, Elena mit dem Gepäck zu helfen. »Komm rein, Elena. *Bienvenido!*«

Elena bedankte sich. Sie konnte kaum noch die Augen aufhalten und fragte: »Habt ihr ein Plätzchen, wo ich ein paar Stunden schlafen kann?«

Conchita lotste die übernächtigte Elena in eine kleine Kammer im Erdgeschoss der Tanzschule, die sie gemeinsam mit Ramón betrieb. »Ich freue mich so sehr, dass du zurück bist! Ist das Jahr tatsächlich schon um?«, sagte sie, während sie ein Klappbett aus einer Ecke holte.

»Ja, fast. Elf Monate – also eine Ewigkeit.«

»Elf Monate in der Fremde und du sprichst von einer Ewigkeit. Du bist und bleibst eben eine typische *porteña* – jeder Tag fernab des Río de la Plata ist ein Tag zu viel!«

Während sie Conchita mit den Laken half, beeilte sich Elena zu erklären: »Es tut mir leid, dass ich hier in aller Frühe aufkreuze …«

»Mach dir keine Gedanken«, versicherte Conchita sofort. Sie ließ sich keine Verwunderung darüber anmerken, warum Elena nicht gleich zu Caridad, ihrer Geliebten, zurückkehrte, sondern half ihr, sich halbwegs in der Kammer einzurichten.

»Ach, Conchita, danke. Du weißt, wann immer ich etwas für euch tun kann, lass es mich wissen«, sagte Elena, froh, dass Conchita ihr jegliche Frage zu ihrem unerwarteten Auftauchen ersparte.

»Vergiss es. Du bist uns nichts schuldig.« Conchita tat das Thema mit einer ungeduldigen Handbewegung ab. Doch dann glitt ein spitzbübisches Schmunzeln über ihr Gesicht. »Das heißt, mir schon ... Erinnerst du dich an dein Versprechen, bevor du nach Las Palmas geflogen bist?«

Elena blickte sie einen Moment ratlos an, dann zauberte die Erinnerung für einen Moment alle Müdigkeit fort. Mit dem Selbstbewusstsein einer Frau, die um ihr gutes Aussehen weiß, warf sie sich in Pose und blickte Conchita tief in die Augen. »Mein erster Tango in Buenos Aires gehört dir.«

»*¡Exacto!* Und wehe, mir kommt zu Ohren, dass du dich nicht an dieses Versprechen gehalten hast.« Nicht minder von sich überzeugt, reckte Conchita ihr Kinn und drohte Elena mit dem Finger. »So und jetzt: *buenas noches*. Wenn du irgendwann ausgeschlafen hast, möchte ich die ganze Geschichte von Las Palmas, deiner Tante und deiner Suche haarklein erzählt bekommen.«

Elena wachte auf. Die Liege war schmal und durchgelegen, das Zimmer kühl und winzig. Für einen Moment wusste sie nicht, wo sie sich befand. Doch das bläulichgraue Licht eines Herbstnachmittags und das Geschrei der Vögel ließen keinen Zweifel: Sie war zurück in Buenos Aires. Sie streckte sich. Rücken und Beine schmerzten immer noch. Fünfundzwanzig Stunden Reise, davon achtzehn in der Luft, waren kein Vergnügen. Sie blieb eine Weile im Bett sitzen. Nun war sie wieder zu Hause. Sie fröstelte. Die Milde der kanarischen Inseln schien Lichtjahre entfernt. Buenos Aires hatte sie wieder. Ihre

Suche nach Spuren ihrer Tante Marí in Las Palmas war beendet. Sie hatte mehr erfahren, als sie bei ihrem Aufbruch zu hoffen gewagt hatte. Einige neue Details aus Marís Leben ließen nun ahnen, wieso Marí trotz ihres großen Talents als Künstlerin erfolglos geblieben war. Wenn auch nicht alle Fragen zu Marís Schaffen und ihrem frühen Tod geklärt waren, so hatte sie dennoch viel erreicht während ihrer Zeit auf Gran Canaria. Elena seufzte und schwang mühsam die Beine aus dem Bett. Dass sie überhaupt so weit gekommen war, hatte sie vor allem einem Menschen zu verdanken: Inés. Elena strich sich mit der Hand über das Gesicht und drückte mit Daumen und Zeigefinger die Nasenwurzel. Inés. Eine süße Erinnerung an eine Zeit, die nun vorbei war. Von diesem Tag an würde sie ihr Leben in Buenos Aires wieder aufnehmen. Und das begann mit dem Wiedereinstieg in ihren alten Job. So schnell wie möglich wollte sie mit Ramón besprechen, ab wann sie wieder in seiner Tanzschule unterrichten konnte. Sie blickte auf die Uhr. Es war kurz vor fünf. Eine gute Zeit, um Ramón und Conchita zu suchen, etwas zu essen und vor allem zu duschen. Danach würde sie zu Caridad gehen. Sie hatte sie selten genug angerufen im vergangenen Jahr. Was sie in ihrem alten Zuhause erwartete, wusste sie nicht. Die beiden letzten Male, die sie mit Caridad telefoniert hatte, hatten sie mehr beunruhigt als jedes verkrampfte Gespräch zuvor. Beim ersten Telefonat hatte Elena wie immer zu ergründen versucht, wie es Caridad ging und ob in ihrem Alltag alles glatt lief. Statt der ausweichenden Antworten, die Caridad sonst stereotyp und stoisch herunterleierte, hatte sie plötzlich ihrer Wut über Elenas Fürsorge Luft gemacht. Sie hatte sie angeschrien und mit Vorwürfen überhäuft. Als Elena einige Wochen später wieder anrief, hatte sie es mit einer ungeduldigen Caridad zu tun gehabt. Noch bevor Elena ihre üblichen Fragen hatte stellen können, hatte Caridad entnervt erklärt, ja, es ginge ihr blendend, mit der Arbeit käme sie gut voran, und wenn Elena zurück sei, könne sie sich selbst davon überzeugen. Noch nie zuvor hatte sie von Caridad gehört, es ginge ihr blendend. Was immer es bedeuten mochte – ausgeschlafen und geduscht konnte sie Caridad besser gegenübertreten. Elena schwang sich vollends aus dem Bett und suchte ihre Sachen zusammen.

Sie fand Ramón vor der Tanzschule, wo er gerade eine Gruppe japanischer Touristinnen und Touristen verabschiedete. Die Tangobegeisterten stiegen, sich höflich verbeugend, in den wartenden Bus. Strahlend nahm Ramón Elena in die Arme und drückte sie herzlich. »Ausgeschlafen?«, fragte er. »Schön, dass du wieder hier bist.«

»Ausgeschlafen, geduscht und hungrig. Ich bin froh, wieder hierzusein und euch anzutreffen, als wären nur ein paar Tage vergangen.«

»So, wie du vor mir stehst, kommt es mir nicht viel länger als drei, vier Wochen vor.«

Ramón winkte sie in den kleinen stickigen Raum, der ihm als Büro diente, und holte seinen Kalender hervor. Er runzelte die Stirn und kaute, während er hin und her blätterte, auf einem Kuli. Elena wurde unsicher. Als sie ihn von Las Palmas aus angerufen hatte, schien alles klarzugehen. Er hatte ihr versichert, dass sie nach ihrer Rückkehr wieder bei ihm unterrichten könne. Ramón hatte mühelos einen Ersatz für sie gefunden, als sie damals aufgebrochen war. Die Konkurrenz war groß, denn es gab viele talentierte Tangotänzerinnen und -tänzer, die mit Freude in einer Tangoschule für Touristen arbeiteten, wo eine vergleichsweise gute Bezahlung lockte – auch wenn der Unterricht tänzerisch meist keine Herausforderung bot.

»*Ché,* wie gesagt, ich möchte dich natürlich wieder einstellen …« Elenas Nervosität stieg beim Klang seiner verhaltenen Stimme.

»… aber im Moment habe ich für alle Kurse jemanden …«

»Oh, ich hatte gedacht, es geht klar …«

»Als du aus Las Palmas angerufen hast, hatte ich nicht alle Termine und die Besetzung parat. Ich dachte, ich könnte dich gleich wieder einsetzen …«

Elena zuckte die Schultern, sie mochte sich ihre Enttäuschung nicht anmerken lassen. Die Rückkehr in ihre Heimat lief alles andere als glatt. Sie hatte Ramóns Zusage für verlässlich gehalten und mochte sein Blättern im Kalender nicht weiter mit ansehen. »In Ordnung, Ramón, ich hatte dich am Telefon zwar so verstanden, als könnte ich hier problemlos wieder anfangen …« Sie gab sich keine Mühe, ihren Ärger zu verbergen, und fuhr kühl fort: »Aber offenbar habe ich mich geirrt. Ich mache mich dann mal auf, mir was anderes zu suchen.«

Ramón blickte auf und sah Elena erstaunt an. »Was bist du denn so grantig?«, fragte er. »Ich habe dir doch zugesagt, dass du hier auf jeden Fall wieder anfangen kannst. Ich wäre ja schön blöd, wenn ich das nicht täte – ganz abgesehen von dem Ärger, den mir Conchita machen würde. Das Problem ist nur, du warst nicht ein ganzes Jahr fort, sondern nur elf Monate. Manuel, deine Vertretung, hat einen Jahresvertrag, der erst Ende Juli ausläuft. Er macht seine Sache gut, aber ich möchte lieber wieder mit dir zusammenarbeiten, Elena. Leider geht das erst ab August. Tut mir leid, ich habe das damals am Telefon nicht so schnell überblickt.«

Elena fiel ein Stein vom Herzen. Also alles halb so schlimm, sie musste sich keinen neuen Job suchen. Glücklich strahlte sie Ramón an, doch dann kam sie schnell auf den Boden der Tatsachen zurück. Sechs Wochen ohne Arbeit. Zehn Wochen bis zu ihrem ersten Gehalt. Ihr Erspartes aus Las Palmas würde schnell dahinschmelzen.

Der Fahrer des *colectivo* tat Elena den Gefallen und hielt zwischen zwei Haltestellen. Ein Fahrgast half ihr, das Gepäck aus dem Bus zu hieven, und ehe Elena sich's versah, stand sie vor ihrem Zuhause. Das zweistöckige Wohnhaus mit seiner bröckeligen mattgrünen Fassade und den verrosteten Balkonen sah aus wie eh und je. Das Schild zu Alfonsos Werkstatt war immer noch dasselbe, und als sie durch den Torbogen in den Hinterhof trat, stieg ihr der altvertraute Geruch von Gummi und Öl in die Nase. Elena schleppte ihr Gepäck über das holprige Pflaster. Zu dieser Zeit war Caridad sicher in der Werkstatt am anderen Ende des Hofes, wo sich auch Alfonsos Ersatzteillager befand. Am besten stellte sie das Gepäck schnell in den Hausflur und lief dann hinüber. Sie griff sich gerade den größeren der beiden Koffer, als ein kleiner Lieferwagen durch die Toreinfahrt kam und auf Elenas Höhe hielt. Der Fahrer ließ das Fenster herunter, grüßte freundlich und fragte: »*Ché,* kannst du mir sagen, wo die Werkstatt von Caridad Guzmán ist?« Elena deutete auf die andere Seite des Hofes. »Dort drüben.« In dem Moment trat ein Mann in blauer Arbeitskleidung aus Caridads Werkstatt. Er rief dem Fahrer zu: »Hier rüber, Paco! Wende und stell dich mit der Ladefläche direkt vor die Tür dort, damit wir besser einladen können.« Der Fahrer hob grüßend die Hand und nickte Elena zu, dann fuhr er an. Elena blickte dem Lieferwagen nach. Dann entdeckte sie zwei Männer, die schwer an einem unförmigen, in Decken gehüllten und verschnürten Ding trugen. Elena beobachtete die Szene. Was taten sie da? Was hatten sie in Caridads Werkstatt zu suchen? Womöglich war es gar nicht mehr Caridads Werkstatt? Doch der Fahrer hatte ausdrücklich nach

Caridad Guzmán gefragt. Merkwürdig. Mittlerweile war er ausgestiegen und half den anderen Männern, ein weiteres verpacktes Objekt auf die Ladefläche zu heben. Nach und nach holten sie weitere große Gegenstände aus der Werkstatt. Das konnten nur Caridads Skulpturen sein – Größe und Ausmaß und das offensichtlich hohe Gewicht deuteten darauf hin. Elena ging auf die Werkstatt zu. Was geschah hier? Hatte Caridad beschlossen auszuziehen? Die Werkstatttür stand offen. Elena zögerte kurz, bevor sie eintrat. Am anderen Ende des Raumes sah sie Caridad, die ein weiteres Objekt verpackte. Konzentriert zog sie an einem groben Strick. Schweiß perlte von ihrer Stirn. Elena stand einfach da, ohne ein Wort zu sagen, und blickte zu ihr hinüber. Caridad war völlig vertieft in ihre Arbeit, doch der abwesende Ausdruck, früher so typisch für sie, war fort. Kraftvoll zog sie an dem Strick, prüfte, indem sie daran zerrte, zog ihn noch etwas fester und fluchte vor sich hin. Elena starrte sie an. Sie sollte sich bemerkbar machen, zu ihr hinübergehen und sie begrüßen. Doch kein Wort kam ihr über die Lippen. Wie angewurzelt stand sie da und schaute Caridad an. Irgendetwas an ihr war vollkommen anders. Sie wirkte so kraftvoll. Aber das war es nicht wirklich. Der Anblick von Caridad, wie sie mühelos mit Schweißgerät, Stemmeisen, Beitel und Klüpfel hantierte, war ihr wahrhaftig vertraut. Es war etwas anderes. Caridad hielt inne und verzog ein wenig das Gesicht, als sie beide Fäuste ins Kreuz stemmte und den Rücken durchdrückte. Sie zog einen Handschuh aus und wischte sich über die Stirn. Dann glitt ihr Blick zur Tür, und sie entdeckte Elena. Elena öffnete den Mund und ging einen Schritt auf Caridad zu. Die Überraschung in Caridads Gesicht verschwand, und sie lächelte Elena an.

»Elena! Da bist du ja!« Mit diesen Worten zog sie auch den anderen Handschuh aus und kam ihr entgegen. Sie strich sich das dunkelblonde Haar aus der Stirn, trat nahe an Elena heran und schloss sie ohne zu zögern in die Arme.

Ein wenig befangen erwiderte Elena die Umarmung. So entspannt hatte sie Caridad selten erlebt, dachte sie, während sie ihr Gesicht in Caridads Haar drückte und den vertrauten Geruch einatmete. Caridad löste sich und hielt Elena auf Armeslänge von sich. Sie lachte sie an und fragte: »Wie war der Flug? Du musst hundemüde sein.«

Elena zögerte, dann sagte sie: »Der Flug war scheußlich. Mein Rücken, meine Beine, alles ist ein einziger Schmerz.«

Caridad nickte und ließ Elena los. »Kann ich mir vorstellen.« Sie betrachtete Elena und wartete.

Unschlüssig stand Elena da. Wie ging es nun weiter? Die neue und doch so vertraute Caridad verunsicherte sie. Mit einer unbestimmten Geste, die die ganze Werkstatt einschloss, fragte sie: »Was ist hier los?«

Caridad lächelte und antwortete nicht gleich. War auch ihr aufgefallen, dass die Frage womöglich mehr umfasste als das Verladen ihrer Skulpturen?

»Die Männer bringen meine Sachen in die Galeria Leró. In vier Wochen wird dort meine Ausstellung eröffnet, Elena. Eine Ausstellung ausschließlich mit meinen Werken.« Ihre Augen leuchteten.

In der Galeria Leró? Elena staunte. Die Galerie genoss hohes Renommee. Viele argentinische sowie einige ausländische Künstlerinnen und Künstler von Rang wurden von ihr vertreten. Die beiden Galeristen Elias Amado und Javier Cuevas besaßen beste Kontakte zum internationalen Kunstmarkt. Wer es in die Galeria Leró brachte, hatte es geschafft und genoss Aufmerksamkeit und Respekt. Es war ein riesiger Schritt aus der Anonymität ins Licht der nationalen und vielleicht auch internationalen Kunstszene. Caridad trat diesen Weg offenbar gerade an, und sie, Elena, erfuhr jetzt erst davon. Wieso hatte Caridad keine Silbe darüber verloren? Elena dachte an ihre seltenen und verkrampften Telefonate im vergangenen Jahr. Beim letzten Gespräch hatte Caridad versichert, es ginge ihr blendend und sie käme mit ihrer Arbeit bestens voran. Elena war zu perplex gewesen, als dass sie nachgehakt hätte. Jetzt fühlte sie sich unbehaglich und schämte sich. Sie hatte Caridad nicht wirklich geglaubt. Sie hatte – wenn überhaupt – etwas anderes dahinter vermutet. Sie suchte nach Worten und sagte schließlich: »Das ist wunderbar, *querida* ... Ich bin so beeindruckt – ich weiß gar nicht, was ich sagen soll.«

Caridad lächelte wieder. »Du meinst, du bist erstaunt«, stellte sie fest.

»Nein, nein. Einfach völlig platt ... und ja, überrascht. Die Galeria Leró ist ja nicht irgendeine Galerie.« Unter Caridads forschend-amüsiertem Blick meinte Elena sich rechtfertigen zu müssen. Vermutlich ahnte Caridad, dass sie eine solche Leistung, einen so unglaublichen Erfolg nicht im Traum für möglich gehalten hatte, hatte sie doch immer nur Caridads Leid gesehen und nicht die Kraft, die auch in ihr steckte. Sie blickte Caridad an, mit der sie nun – das knappe Jahr in Las Palmas eingerechnet – schon neun Jahre zusammen war. Sah in ihre blauen Augen, in denen ein längst verlorengeglaubter Glanz lag, und sagte schlicht: »Ich freue mich wahnsinnig für dich, Caridad.«

Caridad strahlte. »Danke.«

»Wie hast du das geschafft? Ich meine, wie hast du sie auf dich aufmerksam gemacht und es fertiggebracht, eine Einzelausstellung zu bekommen?«

»Das ist eine längere Geschichte. Aber letztlich war es dann doch gar nicht so schwer. Alles fügte sich ineinander ...«

Einer der Männer trat zu ihnen und sagte an Caridad gewandt: »Der Wagen ist voll, wir fahren jetzt los. Morgen Vormittag kommen wir und holen den Rest. Beim Auspacken sollen Sie aber dabei sein, lässt Señor Amado ausrichten. Am besten, Sie rufen ihn noch mal an.« Er grüßte und ging hinaus.

»Elias Amado – ist das dein Ansprechpartner?«

»Ja. Einer der beiden Chefs«, sagte Caridad mit Stolz in der Stimme.

»Wahnsinn ...« Elena war zutiefst beeindruckt. Wirklich fassen konnte sie es immer noch nicht. »Also erzähl, wie hast du das fertiggebracht?«

»Es ist wirklich eine längere Geschichte, Elena ...« Caridad zögerte. »Du spielst auch eine Rolle darin ...« Sie grinste schief. »Ich erzähl dir alles, aber ich denke, du solltest dich erst einmal ausschlafen. Du musst wahnsinnig müde sein.«

Elenas Gedanken überschlugen sich. Sollte sie zugeben, dass sie schon in der Tanzschule geschlafen hatte, bevor sie es gewagt hatte, zu Caridad zurückzukehren? Und was wollte Caridad damit sagen, dass auch sie, Elena, eine Rolle in der Geschichte spielte?

»Ich habe schon geschlafen ... Ich war bei Conchita und Ramón, nachdem ich heute früh gelandet bin ...« Elena vermied es, Caridad in die Augen zu schauen. Stattdessen kickte sie mit dem Fuß etwas Unsichtbares durch den Raum.

Caridad schwieg einen Moment, dann sagte sie: »Du wolltest nicht sofort hierher kommen – das verstehe ich ... Wir haben viel zu besprechen. Komm, hol dein Gepäck. Ich helfe dir. Lass uns hinaufgehen.«

Elena nickte. Sie hatte einen Kloß im Hals. Schweigend trugen sie die Sachen nach oben, und Elena setzte sich an den alten Küchentisch. Sie blickte sich um. Die Wohnung hatte etwas tröstlich Vertrautes. Caridad stellte einen Teller mit kalten *empanadas* vor Elena und bereitete *mate*. Dann setzte sie sich Elena gegenüber.

Eine Weile sagte keine von beiden etwas. Sie aßen und tranken den bitteren Tee. Elena ließ die alte Umgebung auf sich wirken. Den Geschmack von Caridads *empanadas*, den Geruch der Küche und den Anblick des alten Tisches. Sie hatte nicht das Gefühl, fast ein Jahr fortgewesen zu sein. Sie sog den *mate* durch die *bombilla*, den metallenen Halm, und musterte Caridad verstohlen, die ihre *empanada* konzentriert in mundgerechte Stücke zerteilte. Sie sah gut aus. Ihre Augen hatten nicht den in sich gekehrten unsteten Ausdruck, den Elena früher nur zu oft gesehen hatte. Ihr Haar war anders frisiert, und offenbar hatte sie endlich ein paar Kilo zugenommen, was ihre attraktive Figur besser zur Geltung brachte. Auch wenn dieses erste gemeinsame Mahl nach Elenas Rückkehr beide ein wenig befangen machte, wirkte sie ruhig und ausgeglichen. Elena fühlte sich geborgen. Für den Moment war Las Palmas und alles, was sie dort erlebt hatte, weit weg. Hier gehörte sie hin. Elena griff nach einer weiteren *empanada*. Sie wollte Caridad sagen, wie sehr sie sich darauf freute, ihr Leben an ihrer Seite wieder aufzunehmen. Doch die richtigen Worte kamen ihr nicht in den Sinn. Aber sie mussten reden. Es war wichtig, schließlich ging es um den Neubeginn ihrer Beziehung. Sicher, es gab einiges zu klären. Ihre letzten Telefonate, die Vorwürfe, die Caridad Elena gemacht hatte, standen zwischen ihnen. Elena öffnete den Mund und schloss ihn wieder. Sie räusperte sich, und Caridad blickte von ihrem Teller auf. Elena spürte: Dies war ein entscheidender Moment. Jetzt musste sie etwas sagen. Fieberhaft überlegte sie. »Ich …« war alles, was sie hervorbrachte.

Caridad schob ihren Teller von sich. »Wir müssen reden, Elena.« Sie zögerte. »Ich möchte, dass du ausziehst.«

Der Satz stand im Raum. Elena starrte Caridad an, die ihrem Blick standhielt. Keine sprach. Von der Straße her klang das stete Brummen des Verkehrs, hier und da unterbrochen von ungeduldigem Hupen.

»Aber ...«, setzte Elena an. Was hatte Caridad da gesagt? Sie wollte, dass sie auszog?

»Im Prinzip könnte auch ich ausziehen, aber ich brauche die Werkstatt. So einen Raum finde ich so schnell nicht wieder. Wenn du aber auf dieser Wohnung bestehst, dann bin ich auch bereit auszuziehen, möchte die Werkstatt aber behalten. Es wäre also einfacher, du suchst dir etwas Neues.« Caridad hatte sehr schnell gesprochen, und bevor Elena zu Wort kam, fügte sie hinzu: »Natürlich bleibst du erst einmal hier. Du musst in Ruhe suchen, bis du etwas Passendes gefunden hast.« Caridad lehnte sich zurück. Sie schien erleichtert, schaute Elena gleichzeitig jedoch voller Sorge an.

»Du schmeißt mich raus?« Elena hatte sich zumindest soweit gefasst, dass sie einen klaren Satz formulieren konnte. Immer noch ungläubig starrte sie Caridad an. »Aber wieso? Ich verstehe das nicht!«

»Wir können nicht mehr zusammenleben wie bisher. Wir sind schon lange kein Paar mehr – kein Liebespaar«, präzisierte Caridad. *»Se nos rompió el amor.«* Dann sagte sie: »Ich denke, das weißt du auch, Elena.«

Elena schwindelte, in ihrem Kopf rauschte es. Ein riesiger Knoten saß in ihrer Brust, Tränen stiegen ihr in die Augen. Sie schluckte, nur das jetzt nicht. Sie wollte nicht heulen, also schrie sie: »Ich bin noch keine Stunde hier, Caridad, und du setzt mich vor die Tür und sagst, dass es aus ist! Schön. Dann weiß ich ja *jetzt* Bescheid. Bis eben habe ich das nicht gewusst – was immer du auch dachtest, dass ich wüsste!«

Sie sprang auf und stieß den Stuhl dabei um. Die Tränen,

die eben noch in ihren Augen brannten, waren fort. Ihr Blick spie Feuer. Caridad schaute sie reglos an.

»Komm, setz dich wieder. Lass uns reden. Ich will dir so vieles sagen und erklären …« Caridad machte eine kleine Pause und blickte die zornige Elena an. »Ich weiß, es wirkt herzlos. Du bist gerade zurückgekommen und ich bitte dich auszuziehen.« Sie holte Luft. »Während der Zeit, die du fort warst, ist viel passiert … Ich meine, mit mir passiert, und ich habe viel nachgedacht – gerade auch über uns. Ich weiß nicht, wo ich anfangen soll zu erzählen, aber dass es vorbei ist, musste ich gleich sagen. Ich hätte sonst nie den passenden Moment gefunden … Und irgendwie ist es doch der richtige Zeitpunkt – bevor wir wieder anfangen, etwas zu leben, das nicht mehr existiert …« Caridad fuhr sich mit dem Handrücken über die Augen.

Elena stand noch einen Moment reglos neben dem umgefallenen Stuhl, dann stürzte sie aus dem Raum, schnappte sich ihr gesamtes Gepäck auf einmal und fiel damit die Treppe eher hinunter, als dass sie ging.

Conchita staunte nicht schlecht, als Elena binnen weniger als vierundzwanzig Stunden das zweite Mal mit Sack und Pack vor ihrer Tür stand.

»*¿Qué pasa?* Was ist los?«, fragte sie und ließ Elena eintreten.

»Sie hat mich rausgeworfen.«

Conchita hob die Brauen. »Das ging aber schnell …« Sie nahm Elena eine Tasche ab. »Nun – das Klappbett steht noch da.«

Elena nickte. »Danke, Conchi.« Das war es, was sie an Conchita mochte, sie machte nie viel Aufhebens.

Sie gingen schweigend durch den dunklen Tanzraum an

Ramóns Büro vorbei zu der Kammer, die Elena vorfand, wie sie sie vor ein paar Stunden verlassen hatte. Conchita lächelte Elena an: »Morgen ist ein neuer Tag. Versuch zu schlafen, Elena. *Buenas noches.*«

Elena machte sich nicht die Mühe, sich auszuziehen. Sie ließ sich auf das Bett fallen und verschränkte die Arme hinter dem Kopf. Caridad hatte sich von ihr getrennt und sie kurzerhand aus der gemeinsamen Wohnung geworfen. Sie konnte es nicht fassen. Das war das Letzte, was sie erwartet hätte, ach was, es lag jenseits dessen, was sie sich hätte vorstellen können. Wut und Selbstmitleid ließen sie laut aufheulen. Sie drehte sich um und boxte in ihr Kopfkissen, bis sich ein Federkiel durch den Bezug drückte und sie schmerzhaft in die geballte Faust piekste. Sie weinte, bis sie Schluckauf bekam und einen ganz trockenen Mund hatte. Sie holte sich ein Glas Wasser. In ihrem Kopf herrschte das reinste Chaos. Bilder von Inés verschmolzen mit Bildern von Caridad, wie sie glücklich in ihrer Werkstatt stand und Elena von der bevorstehenden Ausstellung erzählte. Ihre Augen strahlten, und sie sah wunderschön aus. Das war nicht die Caridad gewesen, die sie elf Monate zuvor zurückgelassen hatte. Nein, diese Caridad erinnerte sie an die Frau, die sie neun Jahre zuvor kennen und lieben gelernt hatte – auch wenn sie damals längst nicht so zuversichtlich und selbstsicher gewesen war. Dann sah Elena Inés vor sich. Inés, die sie zurückgewiesen hatte, um ihr altes Leben in Buenos Aires wiederaufzunehmen. Inés, die sie unendlich traurig anschaute und schließlich die Hoffnung auf eine Liebe aufgab. Was war nur passiert? Sie hatte Buenos Aires verlassen und eine unglückliche, mit dem Leben hadernde Caridad zurückgelassen. Für das Leid, das Caridad mit sich trug, konnte Elena nichts; sie hatte sich immer gewünscht, etwas von der Last auf sich nehmen zu können. Doch kaum war sie fort gewesen, hatte Caridad sich vollkommen gewandelt. Dafür hatte sie eine unglückliche Inés in Las Palmas zurückgelassen, die, als sie sie kennenlernte, fröhlich und unbeschwert gewesen war. Irgendetwas lief verdammt schief in ihren Beziehungen. Es musste etwas mit ihr, Elena, zu tun haben. Sie weinte, bis sie vollkommen erschöpft einschlief.

Am nächsten Morgen wachte Elena, obwohl sie kaum geschlafen hatte, schon um sieben Uhr auf; die Zeitumstellung forderte ihren Tribut. Übermüdet schaute sie aus dem winzigen Fenster der Kammer und blickte auf einen tristen, engen Hinterhof. Nichts rührte sich, und Elena starrte unschlüssig auf ihre schmale Liege und das zerwühlte Bettzeug. Die Erinnerungen an den vorherigen Tag erwachten und bohrten sich schmerzhaft in ihren Kopf. Sie musste mit Caridad reden. Das alles war wie ein schlechter Traum. Sollte so die Rückkehr in ihr Leben in Buenos Aires aussehen? Sie musste Ordnung und Klarheit schaffen. Sicherlich konnte sie mit Caridad nicht dort weitermachen, wo sie vor ihrer Abreise nach Las Palmas angelangt waren. Dafür war zu viel passiert. Sie griff nach ihrer Kleidung und ging in das kleine Bad hinter Ramóns Büro.

Geduscht und angezogen stand sie unschlüssig auf der Schwelle zu ihrer Kammer. Es war viel zu früh, um zu Caridad zu gehen. Aber hier hielt sie es keine Minute länger aus. Es war Zeit für einen Kaffee und frische Luft. Elena trat aus der Tanzschule und lief durch San Telmo in Richtung Montserrat. Sie mochte das morgendliche San Telmo, aus dem die Nachtschwärmer seit ein paar Stunden verschwunden waren, das Arbeitsleben jedoch noch nicht begonnen hatte. Nur wenige Bars und Cafés hatten geöffnet, über allem lagen eine relative Ruhe und Trägheit. Genussvoll sog sie den Geruch der feuchten Herbstluft ein. Die frische Luft in ihren Lungen tat gut. Der Winter stand vor der Tür. Bald würde es heftig regnen, etwas, das sie in Las Palmas nie erlebt hatte. Sie schritt zügig aus und wäre beinahe mit einem Mann zusammengestoßen, der Gemüsekisten aus einem Lieferwagen lud und in ein Geschäft trug. Einen Moment überlegte sie, ob sie weiter in Richtung Zentrum, jenseits der Plaza de Mayo, laufen sollte, um bei einem Kaffee zuzuschauen, wie emsige Bankangestellte und Börsianer zur Arbeit eilten, doch sie entschied sich, in die Avenida Belgrano abzubiegen. Sie mochte die Gegend südlich der Plaza del Congreso. Es war ein Teil der Stadt, der keine spektakulären Attraktionen bot und daher auch von Touristinnen und Touristen kaum besucht wurde. Dennoch war es schön hier. Ein buntes Gemisch aus Wohnhäusern, kleinen Geschäften und Büros, Läden und Werkstätten prägte das Viertel, in dem neoklassizistische Gebäude neben Häusern mit gesichtslosen Fassaden aus dem späten zwanzigsten Jahrhundert standen, sich Jugendstil an Bauhaus lehnte und gemeinsam ein dennoch harmonisches Ganzes bildeten. Anders als in San Telmo herrschte hier bereits mehr Leben auf der Straße. Geschäftsinhaber spritzten den Gehweg vor ihren Schaufenstern ab, und Werkstätten öffneten ihre Pforten.

Elena bog in die Straße San José ein. Je näher sie der Plaza del Congreso kam, desto mehr Menschen waren unterwegs. Sie ging am Büro der Zeitung *Página/12* vorbei und wäre beinahe über einen Haufen prallgefüllter Plastiktüten gestolpert. Eine Gruppe von *cartoneros,* Papiersammlern, hockte an der Straßenecke und blockierte den Bürgersteig mit der Ausbeute der vergangenen Nacht. Sie tranken aus Pappbechern und diskutierten lautstark miteinander. Das war nun schon der zweite Beinahezusammenstoß an diesem Morgen. Was war nur mit ihr los?, fragte sich Elena und wechselte die Straßenseite. Ein Taxi fuhr haarscharf an ihr vorbei, und sie beschloss, sich an der Plaza del Congreso einen *café con leche* zu gönnen. An der Ecke zur Avenida de Mayo saß ein Scherenschleifer auf einem aufgebockten Fahrrad, mit dessen Hilfe er den Schleifstein drehte, und schliff ein Messer. Neben ihm legte ein Straßenhändler sein Angebot von Uhren, Sonnenbrillen und Steckdosenadaptern aus. Elena wandte sich nach links und bewunderte das verfärbte Laub der Platanen. Die *subte*-Station Sáenz Peña spukte einen Schwall Angestellte aus, die in typischer Businesskleidung in Richtung Congreso strömten, ohne das Angebot der Straßenhändler zu beachten. Auch der Duft der Räucherstäbchen, für die asiatische Straßenverkäufer eine Schwäche zu haben schienen, konnte zu dieser Zeit niemanden zu Kauf verführen.

Elena betrat die erstbeste Kaffeebar und setzte sich ans Fenster. Der Verkehr draußen nahm stetig zu. Neben den vielen schwarz-gelben Taxis bahnten sich *colectivos*, Pkws und Lieferautos ihren Weg. Fußgänger schlängelten sich unbekümmert zwischen den Fahrzeugen hindurch. Elena genoss den Anblick ihrer zum Leben erwachenden Stadt. Das war Buenos Aires. Sie liebte es. Im Verlauf des Vormittags würde das Verkehrsaufkommen in diesem Teil der Stadt einen ersten Höhepunkt erreichen und gegen elf, zwölf Uhr in den ersten Staus gipfeln. Doch jetzt zu Tagesbeginn floss der Verkehr noch, und die Gesichter der Menschen waren erwartungsvoll. Die Atmosphäre war betriebsam, doch ohne Hektik, und so dauerte es auch eine gute Weile, bis einer der Kellner Elena seine Aufmerksamkeit schenkte. Als seien sie alte Bekannte erkundigte er sich, wie es ihr ginge und schlug ihr das Angebot des Tages, *café con leche* mit zwei *medialunas* für zehn *pesos* vor. Kaum stand das Gewünschte vor ihr, biss Elena in die köstliche, nach Butter duftende *medialuna* und schloss für einen Moment die Augen. Ja, diesen Geschmack hatte sie vermisst. Die Croissants in Las Palmas waren nichts dagegen. Ihr Blätterteig zerbröselte, und statt mit Butter, wie dieses wunderbare Gebäck, waren sie mit Öl gebacken. Vorsichtig trank sie ein Schlückchen heißen Kaffee und schaute zufrieden aus dem Fenster. Sie war wieder zu Hause. Nachher würde sie mit Caridad sprechen und die Dinge wieder ins Lot bringen. Vor Aufregung zog sich ihr Magen zusammen, und sie legte das angebissene Gebäck zurück auf den Teller.

Elena ging über den Hof zu Caridads Werkstatt. Wie am Tag zuvor stand die Tür weit offen, und der Lieferwagen, den sie schon kannte, parkte davor. Unschlüssig blieb sie stehen und überlegte, ob sie warten sollte, bis die Männer die restlichen Werke aufgeladen hatten. In dem Augenblick trat Caridad mit drei Männern, die etwas Längliches trugen, vor die Tür. Ihren angespannten Körpern und den konzentrierten Gesichtern nach zu urteilen, musste das verschnürte Objekt sehr schwer sein. Wahrscheinlich eine von Caridads Skulpturen aus gegossenem Beton, dachte Elena. Als das Objekt sicher auf der Ladefläche verstaut war, entdeckte Caridad Elena. Sie stutzte, dann winkte sie Elena herbei, und ein vorsichtiges Lächeln glitt über ihr Gesicht. Elena trat zögernd näher, nickte den Männern zu und sagte an Caridad gewandt: »Guten Morgen.« Sie trat von einem Bein aufs andere und hatte das Gefühl, noch etwas sagen zu müssen, aber ihr wollte nichts einfallen. Also schwieg sie und schaute Caridad an.

Caridad kannte Elenas hilfloses Schweigen nur zu gut. »Komm rein. Die Jungs müssen nur noch eine Skulptur verladen, dann sind sie fertig. Drüben auf der Fensterbank steht heißes Wasser und *mate*. Nimm dir, wenn du magst. Ich helfe hier noch schnell ein wenig, dann komme ich.«

Caridad dirigierte die schnaufenden Männer durch die Tür

bis zum Wagen und wartete, bis auch das letzte Objekt verladen war. Sie war froh, dass Elena so schnell wiedergekommen war. Sie hatte sich die ganze Nacht mit Selbstvorwürfen geplagt, weil sie Elena so überstürzt mit ihrer Entscheidung, sich zu trennen, konfrontiert hatte. Das war in der Tat ziemlich radikal gewesen, obwohl sie auch erleichtert war, es gleich gesagt zu haben. So war es ehrlicher. Nach Elenas überstürztem Aufbruch am Abend zuvor hatte sie erwartet, dass Elena eine Weile abtauchte, bevor sie sie wieder zu Gesicht bekam. Auch wenn sie miteinander reden mussten. Die Tatsache, dass Elena gleich am nächsten Tag vor der Tür stand, zeigte, dass auch sie so dachte. Sie musste behutsamer sein als am Abend zuvor. Es gab zu vieles, das Elena nicht verstehen konnte, zu vieles, was sie ihr in all den Jahren ihres gemeinsamen Lebens nicht hatte begreiflich machen können, weil sie, Caridad, keine Worte gefunden hatte, für das, was sie durchlitt. Das Meiste davon hatte nichts mit Elena zu tun und wenn, dann nur insofern, als Elena Caridads Trauer über den gewaltsamen Tod ihrer Schwester hilflos gegenüberstand. Caridads unbändiger Zorn auf die Mörder hatte wie ein schleichendes Gift auch ihre Liebe angegriffen. Elena hatte versucht, sie aus ihrem Leid zu reißen, hatte ihr Mut gemacht und sie in ihrer Arbeit als Künstlerin bestärkt. Und sie hatte für sich Möglichkeiten gefunden, Aufmerksamkeit, Ausgelassenheit und unbeschwerte Stunden zu finden. Caridad seufzte. Es hatte sie geschmerzt, als Elena irgendwann begonnen hatte, bei anderen Frauen das zu suchen, was sie ihr nicht hatte gegeben können. Doch der Schmerz darüber war nichts im Vergleich zu dem, der seit ihrer Jugend in ihr nagte. Und so hatte sie die Augen verschlossen vor Elenas Affären, was Elena gewiss als Gleichgültigkeit gedeutet hatte. Letztlich hatte sie sich nur gegen weiteren Schmerz abgeschirmt und damit auch vor der Liebe.

Caridad winkte den Männern zum Abschied, dann wandte sie sich um und ging zurück. Sie sah sich Elena gegenüber, die auf der Fensterbank hockte und den Becher *mate* mit beiden Händen umfing.

»Ich hoffe, das ist nicht dein erstes warmes Getränk heute Morgen«, sagte Caridad.

Elena schüttelte den Kopf, reichte Caridad den Becher und antwortete: »Ich war in aller Frühe draußen in San Telmo und Montserrat und habe dann einen großen *café con leche* an der Plaza del Congreso getrunken und meine ersten *medialunas* genossen.«

Caridad lächelte. Zu gut kannte sie Elenas Vorliebe, frühmorgens durch die Stadt zu wandern. »Ah, kaum zurück und schon spazierst du wieder durch das erwachende Buenos Aires. Hast du solche Ausflüge auch in Las Palmas unternommen?«

Elena nickte. »Das eine oder andere Mal. Aber Las Palmas kann auch an einem Sonntagvormittag noch vergleichsweise ruhig und friedlich sein – man muss nicht unbedingt so früh aufstehen, um die Atmosphäre einer stillen Stadt zu erleben.«

Caridad nickte und sog an der *bombilla*. Zumindest hatte sie es schon einmal geschafft, zwanglos ein Gespräch zu eröffnen. Ihr Herz begann zu klopfen, als sie an Elenas Reaktion am Abend zuvor, an ihre Wut und Empörung dachte.

»Ich hoffe, du bist letzte Nacht gut untergekommen …? Wie gesagt, bleib erst mal hier, bis du wieder Fuß gefasst hast.«

»Ich war wieder bei Conchita und Ramón. Ich komme schon klar.«

Caridad seufzte, dann stellte sie den Becher neben sich auf die Fensterbank und blickte Elena geradewegs an. »Ich war wohl gestern etwas ungeschickt …« Sie schwieg.

»Sagen wir mal, es kam etwas plötzlich«, antwortete Elena

leise und zuckte die Schultern. »Aber die Botschaft ist angekommen«, fügte sie hinzu und starrte auf einen Punkt zu ihren Füßen.

»*Bueno,* in der Sache schon, aber ich möchte, dass du mich verstehst. Ich will dir erklären, wie ...«

Elena winkte ab. »Du bist mir keine Erklärung schuldig«, antwortete sie schroff und vertiefte sich in die Struktur des Betonbodens.

»Doch! Und ich möchte, dass du mich verstehst, und ehrlich gesagt, denke ich nicht, dass es *so* plötzlich war ...«

»Ach, nein? Wie würdest du es denn nennen, wenn jemand nach einem knappen Jahr nach Hause kommt und noch am selben Tag abserviert wird?«

Caridad schaute sie erst zweifelnd, dann ärgerlich an. Natürlich – Elena war verletzt und verschloss sich. »Und warum bist du dann überhaupt heute gekommen, wenn schon alles gesagt ist?«

Elena zuckte wieder die Schultern und schwieg. Sie kämpfte offenkundig mit den Tränen. Nach einer Weile sagte sie: »Was ist falsch gelaufen, Caridad?«

»Eine Menge, fürchte ich ... Letztlich lag es an mir, weil ich mit meinem eigenen Leben nicht klar kam. Ich konnte dir nicht wirklich eine Partnerin sein ... Und du hast begonnen, in mir nur noch jemanden mit Problemen zu sehen, der Hilfe brauchte. Irgendwann war es nicht mehr Liebe, sondern nur noch Fürsorge. Du hast geglaubt, Verantwortung für mich übernehmen zu müssen. Und ich habe es zugelassen. Ich war verunsichert und ...«

»Es ging dir total schlecht, und ich wollte dir helfen ...«, sagte Elena mit erstickter Stimme. »Aber kaum bin ich fort, gelingt dir offenbar das, was nicht möglich war, als wir zusammen lebten.«

»Ich weiß, dass du mir helfen wolltest – dafür werde ich dich immer lieben! Aber deine Fürsorge hat mich erdrückt, auch wenn das nicht in deiner Absicht lag. Ich habe mich nur noch elender gefühlt als ohnehin schon und bin völlig unselbstständig geworden. Aber niemand hätte mir helfen können, nur ich selbst. Wobei – der Auslöser, etwas zu ändern, warst du.«

»Ach ja?« Elena wagte es nicht, Caridad anzusehen.

»Weißt du noch, der Tag, an dem wir telefoniert haben und ich dich angeschrien habe, dass du mich erdrückst und nichts verstehst? Am Tag darauf habe ich einen Text zu fünf meiner Skulpturen verfasst und bin samt Fotos in die Galeria Leró marschiert und habe nach Javier Cuevas oder Elias Amado verlangt. Ich muss so entschlossen gewirkt haben, dass binnen zwei Minuten Elias vor mir stand. Ich habe tief durchgeatmet und gesagt, was ich zu sagen hatte. Zwei Tage später kam er hierher. Den Rest der Geschichte kennst du. Ich war so wütend auf dich am Telefon, aber die Wut hat sich irgendwie in Mut verwandelt. Deine ewige Sorge um mich hat mir vor Augen geführt, was für ein kraftloser Mensch ich mittlerweile war. Und das wollte ich nicht sein. Ich werde den Tod meiner Schwester nie verwinden. Ihr Leben haben sie zerstört, aber ich werde nicht zulassen, dass die Mörder und Folterknechte noch länger Macht über meines haben. Meine Arbeit hat mir immer geholfen. Ohne sie wäre ich zerbrochen. Du hast mir den endgültigen Anstoß gegeben, wieder einen Versuch zu starten, jemanden auf mein Werk aufmerksam zu machen.«

»Gut zu wissen, dass ein Haufen Stahl und Beton dir mehr helfen konnten als ich«, murmelte Elena.

»*Concha de la lora,* verdammte Scheiße! Hör auf, so ein hirnverbranntes Zeug zu reden!«, schrie Caridad, und Elena brach in Tränen aus. Sie weinte und weinte. Die Macht, mit der sich die Tränen ihren Weg bahnten, ließ sie am ganzen Körper beben. Caridad schloss sie in die Arme. Ihren Kopf an Caridads Schulter gelehnt, wurde Elena binnen weniger Augenblicke von einem hartnäckigen Schluckauf geplagt.

Nach einer Weile blickte sie auf. »Es ist wirklich vorbei.«

»Ja, Elena. Schon lange. Du hast keine Schuld. Versuch nicht wieder die Verantwortung zu übernehmen. Aber etwas wird bleiben von all dem Schönen und Guten, das auch zwischen uns war. Ich weiß es.«

Es war Elenas erster Arbeitstag in der Tanzschule von Ramón und Conchita. Sie freute sich, mit dem Unterrichten beginnen zu können. Endlich wieder eine sinnvolle Aufgabe. Erwartungsvoll und ein wenig aufgeregt blickte sie den neuen Schülerinnen und Schülern entgegen, die sich nach und nach einfanden. Eine Gruppe, die hauptsächlich aus Deutschen und Holländern bestand, wie ihr Ramón gesagt hatte. Ein paar Schweden oder Norweger wären womöglich auch dabei, er hatte es nicht mehr genau gewusst. Die letzten Wochen waren schlimm gewesen. Elena hatte ein wenig im Lebensmittelladen eines entfernten Bekannten ausgeholfen und ansonsten Trübsal geblasen. Am Tag zuvor hatte sie ihre winzige neue Wohnung in Boedo bezogen. Bis dahin war sie bei Rafaela, einer langjährigen Freundin, die ihr immer die Haare schnitt, und deren Tochter untergekommen. Nach all den tristen Wochen, in denen ihre Gedanken endlos um Inés und Caridad gekreist waren und sie Rafaelas kluge Kommentare zu Caridad abgeblockt hatte, war die neue Wohnung ein echter Lichtblick. Vom Treppenhaus im fünften Stock trat man direkt in einen kleinen Flur mit Herd und Spüle. Dahinter befand sich ein recht großes Zimmer mit zwei hohen Fenstern, die einen weiten Blick über die Dächer des Viertels freigaben. Unmittelbar vor den Fenstern war das Flachdach eines angrenzenden Neubaus. Ihr Vormieter hatte eine kleine Treppe unter eines der Fenster gebaut, so dass man, schwang man sich geschickt über die Fensterbank, auf das Dach treten konnte. Er hatte ihr einige Blumenkübel und zwei klapprige Stühle hinterlassen, die nun die Grundausstattung ihrer Dachterrasse bildeten. Natürlich war die Inbesitznahme des Daches auf diese Weise illegal und ein wenig gefährlich – schließlich ging es von der ungesicherten Kante vier Stockwerke hinab – aber der Mann hatte ihr versichert, dass er während der fast fünf Jahre, die er dort gewohnt hatte, nie Ärger mit Nachbarn oder Hausbesitzern hatte. Das Bad teilte sie sich mit einer Nachbarin, die sie noch nicht zu Gesicht bekommen hatte. Doch es befand sich direkt neben ihrer Wohnungstür – besser hätte es kaum sein können. Wohnungen in halbwegs zentraler Lage und angenehmer Umgebung, die über reguläre Küchen und Bäder verfügten, waren außerhalb ihrer Preiskategorie.

Conchita balancierte auf acht Zentimeter hohen Absätzen, während Elena sie sicher im Arm hielt und ihren Schülerinnen und Schülern erklärte: »Sehen Sie, wie Conchita sich mit einen Großteil ihres Gewichts gegen mich lehnt? In einer umarmenden Tanzhaltung sind die Oberkörper eng beieinander – wie eng, das bestimmt die Folgende. Dazu gleich mehr.« Elena trat erst links, dann rechts neben Conchita, die auf der Stelle verharrte. So zog sie Conchita mit sich, die ohne den Halt, den Elena ihr bot, sofort umgefallen wäre, da sie ihren Schwerpunkt auf Elenas Körper verlagert hatte.

»Wenn Ihre Tanzpartnerin es nicht wagt, sich auf den Halt zu verlassen, den Sie ihr anbieten, ist es vermutlich auch mit ihrer Bereitschaft, sich führen zu lassen, nicht weit her«, erklärte Elena. Sie schritt in einem Halbkreis um Conchitas Achse, die nach wie vor keinen Schritt machte, sondern sich von Elena bewegen ließ. Dabei hielt sie vom Scheitel bis zur Sohle ein hohes Maß an Spannung, reagierte aber auf Elenas Bewegungen flexibel wie ein Grashalm in Wind. Elenas Demonstration wurde von den Schülerinnen und Schülern mit aufgeregtem Murmeln begleitet. Sie lächelte – für die meisten sah es wahrscheinlich höchst gefährlich aus, wie sich Conchita auf ihren hohen Absätzen in gefährliche Schräglagen begab. Es war offensichtlich, dass sie sich ganz und gar auf Elena verließ. Mit einer *tirada* brachte Elena Conchita wieder in eine aufrechte Position.

»Nun zum Abstand zwischen den Tanzenden. Es gibt zwei grundsätzliche Möglichkeiten, den Abstand zu verringern. Zum einen können Sie insgesamt enger oder weiter voneinander entfernt tanzen, zum anderen können Sie nur den Abstand zwischen den Oberkörpern verringern, während der sonstige Abstand gleich bleibt. Um diese Tanzhaltung einzunehmen, ist ein gewisser Druck von Körper gegen Körper hilfreich, wenn nicht gar notwendig. Ohne diesen leichten Druck ist die Führung im Tango schwierig, denn mehr noch als bei den meisten anderen Paartänzen führen Sie mit dem ganzen Oberkörper. Von ihm gehen die Impulse aus. Die Dame kann ihre Hand auf den Oberarm ihres Partners oder ihren linken Arm um seine Schulter legen, den ganzen Körper und auch den Kopf an ihn lehnen. Es gibt verschiedene Möglichkeiten, einander zu berühren und festzuhalten, wir sprechen dabei von *abrazo*, Umarmung. Jedes Paar muss die ideale Tanzhaltung für sich finden und entscheiden, wie viel Nähe es zulässt. Die linke Hand der Folgenden reguliert den Abstand zwischen den beiden Körpern. Sie ist es, die mehr Nähe erlaubt oder mehr Abstand fordert. Führende, die glauben, ihre rechte Hand sei nur dazu da, die Partnerin möglichst eng an sich zu ziehen oder sie gar in eine Richtung zu schieben, haben das

Grundprinzip der Führung im Tango nicht begriffen. Es geht darum, in einem stummen Dialog der Körper zu ergründen, wie weit sich die Dame auf die Bewegungen und Schritte ihres Tanzpartners einlassen mag. Männer, die das nicht glauben mögen, sollen sich einmal von ihren Tanzpartnerinnen – oder gerne auch von mir – ein paar Takte durch den Raum führen lassen.« Elena ließ Conchita los und strich sich das Haar aus der Stirn. »Auch wenn Sie wahrscheinlich in der üblichen Konstellation tanzen, bei der der Herr führt und die Dame folgt, können Sie sich während des Unterrichts vielleicht ab und an zu einem Rollentausch durchringen.« Ein paar Männer und Frauen kicherten. Das war die übliche Reaktion auf diesen Vorschlag. Elena und Conchita verzogen keine Miene. »Nur wer wirklich weiß, wie es ist, die Kontrolle abzugeben und sich völlig auf den anderen zu verlassen, kann umsichtig führen und genug Vertrauen für eine innige Kommunikation aufbauen«, beendete Elena ihre Erklärung.

»Glauben Sie mir«, ergänzte Conchita, »ich habe mit meinem Mann erst Turniere getanzt, nachdem er sich beim Training regelmäßig von mir führen ließ. Er kannte es zwar, von seinem Tangolehrer geführt zu werden, aber sich von seiner Frau führen zu lassen hat ihm anfangs einiges abverlangt. Unserem Tanzen ist es jedoch sehr gut bekommen.« Sie lächelte in die Runde. »Ja, Tango ist ein Tanz für *machos*, ohne klare Ansagen macht das Paar eine schlechte Figur auf dem Parkett, aber ohne die Bereitschaft der Frau, sich darauf einzulassen, läuft überhaupt nichts, da können Sie sicher sein.«

»Bevor Sie gleich selbst tanzen, werden Conchita und ich Ihnen bei einem langsamen Tango noch einmal demonstrieren, wie wir gemeinsam ausloten, inwieweit die Folgende bereit ist, auf schwierige, ganz auf dem Schwerpunkt der Führenden basierende Figuren einzugehen. Achten Sie dabei auch darauf, wie der Abstand zwischen den Tanzenden immer wieder neu bestimmt wird.« Bevor sie zum Mischpult ging, fragte Elena Conchita leise: »Willst du führen oder soll ich?«

»Führ du, dann brauche ich nicht die Schuhe zu wechseln.« Elena nickte und wählte einen Tango von Astor Piazzolla aus, *Vuelvo al Sur*. Dann trat sie zu Conchita und bot ihr die linke Hand.

Die Musik setzte ein. Auftakt und ersten Takt ließ Elena ohne einen einzigen Schritt verstreichen und gab Conchita, die sich eng an sie lehnte, so die Möglichkeit, eine gemeinsame Tanzhaltung zu finden. Mit dem Einsetzen des Bandoneons machte sie einen Schritt zur Seite und dann zwei lange Schritte nach vorn. Sie setzte den Tanz mit ein paar einfachen gradlinigen Schrittkombinationen fort und führte Conchita dann in eine langsame *ocho* rückwärts. Mit dem Schwung aus der Drehung vollführte Conchita einen *gancho*, einen Haken, bei dem sie ihren Unterschenkel kurz zwischen Elenas Beine gleiten ließ und dann ebenso schwungvoll wieder fortzog. Elena durchteilte den Raum mit kleinen Vorwärts- und Seitwärtsschritten. Sie führte Conchita abwechselnd in *ochos* und *cruzes*, die Conchita nutzte, um mit ihrem unbelasteten Bein *boleos* in die Luft zu schreiben und ihren Fuß in schwingenden Kreisbewegungen über den Boden gleiten zu lassen. Dabei hakte sie ihr Bein immer wieder um die Innen- und Außenseite von Elenas Beinen, bis sie es schließlich um Elenas Taille legte. Das war der Moment, in dem ein Raunen durch die Schülerschar ging. Ohne dass Elena dieses Bein festhielt, drehte sie Conchita ein Stück um ihre Achse. Ihre Gesichter waren einander zugewandt, und die Bewegung erschien unendlich langsam. Sie wussten, alle Schülerinnen und Schüler waren von dieser Figur beeindruckt. Versuchten sie es selbst, sah es zu Beginn meist aus, als wäre die Frau eher ein Storch als eine *tanguera*.

Dabei war der *piernazo* weniger akrobatisch, als es auf den ersten Blick schien. Er bedurfte lediglich eines gewissen Schwungs und des Vertrauens in den Partner oder die Partnerin, das verlagerte Gewicht halten zu können. Conchita ließ ihr Bein sehr langsam an Elena herabgleiten. Nachdem sie wieder mit beiden Füßen auf dem Boden stand, begannen die beiden Tänzerinnen erneut, mit Hilfe von Drehungen Schwung in ihre ständige Achsenverlagerung zu bringen. Wieder beschrieben ihre Beine abwechselnd Kreise, Bögen und kurze, präzise Schritte. Elena gab lediglich die Richtung der Drehungen sowie ihre abrupte Unterbrechung vor. Sie selbst verzichtete bei ihren Schritten fast auf jede Verzierung und bot so Conchita den ganzen Raum, sich zu präsentieren. Bald sah es aus, als sei Conchita ein Pendel, das flexibel um Elena schwang, Impulse aufnahm und ausführte. Als die Musik verklungen war, brach Applaus los. Conchita verabschiedete sich schließlich, und Elena setzte den Unterricht allein fort.

»Gut«, rief sie in den Raum, »wir machen jetzt eine Übung, die Ihnen helfen soll, Kontrolle abzugeben und sich ganz in die Hände ihres Tanzpartners oder auch ihrer Tanzpartnerin zu begeben. Es ist eine Übung, die aus dem Bereich der Kontaktimprovisation kommt. Tänzerisch hat sie zwar nichts mit Tango zu tun, folgt aber ebenso wie dieser dem Prinzip des stummen Dialogs. Ich möchte, dass Sie sich dabei abwechseln. Das heißt, auch die Herren begeben sich einmal ganz in die Obhut ihrer Partnerin. Damen, die hochhackige Schuhe tragen, sollten diese jetzt wechseln.«

Elena wartete, bis sich alle im Raum verteilt hatten, dann fuhr sie fort: »Die Folgenden schließen die Augen und lehnen sich mit dem Oberkörper an den Partner oder die Partnerin. Ohne Hände und Arme einzusetzen, lassen sich die Geführten so schwer wie möglich gegen den Partner sinken, der sie nur mit dem Oberkörper hält.« Die ersten Paare begannen mit der Übung, und Elena ging durch den Raum. Nach einer Weile fuhr sie fort: »Versuchen Sie, sich auch Rücken an Rücken oder Schulter an Schulter zu lehnen, während die Führenden behutsam ein paar Schritte gehen und dabei nur mit Hilfe ihres Oberkörpers die Richtung angeben. Es ist völlig egal, was für Schritte Sie machen, Hauptsache, die Oberkörper verlieren nicht den Kontakt zueinander.«

Während ihre Schülerinnen und Schüler beschäftigt waren, ging Elena von Paar zu Paar, erklärte, ermutigte, lobte. Hier, in vertrauter Umgebung beim Unterricht, fühlte sie sich zum ersten Mal seit langem wieder eins mit sich und der Welt. Sie unterrichtete wieder in der Tanzschule von Ramón und Conchita – ein Stück aus ihrem alten Leben, wie sie es vor ihrer Reise nach Las Palmas geführt hatte. In ihren Alltag kehrte langsam Routine ein und damit eine gewisse Ruhe. Am nächsten Tag wollten Caridad und sie sich treffen. Das erste Mal seit ihrer Trennung. Elena fürchtete und freute sich zugleich. Dann verdrängte sie den Gedanken an Caridad und konzentrierte sich wieder auf ihre Gruppe, die unkompliziert war und sichtlich Spaß an der ungewöhnlichen Übung hatte. Elena beobachtete ein kicherndes Paar, das sich in merkwürdig kehligen Lauten unterhielt. Wo sind bloß die Vokale?, fragte sie sich. War das nun Deutsch oder Niederländisch? Sie ging zu dem Paar hinüber, plauderte ein wenig mit ihnen und fragte schließlich: »Kommen Sie eigentlich aus Deutschland oder aus Holland? Ich habe bei dieser Gruppe noch gar keinen Überblick, wer woher kommt.«

»Aus Holland«, antwortete die Frau und deutete auf ein weiteres Paar. »Nur wir und diese beiden kommen aus Holland, alle anderen sind Deutsche.«

Elena nickte und bedankte sich. Sie ging weiter und versuchte Wortfetzen der Deutschen aufzuschnappen. Sprach so Inés, wenn sie in ihrer Heimat war? Elena konnte sich nur schwer vorstellen, dass sie diese seltsamen Zischtöne von sich gab. Auch hier fehlte es, für Elenas Geschmack, deutlich an Vokalen. Es klang lustig, irgendwie aufgeregt. In dieser Sprache war es bestimmt völlig unmöglich zu singen, befand sie. Wie kam sie nur aufs Singen? Dachte sie an Inés, war ihr eher zum Heulen zumute. Was mochte sie wohl gerade jetzt machen?

*Las Palmas, Anfang September 2005*

Esperanza räumte ihren Schreibtisch auf, indem sie neue kleine und große Papierstapel zu bereits vorhandenen fügte und so wenigstens die Arbeitsfläche freilegte. Sie strich sich müde über die Augen. Sie liebte ihre Arbeit als Kunsthistorikerin beim Centro Atlántico de Arte Moderno, aber dieser Tag war ein einziges Chaos gewesen. Sie musste dringend raus aus dem Büro. In Gedanken sah sie sich schon auf dem Heimweg und überlegte, was sie noch einkaufen musste, als es energisch an der Tür klopfte. *»¡Adelante!«*, rief sie, stand auf und warf entnervt einen Blick auf ihre Armbanduhr. Wer mochte das noch sein?

Die Tür öffnete sich und eine Frau, Ende Fünfzig, mit ungepflegten Haaren, trat ein. Sie trug eine Tüte mit dem Schriftzug eines großen Supermarkts bei sich, in der etwas Unförmiges steckte. Sie zögerte einen winzigen Moment, bevor sie mit grimmiger Miene auf Esperanza zuging.

»Sie sind Esperanza Nuñez«, stellte sie fest.

Esperanza nickte.

»Wir müssen miteinander sprechen!«, bellte die Unbekannte.

»So, tatsächlich?«, antwortete Esperanza und verschränkte die Arme vor der Brust. Kurz hatte sie überlegt, ob sie der Frau die Hand reichen sollte, doch alles in ihr sträubte sich dagegen. Was mochte diese Person mit ihr zu besprechen haben? Selten suchten Menschen sie unangemeldet in ihrem Büro auf.

»Musste mich stundenlang zu Ihnen durchfragen, Señora Nuñez. Die Leute drüben im Museum scheinen keine Ahnung zu haben von dem Laden, in dem sie arbeiten.«

»Man hat Ihnen aber offensichtlich weiterhelfen können«, stellte Esperanza nüchtern fest.

»Na, Sie scheinen hier ja wichtig zu sein. Die wussten immerhin, in welchem Gebäude ich Sie suchen muss.«

Esperanza fluchte innerlich zum wiederholten Mal, dass das Gebäude für jedermann zugänglich war, wenn der Empfang nicht besetzt war. In bemüht neutralem Ton antwortete sie: »Verraten Sie mir, wie ich Ihnen weiterhelfen kann?«

Die Frau kicherte amüsiert, und Esperanza registrierte den verschlagenen Ausdruck, der über ihr Gesicht huschte.

»Es bin wohl eher *ich*, die *Ihnen* weiterhelfen kann ...« Sie machte eine bedeutungsvolle Pause und legte die Plastiktüte auf Esperanzas Schreibtisch.

Esperanza betrachtete die schmuddelige Tüte angewidert. Es gab nur eine Art, wie diese Frau ihr weiterhelfen konnte: indem sie dieses Ding von ihrem Schreibtisch nahm und verschwand. Sie wollte sich nicht länger ihre Zeit stehlen lassen.

»Ich wüsste nicht, wobei Sie mir weiterhelfen könnten, es sei denn, Sie sagen mir jetzt, weshalb Sie mich aufgesucht haben, dann kann ich sehen, was ich für Sie tun kann.«

»Ah!« Die Augen der Unbekannten blitzen. »So kommen wir der Sache schon näher. Ich kann Ihnen weiterhelfen, und Sie können etwas für mich tun.«

»*Por favor*, bitte, Señora ...« Esperanza warf einen demonstrativen Blick auf ihre Uhr.

Der Frau registrierte das. »Auch wenn es Ihnen noch nicht klar ist: Sie werden schon Zeit für mich haben ...« Sie ließ den Satz unvollendet und schaute Esperanza bedeutungsvoll an.

Esperanza schwieg und wartete. Sollte sie unfreundlich werden und die Frau aus ihrem Büro werfen?

»... wenn ich Ihnen etwas erzähle, was für Ihre Freundin, diese Elena Domínguez del Río aus Buenos Aires, von größtem Interesse sein dürfte.«

Esperanza horchte überrascht auf, was der Frau mit den kleinen listigen Augen nicht entging.

»Sehen Sie? Hab ich mir doch gedacht, dass Sie munter werden, wenn ich den Namen Domínguez del Río nenne. Dürfte Ihnen ja wohl in mehrfacher Hinsicht bekannt sein.«

Um einen professionellen Ton bemüht, antwortete Esperanza: »Wie jeder der Presse entnehmen konnte, eröffnen wir in Kürze eine Ausstellung mit Bildern einer Künstlerin namens Marí Domínguez del Río. Elena Domínguez del Río ist ihre Nichte.«

»So? Tja, und dann gibt's da wohl noch einen *muchacho*, der ebenfalls Domínguez del Río heißt – Mateo Domínguez del Río, und für den hat sich Ihre Elena letztes Jahr enorm interessiert.«

Jetzt wurde es tatsächlich spannend. Diese Frau wusste von Mateo Domínguez del Río und kannte offenbar Elena. In der Ausstellungsankündigung war der Nachname Mateos nicht genannt worden. Esperanza durchforstete ihr Gehirn, ob Elena ihr gegenüber diese Frau jemals erwähnt hatte.

»Nun, Sie scheinen ja gut informiert zu sein, Señora ... Verraten Sie mir doch Ihren Namen.« Auch wenn dieser unerwartete Besuch anfing, interessant zu werden, hatte sie das Gefühl, auf der Hut sein zu müssen.

»Maria Concepción César. Ich sehe, wir verstehen uns.«

Esperanza war sich da nicht so sicher, aber sie nickte. »*¡Encantada!* Angenehm, Señora César.« Woher mochten Elena und diese Frau sich kennen?

Die Frau war sichtlich zufrieden mit dem Verlauf des Gesprächs und legte eine Hand auf die Tüte auf Esperanzas Schreibtisch.

»Ich habe zwei Dinge für Elena Domínguez del Río, diese Frau aus Buenos Aires, die so wild hinter diesem Mateo her war, dass sie meine arme alte Mutter für diesen *muchacho* hielt. Sie wollte ihn unbedingt finden und hat mir Ihre Adresse gegeben, falls ich etwas über ihn in Erfahrung bringen sollte.«

Das klang nun wirklich höchst interessant. Esperanza wusste, wie sehr Elena sich bemüht hatte, Mateo ausfindig zu machen. Sie blickte von der Frau zu dem Paket, auf das diese ihre Hand gelegt hatte wie auf eine Trophäe, und ihr Puls beschleunigte sich. Sollte diese Frau tatsächlich etwas über Mateo herausgefunden haben? Und was befand sich in dieser Tüte? Ihr zunehmendes Interesse war der Frau offenbar nicht entgangen. Vergnügt kicherte sie und tätschelte zufrieden die Plastiktüte.

»*Hombre*, mir war klar, dass das, was ich zu sagen habe, euch Leute vom Museum verdammt interessiert, jetzt, wo diese Ausstellung eröffnet wird. Und ihr scheint mir auch die besseren Geschäftspartner zu sein, als diese Elena aus Buenos Aires.« Die Frau grinste Esperanza kumpelhaft an.

Zunehmend abgestoßen von dieser Person, fragte sich Esperanza, was sie wohl mit »Geschäftspartnern« meinte, doch sie antwortete in professionellem Ton: »Ich stehe in Kontakt mit Señora Domínguez del Río. Sollte das, was Sie mir zu berichten oder zu zeigen haben«, dabei deutete sie auf die Tüte auf ihrem Schreibtisch, »von Interesse für sie sein, werde ich sie selbstverständlich davon unterrichten. Doch bisher, Señora César, haben Sie sich noch nicht bequemt zu sagen, *was* so Wichtiges oder Interessantes Sie uns als ›Geschäftspartnerin‹ anbieten möchten. Bitte kommen Sie zum Punkt, meine Zeit ist begrenzt.«

Die Augen der Frau verengten sich ein wenig. »Keine Sorge, ich zeige Ihnen jetzt sofort, was ich hier in dieser Tüte habe, und Sie sagen mir dann, was Sie bereit sind, dafür zu zahlen.«

Esperanza sparte sich jeden Kommentar und sah zu, wie die Frau ein speckiges Paket aus der Tüte hervorzog und vorsichtig etwas aus den dicken Lagen Zeitungspapier herausschälte, die sie achtlos auf ihrem Schreibtisch und auf dem Boden verteilte. Esperanza musste an sich halten, ihr nicht den Papierkorb hinzuschieben. Schließlich hielt die Frau ein etwa fünfzig mal siebzig Zentimeter großes Bild in dunklen Farben hoch und sagte triumphierend: »Dies ist ein Bild von Mateo – zumindest steht das da. Der Mann, von dem ich es habe, hat es von Mateo bekommen, als der sein Atelier dichtgemacht hat.«

Esperanza schnappte nach Luft. Ein weiteres Bild von Marí! Ein kurzer Blick genügte ihr, um den unverkennbaren Stil zu erfassen. Aber nicht nur das – dieses Bild gehörte offensichtlich Marís Spätwerk an, es war in düsteren Farben gehalten und entsprach somit dem Stil aus ihrem zweiten Skizzenbuch. Esperanza nahm der Frau das Bild aus den Händen und trat damit ans Fenster. Die Frau folgte ihr auf dem Fuß, doch Esperanza ignorierte sie und hielt das Bild ins Licht. Es zeigte eine Hafenszene bei Nacht. Silhouetten großer Schiffe und Verladekräne waren zu sehen. Davor, im Dunkel der Nacht, kaum zu erkennen, Arbeiter, die mit gebeugtem Rücken Lasten schleppten. Einzig das Mondlicht sowie zwei offene Feuer, die in Tonnen brannten, bildeten helle Partien im Schwarz, Dunkelblau und Grau des Ölbildes.

»Nun?«, krähte die Frau hinter ihr.

Esperanza beachtete sie nicht. In ihrem Kopf überschlugen sich die Gedanken. Die Eröffnung der Ausstellung mit Marís Werken stand kurz bevor. Der Katalog war bereits gedruckt, ebenso die Texttafeln, die die bekannten Fakten zu Marís Werken sowie den Betrug durch Mateo schilderten. Die Ausstellungskonzeption beschränkte sich auf Marís fröhliche, eingängige Bilder. Der Wandel in Marís Schaffen, belegt durch ein paar Auszüge aus dem zweiten Skizzenbuch, wurde zwar angesprochen, jedoch nicht vertieft, zu vage waren die Spekulationen über die Gründe für diesen Stilbruch, zu dürftig die bekannten Fakten. Und nun dieses Bild, das erste und bisher einzige, das aus der zweiten Schaffensperiode aufgetaucht war. Es musste unter allen Umständen in die Ausstellung einbezogen werden.

Esperanza atmete tief durch und sagte an die Frau gewandt: »Ich freue mich, dass Sie uns dieses Bild gebracht haben. Ich möchte es gerne bei der geplanten Ausstellung zeigen.« Sie blickte die Frau forschend an, die sichtlich zufrieden war.

»Sicher wollen Sie das. Hab ich mir doch gedacht. Sie sollen es haben – für einen anständigen Preis.«

Esperanza lachte trocken auf. Jetzt war die Frau bei dem Thema, das sie wirklich interessierte – Geld. Sie musste umsichtig vorgehen. Wer wusste, über welche interessanten Informationen die Frau oder der Mann, von dem sie das Bild hatte, noch verfügten.

»Ich habe nicht gesagt, dass wir das Bild kaufen wollen. Ich sagte lediglich, dass ich es gerne bei der Ausstellung zeigen möchte. Dazu bedarf es weiter nichts als dem Einverständnis des Eigentümers.«

»Tja«, entgegnete die Frau. »Ich bin einverstanden, wenn Sie mir einen anständigen Preis bieten!«

»Das werde ich nicht tun.«

»So? Dann wollen Sie das Bild also doch nicht?« Die Augen der dreisten Person verengten sich. Als Esperanza schwieg, fuhr sie fort: »Ich sage Ihnen was, dann werde ich Ihnen einen Preis nennen. Entweder Sie lassen sich darauf ein, oder Sie können es sich abschminken, das Bild bei der Ausstellung zu zeigen.« Herausfordernd schob sie das Kinn vor.

Esperanza bemerkte jedoch die Unsicherheit, die sich in ihre

Stimme geschlichen hatte. Sie überlegte kurz. Wie konnte sie diese Frau am ehesten dazu bewegen, sich kooperativ zu zeigen? Letztlich wollte sie Geld, das hatte sie deutlich gesagt. Zudem war sie möglicherweise im Besitz interessanter Informationen – immerhin schien sie einen Mann zu kennen, der wiederum Kontakt zu Mateo gehabt hatte. Das war wirklich wertvoll, denn zu Mateo fehlte ihnen nach wie vor jede Spur. Esperanza zögerte kurz, dann entschloss sie sich, ihrerseits Druck auszuüben.

»Sollten Sie es noch einmal wagen, Señora César, mir ein Bild, das Ihnen überhaupt nicht gehört, für Geld anzubieten, werde ich nicht zögern, Sie anzuzeigen.«

Ihrem Gegenüber stand der Schreck deutlich ins Gesicht geschrieben. Esperanza schob schnell nach: »Aber wenn Sie mir den Herrn vorstellen, dem dieses Bild gehört und dieser sich bereiterklärt, es uns für die Ausstellung zur Verfügung zu stellen, kann ich mir gut vorstellen, Ihnen eine angemessene Anerkennung für Ihre Vermittlung zukommen zu lassen.« Esperanza blickte die Frau nun ihrerseits herausfordernd an und fragte sich, wie sie diese »Anerkennung« ihrer Haushaltsabteilung erklären sollte.

Die Frau ließ sich erstaunlich schnell darauf ein. »Was ist für mich drin?« Sie legte den Kopf schief und fixierte Esperanza.

Ohne lange nachzudenken, sagte Esperanza: »Dreihundert Euro sollten möglich sein.« Das war keine Unsumme, aber hoffentlich genug, um die Frau sofort einwilligen zu lassen. Ihre Rechnung ging auf.

»*Coño*, da sage ich nicht nein!«

»Gut«, erwiderte Esperanza. »Kommen Sie morgen Vormittag wieder. Sie führen mich dann zu diesem Señor, und sobald ich mich vergewissert habe, dass er der rechtmäßige Eigentümer dieses Bildes ist, erhalten Sie Ihre dreihundert Euro.«

»Aber das Bild nehme ich wieder mit.«

»Sicher. Und geben Sie gut darauf Acht.« Esperanza war sich sicher, dass die Frau es hüten würde wie ihren Augapfel.

»Wieso gehen wir nicht gleich zu ihm und ich kriege mein Geld?«

»Weil ich keine dreihundert Euro hier habe, es schon fast neun Uhr ist und ich endlich Feierabend machen möchte. Nutzen Sie die Zeit, Ihren Bekannten davon zu überzeugen, dass es sich auch für ihn lohnen könnte, mit dem Centro Atlántico de Arte Moderno zusammenzuarbeiten.« Mit diesen Worten griff sie nach ein paar Lagen Zeitungspapier, schlug das Bild sorgsam ein, verstaute es wieder in der Tüte und reichte sie der Frau. »Bitte! Wir sehen uns morgen.«

Die Frau nahm die Tüte ein wenig überrumpelt entgegen, blickte Esperanza zweifelnd an und sagte dann: »*Hasta mañana*. Sehen Sie zu, dass ich morgen mein Geld bekomme!«

Esperanza nickte und zeigte ohne ein weiteres Wort zur Tür.

*Las Palmas, 16. September 2005*

Elena stand auf der *azotea,* dem Flachdach von Doña Ferminas Haus, und rauchte. Vor ihr lagen die Viertel San Nicolas und Triana. Die Catedral de Santa Ana erhob sich aus der Altstadt, dahinter glitzerte das Meer, das die tiefstehende Sonne in einen goldenen Teppich verwandelt hatte. Elena seufzte. Sie war erstaunt, wie glücklich sie dieser Blick über die Dächer machte, den sie während ihres Jahres in Las Palmas täglich hatte genießen dürfen. Alles war so vertraut. Die milde Luft, der Geruch, ja sogar die Mauer um die *azotea,* auf die sie sich stützte.

Neben ihr stand Paco. Er spielte mit seinem Feuerzeug und sagte: »Es ist, als wärst du kaum fortgewesen. Wie oft haben wir hier oben zusammen gestanden und geraucht?«

Elena lächelte. »Sehr oft. Ich kann es selbst gar nicht fassen, wie vertraut mir das alles ist. Ich bin so froh, das Doña Fermina mir das Zimmer für die paar Tage, die ich hier bin, überlassen hat. Sie will nicht einmal Miete dafür.«

»Sie mag dich eben, und da du zum zweiten Mal hier bist, bist du nun ihr Gast, nicht ihre Mieterin. Ab Mitte Oktober ist dein Reich an einen Studenten von Fuerteventura vermietet. Er studiert Informatik oder so – ich weiß es nicht mehr.« Er warf einen Blick auf die Uhr. »Wir sollten runtergehen. Magdalena hat sicher das Essen fertig.«

»Dann wollen wir sie nicht warten lassen«, antwortete Elena. »Es ist sehr schön, sich an den gedeckten Tisch zu setzen.«

»Glaub ja nicht, ich hätte nicht geholfen!«, erwiderte Paco. »Ich durfte nach der Arbeit mehrere Kilo Kartoffeln und Zwiebeln schälen und – noch schlimmer – kleinschnippeln. Hab geheult, bis ich das Messer nicht mehr vor Augen sah …«

»*O pobrecito,* du Armer!« Elena tätschelte ihm mit gespieltem Mitleid die Wange. »Glaub mir, ich weiß deinen Einsatz zu schätzen!«

Er grunzte etwas Unverständliches und wehrte ihre Geste ab.

»Hast du irgendwas von Weibern gesagt?«, hakte Elena nach und warf ihm einen drohenden Blick zu.

»Ich? Nein, nein, nichts, *nada* …«

Der Duft von frischer *tortilla* stieg ihr schon im Treppenhaus in die Nase. Sie liebte *tortilla*, wie sie hier gemacht wurde. Sie schmeckte einfach besser als in Buenos Aires. Wirklichen Hunger hatte sie jedoch nicht. Esperanza hatte sie am Flughafen abgeholt und schnell das Gepäck in Elenas alte Wohnung gebracht, wo sie von der Nachbarschaft begeistert begrüßt worden war. Es war schön gewesen, so freudig empfangen zu werden. Esperanza und sie duzten sich inzwischen, und bei einem ausgiebigen Essen in La Vegueta hatte Esperanza sie über die aktuellen Fortschritte bei der Ausstellungsvorbereitung ins Bild gesetzt. Am nächsten Tag würde Elena ins Centro Atlántico de Arte Moderno gehen und sich die Ausstellungsräume anschauen. Esperanza hatte ihr noch eine Überraschung, die in ihrem Büro auf sie wartete, angekündigt, sich aber keine Silbe dazu entlocken lassen. Elenas erster Gedanke war, ob es wohl Inés sein könnte, die ebenfalls angereist war, um die letzten Vorbereitungen mitzuerleben. Schließlich war sie maßgeblich an der Suche nach Marís Bildern beteiligt gewesen. Aber das konnte es wohl nicht sein. Um Inés' Anwesenheit hätte Esperanza, die, soweit Elena wusste, nichts von der Art ihrer Beziehung zu Inés ahnte, sicher nicht so ein Geheimnis gemacht.

Elena wachte auf, und der Blick auf die Uhr verriet ihr, dass es bereits Mittag war. Kein Wunder, am Abend zuvor war es spät geworden. Magdalena und Paco hatten viel zu erzählen gehabt und waren begierig gewesen, Details über die bevorstehende Ausstellung zu erfahren. Paco erging sich in wilden Spekulationen darüber, wie man Mateo finden könnte und entwarf einen Plan nach dem anderen, bis Magdalena ihn in seinem Eifer bremste und ihm klarmachte, dass nicht nur Elena, sondern auch die Mitarbeiter des Centro Atlántico de Arte Moderno seit ungefähr anderthalb Jahren mit der Suche nach Mateo beschäftigt waren und auf einen wie ihn gerade noch gewartet hatten. Paco hatte ein wenig geschmollt und dann gemeint: »Ich werde mir trotzdem meine Gedanken zu dem Fall machen, ob es dir passt oder nicht!«

»Natürlich *comisario*, du wirst Licht in die Sache bringen, und die Presse von hier über Madrid bis Buenos Aires wird dich feiern«, war Magdalenas amüsierte Antwort gewesen.

Elena lächelte bei der Erinnerung an das Gekabbel der zwei. Sie waren beide temperamentvoll und impulsiv und hatten sich ständig in der Wolle, aber es war nicht zu übersehen, was sie einander bedeuteten. Elena stand auf und streckte sich. Sie wirkten so lebendig und trotz aller Meinungsverschiedenheiten unbeschwert. Sie fragte sich, wie sich so eine Beziehung wohl anfühlte. Elenas und Caridads Alltag war selten unbeschwert gewesen, auch wenn sie oft gleicher Ansicht gewesen waren. Sie hatten verschiedene Interessen gehabt, aber immer an dem, was die andere bewegte, teilgenommen. Elena hatte sich regelmäßig Caridads neueste Arbeiten angeschaut und sie ermutigt, wenn sie an sich zweifelte. Doch umgekehrt? Natürlich hatte sich Caridad für Elenas Suche nach Marí interessiert und sich über Elenas Anekdoten aus der Tanzschule amüsiert – es sei denn, sie steckte in einer ihrer Phasen, in denen sie ganz in ihrer Arbeit versunken war und wochenlang völlig abtauchte. Diese Phasen waren immer länger geworden.

Elena trat auf die *azotea* und hielt ihr Gesicht in die Sonne. Sie sollte Esperanza anrufen, um ihr zu sagen, dass es später werden würde. Aber anstatt sich anzuziehen und zu Magdalena und Paco hinunterzugehen, um den Anruf zu erledigen, trat sie an die Brüstung der *azotea* und blickte aufs Meer. In Buenos Aires hatte sie nie mit Blick auf den Río de La Plata gewohnt. Was kein Wunder war, denn die meisten Wohnlagen mit Blick aufs Wasser waren unbezahlbar. Weite Teile des Ufers säumten Hafenanlagen, Flugplätze, militärisches Sperr- und ökologisches Schutzgebiet. Man musste entweder in Puerto Madero oder im Osten der Stadt im fünfzehnten Stockwerk oder höher wohnen, um den Blick aufs Wasser genießen zu können. Zudem war Buenos Aires in weiten Teilen flach, ohne Hügel und Berghänge wie Las Palmas mit seiner wunderbaren Fernsicht auf den Atlantik. Eigentlich komisch, dachte Elena, wir *porteños* beziehen uns ständig auf unsere lange Tradition als Hafenstadt, aber die meisten *barrios* von Buenos Aires sind ohne jeden Bezug zum weiten Mündungstrichter des La Plata, nur der stinkende Riachuelo und die Docks liegen nahe der Wohnviertel. Das war schade, denn die Weite des Meeres hat so etwas Beruhigendes und das ewig Gleiche etwas Tröstliches an sich. Sie stand noch eine Weile dort und genoss die Aussicht, dann machte sie sich fertig und rief Esperanza an, die ihr versicherte, sie könne sich Zeit lassen. In den Ausstellungsräumen sei gerade der Teufel los, weil die Beleuchtungstechniker einen Kurzschluss verursacht hatten.

Etwas später trat Elena auf die Straße und ging ohne zu zögern die *calle* Domíngo Guerra del Río in Richtung Altstadt. Es war Zeit für einen *café cortado*. Während sie noch überlegte, wo ein schönes Café war, kam sie an dem Platz mit der kleinen Kapelle vorbei, vor der Inés damals, als sie sich noch kaum kannten, auf sie gewartet hatte. Elena ging langsamer und schluckte. Da war das Mäuerchen, auf dem sie gesessen hatte, als Elena eiligen Schrittes genau diese Straße entlanggelaufen war. Es war ewig her, mindestens hundert Jahre. Elena starrte auf den Platz, auf dem sie und Inés eine Weile gesessen hatten. Hier hatte sie Inés zum ersten Mal von Marí und ihrer Spurensuche erzählt. Von da an hatte Inés ihr bei den Recherchen geholfen und immer mehr Raum in Elenas Leben eingenommen. In ihrem Leben in Las Palmas, korrigierte sie sich. Wann mochte Inés anreisen? Seit ihrem schmerzvollen Abschied vor über einem Jahr herrschte Funkstille zwischen ihnen. Elena kannte Inés' Pläne nicht, aber sie war sicher, dass sie Inés spätestens am Tag der Ausstellungseröffnung sehen würde, vielleicht sogar früher. Ob Esperanza Näheres wusste? Elena setzte ihren Weg fort. Wahrscheinlich wusste Esperanza, wann Inés ankam. Am besten trank sie jetzt ihren Kaffee, um sich dann so schnell wie möglich zum Museum aufzumachen.

Elena meldete sich am Empfang des Centro Atlántico de Arte Moderno an und ging in den ersten Stock, wo sich Esperanzas Büro befand. Sie klopfte und war kaum eingetreten, da kam ihr die freudestrahlende Kuratorin entgegen. Sie küsste Elena auf beide Wangen und fragte: »*¿Qué tal?* Bist du ausgeschlafen oder hast du Mühe mit der Zeitumstellung?«

»Oh, ich bin spät ins Bett gekommen. Magdalena und Paco, du hast sie ja kurz kennengelernt, haben mich zum Essen eingeladen. Anschließend habe ich ungefähr zwölf Stunden am Stück geschlafen. Jetzt geht es mir bestens.«

»Gut, dann können wir ja loslegen. Es gibt einiges, was ich dir zeigen und mit dir besprechen muss. Vorerst können wir es uns schenken, in die Ausstellungsräume zu gehen. Die Elektriker haben den Schaden immer noch nicht behoben.«

»Bin ich zu früh?«

»*Pero no* – du weißt doch, ich habe eine Überraschung für dich.« Esperanza war die Aufregung anzusehen. »*Vas a abrir tus ojos como platos*, du wirst Augen wie Suppentassen machen.« Sie winkte Elena zum Fenster und holte das Gemälde hinter ihrem Schreibtisch hervor.

»Was sagst du dazu?« Mit diesen Worten hielt sie das Bild hoch und blickte Elena gespannt an.

Elena betrachtete es aufmerksam. Ihre Augen tasteten das Motiv sorgsam ab. »Nein!«

»Was heißt hier nein?!« Esperanza hob drohend die Brauen.

Elena war wie elektrisiert. Sie starrte das Bild an, dann Esperanza und sagte: »Ich meine: ja! Nein – das ist nicht wahr! *¡Es una pasada!* Das ist ja der Wahnsinn!«

»Nicht wahr? Dies ist ein Bild aus Marís zweitem Skizzenbuch. Du kannst die Skizzenbücher übrigens wieder mitnehmen, wir haben alle Zeichnungen daraus gescannt.«

»Ich kann es nicht glauben … Dann ist dies das erste Werk aus Marís zweiter Schaffensperiode, das wir als Ölbild zu Gesicht bekommen!«

»So ist es – und es wirft eine Menge Fragen auf, denn ich habe es durch einen höchst interessanten Kontakt erhalten, den im Übrigen du selbst hier vor über einem Jahr geknüpft hast.«

Elena schaute sie fragend an. »Was für ein Kontakt soll das sein?«

»Sagt dir der Name Maria Concepción César etwas?«

Elena überlegte einen Moment und schüttelte dann den Kopf.

»Irgendwie beruhigt mich das, denn die Frau war mir nicht gerade sympathisch. Es hätte mich gewundert, wenn sie zu deinem Freundeskreis gehört hätte. Also: Vor ein paar Tagen kam diese Maria Concepción César hier zu mir ins Büro. Ich habe überlegt, dir eine E-Mail zu senden und dir alles haarklein zu berichten, aber dann dachte ich mir, wir sehen uns ja bald – da kann ich dir das Bild und die Geschichte dazu zusammen präsentieren. Auch wenn dir Señora César nichts sagt – an ihre Mutter müsstest du dich zumindest noch erinnern, die hast du nämlich damals, als du hier auf Spurensuche warst, für Mateo gehalten.«

Elena stand sofort ihr wenig ruhmreicher Auftritt in einer Abrisszone der Ciudad del Mar vor Augen. Sie war auf der Suche nach Mateos Atelier auf einen alten Menschen getroffen, den sie, von dem Wunsch erfüllt, Mateo ausfindig zu machen, für diesen hielt.

»*Dios,* das ist nicht wahr! Die Frau aus der Ciudad del Mar war bei dir«, antwortete Elena und hoffte, dass diese Maria Concepción César Esperanza keine Details von ihrer Begegnung erzählt hatte. Anscheinend war das nicht der Fall, denn Esperanza fuhr fort: »Genau! Und du hast sie offensichtlich so heißgemacht mit deiner Geschichte über die Suche nach einem Maler, dass sie Geld hinter der Sache gewittert und sich mächtig ins Zeug gelegt hat. Wie vorausschauend von dir, ihr meine Adresse zu geben.«

»Sie hatte ein Bild von Marí, beziehungsweise Mateo? Mir gegenüber hat sie behauptet, ihn nicht zu kennen.«

»Was vollkommen der Wahrheit entspricht. Aber sie hat sich umgehört und jemanden ausfindig gemacht, dem dieses Bild gehört. Außerdem hat sie wohl unsere Ausstellungsankündigung studiert und zwei und zwei zusammengezählt. Mit einer gehörigen Portion Dreistigkeit ist sie hier hereinspaziert und hat mir das Bild, das ihr nicht einmal gehört, für Geld angeboten.«

»Sie war mir damals auch unsympathisch, aber in meiner Verzweiflung wollte ich nichts unversucht lassen. Also habe ich sie gebeten, sich an dich zu wenden, wenn sie irgendwas über einen Mateo Domínguez del Río in Erfahrung bringt, denn in Buenos Aires anzurufen, war ihr zu teuer.«

»Gut, dass du das getan hast, Elena, denn der Mann, zu dem sie mich schließlich geführt hat, wusste einige interessante Dinge über Mateo.«

Elena schnappte nach Luft. Eine weitere Person, die Mateo persönlich gekannt hatte. »Was hat er erzählt?«

»Oh, er ist deutlich sympathischer als diese Señora César. Zum einen hat er uns das Bild für die Ausstellung überlassen, zum anderen kann er sich vorstellen, es zu verkaufen – Jennifer hat schon ihre Fühler ausgestreckt. Aber vor allem wusste er Folgendes zu berichten …« Esperanza machte eine kleine Kunstpause. »Mateo hat wahrscheinlich 1965 oder 1966 seine Zelte hier abgebrochen, um nach Buenos Aires zu gehen. Der Mann, er heißt übrigens Antonio Peñate, war sich auch ziemlich sicher, dass Mateo kein *canario* war. Er wusste jedoch nicht, ob Mateo ursprünglich aus Argentinien oder aus Uruguay stammte – für unsere Ohren sprecht ihr diesseits und jenseits des Río de la Plata gleich. Was sagst du nun?«

Elena sagte erst einmal gar nichts. Nach einer Weile fasste sie zusammen: »Das heißt, wenn er noch lebt, dann nicht mehr hier, sondern vielleicht in Buenos Aires. An diese Möglichkeit habe ich nie gedacht.«

»Und jetzt halt dich fest! Dieser Antonio Peñate hat in seinem uralten Adressbuch nachgeschaut und mir gleich *zwei* Adressen von Mateo in Buenos Aires gegeben. Die eine war wohl Mateos erste Anlaufstelle, die andere ist laut Señor Peñate seine spätere Anschrift, die Mateo ihm gesandt hat, da der Neffe von Señor Peñate überlegt hatte, nach Argentinien auszuwandern. Leider wusste er nicht mehr, welche Adresse die aktuellere war.«

»Nein! *No lo creo*, ich kann es nicht fassen! Du hast eine weitere Spur zu Mateo aufgetan, Esperanza!«

Esperanza lachte. »Womöglich. Warten wir es ab.«

Elena schüttelte den Kopf und starrte auf das Bild, das auf Esperanzas Schreibtisch lag. »Am Ende wohnt oder wohnte der Kerl noch ganz in meiner Nähe. Ich fasse es nicht!«

»Allerdings gibt es noch etwas, was mir Antonio Peñate erzählt hat, das weniger schön ist ...«

Elena horchte auf und setzte sich auf einen der Stühle vor Esperanzas Schreibtisch. »Was ist schon schön im Zusammenhang mit Mateo?«

»Laut Señor Peñate hat Mateo vor seiner Abreise einen ganzen Schwung seiner Bilder verbrannt.«

Elena entfuhr ein erstickter Schrei. »Nein!«

»Doch. Er sei damals zufällig vorbeigekommen, als Mateo eine Art Scheiterhaufen aus Bildern und irgendwelchen Sachen im *patio* errichtet hatte, die er nicht mitnehmen wollte. Antonio Peñate hat sich dieses Bild just in dem Moment vom Haufen geschnappt, als Mateo ihn ansteckte.«

»Hätte dieser Antonio nicht noch mehr retten können? *Este hijo de puta*, dieser Hurensohn Mateo – wie konnte er das tun?«

»Wir wissen doch schon längst, was für ein Mistkerl er war – oder ist, falls er noch lebt. So wie ich Antonio Peñate verstanden habe, hat er einfach spontan dieses Bild an sich genommen, weil es ein Motiv zeigt, mit dem er sich verbunden fühlte. Er war früher Hafenarbeiter gewesen. Mateo hat es ihm überlassen. Antonio Peñate fand es zwar merkwürdig, wie ein Maler seine eigenen Bilder verbrennen konnte, aber er war der Meinung, dass er jedes Recht dazu habe.«

»Aber wieso, Esperanza? Er wollte sie doch verkaufen!« Elena hielt inne. Ihr kam ein Gedanke. Esperanza hatte gesagt, dass Mateo laut Antonio Peñate sein Atelier Mitte der sechziger Jahre aufgelöst hatte. Nach allem, was sie über Marís Leben in Erfahrung gebracht hatten, vermuteten sie, dass Marí 1963 in Las Palmas gewesen war. Denn ab 1963 hatte sie begonnen, die düsteren, schwermütigen Bilder zu malen. Welche Bilder waren es wohl, die damals auf diesem Scheiterhaufen landeten?

Esperanza, die Elena beobachte, sagte nur: »Genau wie du habe ich mich gefragt, welche Werke Mateo dort verbrannt hat. Die leichten, fröhlichen, mit denen er ein hübsches Sümmchen verdient hat – eher unwahrscheinlich, oder die, wie dieses hier, aus der zweiten Schaffensperiode Marís?«

»... weil er sie nicht losgeworden ist!«

»Das scheint mir naheliegend.«

Sie schwiegen eine Weile, während Elena sich erneut in das Bild vertiefte. Esperanza, die neben sie getreten war, deutete auf den unteren rechten Rand und sagte: »Es ist von 1964. Wir werden es auf jeden Fall zeigen, zusammen mit der dazugehörigen Skizze. Es ist einfach fantastisch, dass wir jetzt auch ein Ölbild aus der zweiten Schaffensperiode präsentieren können.« Esperanza war sichtlich zufrieden und blickte Elena erwartungsvoll an.

Elena nickte und kaute an ihrer Unterlippe. »Weißt du, was ich an dieser Geschichte, die dir dieser Antonio Peñate erzählt hat, besonders aufschlussreich finde? Wir wissen jetzt, dass Marí Mateo offenbar auch traurige Bilder überlassen hat – zumindest dieses eine hier. Und vermutlich befanden sich unter den verbrannten Bildern weitere dieser Art, die Mateo offensichtlich nicht verkauft bekam, sonst hätte er sie wohl kaum verbrannt.«

»So wird es gewesen sein«, antwortete Esperanza.

»Er hat die Bilder verbrannt, die er nicht mehr gebrauchen

konnte, und ist nach Buenos Aires zurückgekehrt. Ich kann es immer noch nicht fassen! Apropos, zeig mir doch mal die beiden Adressen. Sobald ich zurück bin, werde ich dorthin gehen.«

Esperanza nahm einen Zettel von ihrem Schreibtisch und reichte ihn Elena, die einen kurzen Blick darauf warf. »Diese Anschrift sagt mir überhaupt nichts. Ich habe nicht einmal eine Idee, in welchem *barrio* sie liegen könnte. Aber die andere«, sie lachte trocken auf, »ist tatsächlich nicht weit von meiner alten Wohnung entfernt. Unglaublich! Vielleicht ist mir Mateo schon mal auf der Straße begegnet?« Elena schüttelte den Kopf. Der Gedanke hatte etwas Groteskes.

Esperanza schwieg einen Moment, dann sagte sie: »Komm, lass uns etwas essen gehen, und danach schauen wir, ob die Elektriker den Schaden im Museum behoben haben.«

Elena schaute sich zufrieden um. Die letzten Besucherinnen und Besucher verließen die Ausstellungsräume. Der Andrang am Tag der Eröffnung war deutlich größer gewesen, als Esperanza zu hoffen gewagt hatte. Elena ging ins Foyer und beobachtete Jennifer Barclay, die, umringt von ein paar älteren Damen, dafür sorgte, dass das Buffet für den anschließenden kleinen Empfang ihren Vorstellungen entsprechend aufgebaut wurde. Als Eigentümerin einer respektablen Privatsammlung von Marís Werken war sie an der Lösung des Rätsels um Marís Bilder beteiligt gewesen. Esperanza saß entspannt plaudernd mit zwei Zeitungsredakteuren, die zuvor schon Elena interviewt hatten, in einer Ecke des Foyers. Die Freude über die große Resonanz auf die Vernissage war ihr anzusehen.

Elena lächelte, dann kehrte sie zurück in die Ausstellungssäle. Wäre Esperanza nicht gewesen, gäbe es diese Ausstellung nicht. Auch wenn Marí diese nicht mehr erlebte, war es doch eine Würdigung ihres Werkes und gleichzeitig die Aufdeckung eines Betrugs. Elena würde es Esperanza nie vergessen, dass sie diese Ausstellung mit größtem Elan auf die Beine gestellt hatte. Das gleiche galt für Jennifer, die gemeinsam mit anderen vermögenden Engländerinnen und Engländern einen Trust gegründet hatte, um Esperanzas Arbeit nach Kräften zu unterstützen. Es erfüllte sie mit Genugtuung, dass Marí nun posthum Gerechtigkeit widerfahren war. Doch ihre Freude wurde überschattet von der Tatsache, dass Inés nicht gekommen war. Den ganzen Tag über hatte sie in der Menge der Besucher nach Inés Ausschau gehalten. Immer wieder waren ihre Blicke zur Tür gegangen, in der Hoffnung, sie eintreten zu sehen. Doch keine Spur von Inés. Seit ihrer Ankunft in Las Palmas hatte sich Elena verkniffen, Esperanza oder Jennifer nach ihr zu fragen. Sie war davon ausgegangen, Inés spätestens am Tag der Eröffnung zu sehen. Nun war der erste Ausstellungstag zu Ende. Der kleine Empfang für alle, die an der Spurensuche in irgendeiner Weise beteiligt gewesen waren, stand bevor, doch Inés fehlte. Wo mochte sie jetzt sein? Hatte sie keine Zeit gehabt oder keine Lust? Womöglich wussten Esperanza und Jennifer, was los war, denn schließlich würde Jennifer sie eingeladen haben. Wer oder was hatte Inés davon abgehalten zu kommen?

In diesem Moment wurde Elena bewusst, wie sehr sie seit ihrer Ankunft in Las Palmas auf diesen Tag hin gelebt hatte, überzeugt, Inés wiederzusehen. Sie ging mit langsamen Schritten ein weiteres Mal die Bilder entlang. In Wahrheit war sie nicht erst seit ihrer Ankunft auf der Insel voller Erwartung, Inés wiederzusehen. Schon in Buenos Aires hatte sie die Wochen bis zu ihrer Reise hierher gezählt. Die Ausstellungseröffnung bot die sehnlichst erwartete Gelegenheit, Inés wiederzusehen. Nun war sie hier, hatte alle Hoffnung auf ihre erneute

Begegnung gerichtet und fand sich allein mit all ihren überbordenden Gefühlen. Sie hatte Inés alles erklären und nicht zuletzt von ihrer Beziehung zu Caridad sprechen wollen. Jetzt stand sie da, und das Herz lief ihr über vor Sehnsucht und Enttäuschung. Elena starrte auf die Bilder an der Wand, ohne sie wahrzunehmen. *Te extraño*, Inés, ich vermisse dich, murmelte sie. Es schmerzte und es tat gut, diese Worte auszusprechen. Doch im nächsten Moment verfluchte sie sich für ihre Sentimentalität und ihr Selbstmitleid. Ein Teil von ihr wollte auf der Stelle abreisen, der andere ärgerte sich darüber, überhaupt gekommen zu sein.

Plötzlich erklang eine hohe aufgeregte Stimme hinter ihr: »Señora Domínguez del Río! Da sind Sie ja.« Elena fuhr zusammen. Als sie sich umdrehte, stand eine kleine, kugelrunde ältere Dame in auffällig geblümtem Kleid keine zwei Meter von ihr entfernt und strahlte sie an. »Verzeihung! Ich wollte Sie nicht erschrecken, aber alle suchen nach Ihnen.« Die Dame tänzelte in ihren hochhackigen Schuhen aufgeregt auf der Stelle und blickte Elena erwartungsvoll an.

Elena überlegte, wer die Dame sein mochte und erinnerte sich, sie zuvor am Buffet in der Nähe von Jennifer gesehen zu haben. Dem Akzent nach war sie Engländerin, und irgendwie kam sie ihr bekannt vor.

»Monica Gaunt.« Sie reichte Elena ihre kleine rosige Hand. »Wie schön, dass wir uns endlich auch persönlich kennenlernen, Señora Domínguez del Río!«

Endlich fiel der Groschen. Elena ergriff die ausgestreckte Hand und lächelte die Frau an. »Ach, jetzt weiß ich! Wir haben vor längerer Zeit miteinander telefoniert. *Encantanda*, schön, Sie kennenzulernen!«

»Ganz meinerseits, ganz meinerseits! Darf ich Sie Elena nennen, *dear?* Bitte nennen Sie mich Monica.«

»Gerne. Sind Sie extra zur Ausstellung aus England angereist?« Elena ließ sich von Monica nur zu gern aus ihren trüben Gedanken reißen. Sie bewunderte die etwas gewöhnungsbedürftige farbenfrohe Aufmachung der Dame, während diese munter weiterschnatterte.

»Aber ja! Das konnte ich mir doch nicht entgehen lassen. Ich bin aus allen Wolken gefallen, als ich von Jennifer erfuhr, dass mein Mateo ein Betrüger war. Ich muss zugeben, auch nach all den Jahrzehnten war es schwer zu verdauen, dass der Angebetete meiner Jugendtage so ein Gauner war. Aber Schwamm drüber. Heute hatte ich endlich die Gelegenheit, all seine Bilder …« Sie riss die Augen auf und schlug sich die kleine Hand vor den Mund. »O Pardon, ich meine natürlich die Bilder Ihrer Tante Marí – wie taktlos von mir – endlich noch einmal anschauen zu dürfen. Bitte verzeihen Sie meinen Fauxpas, Elena! Ich bin einfach ein wenig durcheinander, so aufregend ist das alles hier.«

Elena lächelte. »Das macht doch nichts. Manchmal ist es sehr schwer, sich von Vertrautem zu lösen …« Sie stolperte über ihre eigenen Worte, hatte aber keine Gelegenheit, ihnen nachzuspüren, denn Monica Gaunt plauderte weiter munter auf sie ein.

»Mein Vater, Gott hab ihn selig, hat ja immer gesagt, Mateo wäre ein Schlitzohr, und ich dummes Ding ließ mich von ihm blenden. Aber ist das ein Wunder bei diesen umwerfenden Bildern?«

»Nein, sicher nicht«, beeilte sich Elena zu versichern.

Monica hakte sich bei Elena unter und zog sie mit sich. »Kommen Sie, es ist fast neun Uhr, die anderen sind sicher schon am Buffet.«

Nachdem Jennifer eine kleine Ansprache gehalten und auch Esperanza ein paar Worte gesagt hatte, bedankte sich Elena bei allen Anwesenden für die Hilfe. Es war eine bunt zusammengewürfelte Schar englischer Pensionäre und Pensionärinnen, die zum Teil eigens angereist waren, um ihre Bilder, die sie dem Museum für die Ausstellung überlassen hatten, in einer Gesamtschau zu sehen. Aus Las Palmas waren Paco und Magdalena, die mit Monica Gaunt um den ersten Platz für das schrillste Kleid konkurrierte, Pimpina, eine alteingesessenen Künstlerin, und Joaquin, wie Esperanza im Kunstbetrieb der Insel tätig, anwesend. Alle, die auch nur entfernt an der Suche nach Spuren von Marí oder an der Vorbereitung der Ausstellung beteiligt gewesen waren, waren gekommen. Nur Inés nicht. Es schnürte Elena die Brust zusammen. Dann kam Jennifer auf sie zu.

»Ein wundervoller Tag und eine einzigartige Ausstellung, nicht wahr, Elena? Ihre Tante und ihr Werk haben ein Publikum gefunden! Wie fühlen Sie sich?«

Elena riss sich zusammen. Ihr Lächeln war ein wenig dünn, als sie antwortete: »Ich bin glücklich!«

Esperanza trat zu ihnen, und dann drehte sich das Gespräch um das kürzlich aufgetauchte Bild mit der nächtlichen Hafenszene. Esperanza war voller Elan. Sie berichtete, dass sie sich bereits mit einem Kunstinstitut in Buenos Aires in Verbindung gesetzt habe, um die Kollegen dort auf Marí, die ja letztlich eine argentinische Künstlerin gewesen war, aufmerksam zu machen und für eine Zusammenarbeit, vielleicht sogar für eine Ausstellung in Argentinien zu gewinnen. Auch Jennifer erwärmte sich sichtlich für den Gedanken, nach weiteren Werken von Marí zu forschen und vielleicht eines Tages alle Bilder ausfindig zu machen, die sich in den Skizzenbüchern befanden. Elena wurde mit Erstaunen bewusst, dass sie dieses Vorhaben zwar wundervoll fand, es aber nicht mehr dieselbe Bedeutung für sie hatte wie früher. Ihrer Tante war endlich Gerechtigkeit widerfahren. Das allein zählte, nicht ein paar Bilder mehr, die vielleicht in fremden Nachlässen ausfindig gemacht werden konnten – so schön solch ein Fund auch wäre. Im Grunde genommen war ihre Suche nach Spuren von Marí nun beendet. Die Aufarbeitung der kunsthistorischen Details hatten Profis wie Esperanza übernommen. Was blieb, war die Frage nach dem Grund für den Selbstmord ihrer Tante, der sich nach wie vor nur ahnen ließ. Hatte sie sich als Künstlerin in einer ausweglosen Situation gesehen? Auch wenn man noch weitere Werke von ihr fände, den Grund für ihren selbstgewählten Tod gäben sie sicher nicht preis. Und die Art der Beziehung zwischen Marí und ihrem Cousin Mateo blieb ebenfalls nach wie vor offen. Natürlich könnte sie versuchen, Mateo ausfindig zu machen oder weitere Zeitzeugen, die von Marí und ihrem Leben berichten konnten. All das hatte sie jahrelang mit dem einen oder anderen Teilerfolg getan. Aber welche Bedeutung hatte diese Suche für ihr eigenes Leben? Sie hatte sehr viel Zeit damit verbracht, mehr über das Leben ihrer Tante zu erfahren. Warum hatte sie das getan? Nur weil Marí auch Frauen geliebt hatte? Warum waren ihre Gedanken jahrelang um das Leben einer längst Verstorbenen gekreist, die sie kaum gekannt hatte? Marí war tot. Nichts konnte sie zurückbringen. War es nicht endlich an der Zeit, sich von Marí zu lösen und ihrem eigenen Leben eine neue Richtung zu geben?

»Ach, Elena«, wandte sich Jennifer unvermittelt an sie, »was ich Sie schon die ganze Zeit fragen wollte: Haben Sie etwas von Inés gehört? Ich hätte sie heute hier erwartet.«

Elena schreckte aus ihren Gedanken auf. Inés. Jennifer hatte sie nach Inés gefragt. Sie schüttelte den Kopf und suchte nach Worten, wobei sie Jennifer nur hilflos anstarrte. Esperanza musterte Elena aufmerksam.

»Ich habe ihr eine Einladung geschickt, schon vor Wochen«, fuhr Jennifer fort. »Nachdem sie sie erhalten hatte, haben wir miteinander telefoniert. Einem Kommen schien nichts entgegenzustehen. Wissen Sie etwas, Señora Nuñez?«

Esperanza zuckte die Schultern. »Ich habe letzte oder vorletzte Woche mit ihr telefoniert. Sie war noch nicht sicher, wann genau sie käme und wie lange sie würde bleiben können, aber sie wollte auf alle Fälle kommen. Einfach so wegzubleiben sieht ihr nicht ähnlich. Wahrscheinlich taucht sie in den nächsten Tagen auf.«

Esperanza nippte an ihrem Weißwein. Es schien sie nicht weiter zu beunruhigen, dass Inés nicht da war. Anders Jennifer.

»Das mag sein, aber ich hätte sie doch heute erwartet. Ein wenig merkwürdig ist das schon.«

Beide blickten Elena fragend an. Elena wusste nicht, was sie sagen sollte. »Ich habe nichts gehört«, meinte sie nur und studierte die Oliven auf ihrem Teller.

»Merkwürdig«, wunderte sich Jennifer. Esperanza sagte nichts und betrachtete Elena, die es vermied, sie oder Jennifer anzuschauen.

Esperanza klappte den Aktenordner zu und warf einen Blick auf die Uhr. Es war eins. Gegen zwei wollte Elena sie zum Essen abholen. Bis dahin konnte sie noch ein wenig Kleinkram erledigen und ein, zwei Telefonate führen. Sie summte munter vor sich hin. Seit der Ausstellungseröffnung waren drei Tage vergangen, und der Andrang des Publikums war ungebrochen. Wenn das so weiterging, würden sie die Ausstellung problemlos verlängern und möglicherweise auch Museen auf der *peninsula*, in Madrid, Valencia oder Bilbao, auf Marí Domínguez del Río aufmerksam machen können. Sie lächelte frohgemut: Das wäre ein Clou, zeigte man sich auf dem Festland doch meistens blasiert gegenüber der Kunstszene auf den Inseln. Auch zu den Argentiniern wollte sie noch einmal Kontakt aufnehmen. Jennifer war Feuer und Flamme, die Ausstellung auch im Ausland zu zeigen und hatte bereits alle Hebel in Bewegung gesetzt. Am nächsten Tag erwarteten sie einen Mitarbeiter der Tate Modern aus London. In Buenos Aires war man nicht so fix, aber das war ja auch wesentlich weiter entfernt, und sie verfügte nicht über Jennifers ausgezeichnete Beziehungen. Esperanza wollte gerade zum Hörer greifen, als das Telefon klingelte. Sie nahm ab und hatte Inés am Apparat.

»*¡Hola Inés!* Na endlich. *¡Donde estas?* Wo steckst du? Wieso bist du immer noch in Deutschland? Wir haben dich alle vermisst bei der Ausstellungseröffnung. Wann kommst du?«

Inés druckste herum. »Ich kann nicht ... Ich werde nicht kommen, Esperanza, deshalb rufe ich an ... um dir Bescheid zu geben ...«

»*¿Qué pasa?* Was ist los? Bist du krank oder gibt es Probleme bei der Arbeit?«

»Nein, nein, es geht mir soweit gut, aber ich kann nicht kommen.«

»Aber wieso nicht?«, hakte Esperanza nach, die Inés zögerliche Stimme nicht zu deuten wusste.

»Ich kann einfach nicht.« Inés schwieg einen Moment. »Ich möchte nicht gerade jetzt kommen ...«

»Aber wieso denn nicht? Alle haben nach dir gefragt auf Jennifers Empfang nach der Ausstellungseröffnung. Jennifer selbst, Elena, Joaquin ...«

Einen Moment herrschte Stille in der Leitung, dann sagte Inés: »Vielleicht komme ich später. Die Ausstellung wird ja noch ein paar Wochen zu sehen sein.«

»Ich verstehe dich zwar nicht, aber wie du meinst. Die Ausstellung geht bis zum 30. Oktober. Vielleicht verlängern wir sie auch. Aber Elena wirst du dann nicht mehr zu Gesicht bekommen.«

»Wann reist sie ab?«, fragte Inés mit dünner Stimme.

In diesem Moment wurde Esperanza klar, dass es irgendein Problem zwischen Inés und Elena geben musste. Sie hatte beim Empfang schon ein merkwürdiges Gefühl gehabt, als Elena seltsam einsilbig auf Fragen nach Inés reagiert hatte.

»Was ist los mit euch beiden?«

»Gar nichts …«

»Du klingst wie ein liebeskrankes Huhn, Inés.« Kaum hatte sie es ausgesprochen, begriff sie, dass sie ins Schwarze getroffen hatte. Im Bruchteil einer Sekunde erinnerte sie sich an die Spannung, die sie zwischen Elena und Inés schon damals wahrgenommen und nicht einzuordnen gewusst hatte. Sie hatte es auf Elenas schroffes, wechselhaftes Temperament zurückgeführt, aber es war etwas ganz anderes gewesen … Esperanza verhaspelte sich. »Oh, ich verstehe … Entschuldigung, das war nicht sehr taktvoll von mir …«

Inés kicherte nervös. »Kein Problem, Esperanza, *no te preocupas*, mach dir keinen Kopf. Ich habe es dir nie erzählt. Wir hatten etwas miteinander, nichts Ernsthaftes, meine ich, aber … na ja, ich hatte gehofft, es könnte mehr werden …«

Esperanza fing sich schnell. So war das also. Offensichtlich war sie blind gewesen. »Das tut mir leid, wirklich. Du willst, aber sie will nicht, und deshalb gehst du ihr jetzt aus dem Weg – verstehe. Dann komm einfach, wenn sie fort ist. Sie fliegt übrigens in vier Tagen.«

»Ich werde kommen, versprochen. Ich weiß, ich hätte früher Bescheid geben sollen, aber ich konnte mich nicht entscheiden …«

»Du musst mir nichts erklären. Wenn du einverstanden bist, sage ich Jennifer, dass wir telefoniert haben und du verhindert bist, aber auf alle Fälle noch kommen wirst. In Ordnung?«

»Du bist ein Schatz, Esperanza. Dieser Anruf ist mir schon schwer genug gefallen ...«

»Schon gut. Melde dich, sobald du weißt, wann du kommst.«

Esperanza überlegte, ob sie noch ein Wort zu Elena verlieren sollte, entschied sich dann aber dagegen, und sie beendeten das Gespräch. Sanft legte sie den Hörer zurück auf die Gabel und blickte das Telefon eine Weile an, als könne es mehr über Elena und Inés preisgeben. Sie schaute eine Zeitlang aus dem Fenster und fragte sich, wie sie so ignorant hatte sein können. Natürlich war ihr nicht entgangen, dass Elena sich seit ihrem letzten Besuch auf der Insel verändert hatte. Zum einen lag es sicher daran, dass sie und Elena sich vertrauter geworden waren, seitdem sie ein gemeinsames Ziel, nämlich die Ausstellung für Marí, verfolgt hatten. Elena sah in Esperanza nun eine Verbündete, und ihre anfängliche Schroffheit war einer Herzlichkeit gewichen, die Esperanza nie für möglich gehalten hätte. Aber da war auch noch etwas anderes. Elenas stolze Art war gedämpft, sie wirkte überhaupt zurückhaltender. Am Abend des Empfangs hatte sie geradezu geknickt gewirkt, was Esperanza wohl bemerkt, aber nicht verstanden hatte. Sie erinnerte sich, dass Elena, als das Gespräch auf Inés' Abwesenheit gekommen war, niedergeschlagen vor ihr und Jennifer gestanden hatte und für den Rest des Abends einsilbig geblieben war. Wenn sie sich nicht völlig täuschte, hatte Elenas Stimmung etwas mit Inés zu tun. Elena war traurig, Inés nicht angetroffen zu haben. Inés wiederum war mit ihrer Entscheidung, nicht zur Ausstellung zu kommen, ebenfalls unglücklich. Esperanza schüttelte den Kopf. Irgendetwas war zwischen den beiden vorgefallen. Es ging sie im Grunde nichts an, aber sie hätte zu gern gewusst, was, denn es tat ihr leid, die beiden unglücklich zu sehen. Sie schob den Gedanken beiseite und blickte erneut auf die Uhr. Wenn sie sich beeilte, konnte sie noch schnell die beiden Telefonate erledigen. Kurzerhand griff sie zum Hörer und wählte.

Nicht lange nachdem sie das zweite Gespräch beendet und eine Telefonnummer notiert hatte, klopfte es, und Elena trat herein. Sie lächelte Esperanza an und sagte: »*Hola*, wie sieht es mit deinem Hunger aus?«

Esperanza kam hinter ihren Schreibtisch hervor. »*Tengo un hambre canina* – ich bin hungrig wie ein Bär.« Sie blickte Elena in die Augen. »Wie geht es dir?«

»Gut«, sagte Elena schlicht. »Wollen wir gleich los oder musst du noch etwas erledigen? Dann warte ich draußen auf dich.«

»Nein, nein. Lass uns gehen. *Tapas* bei Pepa?«

»Das klingt sehr gut.«

Sie saßen im Schatten eines großen Sonnenschirms und tranken Wasser. Pepas Tochter Liliana servierte ihnen verschiedene *tapas* und einen großen Salat. Elena gab erst Esperanza und dann sich davon auf. Esperanza nahm sich von den *papas arrugadas* mit rotem *mojo* und reichte die Schüssel an Elena weiter. Sie genossen die köstlichen Speisen und plauderten über Esperanzas Vorhaben, das Instituto Universitario Nacional del Arte in Buenos Aires für Marís Werk zu begeistern.

»Ich spiele ernsthaft mit dem Gedanken, im Herbst nach Buenos Aires zu fliegen ... Jennifer ist in London schon auf Interesse gestoßen. Wir bekommen morgen Besuch von einem Mitarbeiter der Tate Modern. In Buenos Aires lässt man sich Zeit mit einer Reaktion auf meine Anfrage«, berichtete Esperanza.

»Du weißt doch, so sind wir *latinos*«, schmunzelte Elena. »Wir lassen uns gerne ein zweites und drittes Mal bitten.«

»Begeistert schien mir Señor Gamberi durchaus – zumindest hat er mir das wortreich versichert, aber wie eine Zusammenarbeit konkret aussehen könnte, da bin ich keinen Schritt weitergekommen.«

»Wahrscheinlich will er einfach, dass du ihm ein wenig um den Bart gehst und glaubhaft versicherst, dass du mit ihm und nur mit ihm zusammenarbeiten möchtest, weil er der größte Kunstexperte Argentiniens ist und ein toller Mann außerdem.«

Esperanza schnaubte unwillig. »*Madre de dios,* meine Güte. Ich möchte ihm keinen Antrag machen – es geht um eine berufliche Beziehung.«

»Eben.«

Esperanza hob die Augenbrauen und stöhnte: »Wo leben wir denn?«

»In seinem Fall in Buenos Aires.« Elena lachte. »Ich finde es toll, wie du dich einsetzt. Es wäre wundervoll, wenn man Marís Werk auch in Buenos Aires zur Kenntnis nimmt. Wirklich, Esperanza, ich kann dir gar nicht genug danken. Das ist alles viel mehr, als ich mir jemals erhofft habe.«

Esperanza winkte ab und biss genussvoll in ein Stück Brot mit *serrano*. »Für mich als Kunsthistorikerin sind diese hervorragenden Werke, verbunden mit der ganzen Fälschungsgeschichte, ein einziger Glücksfall. An so etwas arbeiten zu dürfen hat man ein Mal im Leben Gelegenheit – wenn überhaupt.«

»Es wäre schön, wenn die Zusammenarbeit mit Buenos Aires klappt.« Elena zögerte einen Moment. »Und vielleicht finden sich ja doch noch weitere Bilder von Marí, auch wenn wir jetzt wissen, dass Mateo, dieser Idiot, einige davon verbrannt hat.«

Esperanza nickte. »Die Suche ist noch nicht zu Ende. Weder die nach den Bildern noch die nach Mateo.«

Liliana kam, räumte die Teller ab und fragte: »Wie sieht's mit Nachtisch aus? *Crema catalana, flan, helado de turón* oder Obst?«

»Der Sinn steht mir nach *crema catalana,* aber mein Gewissen rät mir zum Obst«, meinte Esperanza, wobei sie sich auf den Bauch klopfte.

»Ach komm«, antwortete Elena. »Du hast es nicht nötig, auf deine Figur zu achten. Ich nehme auf jeden Fall Eis. *Helado de turón*, so wie sie es hier machen, gibt es bei uns nicht. Bevor ich abreise, muss ich davon noch einige Portionen verspeisen.«

»Die Zeit ist schnell vergangen«, antwortete Esperanza und bestellte *crema catalana.* »Ich bringe dich gerne zum Flughafen, wenn du möchtest – aber übermorgen sehen wir uns ja noch mal bei Jennifer. Ich freue mich, nach Santa Brigida zu fahren. Es ist schön, hin und wieder aus der Stadt rauszukommen.«

Elena schluckte. Zu gut hatte sie die Fahrten gemeinsam mit Inés ins Innere der Insel in Erinnerung. Doch sie sagte nur: »Danke für das Angebot, aber Magdalena fährt mich. Ich fliege vormittags, das ist ungünstig für dich.«

Esperanza nickte. »In Ordnung. Apropos Jennifer – du bist doch morgen auch dabei, wenn dieser Engländer kommt?«

»Gerne, aber mein Englisch ist nicht gerade bemerkenswert …«

»Meins auch nicht, aber dafür haben wir ja Jennifer.«

Sie löffelten für eine Weile schweigend ihre Nachspeisen. Esperanza überlegte, ob sie Elena von Inés' Anruf berichten sollte. Warum eigentlich nicht? Zu erzählen, dass sie erst später nach Las Palmas kommen würde, stellte wohl noch keine indiskrete Einmischung in die Angelegenheit der beiden dar.

»Inés hat mich übrigens heute Vormittag angerufen.« Esperanza zögerte. Beinahe hätte sie automatisch Grüße ausgerichtet, aber davon hatte Inés nichts gesagt.

Elenas Löffel blieb in der Luft hängen, und ihre Augen fixierten Esperanza, die sich sogleich unwohl fühlte und fortfuhr: »Sie wird sich die Ausstellung erst später anschauen. Es ist noch nicht klar wann.«

Zu Esperanzas Erleichterung starrte Elena nun auf ihr Eis und fragte tonlos: »Hat sie sonst noch etwas gesagt?«

Esperanza wand sich. Jetzt steckte sie mittendrin. »Sie ... also ... sie sagte ...«

»Dass sie mich nicht treffen möchte«, ergänzte Elena nüchtern und schob die Schale mit dem restlichen Eis von sich.

»Dem Sinn nach, ja.«

Elena nickte. »Das denke ich mir schon seit Tagen. Jetzt weiß ich es definitiv. Danke für die Information.« Wütend verschränkte sie die Arme vor der Brust. Ihr Blick bohrte sich in Esperanzas, die das Gefühl hatte, erdolcht zu werden.

Esperanza atmete tief ein und aus. Das hatte ihr gerade noch gefehlt! Da war sie wieder, die Elena, wie sie sie damals kennengelernt hatte: schroff, kühl, aggressiv.

»Hör zu, Elena! Was immer zwischen euch beiden war oder immer noch ist, *ich* habe damit nichts zu tun. Also lade deinen Frust nicht bei mir ab! Ich kann nichts dafür. Inés will dir aus dem Weg gehen, obgleich sie mir mit dieser Entscheidung auch nicht glücklich schien. Du bist sauer und – wenn ich das richtig einschätze – auch traurig, weil sie nicht hier ist. Wenn du darüber sprechen möchtest, gerne, aber lass deinen Unmut nicht an mir aus.«

Elena starrte sie einen Moment an, dann fuhr sie sich mit

beiden Händen über Augen und Stirn. Ein dumpfer Schmerz bohrte sich im Bereich der Nasenwurzel in ihren Kopf. Nach einer Weile sagte sie: »Entschuldigung, Esperanza.«

»Schon vergessen.« Esperanza machte eine Bewegung aus dem Handgelenk als verscheuche sie eine Fliege. »Seitdem ich dich kenne, hat sich mein Bild von dir ziemlich gewandelt. Eben gerade hast du mich wieder an unsere allererste Begegnung erinnert. Damals fand ich dich schlichtweg unverschämt und arrogant. Aber das bist du nicht – du bist impulsiv und ...« – sie machte eine kurze Pause – »...liebenswert.«

Elena traten Tränen in die Augen. In letzter Zeit hatte sie nah am Wasser gebaut. Verlegen ließ sie den Kopf hängen und murmelte: »Ich hatte einfach gehofft, sie wiederzusehen ... Ich habe ziemlich viel Mist gebaut ... Es ist nicht die erste verpasste Gelegenheit, offen mit ihr zu sprechen. Ich habe meine Chancen alle vertan.«

*Buenos Aires, Januar 1965*

Die Messingverschlüsse des kleinen Lederkoffers schnappten mit einem satten Ton zu. Rosalia stellte ihn neben Marís karierte Reisetasche und trat an das weit geöffnete Fenster. Marí hockte auf der Fensterbank. Ihre Arme umschlangen ihr angewinkeltes Bein, dessen Fuß auf dem äußeren Sims ruhte. Das andere baumelte in den Raum, die Fußspitze tippte ab und an auf den Boden. Ihr Kopf lag auf dem Knie, das Gesicht dem Raum zugewandt. Sie freute sich, mit Rosa ein paar Tage aus der Stadt herauszukommen, auch wenn – wie üblich – Oswaldo dabei war. Die Sommerhitze war unerträglich, und zum Malen fehlte ihr jeder Antrieb.

Rosalia legte die Arme um Marí und zog sie an sich. »*Cariño*, Liebes, ich kann das nicht sehen, wie du immer bei sperrangelweitem Fenster halb draußen sitzt.«

»*Vaya,* Rosa. Ach, komm. Ich sitze sicher, und es ist furchtbar heiß. Hier geht wenigstens ein Lüftchen, und ich bin dem Himmel ein Stückchen näher.«

»Es ist trotzdem eine gefährliche Unart«, beharrte Rosalia und küsste sanft Marís Schopf. »Ich bin froh, wenn wir heute Abend im Club de Regatas angekommen sind. Oswaldo sagte mir, sie hätten die gleichen Zimmer für uns wie letztes Wochenende, also mit Blick auf den Río Luján. Damit haben wir die Chance auf eine angenehme Brise.«

»So oder so wird es in Tigre angenehmer sein als hier. Wie kommt es, dass dein vielbeschäftigter Gatte schon wieder ein verlängertes Wochenende dort verbringen kann?«, fragte Marí. »Neulich hieß es noch, er habe so viele Verpflichtungen, dass er nicht wisse, wo ihm der Kopf stehe.«

Rosalia lehnte sich neben sie an die Fensterbank und legte ihre Hände um Marís angewinkeltes Bein. »Angeblich erwartet man für dieses Wochenende Victoria Ocampo im Club. Oswaldo schätzt ihre Zeitschrift *Sur* über alles. Aber ich vermute, in Wahrheit ist es dieser Ruderer, du weißt schon, der mit dem imposanten Schnäuzer, über den wir uns letzte Woche so amüsiert haben. Wenn ich richtig informiert bin, dann war er bei den Olympischen Spielen 1952 in Helsinki dabei, wo Argentinien Gold im Rudern geholt hat. Wer oder was auch immer der Grund ist – uns werden ein paar angenehme Tage beschert.«

»Ah«, Marí hob die Brauen, »ein durchtrainierter Medaillenträger für unseren verschwiegenen Oswaldo.«

»Ob durchtrainiert oder nicht, ich hoffe, es läuft so, wie Oswaldo sich das vorstellt. Er war in letzter Zeit sehr unausgeglichen – ein bisschen Vergnügen täte ihm sicher gut.«

Marí sparte sich eine Erwiderung und blickte in den Garten hinaus. Rosalia war ein Seismograf für Oswaldos Befindlichkeiten. Das hatte sein Gutes, denn sie verstand es, ihn auf so subtile Art zu beeinflussen, dass Marí sich sicher war, er hielt so manche Entscheidung für seine ureigene, obwohl Rosalia sie von langer Hand vorbereitet hatte. So gelang es ihr auch immer wieder, Freiräume für sich und Marí zu schaffen, die Oswaldo, hätte sie ihn direkt darum gebeten, ihr kaum gewährt hätte. Im Jahr zuvor hatte sie es tatsächlich zuwege gebracht, allein mit Marí vier Wochen Sommerfrische in Mar del Plata zu verbringen. Dennoch – es war Oswaldo, der letztlich bestimmte, wie weit er den Rahmen seiner Ehe mit Rosalia dehnte. In den letzten Jahren, so empfand es Marí, war Rosalias Konzentration auf Oswaldo in dem Maße gestiegen, wie er die Karriereleiter hinaufgeklettert war. Gleichzeitig hatte seine Angst, als Homosexueller erkannt zu werden, zugenommen. Seine Furcht trieb bisweilen bizarre Blüten. So war Oswaldo seit einiger Zeit dazu übergegangen, Marí gelegentlich als entfernte Cousine seiner Gattin Rosalia zu bezeichnen. Er machte das so geschickt, dass selbst Bekannte, die schon lange in Oswaldos Haus verkehrten, diese Lüge schluckten. Rosalia hatte Marís Empörung darüber mit dem Argument zu beschwichtigen versucht, dass Marís dauerhafte Anwesenheit in ihrem Haus so viel leichter zu erklären sei, doch Marís Enttäuschung über den Gleichmut, mit dem Rosalia Oswaldos Lüge stützte, nagte an ihr. Auch wenn sie nicht an Rosalias Liebe zweifelte, hatte sie dennoch das Gefühl, nur die zweite Geige zu spielen – und das, obwohl sie den höchsten Preis für diese lächerliche Maskerade zahlte, die sie niemals gewollt hatte.

Marí schob Rosalias Hände fort: »Es ist zu heiß«, erklärte sie, ohne Rosalia anzublicken. Sie zog auch noch das andere Bein auf die Fensterbank und stellte es zwischen sich und Rosalia. Bei der Bewegung knisterte der dünne Luftpostbrief in ihrer Hosentasche. Marí zögerte kurz. Sollte sie ihn Rosalia zu lesen geben? Jetzt oder später? Im Grunde genommen waren es gute Nachrichten.

Es klopfte an der Tür, und Rosalia rückte von Marí ab, bevor sie *¡adelante!* rief. Mercedes trat ein und richtete aus, dass Don Oswaldo fertig sei und sie unten erwarte. Marí schwang sich von der Fensterbank, nickte Mercedes freundlich zu und griff nach ihrem Gepäck. »Lassen Sie mich Ihnen helfen, Señorita Marí«, beeilte sich das Hausmädchen anzubieten, doch Marí winkte ab. Als sie mit Rosalia vor dem Haus stand, fuhr Oswaldo vor.

»Ein neues Auto?«, fragte Marí.

Rosalia zog vielsagend die Augenbrauen hoch. »Seine neuste Errungenschaft – ein Jaguar. Ursprünglich sollte es ein italienisches Auto werden. Lamborgi oder Lamborghini, ich weiß nicht mehr, wie es hieß. Ein Auto für Aufschneider, ein Sportwagen mit über Fünfzig. Lächerlich! Ein erwachsener Mann muss nicht all seine Flausen in die Tat umsetzen.«

»Das ist ja ein riesiges Schiff!«, staunte Marí. Doch mehr noch wunderte sie sich über Rosalias ungehaltenen Ton. Oswaldo war wohl kaum ein alter Mann, und für gewöhnlich waren Rosalia Autos, Sportwetten und Polo – Leidenschaften Oswaldos, auf die er viel Zeit und Geld verwandte – herzlich egal.

»Maßlos übertrieben für unsere Bedürfnisse, aber immer noch besser als so ein kleiner Flitzer, in dem nur zwei Personen Platz gefunden hätten, vom Gepäck ganz zu schweigen.« Rosalias Missfallen war unüberhörbar. »Nur weil ihm die Lieferzeit für dieses italienische Auto zu lang war, ist es nun ein Jaguar geworden.«

»Oswaldo ist doch noch kein alter Mann …«, warf Marí ein.

»Nein. Aber eben auch kein junger mehr. Und zum Glück behalten wir den Ford. Ich werde mich in diesem überdimensionierten Geschoss so selten wie möglich blicken lassen«, antwortete Rosalia und trat auf das Auto zu.

Marí blickte prüfend zu Rosalia, während sie Oswaldo das Gepäck reichte. Bei dieser Autogeschichte schien es ihr um etwas anderes zu gehen. Oder war Rosalia einfach nur gereizt? Marí fragte sich, ob ihre Geliebte durch den Alltag mit Oswaldo und ihr, dem steten Lavieren, dem ständigen Versuch, ausgleichend und sanft steuernd zu wirken, nicht zermürbt wurde. Von ihren kräftezehrenden gesellschaftlichen Verpflichtungen als Ehefrau eines Staatsekretärs ganz abgesehen. Sie selbst sollte Rosalia eine Stütze sein, keine Last, mahnte sie sich. Sie beobachtete, wie Rosalia in den Wagen stieg und vorn neben Oswaldo Platz nahm. Zum ersten Mal bemerkte sie einen Zug um Rosalias Mund, den sie nie zuvor gesehen hatte. Es war nicht allein der Ärger wegen des Autos. Marí erschrak. Wann hatte sich diese Verbitterung in Rosalias Gesicht geschlichen? Vermutlich war sie in letzter Zeit zu sehr mit sich beschäftigt gewesen. Sie musste etwas ändern – um Rosalia und ihrer selbst willen.

Als sie am frühen Abend in Tigre angekommen waren und ihre Zimmer bezogen hatten, machte sich Oswaldo zu den Bootsschuppen auf. Marí mochte nicht warten, bis Rosalia im Bad fertig war und ging vor, um sich unten am Anleger die Zeit zu vertreiben. Das eklektische Gebäude, dessen Architekt offenbar deutsche und englische Gutshäuser zum Vorbild genommen hatte, lag keine fünfzig Meter vom Río Luján entfernt. Neben dem Bootsanleger gab es eine breite Rampe, die sanft ins Wasser abfiel und den Ruderern so ermöglichte, ihre Boote mühelos zu Wasser zu lassen. Zwischen Fluss und Gebäude luden Bänke und eine gepflegte Rasenfläche zum Verweilen ein. Einzelne hohe Palmen spendeten Schatten. Marí blinzelte in die tiefstehende Sonne und entschied sich für eine Bank im Halbschatten, dicht am Wasser. Bevor sie sich setzte, zog sie den zusammengefalteten Brief aus ihrer Hosentasche. Sie starrte eine Weile auf das Couvert. Eine lange Reihe hässlicher Briefmarken in Rostrot, Blau, Grün und Lila zeigten das Konterfei eines blasiert wirkenden Mannes. Wahrscheinlich war das Franco. Sie kniff die Augen zusammen und suchte nach einer Erläuterung, entdeckte jedoch keine. Schließlich nahm sie den Briefbogen heraus und überflog ihn erneut. Es waren nur wenige Zeilen, und sie konnte sie beinahe schon auswendig. Die entscheidende Botschaft lautete: *Bleib mir weg mit den finsteren Bildern! Das Zeug verkauft sich nicht*. Marí lachte freudlos auf. Ihr Cousin Mateo erpresste sie seit Jahren mit der Drohung, nicht nur ihre Liebe zu Rosalia in der feinen Gesellschaft von Buenos Aires publik zu machen, sondern zugleich auch Oswaldos gut verborgenes Interesse an Männern. Mateos Schweigen erkaufte sie sich mit regelmäßigen Bildersendungen. Ihre Kunst, ihre Werke für sein Stillschweigen. Nur Rosalia wusste davon. In Las Palmas gab Mateo die Bilder als seine aus. Viele Jahre hatte er damit ein hübsches Geschäft gemacht – bis sie ihren farbenfrohen Malstil aufgegeben hatte. Nun blieb ihm offenbar die Kundschaft aus. Doch sie wusste, Geld war nur ein Motiv für seine Erpressung. Das zweite lag in der Anerkennung, die ihm als vermeintlichem Künstler zuteil wurde. Es schien ihn nicht weiter zu stören, dass er sich schamlos mit fremden Federn schmückte. Er sonnte sich in der Bewunderung, die ihm entgegengebracht wurde. Was scherte es sie, dass seine treuen Kunden sich nun, bei ihren jüngsten Bildern, offenbar zurückhielten? Sie malte nun einmal nur noch in dunklen Farben. Die farbenfrohen Bilder von einst gehörten einer anderen Zeit an – so konnte und wollte sie nicht mehr malen. Sie beschloss, Mateo, sobald sie nach Buenos Aires zurückgekehrt war, ein Telegramm zu senden. Da sie keine Bilder habe, die seinen Erwartungen entsprächen, würde sie ihm fortan keine mehr schicken. Das war nur folgerichtig.

Marí erhob sich von der Bank und trat dicht ans Wasser. Ohne zu zögern zerriss sie den Brief mit präzisen Bewegungen in kleine Schnipsel. Sie starrte auf das Häuflein und wog es in der Hand. Dann hob sie den Arm und ließ die dünnen Fetzchen ins Wasser rieseln. Sie würde Mateo beim Wort nehmen, keine Bilder mehr senden und sich so befreien. Nicht länger wollte sie dieses unwürdige Dasein erdulden. Die blauen Schnipsel schwammen erstaunlich lange auf der Wasseroberfläche, bis die Flut sie verschlang. Marí steckte die Hände in die Hosentaschen und lächelte zufrieden. Dies war ein Anfang. Und auch der letzte Satz des Briefes – *Sieh zu, dass bei der nächs-*

*ten Lieferung anständige Bilder dabei sind, oder du wirst es bitter bereuen!* – beeindruckte sie nicht im Geringsten.

»Marí! Da bist du! Fütterst du die Fische?«

Marí drehte sich ebenso schwungvoll wie elegant auf einem Fuß und lachte Rosalia an. Ihr noch feuchtes Haar glänzte. Sie hatte sich umgezogen und trug nun einen hellen Rock und eine weiße Bluse. Ein luftiges blaues Seidentuch um ihren schlanken Hals setzte den einzigen Farbakzent. Sie ist so schön, dachte Marí und strich kurz über Rosalias Arm.

»Apropos Fische«, sagte Rosalia. »Ich hätte Appetit auf gegrillten Fisch nachher.«

»Klingt gut«, antwortete Marí. »Essen wir heute Abend im Club?«

Rosalia nickte. »Ich denke ja. Oder möchtest du ein Restaurant besuchen?«

Mari schüttelte den Kopf und schaute aufs Wasser. Nachdem sie ihrem Impuls, den Brief zu zerreißen, gefolgt war, konnte sie ihn Rosalia nicht mehr zeigen. Doch was machte das? Sie konnte ihr ebenso gut berichten, dass eine neue Zeit anbrach und sie ihre Bilder fortan behielte.

»Was ist mit dir, *querida?* So, wie du ausschaust, geht dir irgendwas durch den Kopf.« Rosalias Blick lag liebevoll auf ihr, und Marí hätte sie am liebsten in die Arme genommen und ihr Gesicht an Rosalias geschmiegt.

»Ich habe gestern einen Brief von Mateo erhalten …« Rosalia blickte sogleich alarmiert. »Eben, bevor du kamst, habe ich ihn zerrissen und dem Río Luján übergeben.«

»Was will er?«

»Mach dir keine Sorgen, Rosa, es ist eine gute Nachricht – er will keine Bilder mehr von mir.«

Die Sorge in Rosalias Miene wich purem Erstaunen.

Marí lachte. »Da bist du sprachlos, nicht wahr?«

»Allerdings.« In Rosalias Kopf arbeitete es sichtlich. »Aber wieso ...?«

»Ganz einfach«, antwortete Marí aufgekratzt. »Sie verkaufen sich nicht, also will er sie nicht.«

»Das hat er geschrieben?«

»So wahr ich hier stehe, Rosa. Das finstere Zeug, so seine Worte, bräuchte ich nicht mehr zu senden.«

»Einfach so?« Es war Rosalia anzusehen, wie schwer es ihr fiel, dies zu glauben.

»Einfach so«, antwortete Marí, ohne mit der Wimper zu zucken. »Ab sofort keine Bildersendungen nach Las Palmas mehr.« Sie strahlte Rosalia an. Für einen kurzen Moment sah sie noch den Zweifel im Gesicht ihrer Geliebten, dann fiel Rosalia ihr mit einem erstickten Freudenschrei um den Hals. Marí drückte sie glücklich an sich. Rosalia umarmte sie tatsächlich in der Öffentlichkeit. Alles würde sich zum Guten wenden.

Rosalia schnitt die verblühten Rosen herunter. Der Sommer war lang und heiß gewesen, nun endlich, im April, hielt der Herbst Einzug. Dank einer kühleren Nacht war ihr endlich ein erholsamer Schlaf vergönnt gewesen. Sie warf die vertrockneten Blüten in einen Eimer und blickte auf ihre Uhr. Ob Marí heute noch käme? Sie hatte die letzten Tage in ihrer eigenen Wohnung verbracht und nur gelegentlich mit Rosalia telefoniert. Es war nichts ausgemacht, und Rosalia mochte sie nicht drängen, so sehr sie sich nach ihr sehnte. Marí war wortkarg am Telefon gewesen. Offenbar arbeitete sie an einem neuen Bild, das ihre ganze Kraft und Aufmerksamkeit in Anspruch nahm.

Rosalia bückte sich nach dem Eimer und fuhr gedankenverloren mit der Hand durch die bröseligen Blütenblätter. Seit Wochen ging ihr der Brief von Mateo durch den Kopf. Anfangs hatte sie sich nur zu gern von Marís Euphorie mitreißen lassen. Zu verlockend war die Vorstellung, die Last der Erpressung loszusein. Rosalia ging mit dem Eimer zu den Gartenabfällen hinter der Hecke am Ende des Gartens. Sie wusste, in Marí keimte die Absicht, einen Neuanfang als Künstlerin ins Auge zu fassen. Die düsteren Bilder würden es schwer haben, ein Publikum zu finden. Doch vielleicht kehrte Marí zu ihrem alten fröhlichen, farbenfrohen Stil zurück? Rosalia seufzte. Sie vermisste diese Bilder so sehr.

Nachdenklich streute sie die abgeschnittenen Blüten auf den Abfallhaufen. So recht mochte sie nicht glauben, dass Mateos Erpressung sich plötzlich in Wohlgefallen auflöste. Der Kerl würde sich doch sicher nicht ohne Gegenleistung für sein Schweigen zufriedengeben. Außerdem hatte Rosalia das ungute Gefühl, dass Marí ihr etwas verschwieg und unter einer Maske unnatürlicher Munterkeit zu verbergen suchte. Rosalia beschloss, die nächste sich bietende Gelegenheit zu nutzen, um erneut auf diesen Brief zu sprechen zu kommen. Vielleicht irrte sie sich und es war genau so, wie Marí behauptete. Womöglich hielt das Schicksal für Marí eine zweite Chance bereit? Sie hoffte es so sehr. Ihr war allzu bewusst, dass etwas geschehen musste, um ihre Liebste dauerhaft aus ihrer Hoffnungslosigkeit zu reißen, die bis zum Erhalt dieses Briefes ihr beider Leben vergällt hatte. Nach Marís Rückkehr aus Las Palmas vor zwei Jahren, war sie Rosalia zusehends entglitten. Doch neulich am Río Luján wirkte sie zum ersten Mal wieder agil und frohgemut. Würde es von Dauer sein? Rosalia klaubte ein letztes verblasstes Rosenblatt aus dem Eimer und schnippte es in die Luft. Dann trat sie hinter der Hecke hervor. Als sie sich in Richtung Haus wenden wollte, kam ihr Mercedes atemlos über den Rasen entgegengelaufen.

»Doña Rosalia! Kommen Sie bitte in den *salon*. Don Oswaldo wünscht Sie sofort zu sprechen.«

Das Mädchen wirkte aufgeregt, doch Rosalia ließ sich ihre Verwunderung nicht anmerken. Es war nicht Oswaldos Art, in dieser Weise nach ihr zu schicken. Es musste etwas vorgefallen sein.

»Mercedes, beruhigen Sie sich! Was ist geschehen?«

»Ich weiß es nicht.« Mercedes hatte rote Flecken im Gesicht. »Don Oswaldo ist sehr …« – sie suchte nach einem passendem Wort – »aufgebracht!«, stieß sie schließlich hervor. »Er hat mir weiter nichts gesagt, außer dass Sie *sofort* kommen sollen – nur das, immer und immer wieder.«

Beunruhigt beschleunigte Rosalia ihren Schritt. Was war passiert? Oswaldo verlor nie die Contenance, schon gar nicht vor dem Personal.

Kaum erreichte sie den *salon*, zog Oswaldo sie mit hochrotem Kopf in den Raum und scheuchte Mercedes, die Rosalia besorgt gefolgt war, mit einer ungeduldigen Handbewegung fort. Er zog die breite Tür hinter sich zu, lehnte sich mit dem Rücken daran und atmete mit geschlossenen Augen einige Male tief ein und aus. Rosalia stand in der Mitte des Raumes und sparte sich jeden Kommentar. So hatte sie ihn noch nie erlebt. Was mochte nur geschehen sein?

»Du glaubst nicht, mit wem ich heute gesprochen habe«, sagte er mit leiser Stimme, dann schlug er die Augen auf. »Aber ich nehme an, du wirst mir einiges zu einem Gauner namens Mateo Domínguez del Río sagen können.«

Der Schreck fuhr Rosalia durch alle Glieder.

»Du oder Marí. Eine von euch beiden wird mir eine Erklärung geben müssen.« Oswaldos Stimme klang heiser und angespannt. Mit langsamen Schritten kam er auf Rosalia zu. »Genau das wollte ich immer verhindern.« Er rieb sich mit beiden Händen die Schläfen und blieb vor Rosalia stehen.

Rosalia überlegte fieberhaft. Offenbar hatte Oswaldo mit

Mateo gesprochen. Das bedeutete, das Mateo hier in Buenos Aires war und nicht mehr Tausende von Kilometern entfernt in Las Palmas. Ihr schwindelte. Dieses Schwein war zurückgekehrt. Sofort war ihr klar, dass er Oswaldo nicht zufällig begegnet sein konnte. Mateo führte etwas im Schilde.

»Was ist passiert?«, fragte sie so ruhig wie möglich.

»Was passiert ist?« Oswaldos Stimme schraubte sich hysterisch in die Höhe. »Das frage ich dich, Rosalia!«

Rosalia riss sich zusammen. Mateo musste ihm offenbart haben, was er über Rosalias und Marís Verhältnis zueinander wusste und so, wie Oswaldo zitternd und dem Nervenzusammenbruch nahe vor ihr stand, hatte er ihm außerdem zu verstehen gegeben, dass ihm Oswaldos Neigung bekannt war, die weder seiner Gattin noch anderen Frauen galt.

»Oswaldo, was hat er dir gesagt?« Rosalia schaute ihm fest in die Augen.

»Das fragst du mich? *Ich* bin hier derjenige, der die Fragen stellt – stellen muss!« Der gehetzte Ausdruck in seinen Augen machte Rosalia Angst. Dieser Mann war nicht mehr bei sich. Wie sollte sie ein vernünftiges Wort mit ihm reden?

»Wie lange geht das schon?«, verlangte er zu wissen.

»Oswaldo, bitte, erzähle mir, was genau Mateo gesagt hat, und ich werde dir alles erklären, soweit ich dazu in der Lage bin.« Rosalia konzentrierte sich ganz auf Oswaldo und verdrängte jeden Gedanken an Marí. Sie musste endlich erfahren, was genau geschehen war.

»Er weiß alles über uns!«, schrie Oswaldo, und hässliche Flecken erschienen auf seinem Gesicht. »Unser Gärtner, Victorio, trägt ihm Informationen zu. Ich muss ihn entlassen.«

Rosalia sparte sich den Hinweis, dass das sicherlich nicht ratsam war. Jetzt galt es erst einmal Oswaldo zu beruhigen. Was immer ihm Mateo erzählt hatte, gemeinsam würden sie einen Ausweg finden. Rosalia vertraute auf Oswaldos Verstand. Im Augenblick war er aufgewühlt, aber später würde er wieder einen klaren Kopf haben.

»Weil Marí ihm keine Bilder mehr schickt, will er nun Geld von mir, damit er sein elendes Maul hält!«, stieß Oswaldo keuchend hervor. Er schlug sich gegen die Stirn, dann fauchte er Rosalia an: »Wie konnte ich nur so blind sein? Wieso hat es mich nicht argwöhnisch werden lassen, dass eine so ambitionierte Künstlerin wie Marí auf einmal nicht mehr davon sprach, Ausstellungen zu machen oder eine Galerie zu suchen, die sie vertrat? Ich war nachlässig, naiv und blind«, bezichtigte sich Oswaldo. »Ich habe die Kontrolle über euch verloren.«

Rosalia überief es eiskalt. Sie hatten ein Arrangement, das auf Vertrauen und echter Zuneigung beruhte, wie konnte er von Kontrolle über sie sprechen? Doch in diesem Moment wurde ihr bewusst, dass auch sie ihm nicht immer Vertrauen entgegengebracht hatte. Sie war es gewesen, die unter keinen Umständen gewollt hatte, dass er von der Erpressung durch Mateo erfuhr, lieber hatte sie ihrer Liebsten, Marí, zugemutet, den größten Teil der Last zu tragen. Womöglich war das ein schrecklicher Fehler gewesen. Hätten sie zu einem früheren Zeitpunkt gemeinsam mit Oswaldo eine Lösung finden können?

Rosalia ließ sich in einen Sessel sinken. Ihr war schwarz vor Augen. Nun war es zu spät. Oswaldo setzte sich ihr gegenüber. Er atmete ruhiger, und seine Gesichtsfarbe war wieder normal. Rosalia beruhigte sich ein wenig. Er schien sich wieder gefasst zu haben. Doch Oswaldos Wandlung war anders, als sie vermutet hatte.

»Jetzt, wo ich weiß, was gespielt wird, werde ich eine Entscheidung treffen«, sagte er mit schneidender Stimme. »Mari wird nicht mehr die halbe Zeit hier leben. Damit ist ein für alle Mal Schluss!« Rosalias Herzschlag setzte einen Moment aus. Sie hielt die Luft an, als er weitersprach. »Ihr habt mich über Jahre nicht von dieser Erpressung in Kenntnis gesetzt. Ihr habt geglaubt, die Entscheidung allein treffen zu können.«

Rosalia zitterte. Das war nicht sein Ernst. Wie konnte er von ihr verlangen, dass Marí sich aus ihrem Haus und damit von Rosalia zurückzog? Und begriff er nicht, dass es keinen Unterschied mehr machte? Selbst wenn Marí jetzt von der Bildfläche verschwände, würde Mateo seinen Erpressungsversuch nicht aufgeben. Der beste Weg schien Rosalia, freundlich mit dem Personal umzugehen, so dass es zu seiner Herrschaft stand, egal, was diese tatsächlich oder vermeintlich tat, den Hausherrn eingeschlossen. Auch der Gärtner sollte bleiben. So hatten sie ihn im Auge. Wer wusste, was er anstellte, wenn er seine Arbeit verlöre? Ein schrecklicher Verdacht keimte in ihr auf: Oswaldo wollte sich mit dieser Forderung dafür rächen, nicht in den Pakt mit Mateo einbezogen worden zu sein. Fieberhaft zermarterte sie sich das Gehirn nach einem Ausweg, einer Lösung, die auch Oswaldo akzeptieren konnte. Doch noch während sie überlegte, beugte sich Oswaldo zu ihr vor und sagte langsam und akzentuiert: »Sie soll ihm wieder anständige Bilder malen. Sorg dafür!«

Rosalia geriet in Panik. Ihre Hände umklammerten die Sessellehne, und ihre Gedanken überschlugen sich. Sie zweifelte nicht an Oswaldos Entschlossenheit. Sie musste retten, was zu retten war. Marí würde diese Bilder nicht malen können – das musste er verstehen oder zumindest als Tatsache zur Kenntnis nehmen. Er durfte nicht versuchen, Marí dazu zu bewegen, wieder Bilder zu malen, wie sie Mateo forderte. Es würde sie endgültig zerbrechen. Das durfte niemals geschehen – sie, Rosalia, würde es mit allen Mittel verhindern, und sei es um den Preis, dass Marí künftig nur noch gelegentlich als Gast bei ihr weilte. Also sagte sie zu ihm: »Marí *kann* diese Bilder nicht malen! Eher wird sie überhaupt nicht mehr malen. *Niemand* wird sie zwingen können. Gib Mateo Geld. Marí wird mich ab sofort hier nur ab und an besuchen.«

Sie blickte Oswaldo fest in die Augen. Er hielt ihren Blick für einen Moment fest und nickte. Sie hatten ein weiteres Arrangement geschlossen. Über Marís Kopf hinweg. Ihr schwindelte. Was hatte sie getan?

*Buenos Aires, 1. November 2005*

Durch den Lautsprecher erklang eine unverständliche Ansage. Nach dem Flug und einem nicht endenwollenden Zwischenstopp in São Paulo fühlte sie sich gerädert und verschwitzt. Wenigstens hatte sie sich im Flugzeug noch die Zähne geputzt. Wenn alles gut lief, war sie in zwei, drei Stunden in dem Hotel, das Esperanza für sie gebucht hatte, die selbst erst am frühen Abend mit einer Maschine aus Madrid eintraf. Inés reihte sich in die Schlange der Wartenden zur Passkontrolle. Solange sie in der Luft gewesen war, schien dieses Unternehmen unwirklich, jetzt, nachdem sie argentinischen Boden betreten hatte, war ihr flau zumute. Worauf hatte sie sich da nur eingelassen?

Bei ihrem kurzen Besuch in Las Palmas im Oktober hatten Esperanza und Jennifer sie davon überzeugt, Esperanza nach Buenos Aires zu begleiten. Wusste der Kuckuck, warum beide geradezu insistiert hatten. Schließlich war Esperanza die Kunstexpertin und nicht sie. Andererseits waren die drei Wochen, die Esperanza von ihrer Arbeit fernbleiben konnte, zu knapp bemessen, um weiter nach Spuren von Marí zu suchen, Mateo ausfindig zu machen und parallel dazu Menschen aus der argentinischen Kulturszene für eine Ausstellung mit Werken von Marí zu gewinnen. Es gab genug zu tun, und Jennifer scheute weder Kosten noch Mühe, Marís Werk über Gran Canaria hinaus bekannt zu machen. So zahlte sie für ihre beiden Botschafterinnen, wie sie Esperanza und Inés augenzwinkernd nannte, Flug und Hotel. Jennifer war der festen Überzeugung, dass Inés Esperanza vor Ort bestens unterstützen konnte, hatte sie doch vor über einem Jahr maßgeblich dazu beigetragen, dass sie schließlich mehrere Bilder von Elenas Tante Marí in Las Palmas gefunden hatten. Inés war zwar nach wie vor der Meinung, Esperanza käme auch prima ohne sie zurecht, doch Esperanza schien froh über Jennifers großzügigen Vorschlag, ihr Inés an die Seite zu stellen. Und letztlich konnte sich Inés die Gelegenheit, eine der aufregendsten Metropolen Südamerikas zu besuchen, einfach nicht entgehen lassen. Der Umstand, dass Elena in Buenos Aires lebte und sie sie bei der weiteren Suche zwangsläufig wiedersehen würde, war nicht ausschlaggebend gewesen, rief Inés sich mantraartig in Erinnerung. Die Tatsache, dass ihr Herz nach wie vor wie wild zu klopfen begann, wenn Elena sich in ihre Gedanken schlich, ignorierte sie geflissentlich. Mit dem Kapitel Elena hatte sie abgeschlossen. Das hatte sie sich schließlich bewiesen, als sie nicht zur Ausstellungseröffnung nach Las Palmas gereist war. Im Grunde war diese Reise ein erneuter Ausbruch aus ihrem Leben in Deutschland. Denn letztlich hatte sich nach ihrer Auszeit auf Gran Canaria nichts geändert. Sie war nach Berlin zurückgekehrt und damit beschäftigt gewesen, Elena zu vergessen. Bald hatte sie sich in ihrem alten Halbtagsjob bei einem Telekommunikationsunternehmen wiedergefunden, wo sie tagein und tagaus Gebrauchsanweisungen übersetzte. Sie hasste es mehr denn je und verfluchte sich dafür, ihre Auszeit nicht genutzt zu haben, sich Gedanken über berufliche Alternativen zu machen. Anstatt sich um ihre eigenen Angelegenheiten zu kümmern, hatte sie Elena bei der Suche nach Bildern von Marí geholfen – schön für Elena, aber ihr hatte es nichts gebracht außer Liebeskummer. Im Grunde genommen hatte sie das Jahr auf Gran Canaria damit zugebracht, sich zu verlieben und Elena anzuschmachten, die sich nicht wirklich auf sie einlassen mochte. Die Spurensuche war für sich genommen schon aufregend gewesen, und das war schließlich auch der Grund, warum sie jetzt wieder dabei war. Nun aber an Esperanzas Seite, mahnte sie sich.

Inés näherte sich dem Schalter für Einreisende aus Europa und war froh, sich nicht in die lange Schlange für Reisende aus den USA anstellen zu müssen. Sie fragte sich, ob Esperanza schon ein Treffen mit Elena vereinbart hatte. Bei dem Gedanken daran beschleunigte sich ihr Puls, und ihr Magen zog sich zusammen. Wie würde es sich erst anfühlen, wenn sie Elena gegenüberstände? Esperanza hatte auffallend beiläufig erwähnt, wie enttäuscht Elena gewesen war, als sie Inés nicht in Las Palmas angetroffen hatte. Sie hatte sogar das Wort »niedergeschlagen« gebraucht, erinnerte sich Inés. Und wenn sie ehrlich war, hatte dies sofort die irrwitzige Hoffnung in ihr geweckt, es gäbe noch eine Chance für sie und Elena.

Inés seufzte und trat an den Schalter. Sie hatte nicht den blassesten Schimmer, wie sie Elena gegenübertreten sollte. Aber es konnte nur eine Katastrophe werden, puddingweich wie ihre Knie schon beim bloßen Gedanken daran wurden. Sie riss sich zusammen und reichte der Frau in Uniform ihren Pass, beantwortete die zwei, drei Fragen, die diese ihr stellte, und ging am Zoll vorbei in die große Halle. Ihr Gepäck fuhr auf dem Karussell bereits seine Runden, und so schob sie den Kofferkuli ans Band und wuchtete ihre Reisetasche darauf. Bevor sie sich ein Taxi mit Lizenz nahm, was man ihr dringend geraten hatte, schaute sie sich nach einer Bank zum Geldwechseln um.

Der Fahrer des Taxis mit der blauen Aufschrift »Taxi Ezeiza« half ihr mit dem Gepäck und verwickelte sie binnen weniger Sekunden in ein Gespräch. Inés fühlte sich einerseits ein wenig überrumpelt von den vielen Fragen und all den Erläuterungen, die der Mann ungefragt über Buenos Aires und Argentinien zum Besten gab, andererseits war sie ihm dankbar, dass er sie von ihren Gedanken an Elena ablenkte. Während er ihr ausführlich seine Ansichten zu Argentiniens Wirtschaftslage, der Regierung Néstor Kirchners und der Rolle des IWF darlegte, schaute sie sich die Aufkleber und Bildchen auf dem Armaturenbrett an. An prominenter Stelle prangte ein gerahmtes Foto von Maradona. Direkt darüber ein Hologramm der Jungfrau Maria sowie ein Bibelpsalm. Zwischen weiteren Aufklebern und Fotos seiner Frau und seiner Kinder, wie Inés annahm, entdeckte sie ein kitschiges Porträt von Evita im Stil eines Heiligenbildchens. Inés grinste und suchte weiter in dem bunten Sammelsurium nach Carlos Gardel, dem begnadeten Tangosänger. Dann wären alle argentinischen Ikonen beisammen. Aber Gardel schien nicht dem Musikgeschmack ihres Fahrers zu entsprechen. Sie entdeckte stattdessen ein Bild von John Lennon und eines von Madonna. Also lieber Popmusik als Tango, dachte Inés, schließlich konnten nicht alle Argentinier Tangofans sein.

Tango. Mit einem Schlag dachte sie wieder an Elena. Sie ließ den Mann die Unterhaltung bestreiten, warf ab und an eine höfliche Frage ein, hörte aber nur mit halben Ohr zu. Ob Elena wieder als Tangolehrerin arbeitete? Sie hatte so wenig über ihr Leben in Buenos Aires preisgegeben. Einzig ihr dringender Wunsch, in ihre Heimat zurückzukehren, war Inés in deutlicher Erinnerung. Wie es ihr wohl ging, nun, da es eine erfolgreiche Ausstellung mit Bildern ihrer Tante Marí gegeben hatte und eine weitere in ihrer Heimatstadt angestrebt war? Sie lebte wieder in ihrem geliebten Buenos Aires und konnte mit sich und der Welt zufrieden sein. Inés mochte sich nicht vorstellen, mit welcher Frau sie dieses erfüllte Leben wohl teilte.

Juan Bautista Gamberi begleitete Esperanza und Inés bis zur Haupttreppe des Instituto Universitario Nacional del Arte.

»Ich bin wirklich fasziniert von Marí Domínguez del Río«,

sagte er. »Ihr Werk ist außerordentlich, und als Kunsthistoriker bin ich natürlich begeistert, dass sich das Centro Atlántico de Arte Moderno und Ihre geschätzte Person, Señora Nuñez, so um das Werk dieser argentinischen Künstlerin bemühen. Wir fühlen uns geehrt, dass Sie den weiten Weg zu uns auf sich genommen haben, um weiter zum Leben und Werk dieser Künstlerin zu recherchieren. Aber als *decano director* des Instituto Universitario Nacional del Arte weiß ich nicht recht, wie wir Sie bei Ihrer Suche unterstützen können. Verstehen Sie mich bitte nicht falsch, alles, was in unserer Macht liegt, werden wir selbstverständlich in die Wege leiten …«

Er hob entschuldigend die Schultern und öffnete die Arme in einer versöhnlichen Geste, vermied es aber gleichzeitig, Esperanza oder Inés in die Augen zu schauen. Esperanzas professionelles Lächeln war bereits seit einer Weile eingefroren. Sie hatte nicht mehr als fünf Minuten im Büro des *decano director* verbringen müssen, um zu begreifen, dass von seiner Seite keine Hilfe zu erwarten war. Sie blickte Inés an, die müde schien und nicht ganz bei der Sache war, als sie sich von Juan Bautista Gamberi verabschiedeten. Gemeinsam gingen sie die breite Treppe hinab. Keine sagte etwas, bis sie vor dem Ausgang im Erdgeschoss standen.

»*¡Dios, este muchacho me mata!* Der Kerl bringt mich um!«

Esperanza holte tief Luft. Sie ärgerte sich über sich selbst. Sie hätte es wissen können. In einer Reihe von Telefonaten im Vorfeld ihrer Reise hatte sich der *decano director* zwar immer begeistert über ihr Vorhaben gezeigt, doch konkrete Vorschläge waren ausgeblieben. Esperanzas Hoffnung, in einem persönlichen Gespräch mehr erreichen zu können, hatte er in einem Wortnebel zerredet. Zu gern hätte sie ihm gegenüber ein paar geharnischte Worte dazu verloren, dass sie den Eindruck hatte, er wolle zwar liebend gern mehr über die ebenso unbekannte wie brillante argentinische Künstlerin erfahren, die Esperanza ihm auf dem Silbertablett präsentierte, aber keinen Finger für die Organisation einer Ausstellung oder für die Suche nach weiteren Spuren krumm machen.

»Ich muss an die frische Luft. Hier halte ich es keine Minute länger aus«, sagte sie zu Inés. »Ich komme nicht mehr mit ins Museum dieses ehrwürdigen Hauses. Nimm es mir nicht übel.«

Inés nickte. »*¡Vale!* Dann sehen wir uns irgendwann heute Abend im Hotel. – Komm, sei nicht enttäuscht, Esperanza. Wir sind erst einen Tag hier. Morgen versuchen wir es bei *der oficina de empadronamiento.* Vielleicht kommen wir mit Hilfe des Melderegisters weiter, um Mateos derzeitigen Wohnsitz herauszufinden.«

»Das hat Elena doch schon versucht. Die eine Anschrift führt zu einem verfallenen Gebäude, das damals eine billige Absteige gewesen ist, und die andere Adresse existiert schlichtweg nicht. Unbefugte ohne berechtigtes Interesse erhalten keine Auskunft über registrierte Personen. Alles eine einzige Sackgasse!«

»So schnell sollten wir nicht aufgeben. Warum existiert die eine Adresse nicht? Ist sie schlichtweg falsch, oder wurde die Straße umbenannt? Es gibt viele Möglichkeiten. Hat sie wirklich alles versucht?«, fragte Inés.

»Ja, sobald sie aus Las Palmas zurück war. Hast du eigentlich etwas von ihr gehört? Ich hatte heute Morgen noch keine Antwort auf meine E-Mail im Posteingang. Sie weiß doch, dass wir gestern angekommen sind.«

Esperanza wurde immer ärgerlicher. Ihr Besuch in Buenos Aires begann offensichtlich nicht, wie sie ihn sich vorgestellt hatte. Inés unterdrückte ihren Impuls, eine plausible Erklärung für Elenas ausbleibende Reaktion zu finden. Sie mochte jetzt nicht darüber nachdenken, was ihr Verhalten bedeutete. Also antwortete sie nur: »Wir haben schließlich ein berechtigtes Interesse. Das machen wir diesen Amtspersonen morgen klar. Du solltest dir schon mal eine Strategie für einen beeindruckenden Auftritt als Abgesandte des Centro Atlántico de Arte Moderno aus Spanien sowie eines millionenschweren britischen Trusts überlegen – dann funktioniert das schon.«

Esperanza schnaubte unwillig und kramte in ihrer Tasche nach dem Stadtplan. »Wenn du dich da mal nicht täuschst.«

»Und wenn wir noch ein zweites und drittes Mal hingehen – nach dem Vorgesetzten fragen, mit Juan Carlos von Spanien persönlich drohen oder mit unserem Freund, dem *decano director*, Juan Bautista Gamberi vom Instituto Universitario Nacional del Arte, der ebenfalls an höchster Stelle in die Recherche eingebunden ist – irgendwann werden wir eine Auskunft bekommen. Sei ein wenig zuversichtlicher!«

Esperanza lächelte matt. »Bis heute Abend, Inés.«

»*Hasta luego.*«

Inés freute sich darauf, ein wenig allein zu sein. Erst wollte sie hier im Institut das Museo de Calcos y Escultura Comparada besuchen und sich dann ein wenig durch die Stadt treiben lassen.

Sie sprach eine Frau an, in der sie eine Mitarbeiterin vermutete und die ihr erklärte, dass sich das Museum des Instituts nicht in diesem Gebäude, sondern in der Avenida España befand.

»Nehmen Sie die *subte*, linea D, die Station ist gleich an der Avenida Santa Fé, und fahren Sie bis zur Plaza de Mayo, dann weiter mit dem *colectivo*. Die *colectivos* mit den Nummern 111, 130 und 152 fahren direkt bis zum Museum.«

Inés bedankte sich und stand unentschlossen am Eingang. Sollte sie den weiten Weg auf sich nehmen?

Während sie noch überlegte, sagte die Frau: »Hier im Haus gibt es eine vorübergehende Ausstellung mit Skulpturen – falls es Sie interessiert. Ich weiß nicht, ob sie schon eröffnet ist oder nicht. Gehen Sie dort durch die große Flügeltür bis ans Ende des Ganges und schauen Sie selbst.«

Inés bedankte sich erneut und ging kurzerhand in den beschriebenen Gebäudetrakt. Warum nicht? Sie hatte alle Zeit der Welt. Am Ende des Ganges fand sie sich vor einem mit schwerem Stoff verhängten Eingang wieder. Auf dem Vorhang klebte ein handgeschriebenes Schild mit der Aufschrift *»en construccíon – acceso prohibido«*. Inés wollte gerade wieder umkehren, da entdeckte sie eine Tafel, die die nächste Ausstellung ankündigte: *»Caridad Guzmán – Briefe an meine Schwester«* und darunter *»Plastiken und Skulpturen«*.

Inés stutzte. »Briefe an meine Schwester« – wie sollte man sich das als Plastik vorstellen? Ein gemeißelter Briefbogen mit Text? Das konnte es ja wohl nicht sein. Ihre Neugier war geweckt, und sie schob den Stoff vorsichtig beiseite, um in den Raum zu spähen. Sofort fiel ihr Blick auf einen hell schimmernden kahlen Baum, dessen filigrane Äste sich nach oben reckten. Der Stamm war schlank und teilte sich etwa auf Kopfhöhe in die sich weiterverzweigenden Äste. Inés trat ohne zu überlegen ein und ging langsam auf den Baum zu. Seine Gestalt war die einer jungen, schlanken Birke. Beim Näherkommen schien es fast, als bewegten sich die obersten feinen Wipfel im Wind – was natürlich nicht sein konnte, schließlich befand sie sich in einem geschlossenen Raum. Und dennoch hätte sie schwören können, dass sich die Äste bewegten. Sie machte ein, zwei weitere Schritte auf den Baum zu und blieb dann wie angewurzelt stehen. Die Äste bestanden aus zahllosen Knochen und Knöchelchen unterschiedlicher Länge und Dicke. Dem Baum, der ihr eben noch so lebendig erschienen war, haftete damit etwas Morbides, wenn nicht Todgeweihtes an. Sie ging noch näher heran und betrachtete die Konstruktion genauer. Die Knochen schienen aus Gips oder einem ähnlichen Material gegossen. Sie waren täuschend echt. Kaum war Inés dicht an den Baum herangetreten, bewegten sich die Äste eindeutig. Nun erkannte sie den Grund dafür: Die Knochen waren untereinander mit dünnen, flexiblen Drähten verbunden. Die Vibration, die ihre Schritte auf den Holzdielen des Raumes auslösten, übertrugen sich in die filigrane Konstruktion. Fasziniert, doch mit einem Anklang von Unbehagen, ging sie um den Baum herum und fragte sich, ob es Absicht war, dass er aus der Ferne schön und voller Leben wirkte, sich dieser Eindruck aber verflüchtigte, sobald man ihn von Nahem betrachtete. Sie machte ein paar große Schritte rückwärts, aber es gelang ihr nicht, das anfängliche Bild von der schönen jungen Birke wiederauferstehen zu lassen. Auch auf größere Entfernung meinte sie immer noch deutlich die Knochen wahrzunehmen.

»*Ché,* was denken Sie gerade?«, erklang eine Stimme hinter ihr. Inés fuhr erschrocken herum. Ein Stück entfernt stand eine Frau, deren breites Lächeln sich in Besorgnis verwandelte. »*Perdone,* ich wollte Sie nicht erschrecken …«

»Oh, ist schon gut … Ich fürchte, ich habe hier nichts zu suchen …« Inés schaute die sympathisch wirkende Frau an, deren auffallend blaue Augen sie freundlich musterten. Ihr dunkelblondes halblanges Haar war leicht gelockt. Sie sah irgendwie sehr klug aus, fand Inés, oder sogar weise. Sie trug ein schwarzes T-Shirt und eine helle ausgeblichene Jeans. Ihre Füße steckten in klobigen Halbschuhen mit dicker Sohle, die für eine Latina in der Stadt ungewöhnlich waren.

Die Frau kam mit ausgestreckter Hand auf sie zu. »Caridad Guzmán. Schön, eine Frau zu treffen, die so neugierig auf meine Ausstellung ist, dass sie sich von dem Verbotsschild draußen nicht beeindrucken lässt.«

Inés war erleichtert. Die Frau hatte offenbar kein Problem damit, dass sie das Schild missachtet hatte. »Dann sind Sie die Künstlerin – ich habe Ihren Namen draußen gelesen. Ich muss mich entschuldigen. Normalerweise halte ich mich an Verbote, aber der Titel der angekündigten Ausstellung hat mich neugierig gemacht …« Sie zögerte und sagte dann: »Ich bin Inés Soto.«

»*Encantada,* Inés. Freut mich, dass du neugierig geworden bist. Als ich hereinkam, habe ich gesehen, wie du die Äste des Baums von nahem betrachtet hast und dann wieder ein Stück zurückgegangen bist. Ich muss gestehen, ich liebe es, Menschen zu beobachten, die sich meine Werke anschauen. Ich hoffe, du verzeihst mir, dass ich nicht eher auf mich aufmerksam gemacht habe?«

Inés lächelte. Sie mochte Caridad auf Anhieb. »Aber sicher. Und zwei Dinge haben wir auch gleich geklärt: Ich bin übermäßig neugierig und du beobachtest Menschen gern heimlich.«

Caridad kicherte. »Du bist nicht von hier, oder? Ich meine, zumindest sprichst du *castellano* nicht wie wir *porteños*.«

»Ich komme aus Deutschland.«

»Aus Deutschland? Das hätte ich jetzt nicht gedacht, bei deinem Namen. Ich dachte immer, als Deutsche heißt man Helga und hat einen langen Nachnamen mit vielen Konsonanten in unaussprechlicher Kombination.«

»Meine beiden Eltern stammen aus Spanien. Sie sind ausgewandert, und ich bin in Deutschland geboren und aufgewachsen.«

Caridad strich sich eine Haarsträhne aus dem Gesicht hinters Ohr, die sich sogleich wieder löste. »Ah, du siehst, auch ich bin neugierig. Verrätst du mir jetzt, was du vorhin gedacht hast? Schließlich muss ich wissen, ob ich mit meiner Beobachtung richtig liege.« Sie zwinkerte und lächelte Inés gewinnend an. Ihre Augen ließen Inés' nicht los.

Sie hat eine sehr einnehmende Art, dachte Inés. Sie mochte Caridads Stimme und ihren aufmerksamen Blick, und sie spürte, wie sehr der anderen an einer ehrlichen Antwort lag.

»Als ich den Baum von ferne sah, fand ich ihn schön und bezaubernd, weil er so zart wirkte. Von nahem habe ich dann all diese vielen Knochen erkannt. Das wirkt unheimlich. Als ich mich wieder ein Stück entfernt hatte, konnte ich die einzelnen Knochen nicht mehr erkennen, aber die beklemmende Wirkung ließ dennoch nicht nach, obwohl er wieder schön und vital aussah.« Caridad blickte sie wissend an. »Wahrscheinlich konnte ich nicht vergessen, was ich zuvor gesehen und empfunden habe. Mein erster Eindruck war verdorben – oder sogar verloren …« Inés stand ein wenig verlegen da und starrte wieder zu dem Baum hinüber. »Das hört sich jetzt wahrscheinlich irgendwie komisch an …«

»Nein, überhaupt nicht. Danke für die ausführliche Antwort.«

»Ich frage mich, ob man das erste Bild wiedergewinnen kann, wenn man nur noch mit Abstand schaut und vergisst, wie es ist, wenn man nahe am Baum steht?«

Caridad musterte Inés aufmerksam und schien zu warten, ob sie noch etwas sagen würde. Schließlich meinte sie: »Ich nehme an, es hängt davon ab, ob man vergessen möchte.«

Inés nickte. »Das ist so eine Sache – das mit dem Vergessen. Es kann gut sein und helfen oder es kann ein großer Fehler sein, sich nicht erinnern zu wollen.«

Caridad nickte erneut. »Ja, und manchmal haben wir keine Wahl. Wir können nicht vergessen.«

Inés horchte auf. Caridad hatte diesen Satz schlicht ausgesprochen, und doch schien viel darin mitzuschwingen. Sie schwiegen eine Weile, bis Inés fragte: »Wie kommt es zu dem Titel der Ausstellung?«

Caridad schaute Inés kurz an, dann verlor sich ihr Blick im Unbestimmten. Als sie antwortete, hatte Inés nicht wirklich das Gefühl, dass sie zu ihr sprach. »Meine älteste Schwester Cristina ist 1980 verschwunden. Damals war sie neunzehn, ich fünfzehn Jahre alt. Sie arbeitete bei einem Architekten und war fest entschlossen, sich für das nächste Semester an der Universität einzuschreiben. Morgens verließen wir das Haus gemeinsam und gingen zusammen zur Haltestelle. Ihr *colectivo* kam vor meinem. Als sie einstieg, warf sie sich ihre Tasche über die Schulter und winkte mir noch einmal zu. Sie lachte. Es war das letzte Mal, dass ich sie gesehen habe. Von ihrem Tod erfuhren wir erst zehn Jahre später. Wann genau sie starb, wie sie umgekommen ist – all das hat meine Familie nie erfahren. Beerdigen konnten wir sie nicht. Vielleicht gehört sie zu denen, die von Hubschraubern aus in den Río de la Plata geworfen wurden. Eine Überlebende, die kurze Zeit mit ihr inhaftiert war, vermutet allerdings, sie sei schon im Gefängnis gestorben. Soweit zu meiner Schwester.«

Inés war wie erstarrt. Sie suchte nach passenden Worten, einem mitfühlenden Kommentar, und brachte nicht mehr hervor als: »Oh!«

Caridad schien ihre Befangenheit nicht zu bemerken. »Seit ihrem Verschwinden versuche ich zu verstehen. Versuche zu begreifen, wie so etwas geschehen konnte. Wie Menschen zu Bestien werden. Ich frage mich, wieso meine Schwester verschleppt und umgebracht wurde – wir ahnten nicht, dass sie offenbar politisch aktiv gewesen war. Ich frage mich, was sie erlitten hat bis zu ihrem Tod. Ich frage mich, was sie für Gedanken hatte, bis sie sterben musste. Ich frage mich, wieso die Generäle und ihre Handlanger immer noch straffrei sind. Ich frage mich so vieles und weil ich es nie gut in Worte fassen konnte, habe ich es in Stein gehauen, in Beton gegossen, geschmiedet oder wie auch immer in Skulpturen ausgedrückt. Wäre meine Schwester nicht eine der vielen tausend Verschwundenen und Ermordeten gewesen, würde ich diese Fragen womöglich nie stellen. So aber ist mein Denken über diese mörderische Diktatur und das Land, in dem wir heute leben, von diesem Verlust bestimmt. Meine Schwester hat anscheinend schon sehr früh begonnen, Fragen zu stellen. Ich wünschte, ich hätte als Erwachsene, nicht nur als kleine Schwester mit ihr sprechen können. Weil das aber nicht geht, sind diese Werke wie Briefe an sie.«

Caridad blickte Inés an. »Schau bitte nicht so bestürzt. Ich habe das Gefühl, dich mit meiner Geschichte überrollt zu haben …« Sie wirkte ein wenig nervös und suchte Inés' Augen.

»Nein, nein«, beeilte sich Ines zu versichern. »Natürlich habe ich mit so einer Antwort nicht gerechnet, aber es ist gut, dass du es mir erzählt hast.« Sie fühlte sich dennoch unbehaglich. Sie verstand Caridads inneren Antrieb, Kunst zu schaffen. Das wollte sie ihr gern sagen, doch alle Sätze, die ihr einfielen, schienen so banal. Und so sagte sie schlicht: »Du hast so klare Worte für all das …«

»Ach was. Glaub mir, ich habe ewig gebraucht, um überhaupt darüber reden zu können.« Sie zögerte einen Moment. »Es ist einfacher, mit jemandem aus dem Ausland darüber zu sprechen als mit den eigenen Landsleuten. Die Diktatur wirft immer noch ihren Schatten über dieses Land. Entweder wir beargwöhnen uns gegenseitig, oder wir machen einander etwas vor.«

»Ich habe vor einer Weile im Fernsehen erfahren, dass die

Amnestiegesetze für die Militärs vor ein, zwei Jahren annulliert wurden und dass man nun eine Anklage der noch lebenden Juntamitglieder erwartet«, antwortete Inés.

»Ja, so wie es aussieht, stehen die Chancen dafür nicht schlecht. Nachdem immerhin bereits 1985 ein Prozess gegen fünf angeklagte Mitglieder der Junta zu zum Teil lebenslangen Haftstrafen geführt hatte, hat die damalige Regierung kurz darauf ein sogenanntes Schlusspunktgesetz erlassen – ein wenig zu schnell für meinen Geschmack. Ein Jahr später kam ein weiteres Gesetz hinterher. Die Verurteilten wurden begnadigt und jede Strafverfolgung eingestellt. Und die Gesellschaft verfiel in Agonie. Dort verharren viele von uns immer noch. *Ich* bin froh, dass diese Gesetze jetzt aufgehoben wurden.«

»Du fällst ein hartes Urteil über euch. Ich kenne Argentinien zwar nicht, aber wenn ich an die Madres de la Plaza de Mayo denke, an die *piqueteros*, die Fabriken besetzen, oder von Menschen lese, die sich in den armen *barrios* zusammenfinden und eine Selbstverwaltung aufbauen, da wo der Staat nicht hilft, sieht das für mich nicht aus wie eine Gesellschaft in Agonie.«

»Sicher, da hast du recht. Die *asambleas*, die Versammlungen der Bürger, die ihr Schicksal selbst in die Hand nehmen und nicht auf die Regierung warten, haben viel bewegt. Der Antrieb ist aber die wirtschaftliche Not, die Wut über korrupte Politiker und Staatsdiener, nicht der Wille, Unrecht aufzudecken und Täter zu bestrafen. Was das anbelangt, ist das Engagement immer noch mager – finde ich. Aber hätte ich nicht eine Schwester verloren, wollte ich wahrscheinlich auch nicht ständig –»

Ein Mann erschien hinter dem Vorhang am Eingang und rief quer durch der Raum: »*Ché*, Caridad, hier steckst du! Habe ich mir doch gedacht. Kommst du mit essen?«

Caridad blickte auf die Uhr an ihrem Handgelenk und sagte: »Heute nicht, ich muss gleich los, aber morgen gerne.«

Der Mann nickte und hob grüßend die Hand. *»Entonces, hasta mañana.«* Damit verschwand er wieder hinter dem Vorhang.

»Ich will dich nicht aufhalten, nachdem ich hier schon so hereingeplatzt bin. Ich werde mich mal aufmachen«, beeilte Inés sich zu erklären, aber noch während sie es sagte, spürte sie, dass sie nicht gehen mochte und sich am liebsten weiter mit Caridad unterhalten hätte. »Wann wird deine Ausstellung eigentlich eröffnet? Ich würde sie mir gerne anschauen, ohne gegen ein Verbot zu verstoßen.«

»Kommenden Sonntag, abends um neun. Und du hältst mich nicht wirklich auf. Ich habe dich schließlich ins Gespräch verwickelt und dann die meiste Zeit selbst geredet … Aber ich muss leider wirklich los. Bist du morgen vielleicht wieder hier? Was machst du überhaupt in diesem Institut? Wie lange bist du in Buenos Aires? Ich meine, ich fände es schön, wenn wir uns wiedersehen … Vielleicht kommst du ja auch zur Ausstellungseröffnung?« Caridad schob verlegen lächelnd die widerspenstige Haarsträhne hinters rechte Ohr, eine Geste die Inés jetzt schon vertraut vorkam, und blickte sie offenherzig an. »Du siehst, ich stelle andauernd Fragen.«

Inés freute sich. Caridad wollte es auch nicht bei dieser Begegnung belassen. »Ich habe heute eine Freundin zu einem Treffen mit dem *decano director* des Instituto Universitario Nacional Del Arte begleitet«, antwortete sie. »Morgen müssen wir zur *oficina de empadronamiento*. Sie recherchiert hier Verschiedenes in Zusammenhang mit einer Ausstellung, die sie konzipiert hat und gerne auch in Buenos Aires zeigen möchte. Ich helfe ihr dabei. Daher bin ich auch noch die nächsten drei Wochen hier. Warum treffen wir uns nicht morgen am späten

Nachmittag oder abends – falls du vor der Eröffnung noch Zeit hast?«

»*Fantástico!* Kennst du den Buchladen El Ateneo mit dem Café? Sie machen einen wunderbaren Kaffee dort.«

Inés schüttelte den Kopf. »Heute ist mein allererster Tag in Buenos Aires.«

»Oh, dann kennst du Buenos Aires noch gar nicht! Das El Ateneo liegt an der Avenida Santa Fé, einige Häuserblocks von hier entfernt in Richtung Zentrum. Wäre sechs Uhr für dich gut? Ich zeige dir dann ein wenig die Gegend, wenn du magst. Als *porteña* liegt mir nichts mehr am Herzen, als dass du siehst, wie schön unsere Stadt ist. Auch wenn du offenbar nicht als Touristin gekommen bist, sondern seine Majestät *decano director* Gamberi aufgesucht hast.«

Inés lachte. »Unsere Audienz war nicht sonderlich erfolgreich, um nicht zu sagen vergebens. Aber das erzähle ich dir morgen.« Sie freute sich schon jetzt auf den nächsten Tag. Mit jemandem wie Caridad zu plaudern und die Stadt zu erkunden war sicher ein Vergnügen. Egal wie sich die Recherchen und die Suche nach Kooperationspartnern entwickelte, sie sollte die Zeit auch nutzen, die fremde Stadt und ihre Menschen kennenzulernen. Ein Treffen mit dieser spannenden Frau war ein guter Anfang. Inés gab sich einen Ruck. Sie sollte jetzt wirklich aufbrechen und nicht über die nächste Begegnung mit Caridad sinnieren. Beherzt machte sie einen Schritt auf Caridad zu und küsste sie zum Abschied auf die rechte Wange, ganz so wie sie es bei den *porteños* beobachtet hatte.

Als Inés schließlich auf die Straße trat, schlugen ihr Lärm und Abgase entgegen. Der Verkehr schob sich im Schneckentempo über die Avenida Santa Fé, und sie beschloss, ihr Glück mit der *subte*, der U-Bahn, zu versuchen. Sicherlich käme sie damit am schnellsten voran. Mit Esperanza hatte sie am

Morgen ein Taxi genommen, aber jetzt schien das keine gute Wahl und unnötig teuer. Wahrscheinlich war es das Beste, erst einmal ins Hotel zurückzukehren, um sich frischzumachen und dann Palermo zu erkunden, den *barrio*, in dem ihr Hotel lag. Sie freute sich darauf, ein paar Stunden allein durch die Straßen zu schlendern. Sie liebte es, sich ziellos treiben und von dem überraschen zu lassen, was ihr begegnete.

Nachdem sie das Liniennetz der *subte* auf ihrem Stadtplan studiert hatte, kaufte sie eine Zehnerkarte. Am Bahnsteig der Station Pueyrredón fiel ihr Blick auf einen Kiosk mit einem erstaunlich vielfältigen Angebot. Neben vielen argentinischen Zeitungen, unter ihnen auch das deutschsprachige *Argentinische Tageblatt*, entdeckte sie Bücher über Freud und die Psychoanalyse, das Strafgesetzbuch von Argentinien sowie die *Ilias* von Homer, Krimis und Liebesromane. Sie stieg in die U-Bahn und blieb in der Nähe der Tür stehen. Es waren nur zwei Stationen. Während der Fahrt las sie die über der Tür angehefteten Werbezettel. Das Angebot reichte von Tarot als parapsychologische Lebensberatung über Gesangsunterricht mit den Schwerpunkten Ausdruck und Stimmbildung, Kursen zur Gewichtsreduktion bis hin zu Gitarrenunterricht und Hundeausführen.

An der Station Bulnes stieg sie aus und ging ein Stück die Avenida entlang. Gerade als sie sich nach links wenden wollte, stieg ihr ein betörender Duft in die Nase. Er war süßlich und doch frisch. Sie schaute sich um und entdeckte einen Stand mit frischen Schnittblumen. Neben prächtigen bunten Sträußen bot die Verkäuferin auch Jasmin an, zehn halb geöffnete Knospen je Bund. Inés war entzückt. Sie trat zur Verkäuferin und sagte: »Einen Strauß Jasmin, bitte – nein, zwei Sträuße.« Esperanza freute sich sicher, wenn ihr Hotelzimmer von diesem Duft erfüllt wurde. Die Frau lächelte und reichte Inés zwei Sträuße. »Du willst wohl sichergehen, dass der Sommer auch ganz bestimmt kommt, nicht wahr?« Inés lachte sie glücklich an. »Ja, genau, ich kann es nicht erwarten.«

Sie zahlte und steckte ihre Nase zwischen die halb geöffneten Knospen. Wehmut stieg in ihr auf. Es war ein berauschender Duft, verheißungsvoll wie eine aufregende Frau und köstlich wie eine Liebesnacht. Sehnsucht zog ihr die Brust zusammen. Ja, sie wollte, dass der Sommer kam – in ihr Leben. Ob Elena den Duft von Jasmin auch so liebte wie sie? Sie sollte jetzt nicht an Elena denken. Sie würde sie sicher bald sehen. Statt sich bis dahin weiter verrückt zu machen, wollte sie lieber in diese Stadt eintauchen, die sie mit jedem weiteren Schritt in ihren Bann zog.

Sie überquerte die Plaza Güemes. Eltern mit Kindern in Schulkleidung an der Hand kamen ihr entgegen. Inés entzifferte das Emblem auf den Hemden und Blusen: *Colegio Guadalupe*. Die Plaza füllte sich schnell. Kinder tobten kreischend auf dem Spielplatz. Mütter und Väter saßen auf Bänken und behielten bei einem Plausch ihre Sprösslinge im Auge. Ältere Damen mit kleinen Schoßhündchen genossen die Sonne und den Anblick der spielenden Kinder. An drei Seiten der Plaza brauste der Verkehr vorüber. An ihrem Kopfende befand sich eine Kirche undefinierbaren Stils aus hellem Stein, *Nuestra Señora de Guadalupe*, daher der Name der Schule, dachte Inés. Sie warf einen Blick auf ihren Stadtplan. Es waren nur noch zwei Querstraßen bis zum Hotel.

Inés wachte auf und war einen Moment orientierungslos. Ein köstlicher Duft stieg ihr in die Nase. Jasmin. Sie befand sich in Buenos Aires und war nach dem Duschen eingenickt. Das hereinfallende fahle Licht verriet den frühen Abend. Sie sog das betörende Aroma der Blüten tief ein. Dann schwang sie entschlossen die Beine über die Bettkante. Bevor der Duft sie wehmütig machte, wollte sie sich lieber aufraffen und Palermo erkunden. Kurz überlegte sie, bei Esperanza zu klopfen, doch sie wollte lieber noch ein wenig allein sein. Später würde sie sie anrufen.

Sie verließ das Hotel, und bereits nach ein paar Schritten knurrte ihr Magen. An der Ecke Soler und Julian Álvarez entdeckte sie ein Café, *Casa Mua*. Ohne lange zu zögern, trat sie ein. Es war ein schönes, weiträumiges Lokal mit weißgetünchten Wänden und Bildern, die zum Verkauf standen. Durch die hohen Fenster fiel das Abendlicht auf ein Sammelsurium aus alten Tischen und Stühlen. Inés setzte sich und warf einen Blick auf die Speisekarte. Verschiedene Kaffee- und Teesorten und eine abwechslungsreiche Auswahl an Vollkorngebäck, Obstsalaten, Müslis und kleinen herzhaften Gerichten. Wäre die Karte nicht auf Spanisch verfasst und sähe sie nicht einen dieser wundervoll lila blühenden Jacaranda-Bäume durch das Fenster – sie hätte auch in Berlin sein können.

Sie bestellte ein großes Glas frisch gepressten Orangensaft und *bruchetta* mit Tomate und Olive. Es schmeckte himmlisch. Sie war versucht, noch etwas zu bestellen, doch es zog sie weiter, und so machte sie sich bald wieder auf. Als sie aus dem Eckcafé trat, schaute sie sich ein wenig um und bog dann nach rechts ab. Die Straßen gliederten Palermo in ein mehr oder weniger regelmäßiges Schachbrett, das nur ab und an von einer Diagonalen zerschnitten wurde. Je weiter sie in Richtung Westen lief, umso weniger mehrstöckige Häuser gab es, und Inés bewunderte die alten ein- bis zweigeschossigen Gebäude, die vermutlich aus der Zeit der vorletzten Jahrhundertwende stammten und sie sehr an Gran Canaria erinnerten. Dazwischen ragten immer wieder hässliche Neubauten in den Himmel, doch die von Bäumen gesäumten Straßen, mit recht wenig Verkehr, boten insgesamt ein beschauliches Bild. Halbverfallene Häuser standen einträchtig neben gepflegten und mit Alarmanlagen gesicherten.

Nachdem sie eine Weile gegangen war, änderte sich der Charakter der Straßen wieder. Die Zahl hipper Boutiquen mit ausgefallenen Klamotten nahm stetig zu und ebenso die der Restaurants. Von der klassischen argentinischen *pardilla,* wo gut sichtbar riesige Rindfleischstücke am Spieß oder auf dem Rost gegrillt wurden, über arabische und asiatische Küche bis zu vegetarischen Restaurants und unzähligen Cafés und Bars war alles vertreten. Mittlerweile war es dunkel, und die Straßen füllten sich mit Menschen, unter ihnen auch einige Touristinnen und Touristen, zweifelsfrei identifizierbar an Rucksäcken, Kameras und bequemem Schuhwerk. Inés beobachtete fasziniert den immer gleich gestylten Typ junger Frauen in Highheels mit übergroßen Handtaschen, trotz Dunkelheit alle mit tellergroßen Sonnenbrillen vor dem blasierten Gesicht. Meist stöckelten sie am Arm eines Mannes die Gehwege entlang. Waren sie ohne männliche Begleitung, trugen sie gern ein winziges Hündchen bei sich, das entweder aus ihrer Handtasche herauslugte oder an Frauchens großzügiges Dekolleté gepresst wurde. Passenderweise kam sie bald an einem Geschäft für Hundebedarf vorbei, *todo para el Fifi*.

Inés ließ sich treiben. Je später es wurde, desto mehr summten und brummten die Straßen von Palermo. Dem Trubel nach zu urteilen, war sie nun wohl in Palermo Soho oder Palermo Hollywood. Während sie überlegte, noch einmal irgendwo einzukehren, endete die Straße, die sie entlangging, an einer kleinen Plaza, einem von Bäumen umringten Rondell. Lichterketten und Laternen warfen ein freundliches Licht auf den Platz, auf dessen einer Seite ein paar Musiker ihre Instrumente stimmten. Bevor Inés sich zu den ersten Schaulustigen auf eine zweistufige Mauer setzte, rief sie Esperanza an und erklärte, dass sie erst spät ins Hotel zurückkäme. Dann wartete sie gespannt, was geboten werden würde.

Ihr Blick schweifte umher, und sie entdeckte ein Schild mit der Aufschrift *Plaza Serrano*. Nun wusste sie, wo sie war. Immer mehr Menschen blieben stehen oder suchten sich ein Plätzchen zum Sitzen. Ganze Gruppen warteten vergnügt und alberten herum. Viele Paare saßen engumschlungen da und schienen die Welt um sich vergessen zu haben. Eine junge Frau setzte sich neben Inés, kurz darauf gesellte sich eine Mutter mit einen kleinem Mädchen dazu. Sie nickten einander kurz zu, als seien sie alte Nachbarinnen, tauschten ein paar Worte über den milden Abend und spekulierten darüber, was gleich zu hören wäre. Schließlich kündigte ein Mann aus der Gruppe von fünf Musikern wortreich die Tangosängerin Ruth de Vicenzo an, die alte und neue Tangos singen würde.

Die Frau trat hervor, warf ihm eine Kusshand zu und rief: »Danke, Angel! *Muy buenas noches, amigos y amigas*, damit ihr es gleich wisst: Alle Tangos, die wir spielen und ihr noch nicht kennt, hat Angel Pulice geschrieben. Bei den anderen erwarte ich, dass ihr mitsingt!«

Sie erntete Lachen und wohlwollenden Applaus, der in die ersten Töne des bekannten Tangos *A media luz* überging. Ruth und ihr kleines Orchester gaben ihr Bestes, und die Leute gingen mit. Sie sangen, lachten, applaudierten bei lustigen Texten und lauschten verträumt dem melancholischen Tango *Mi noche trista*. Dann sang Ruth, die es verstand, ihr Publikum um den kleinen Finger zu wickeln, eine lustige Milonga, deren Text neben anderen merkwürdigen Dingen von der Seele einer Kakerlake handelte. Das Publikum hielten sich die Bäuche vor Lachen, und die Stimmung wurde immer ausgelassener. »Es wird Zeit für ein kleines Tänzchen«, rief die Sängerin den Menschen zu. »Eine kleine Milonga – wer tanzt für uns eine kleine Milonga?«

Die Musik setzte ein, Ruth erhob ihre Stimme, und kurz darauf wagte sich das erste Paar vor. Das Publikum feuerte die beiden an, und bald folgten ihm weitere. Die junge Mutter, die neben Inés saß, nahm ihre kleine Tochter bei den Händen und mischte sich unter die Tanzenden. Die junge Frau neben Inés rief den beiden anerkennende Worte für ihre ersten Schritte zu und lächelte dann Inés an. Inés lächelte zurück.

»Tango ist wunderbar«, sagte die Frau.

Inés schluckte. »Ja, einfach wunderbar«, antwortete sie und hätte gern noch etwas gesagt.

»Er ist pure Leidenschaft«, fuhr die Frau fort und schaute versonnen auf die Tanzenden.

Inés blickte wehmütig einem Paar hinterher, das selbstvergessen vorübertanzte. »Ja«, war alles, was sie hervorbrachte.

»Tanzt du auch?«, wollte die Frau wissen, ohne Inés anzuschauen.

»Ja, aber ich habe es schon lange nicht mehr getan.«

Die Frau nickte und beließ es dabei. Was wäre, wenn ich sie aufforderte, fragte sich Inés, doch sie verwarf den Gedanken gleich wieder. Die Musiker gingen zu ruhigeren, traurigeren Tangos über, und nur noch wenige Paare tanzen. Ruth sang von Lüge und Betrug und einer verlorenen Liebe. Inés hatte auf einmal einen dicken Kloß im Hals. Sie konnte die sehnsuchtsvolle Stimme der Sängerin fast nicht mehr ertragen, bis sie der Anblick einer kraftvollen Tänzerin mit schulterlangem dunklem Haar fesselte.

Inés hielt die Luft an, das konnte nicht sein – oder doch? Die Frau wurde von einem anderen Tanzpaar weitgehend verdeckt. Inés reckte sich und verfolgte gebannt ihre fließenden Bewegungen. Ihr Puls jagte in die Höhe, bis zu dem Augenblick, als die Tänzerin ihr das Gesicht zuwandte und Inés enttäuscht die Luft ausstieß. Es war nicht Elena. Sie würde auch sicherlich nicht im Arm eines mittelalten Mannes auf Palermos Plätzen tanzen. Oder doch? Inés wusste es nicht. Vielleicht besuchte sie mit ihren Schülerinnen und Schülern solche Veranstaltungen. Hitze stieg ihr in den Kopf bei dem Gedanken, wie es wohl wäre, Elena ungesehen beim Tanzen zu beobachten. Sie folgte weiter den eleganten Bewegungen der dunkelhaarigen Frau, die sich von der Musik tragen ließ. Inés schaute den beiden zu, ohne die Lider zu schließen, und so verschwamm das tanzende Paar zu einer harmonischen Einheit, die nicht mehr erkennen ließ, wer dort mit wem tanzte. Inés stellte sich vor, es wären sie und Elena, die derart verschmolzen in langsamen Schritten über den Tanzboden glitten. Es war ihr, als hielte Elena sie eng umschlungen, und fast meinte sie, ihren Atem an ihrer Wange zu spüren. Sie konnte fühlen, wie Elena sich auf sie einließ, jeden noch so kleinen Impuls aufnahm und in sinnliche Bewegungen umsetzte. Inés' Augen begannen zu brennen, und sie zwinkerte heftig. Leider konnte sie nun wieder alles deutlich erkennen – die Frau, die nicht Elena war, und den Mann, der sie führte.

An der Selbstbedienungstheke des Internetcafés goss Elena mehr Milch in ihren Kaffee und mühte sich entnervt mit dem Deckel ab. Beinahe wäre ihr der Pappbecher umgekippt. Was hielt sie sich überhaupt mit einem Deckel auf? Schließlich waren es nur ein paar Meter bis zu den Computern. Ein bisschen Milchschaum war übergeschwappt. Hastig wischte sie die Lache mit einer Papierserviette auf. Ihre Hände führten ein Eigenleben, seitdem sie vorhatte, sich nun endlich auf Esperanzas E-Mail vom Vortag zu melden. Nervös, aber entschlossen, nahm sie den Becher in beide Hände und ging zu den Rechnern hinüber. Die Tür stand offen, und Straßenlärm drang herein.

Sie setzte sich an einen der freien Plätze und loggte sich ein. Um diese Zeit war nicht viel los in dem Laden. Die Frau an der Kasse manikürte ihre grellbunt lackierten Fingernägel und ließ den Blick ab und an träge durch den Raum gleiten. Elena trank einen Schluck und wartete, bis das System soweit war, dann öffnete sie Esperanzas E-Mail und überflog sie erneut. Esperanza und Inés wollten sich so schnell wie möglich mit ihr treffen und baten Elena um einen Vorschlag. Schon Wochen vor ihrer Ankunft hatte Esperanza wie beiläufig erwähnt, dass Inés sie begleiten würde. Es sei eine Idee von Jennifer Barclay gewesen, die der Meinung war, dass sie gemeinsam mehr ausrichten konnten. Seit dieser Nachricht taumelte Elena zwischen Glückseligkeit und Angst. Sie klickte auf »Antworten«, doch ihre Finger verharrten über den Tasten.

Sie würde Inés wiedersehen. Nun konnte sie ihr endlich all das sagen, was sie ihr schon in Las Palmas hatte sagen wollen. Sie hoffte, noch eine Chance bei Inés zu haben, wenn sie endlich offen über ihre Gefühle sprach. Sie musste erklären, wieso sie damals nicht gewagt hatte, sich auf Inés einzulassen. Sie wollte von Caridad und ihren Gefühlen für sie erzählen und dass Caridad sich von ihr getrennt hatte. Sie musste endlich anfangen zu reden, etwas, das sie noch nie gut gekonnt hatte. Seit Wochen schon legte sie sich im Kopf die passenden Worte zurecht, sprach in Gedanken mit Inés, rang mit den richtigen Formulierungen. Sie fieberte danach, all die Worte endlich loszuwerden – und sie fürchtete sich vor dem Moment, in dem sie Inés gegenüberstehen würde. Was für ein Gefühl wäre das? Wie sollte sie sie begrüßen, und wann wäre der richtige Zeitpunkt zum Reden? Wie würde Inés reagieren? Wollte sie überhaupt noch hören, was Elena ihr zu sagen hatte?

Elena sank der Mut. Das war der springende Punkt, die Frage, die sie sich hundert Mal am Tag stellte – ganz zu schweigen von den Nächten, in denen sie wach lag und daran dachte, dass Inés laut Esperanza nicht zur Ausstellungseröffnung nach Las Palmas gekommen war, weil sie ihr nicht hatte begegnen wollen.

Elena seufzte. Sie trank von ihrem Kaffee und tippte die ersten Wörter: *Querida Esperanza* ... mehr fiel ihr nicht ein. Es war klar, dass Esperanza bei ihrem ersten Wiedersehen mit Inés dabeisein würde. Vielleicht war das gut so? Nein, sie wollte lieber allein mit Inés sein, wollte sofort loswerden, was sie ihr zu sagen hatte. Wie es aussah, führte aber kein Weg daran vorbei, Inés und Esperanza gemeinsam zu treffen.

Elena verscheuchte eine Fliege, die sich über den Milchschaum hermachte, und starrte nach draußen. Die Frau an der Kasse gähnte und betrachtete dabei ihre Nägel. Elena stürzte den restlichen Kaffee in einem Zug herunter und verschluckte sich prompt. Während sie hustete, nahm sie den blasierten Blick der Frau auf sich wahr. Wahrscheinlich beobachtete sie sie schon die ganze Zeit. Elena riss sich zusammen. Wenn sie Esperanza jetzt nicht endlich einen Vorschlag machte, wann und wo sie sich treffen könnten, würde sie Inés nie zu Gesicht bekommen. Nachdem sie noch eine Weile überlegt hatte, was sie schreiben könnte, schloss sie den E-Mail-Account. Am besten sie riefe Esperanza an.

Sie kramte ihr Handy hervor und wählte die Nummer des Hotels. Der Mann am Empfang verband sie, und binnen weniger Sekunden hatte sie Esperanza an der Strippe, die sich mit einem typisch kanarischen *»¡Diga!«* meldete. Elena hatte es schon immer seltsam gefunden, wie man als Begrüßung nur »Sagen Sie!« ins Telefon bellen konnte.

»Ich bin's – Elena.«

»Oh, Elena, schön, dass du anrufst.«

»Entschuldige, dass ich mich jetzt erst melde. Willkommen in Buenos Aires! Wie geht es dir?«

»Ach, danke, sieht man von unserem wenig erfolgreichen Besuch im Instituto Universitario Nacional del Arte heute Morgen ab, geht es mir gut«, antwortete Esperanza.

»Oh, ihr hattet schon einen Termin? Du bist doch gestern Abend erst gelandet. Ich habe an dich gedacht, während ich unterrichtet habe. Bist du vom Flughafen gut in die Stadt gekommen?«

»Mit dem Taxi war es kein Problem. Ja, natürlich hatten wir schon einen Termin. Drei Wochen sind nicht die Welt. Wir müssen die Zeit nutzen.«

Elena schluckte. Das galt wohl auch für sie, wenn sie Inés wieder näherkommen wollte.

»Ich sage dir, dieser Juan Bautista Gamberi – seines Zeichens *decano director* des Instituto Universitario Nacional del Arte – ist eine Nummer für sich. *Se cree descendiente de la plata del cid.* Er glaubt, er sei der Kaiser von China. Wir dürfen uns gerne um Marí und ihr Werk bemühen, aber wehe, man richtet eine Bitte an ihn, dann verliert er sich höchst elegant im Unkonkreten.«

»*¡Qué pena!* Wie schade, aber vielleicht braucht er einfach eine Weile ...«

»Eine Weile? Ich habe doch schon vor Wochen mit ihm Kontakt aufgenommen – er sollte langsam wissen, was er will. Und wenn er nicht helfen will oder kann, sollte er das bitte einfach sagen, dann weiß ich, woran ich bin.«

Elena kicherte. Ihre Anspannung verlor sich ein wenig. »Du möchtest ein klares Ja oder Nein – ihr Europäer habt immer sehr genaue Vorstellungen von den Dingen. Vielleicht möchte er gerne mit dir zusammenarbeiten, aber ihm fehlen die Mittel. Das kann er als *decano director* schlecht zugeben. Wie sähe das aus?«

Esperanza stöhnte entnervt auf. »Wieso denn nicht? Ich hätte volles Verständnis dafür – schließlich arbeite ich in der gleichen Branche. Fehlende Mittel sind mir weiß Gott nicht fremd. Im Übrigen geht es jetzt erst einmal nicht um Geld, sondern um Unterstützung, Kontakte, Ideen und eine Aussage dazu, ob er sich vorstellen kann, eine Ausstellung zu Marís Werk in Buenos Aires zu organisieren, oder sich zumindest dafür starkmacht, dass sonst jemand das tut.«

»Wenn er nicht nein gesagt hat, besteht immer noch die Chance, dass er dir weiterhelfen wird«, beschwichtigte Elena sie.

»Ah, demzufolge gibt es auch in Argentinien so etwas wie ein klares Nein – darf ich das aus deinen Worten schließen?«, fragte Esperanza halb neckend, halb ironisch.

»Ich würde sagen, im Prinzip ja«, antwortete Elena und ignorierte Esperanzas kleine Spitze. »Ihr kennt euch noch nicht richtig – da will er sich natürlich keine Blöße geben.«

»Ach, ich sollte mich einfach nach einem anderen Kooperationspartner umschauen ...«

»Oder diesen Señor Gamberi besser kennenlernen und ihm ganz allgemein von den Punkten erzählen, die du noch angehen willst. Dann kann er selbst sehen, wie er dir helfen kann.«

»Sieh an, Elena, wer hätte gedacht, dass du über so viel diplomatisches Einfühlungsvermögen verfügst?« Esperanza klang zunehmend amüsiert.

Elena nahm es nicht krumm. »Ich bin die geborene Diplomatin – zumindest theoretisch. Das ist dir nur noch nicht aufgefallen ...«

»Soso. Ich merke schon, ich habe dich völlig falsch eingeschätzt. Wir sollten das unbedingt vertiefen – wann können wir uns sehen? Morgen Vormittag bin ich mit Inés in der *oficina de empadronamiento* – du weißt schon, um vielleicht doch noch Mateos Wohnsitz herauszufinden. Danach haben wir Zeit.«

»Ich muss morgen Nachmittag arbeiten, aber abends habe ich frei.«

»Für mich passt das, aber Inés ist abends mit irgendeiner Frau verabredet, die sie heute im Instituto Universitario Nacional del Arte kennengelernt hat. Aber wir beide können uns ja treffen. Du zeigst mir die abendliche *movida* von Buenos Aires – ich möchte schließlich auch etwas von dieser Stadt sehen – und erteilst mir dabei gleich eine Lektion in argentinischer Mentalität. Ein Treffen gemeinsam mit Inés, bei dem wir einen Schlachtplan entwerfen, hat auch bis übermorgen Zeit. Bis dahin habe ich mich noch einmal mit Señor Gamberi in Verbindung gesetzt und ihn nach allen Regeln der Kunst umgarnt. Vielleicht haben wir dann auch schon Neuigkeiten von der *oficina de empadronamiento*. Hast du vormittags Zeit?«

»Ja. Übermorgen unterrichte ich nur nachmittags und abends. Vielleicht habt ihr im Einwohnermeldeamt ja mehr Glück als ich.«

»Hoffentlich. Komm einfach zu uns ins Hotel übermorgen. Das Foyer ist ruhig, dort können wir ungestört reden. Und bring doch auch alles, was du von Mari besitzt, mit – vielleicht inspiriert es uns ja.«

»Mache ich – aber es ist nicht viel. Wollen wir beide uns morgen Abend gegen neun an der Plaza Güemes treffen? Sie ist nicht weit von eurem Hotel entfernt, und wir können dort eine Runde drehen und etwas essen gehen.« Elena wollte es nicht riskieren, Esperanza im Hotel abzuholen und dort möglicherweise unvermittelt auf Inés zu stoßen. Mit wem war sie wohl verabredet? Kaum war sie in Buenos Aires, lernte sie schon eine Frau kennen.

»*De acuerdo*. Einverstanden. Morgen um neun. Ich bin gespannt.«

»Ich freue mich!«, versicherte Elena, auch wenn sie sich statt mit Esperanza lieber mit Inés getroffen hätte.

Sie beendeten das Gespräch, und Elena fragte sich, was Esperanza wohl von ihr und Inés dachte, schließlich wusste sie mittlerweile, dass sie und Inés sich seit anderthalb Jahren nicht gesehen hatten und ein erstes Treffen ziemlich emotionsgeladen sein würde.

Sie verstaute ihr Handy in der Tasche und machte sich auf den Weg nach Hause. Das Beste wäre, sich ein wenig aufs Ohr zu legen. Der Abend in der Tanzschule, wo sie wieder eine deutsch-niederländische Gruppe erwartete, versprach kräftezehrend zu werden.

Inés warf einen Blick auf die Uhr und betrat El Ateneo. Sie war viel zu früh. Die Zeit, die man einkalkulieren musste, um in dieser Stadt von einem Ort zum anderen zu kommen, konnte sie noch nicht einschätzen. Am Tag ihrer Ankunft hatte sie für zehn Häuserblocks mit dem Taxi eine halbe Stunde gebraucht. Am Tag zuvor, mit der *subte*, war sie wie der Wind durch die *barrios* von Buenos Aires gerauscht, und nun hatte sie zu Fuß zum Treffpunkt mit Caridad nur eine Dreiviertelstunde benötigt. Sie hätte auch den *colectivo* nehmen können, aber die Routen der Busse durchschaute sie noch nicht ganz. Sie blickte sich um und wusste, dass sie sich bis zum Eintreffen von Caridad nicht langweilen würde. Caridad hatte El Ateneo als Buchladen mit Café bezeichnet, doch sie fand sich in einem riesigen Gebäude mit meterhohen stuckverzierten Wänden wieder. Eine Kathedrale war das, ein Schloss, ein

Tempel, aber sicher kein Buchladen im herkömmlichen Sinne. Fasziniert reckte Inés den Hals und betrachtete die prunkvollen Details in dem riesigen Saal, der einst sicher ein mondänes Theater gewesen war. Dort, wo früher das Publikum gesessen hatte, befanden sich Regalreihen voller Bücher. Die leicht erhöhte Bühne beherbergte nun das Café, von dem aus man einen einzigartigen Blick über meterlange Bücherreihen genießen durfte. An den Seiten reihten sich Logen in drei Etagen übereinander und luden die Besucherinnen und Besucher ein, es sich mit einem Buch in der Hand gemütlich zu machen. Inés suchte den Aufgang und schaute sich das prächtige Gebäude von den Balkonen aus an. Alles war in ein gedämpftes Licht getaucht, das die Goldverzierungen des Stucks noch wärmer schimmern ließ. Ein Deckengemälde überspannte den ganzen Raum und erinnerte an eine Rokokokirche. Alles fügte sich harmonisch ineinander. Inés schlenderte ein wenig umher und genoss die Atmosphäre. Als sie ins Café ging, entdeckte sie sogleich Caridad, die an einem der Tische saß und in einer Broschüre blätterte. Inés trat zu ihr.

»Und ich dachte, ich sei zu früh.«

Caridad stand auf und begrüßte sie mit einer herzlichen Umarmung. »Glaub nicht, ich wüsste nicht, dass wir Latinos in dem Ruf stehen, niemals pünktlich zu sein! Da ich ja weiß, dass du aus Deutschland kommst, habe ich mich ganz besonders bemüht, rechtzeitig hierzusein.« Sie zwinkerte Inés zu und wies auf den Platz ihr gegenüber.

Inés setzte sich. »An einem so beeindruckenden Ort wie diesem fällt warten nicht schwer. Ich hätte meine deutsche Ungeduld mühelos zügeln können.«

Caridad lachte sie offenherzig an. »Das habe ich natürlich einkalkuliert, als ich dir diesen Treffpunkt vorschlug – falls mein kultureller Hintergrund meiner festen Absicht, pünktlich zu sein, einen Strich durch die Rechnung gemacht hätte. Schließlich bestimmt hier in Buenos Aires das Schicksal unsere Wege und nicht unser Wille.« Caridad verlieh ihren Worten mit ausgebreiteten Armen und himmelwärts gerichteten Augen Nachdruck.

Inés lachte. Sie mochte Caridads selbstironische Art. »Offenbar meint es das Schicksal gut mit uns: Du durftest pünktlich sein, und mir wurden qualvolle Stunden des Wartens erspart.«

Caridad grinste. »Du bist also das erste Mal in Buenos Aires? Was genau machst du hier, wenn du nicht gerade Verbotsschilder missachtest? Erzähl mir von dir!«

»Das allererste Mal. Ich begleite eine Freundin, eine Kunsthistorikerin, die eine Ausstellung vorbereitet und hier verschiedene Kontakte zu Kunstinstituten und Museen zu knüpfen versucht. Ich helfe ihr ein bisschen und freue mich, gleichzeitig eine so unglaubliche Stadt wie Buenos Aires kennenzulernen. Meine Rolle als Assistentin ist im Grunde nur ein Vorwand für diese Reise.« Inés stockte. Das war ihr einfach so herausgerutscht. »Ich bin einfach neugierig und reise gerne«, beeilte sie sich zu erklären.

Caridad blickte sie interessiert an und wartete, ob noch etwas käme.

Inés spielte mit der Getränkekarte. »Möchtest du auch etwas trinken?«

»Ich habe vorhin schon den Kellner gerufen …« Sie blickte sich um und winkte der Frau hinter dem Tresen zu, die wiederum ihren Kollegen auf Caridad aufmerksam machte.

Während sie auf die Bedienung warteten, spürte Inés ein wenig Unbehagen in sich aufsteigen. Wahrscheinlich fragte Caridad gleich nach ihrer Familie – ob sie verheiratet sei und wie viele Kinder sie habe. Die typischen Fragen eben, die fast alle Lateinamerikaner stellten, wenn sie jemanden neu kennenlernten. Inés hasste diese Fragen. Caridad selbst hatte bisher zwar von ihrer Schwester gesprochen, ansonsten aber kein Sterbenswörtchen zu ihrer Familie oder ihrem privaten Umfeld verloren.

Der Kellner kam, nahm ihre Bestellung auf und ging wieder.

Caridad blickte Inés an. »Was ist los? Du schaust gerade wenig begeistert.«

Dieser Frau entging auch nichts. Inés lächelte matt und beschloss, ehrlich zu sein. Caridad schien unkonventionell genug, um es nicht als Affront zu verstehen. »Du hast mich gebeten, von mir zu erzählen. Das finde ich gar nicht so leicht, so aus dem Stand heraus. Leider habe ich auch keine Fotos meiner Familie und meiner zehn Kinder bei mir, die ich dir jetzt zeigen könnte …«

»Lass mich raten. Sie sind auf deinem Handy gespeichert und bist noch mit der Bildbearbeitung beschäftigt, um die Knollennase deines Mannes und die schiefen Zähne deiner Jüngsten zu kaschieren?«, warf Caridad mit ernster Miene ein.

»Nein. Kein Mann und auch keine Kinder.«

»Aber ein Bild deiner Eltern oder Geschwister oder wenigstens eines Haustiers wirst du mir doch bieten können?« Caridads Schmunzeln war nun unübersehbar. Inés grinste erleichtert.

»In Ermangelung von Mann und Nachwuchs kann auch ich dir solche Bilder nicht präsentieren«, sagte Caridad lakonisch, aber mit einem feinen Lächeln. »Ich hatte gehofft, du erzählst mir etwas von dir selbst, wollte dich aber nicht dazu drängen …«

»Ach, das tust du nicht. Es liegt an mir. Ich musste daran denken, wie ich vor Jahren in Venezuela als Erstes immer die ganze Familie auf Fotos oder per Handy vorgeführt bekam und sich danach die Blicke erwartungsvoll auf mich richteten …«

»Und das war dir unangenehm? Warum?« Caridad beugte sich interessiert vor. Der Kellner brachte ihre Getränke und eilte zum nächsten Tisch.

»Ja …das heißt, nein … Also ich meine, es ist mir nicht unangenehm, keinen Mann und keine Kinder zu haben, ich will es schließlich so, aber diese Frage nach der Familie kommt mir immer zu früh – bevor man sich überhaupt kennengelernt hat.«

»Wahrscheinlich meinten diese Menschen, dich über deine Familienverhältnisse kennenlernen zu können«, entgegnete Caridad. »Was natürlich Blödsinn ist.«

»Mag sein, ich finde es trotzdem immer schrecklich.« Inés nippte an ihrer eiskalten Limonade. »Im Übrigen bin ich lesbisch. Das ist kein Geheimnis. Ich oute mich nur nicht gerne in den ersten fünf Minuten vor wildfremden Menschen.«

»Das kann ich verstehen«, antwortete Caridad. »Das geht mir genauso.«

Inés brauchte eine Sekunde, dann lachte sie. »Oh, wunderbar! Wann zeigst du mir ein Bild deiner Geliebten? Du weißt schon, damit ich dich und dein Leben verstehe.«

»Gar nicht. Es gibt zur Zeit keine«, antwortete Caridad nüchtern, und dann sagte sie mit einem charmanten Lächeln auf den Lippen: »Willkommen in Buenos Aires, Schwester!«

»Danke!«

»Und was ist mit dir? Zeigst du mir ein Bild?«, fragte Caridad und trank von ihrem *café con leche*, wobei sie Inés nicht aus den Augen ließ.

Täuschte sie sich, oder lag mehr als reine Neugier in Caridads Blick? Inés wurde ein wenig nervös und umfing ihre Limonade mit beiden Händen. »Ich habe auch nichts vorzuweisen …« und dann sagte sie, ohne so recht zu wissen wieso, »Ich hatte mal eine kurze Affäre mit einer Argentinierin, sie kam auch aus Buenos Aires, aber es ist nichts daraus geworden – sehr zu meinem Leidwesen … damals …«

»Sieh an, eine *porteña* hat dir den Kopf verdreht …« Caridad spielte mit dem Untersetzer. »Wirst du sie wiedersehen, jetzt wo du hier bist?«

»Morgen«, sagte Inés mit rauer Stimme, und alles in ihr zog sich zusammen.

»Das klingt nicht nach *damals*«, stellte Caridad trocken fest.

»Wahrscheinlich«, antwortete Inés. »So, aber nun habe ich dir etwas ganz Persönliches von mir erzählt.«

Sie lachten. Inés hielt Caridads Blick fest. Sie mochte diese Frau. Sie schien warmherzig und unkompliziert.

Als sie nach draußen traten, schlug Inés der dröhnende Verkehr entgegen, und die Abgase raubten ihr den Atem. Caridad sagte etwas zu ihr, doch Inés verstand nicht ein Wort. Als sie bei Grün die Straße überqueren wollte, riss Caridad sie zurück und rettete sie vor einem abbiegenden Lastwagen, dessen Fahrer offenbar nicht der Ansicht war, für Fußgängerinnen an einer grünen Ampel halten zu müssen.

»*Concho,* du musst auf die Abbieger achten, bevor du die Straße überquerst!«, sagte Caridad.

»Aber wir haben Grün!«, antwortete Inés empört.

»Sicher, aber im Straßenverkehr hat der Stärkere recht.« Caridad überlegte einen Augenblick, dann sagte sie: »Was hältst du davon, wenn wir die *subte* bis zur Plaza de Mayo nehmen und von dort bis Puerto Madero laufen? Das ist der jüngste *barrio* von Buenos Aires. Das alte Hafengelände ist saniert worden und in weiten Abschnitten frei von Straßen und Autos.« Sie zwinkerte Inés zu. »Es ist ein guter Ort, um in Ruhe zu flanieren. Und eine Gelegenheit, die internationale

Schickeria – oder was sich dafür hält – zu beobachten, die sich abends dort zwischen postmoderner Architektur und renovierten Speicherhäusern inszeniert.«

Inés kicherte. »Das klingt amüsant«, stimmte sie zu. »Lass uns das machen. Gestern in Palermo habe ich auch schon ein paar wundervolle Gestalten bewundern können.«

Als sie später mit Blick auf die Puente de la Mujer in einer Bar saßen, sagte Ines: »Ich bin ganz schön beeindruckt von Buenos Aires.« Sie trank einen Schluck frischen Mangosaft. »Manches, vor allem im Zentrum, erinnert mich ein wenig an Paris. Die prächtigen Gebäude, die Avenidas – aber alles eine Nummer größer. Diese breiten, endlos langen *avenidas*, die vielen Menschen, elegante Geschäfte, Cafés, Restaurants, an jeder Ecke ein Theater. Palermo, wo sich unser Hotel befindet, ist wieder ganz anders, und Puerto Madero hat etwas von der Hafen-City in Hamburg mit einem Schuss Saint-Tropez.«

»Wie schmeichelhaft von dir, Buenos Aires mit Paris zu vergleichen. Wenn es eine Stadt in Europa gibt, mit der wir *porteños* unser heißgeliebtes Buenos Aires verglichen sehen möchten, dann ist es Paris. Monserrat, Palermo, Recoleta, die Avenida de mayo oder die Avenida 9 de Julio repräsentieren die glamouröse Seite unserer Stadt – so zeigen wir uns am liebsten. Du hast wahrscheinlich noch nicht so viel gesehen, aber es gibt auch ganz andere *barrios*, die das hässliche Gesicht dieser Metropole offenbaren. Wenn du Buenos Aires kennenlernen willst, solltest du davor nicht die Augen verschließen. Schau dir einmal Villa 21 de Barracas oder Villa 31 direkt hinterm Bahnhof von Retiro mitten in der Stadt an. Am besten nicht alleine und bei Tag. Aber auch die südlichen Stadtteile oder La Boca, von dem Touristen nicht mehr als das Fußballstadion und drei, vier Straßenzüge um den *Caminito* kennen, zeugen von einer ganz anderen Realität. Wohnsilos für die, die mit drei, vier Jobs gerade so über die Runden kommen. Daneben Baracken, in denen die Menschen hausen, die keine oder nur gelegentlich Arbeit haben. Eine alte Matratze in irgendeiner Ecke für all die, die komplett abgerutscht sind seit dem *corralito* 2001 oder die nie auf der Sonnenseite gelebt haben. Oder die illegalen Siedlungen der Migranten, meist aus Bolivien, die hier ohne Aufenthalts- und Arbeitserlaubnis leben und die schlimmsten Jobs übernehmen.« Caridad hielt inne. »Ich kann dir mal zeigen, wie ich lebe, in Constitución, unweit der Estación Once. Das ist keine reiche, aber auch keine verarmte, verwahrloste Gegend, irgendwann erbaut für die bürgerliche Mittelschicht, aber das ist lange her. Du wirst es vielleicht nicht glauben, wenn du es siehst, aber ich selbst denke, dass es mir gutgeht. Ich muss allerdings zugeben, dass ich hoffe, dass das Viertel nicht weiter abrutscht – dass ich sie zunehmend leid bin, die aggressiven Halbwüchsigen, die Einbrüche, die Drogendealer und Prostituierten, die immer mehr in dieses Viertel dringen. Ich kann sie oftmals nicht mehr ertragen, ebenso wie die dreizehn-, vierzehnjährigen Mütter mit Baby auf dem Arm und der omnipräsente Sexismus und *machismo*, die offenbar mit wachsender Armut und – ich sage es nicht gerne – mit dem Zuzug ungebildeter Migranten aus ärmeren Ländern Südamerikas zunehmen.«

Inés war betroffen. Aus Venezuela und Chile kannte sie das Gefälle von den Wohnpalästen der Reichen hinter hohen Mauern mit privatem Wachpersonal über die Wohnungen der oberen Mittelschicht, die ständig darum kämpfte, ihren Lebensstandard zu halten, bis zu den armen Behausungen der Mehrheit, die es irgendwie schaffte, würdig zu leben, und schließlich am unteren Ende Siedlungen, in die sie sich allein nie gewagt hatte. Was mochte Caridad denken? Dass sie, Inés, entsetzt wäre und darauf herabsehen würde, wie sie lebte?

»Ich komme zwar aus einem der reichsten Länder der Welt, aber ich weiß, dass die meisten Menschen auf dieser Erde nicht so leben wie wir …« Es klang in ihren eigenen Ohren plump, kaum hatte sie es ausgesprochen.

Caridad schien ihr Unbehagen zu spüren. »Ich wollte dir nicht das Gefühl geben, dich rechtfertigen zu müssen. *Disculpa*, entschuldige. Es war keine Anklage, die sich an Menschen aus reichen Ländern richtet. Argentinien *ist* ein reiches Land. Es könnte uns viel besser gehen. Und anders als viele meiner Landsleute, die immer nur die Regierung und den IWF für unsere Situation verantwortlich machen, denke ich, dass wir selbst die Verantwortung dafür tragen, dass dieses Land so ist, wie es ist – indem wir Korruption dulden oder völlig normal finden, mit unserer Schwäche für Lichtfiguren und starke Männer an der Macht und mit der schlechten Eigenschaft, das auszublenden, was uns nicht gefällt – Hauptsache, es geht uns halbwegs gut und wir machen eine gute Figur vor Freunden und Nachbarn.«

»Wahrscheinlich lebt ihr einfach mehr im Hier und Jetzt – das hat ja auch sein Gutes«, warf Inés ein.

»Ja. Aber eben nicht nur. Für meinen Geschmack sollte sich dieses Land mehr um seine Vergangenheit kümmern und noch mehr um seine Zukunft. Das Thema hatten wir ja neulich schon …«

»Ich habe darüber nachgedacht, wie du dich mit deiner Vergangenheit und mit dem Schicksal deiner Schwester auseinandersetzt …« Inés zögerte einen Moment. »Es hat mich sehr berührt, wie du mir von ihr erzählt hast. Meine Eltern, die ja seit Jahrzehnten in Deutschland leben, haben zwar mit Erstaunen registriert, wie ausführlich in deutschen Schulen der Nationalsozialismus durchgenommen wird, fanden es aber richtig und notwendig. Als aber dann mit der Jahrtausendwende in Spanien begonnen wurde, die sterblichen Reste Hingerichteter aus dem spanischen Bürgerkrieg und der Zeit danach zu exhumieren, wollten sie am liebsten nichts davon hören. Der spanische Richter Baltasar Garzón hat einen Haftbefehl gegen Pinochet erlassen, er hat Verfahren gegen Regierungsangehörige der argentinischen Militärdiktatur eingeleitet, aber der spanische Staat hat bis heute noch kein einziges Verfahren zugunsten der Opfer der Franco-Diktatur geführt. Es gibt Teile der spanischen Öffentlichkeit, die das fordern, meine Eltern gehören nicht wirklich dazu. Sie wollen jetzt auf einmal die Vergangenheit Vergangenheit sein lassen, das betet mein Vater bei jeder sich bietenden Gelegenheit herunter. Kürzlich habe ich zum ersten Mal gehört, dass ein guter Freund meines Vaters, der in den frühen fünfziger Jahren mit ihm seinen Militärdienst abgeleistet hatte, verhaftet worden war und dann spurlos verschwand.«

Caridad nickte. »Durch die öffentliche Diskussion sieht sich dein Vater auf einmal mit verdrängten Tatsachen konfrontiert.«

»Er hat diese Zeit als erwachsener Mensch miterlebt, aber er will sich die Frage nach einer Mitverantwortung nicht stellen«, antwortete Inés. »Er meint, man solle in die Zukunft blicken, die Deutschen, die Spanier, alle Menschen in Europa – er ist ein begeisterter Europäer.«

»Damit hat er ja auch recht. Ich habe die Vergangenheit jahrelang hin- und hergewälzt, mich im Schicksal meiner Schwester verstrickt. Ihr Leid wurde zu meinem. Darüber habe ich mein eigenes Leben vergessen und mich in meine Kunst gestürzt. Aber mein Alltag ist mir entglitten – darüber habe ich letztlich meine Lebensgefährtin verloren …«

»Oh«, entfuhr es Inés.

Caridad schaute den Menschen, die vorbeigingen, hinterher. Doch sie schien sie nicht wahrzunehmen, als sie weitersprach. »Es ging mir nicht immer so gut wie jetzt, Inés. Ich war für meine Mitmenschen eine ziemliche Herausforderung, schätze ich. Mit mir zusammenzuleben muss anstrengend gewesen sein. Letztlich hat meine Freundin damals, als sie für eine Weile ins Ausland ging, durch ihre Abwesenheit dazu beigetragen, dass ich mich selbst aus der Hoffnungslosigkeit herausgezogen habe – etwas, das sie zuvor immer versucht hatte. Es gelang ihr nicht. Irgendwann war sie bald ebenso verzweifelt wie ich. Hilflos danebenstehen, wenn jemand leidet, kann furchtbar sein. Während der Zeit, als sie fort war, habe ich es endlich geschafft, eine renommierte Galerie auf mich aufmerksam zu machen. Bald werde ich wahrscheinlich zum ersten Mal von meiner Kunst leben können, und ich habe zudem die Geschichte mit meiner Schwester so ›verpackt‹, dass sie nicht mehr so schmerzt.«

»Aber ihr habt euch trotzdem getrennt? Obwohl es dir besser ging?«

»Ja. Es war zu belastend gewesen. Zu viel hatte sich angehäuft zwischen uns, gegenseitige Verletzungen … Ich habe mich getrennt, als sie wieder nach Buenos Aires zurückkam.«

»Eine traurige Geschichte …«

»Nun ja«, Caridad blickte ein wenig verlegen drein. »Andere Menschen trennen sich wegen weniger … Wir sehen uns regelmäßig und verstehen uns wirklich gut. Zu Beginn war es schlimm, aber wir haben uns viel bewahrt. Wenn ich sie heute sehe, weiß ich immer noch, wieso ich mich einmal in sie verliebt habe. Das ist ein sehr gutes Gefühl.«

Inés hing an Caridads Lippen. Ihre Geschichte war ebenso traurig wie schön. Sie hatte zu keiner ihrer Ex-Freundinnen noch Kontakt – und ihr fielen mindestens zwei ein, die sie bestimmt niemals wiedersehen mochte. Sie seufzte. Am nächsten

Tag würde sie Elena sehen – nur konnte sie die wohl kaum als ihre Ex-Freundin bezeichnen, so weit waren sie erst gar nicht gekommen.

Caridad blickte Inés geradewegs an. »Ich erzähle und erzähle – das muss an dir liegen. Normalerweise bin ich nicht so redselig, wenn es um mein Leben geht – zumindest nicht so schnell. Erzähl mir nun von dir! Und damit es dir nicht so schwerfällt, stelle ich dir konkrete Fragen: Was genau hat dich ins Instituto Universitario Nacional del Arte geführt? Wobei hilfst du deiner Freundin, dieser Kunsthistorikerin? Sie bereitet eine Ausstellung vor, so viel hast du ja schon verraten. Mit argentinischen Werken. Seid ihr deshalb hier? Du übersetzt wahrscheinlich für sie, stimmt's?«

»Nein, sie spricht *castellano*. Ich brauche nicht zu übersetzen. Ach, du hast wahrscheinlich gedacht, sie käme auch aus Deutschland?«

»*Obvio,* klar – ebenso wie du.«

Inés kicherte. »Nein, nein, sie kommt von den kanarischen Inseln, genauso wie meine Eltern. Sie hat eine Ausstellung in Las Palmas organisiert, die einer argentinischen Künstlerin gewidmet ist, deren Werk – und das ist eine längere Geschichte – kürzlich in Las Palmas wiederentdeckt wurde. Ich war, wie es der Zufall so wollte, dabei, als ich einige Zeit auf Gran Canaria verbrachte. Esperanza, die Kunsthistorikerin, möchte Marí Domínguez del Río, so heißt die Künstlerin, auch hier bekanntmachen – schließlich stammte sie von hier.«

Inés trank einen Schluck *Limoneta con Menta* und griff sich eine Handvoll Nüsse. Als sie aufblickte, sah sie Caridads ungläubiges Gesicht.

»*¿Que pasa?* Was ist los? Findest du das so merkwürdig? Zugegeben, ich müsste nicht zwingend hier dabeisein. Esperanza käme sicher auch gut ohne mich zurecht. Aber eine

Mentorin, eine vermögende Engländerin, die Bilder von Marí besitzt, macht sich gemeinsam mit Esperanza dafür stark, dass ihr Werk hier wahrgenommen wird. Sie fand, ich solle mit hierherfahren und Esperanza unterstützen … und ich wollte …«

»Diese Engländerin heißt nicht zufällig Jennifer? Den Nachnamen weiß ich nicht mehr …«

Jetzt war es an Inés zu staunen. »Du kennst sie? Sagt dir etwa auch der Name Marí Domínguez del Río etwas?«

»O ja! *¡Increíble!*« Caridad starrte Inés an. »So wie dir vermutlich der Name Elena etwas sagt.«

Inés war elektrisiert. »Ich …ja, *madre de dios* … Die Argentinierin, von der ich dir vorhin erzählt habe, du weißt schon … sie ist Marís Nichte. Ich habe sie kennengelernt, als sie in Las Palmas nach Spuren ihrer Tante gesucht hat und die ganze Sache mit der Ausstellung ins Rollen kam. Wieso …?«

Caridad starrte sie entgeistert an. »Die, die du morgen treffen wirst?«, fragte sie mit dünner Stimme, und Inés fühlte sich mit einem Schlag unwohl. Irgendetwas war hier verdammt schräg. Sie stotterte: »Ja. Also ich … es …«, und in dem Moment, als Caridad den Mund öffnete, um zu antworten, ahnte sie, was nun käme.

»Elena Domínguez del Río ist die Frau, mit der ich zusammengelebt habe, bis sie für ein Jahr nach Gran Canaria ging, um nach Spuren ihrer Tante Marí zu suchen.«

Die Worte hingen in der Luft. Inés wand sich innerlich und begann sich furchtbar zu schämen. Das durfte nicht wahr sein! Caridad war die Frau, von der Inés immer vermutet hatte, dass es sie gäbe, daheim, in Elenas geliebtem Buenos Aires, und über die sie nie ein Sterbenswörtchen verloren hatte. Es konnte einfach nicht wahr sein!

»Es tut mir leid, Caridad … Entschuldigung, ich wusste doch nicht … Ich meine, es war nur ein einziges Mal … und dann war gar nichts mehr, sie wollte nicht – ich schon, ich … es ist mir so unangenehm!«

Caridad hob die Augenbrauen. In ihr schienen unterschiedliche Gefühle miteinander zu ringen. Schließlich sagte sie: »*Du* musst dich nicht entschuldigen. *Que tontería*. Das ist Quatsch!«

»Aber …«

»*¡Vaya!* Ach was! Wenn, dann müsste sie sich entschuldigen. Du warst ganz sicher nicht die Erste, mit der sie etwas angefangen hat, während wir noch zusammen waren. Das kam öfter vor. Ich ahnte es und wollte es doch nicht sehen. Dass es soweit gekommen ist, daran habe ich auch meinen Anteil … Ich hatte Elena schon längst verloren, als sie nach Gran Canaria ging, nur war uns das damals beiden nicht bewusst. Du hast wahrscheinlich auch nichts von mir geahnt …?«

»Irgendwann habe ich mir gedacht, es müsse eine andere geben, aber Elena hat nie etwas gesagt.« Inés war wie benommen. Nun saß ihr die Frau gegenüber, die sie verflucht hatte, ohne zu wissen, ob es sie wirklich gab. Warum musste es ausgerechnet Caridad sein, die sie gerade kennen und schätzen lernte? Gleichzeitig bewunderte sie Caridads Haltung. So überrumpelt sie auch war, schien sie keinen Groll gegen Inés zu hegen und war gleichzeitig loyal Elena gegenüber. Inés gestand sich ein, dass sie selbst diesen Spagat nicht geschafft hätte.

»Ich weiß nicht, was ich sagen soll«, brachte sie nur hervor. »Ich gebe zu, dass ich mit Esperanza hierhergekommen bin, hat natürlich etwas damit zu tun, dass ich Elena wiedersehen will – auch wenn ich mir das zeitweise ausgeredet habe. Seit Elena nach Buenos Aires zurückgekehrt ist, habe ich keinen Kontakt zu ihr. Ich weiß nicht, wie sie es finden wird, mich morgen zu sehen. Wenn man es auf den Punkt bringt, dann bin ich gekommen, um genau das herauszufinden, obwohl sie mir schon auf Gran Canaria klargemacht hat, dass es keine Zukunft für uns gibt. Ich bin hier, weil ich sie nicht vergessen konnte.«

»Warst du nicht bei der Ausstellungseröffnung in Las Palmas im September?«

Inés schüttelte den Kopf. »Zu der Zeit war ich noch in der Phase, sie mir aus dem Kopf schlagen zu wollen ...«

Caridad nickte und sagte mit einem schiefen Lächeln: »Erfolglos, wie ich sehe.«

Sie schwiegen einen Moment, dann fragte Caridad: »Kann es sein, dass du die Frau bist, über die Elena Esperanza kennengelernt hat?«

»Ja. Ich habe sie zu einer Ausstellung mitgenommen, wo sie schließlich das erste Bild von Marí entdeckt hat – das hat sie dir wahrscheinlich erzählt. Esperanza hatte die Ausstellung konzipiert, und ich habe die beiden miteinander bekanntgemacht.«

»Ja, das hat sie erzählt. Und von Jennifer, dieser reichen Engländerin auch.«

Inés seufzte. Es war ihr unangenehm, Caridad danach zu fragen, aber sie musste es einfach wissen: »Hat sie irgendetwas von mir erzählt ...? Ich meine, du schienst keine Ahnung gehabt zu haben, dass wir ...« Inés merkte, dass sie rot wurde.

Caridad bemerkte es offenbar nicht. »Sie sprach von einer jungen Frau, die ihr Esperanza vorgestellt habe. Sie erwähnte auch, dass diese Frau bei der ganzen Suche mit dabeigewesen sei. Aber sie hat keinen Namen genannt oder irgendwelche Details. Ich nahm immer an, diese Frau sei eine Kanarierin.«

In ihrem Blick lag Zuneigung zu Inés, deren Herz sich zusammenzog. Sie war Elena kaum eine Silbe wert gewesen. Inés war zutiefst gekränkt. Hatte sie sich nicht nach Kräften bemüht, Elena bei ihrer Suche zu unterstützen? Spar dir dein Selbstmitleid, sagte sie sich im nächsten Moment. Deine Hilfe war weiß Gott nicht uneigennützig.

»Siehst du, ich habe ihr nichts bedeutet. Es war nur eine kurze Affäre. Sie hat nicht einmal meinen Namen genannt …«

»Du musst nicht versuchen, mir zu beweisen, dass es bedeutungslos war. Die Tatsache, dass Elena, was dich betrifft, so schweigsam war, kann man auch genau andersherum interpretieren.« Sie schwieg kurz. »Ich kann dir nicht verübeln, dass du dich in sie verliebt hast – das ist mir ja selbst einmal passiert … Elena ist eine ziemlich tolle und aufregende Frau …« Ihr Lächeln war fein, und nun wirkte sie ihrerseits leicht verlegen.

Sie schauten einander eine Weile schweigend an. Dann sagte Inés: »Das ist eine ziemlich skurrile Situation, oder?«

Caridad lächelte schief. »In der Tat – so etwas habe ich noch nicht erlebt.«

»Caridad, ich habe Angst, dass diese Sache zwischen uns steht … Ich meine, wir haben uns gerade erst kennengelernt, und ich möchte … ich meine, ich dachte, wir könnten vielleicht Freundinnen werden.« Inés verstummte. Alles, was sie sagte, klang in ihren Ohren unbeholfen.

Caridad blickte ihr fest in die Augen. »Ich denke, ich möchte nicht auf die Freundschaft einer Frau verzichten, die so offen formulieren kann, dass sie sich das wünscht. Wir *porteños* machen einander viele Komplimente, versichern uns gegenseitig, wie sehr wir uns schätzen, alles mit großen Worten. So einen schlicht, aber direkt formulierten Wunsch habe ich selten gehört. Ich will unbedingt wissen, was für ein Mensch dahintersteckt.«

Inés lachte erlöst.

Elena saß in einem ledernen Clubsessel in der Lobby und ließ die Fahrstuhltür am anderen Ende des Raumes nicht aus den Augen. Es war Punkt elf. Um nicht eine Sekunde vor der verabredeten Zeit das Hotel von Inés und Esperanza zu betreten, war sie bereits einmal um den Häuserblock getigert. Nun saß sie allein hier. Das hatte sie nun davon, dass sie pünktlich war. Während sie noch die Fahrstuhltür fixierte und überlegte, ob Inés und Esperanza gemeinsam die Lobby betreten oder erst die eine und dann die andere erscheinen würde, öffnete sich die Tür, und Esperanza trat, gefolgt von Inés, heraus.

Elena hatte nur Augen für Inés. Sie musste an sich halten, um nicht sofort aufzuspringen. Inés kramte konzentriert in ihrer Schultertasche. Sie schien ihre Umgebung nicht wahrzunehmen. Sie trug eine weiße Jeans und eine hellblaue Bluse. Die Farbe stand ihr wunderbar zu Gesicht, und Elena erinnerte sich, dass sie schon in Las Palmas nicht die Augen von ihr hatte lassen können, wenn sie Blau trug. Wie habe ich es monatelang ausgehalten, dieser Frau nicht ständig um den Hals zu fallen, vor ihr niederzuknien und Liebeslieder anzustimmen und überhaupt meine Finger bei mir zu lassen?, fragte sie sich. Diesmal wird alles anders. Ich werde mich nicht scheuen, ihr meine Gefühle zu gestehen.

Elena stand nun doch auf. Am liebsten wäre sie sofort auf Inés zugegangen und hätte sich alles von der Seele geredet. Sie wollte ihre Hand nehmen, ihre Wange daran schmiegen und Inés um Verzeihung dafür bitten, wie sie damals in Las Palmas mit ihr umgegangen war. Ja, und in dem Moment, als Inés endlich von ihrer Tasche abließ und ihre Augen Elenas trafen, konnte sie sich fast vorstellen, tatsächlich niederzuknien, wäre da nicht noch Esperanza gewesen, die aufgekratzt zu ihr trat und sie herzlich umarmte.

»*Hola,* Elena. Schön, dich wiederzusehen! Es war ein toller

Abend gestern. Wie ich das sehe, muss ich mir einen *porteño* als Liebhaber zulegen, damit ich bald wieder Grund habe, nach Buenos Aires zu kommen, ganz privat. Vorher gibst du mir Tangounterricht, damit ich im Nachtleben dieser wundervollen Stadt eine gute Figur mache.« Sie drückte Elena noch einmal an sich und sagte dann an Inés gewandt: »Wir haben uns gestern ein wenig herumgetrieben. Ich habe Elena endlich einmal tanzen sehen, mich aber selbst nicht getraut. Elena muss mir erst ein paar Grundschritte beibringen. Wir waren in der Milonga del Morán im *barrio* Agronomía. Die riesige Halle war früher eine Garage mit Waschstraße: Betonboden, nackte graue Wände, lange Tische und ein paar kleine Fähnchen als einziger Schmuck. Von der Oma bis zum Enkel waren alle Altersklassen vertreten. Die meisten Menschen dort schienen sich zu kennen, wahrscheinlich war ich die einzige Fremde. Bei Pizza und Bier hatte die ganze Veranstaltung etwas von einem Nachbarschaftsfest.«

Elena registrierte das betont muntere Geplaudere von Esperanza nur am Rande. Ihre Augen ließen Inés nicht los, die sie ihrerseits anblickte und steif neben Esperanza stand. Elena machte einen Schritt auf sie zu, zögerte einen winzigen Augenblick und küsste Inés dann nach kanarischer Art auf beide Wangen. Sie wagte nicht, sie dabei zu umarmen, denn Inés rührte sich nicht. Für wenige Augenblicke sog sie Inés' Duft ein. Sehnsucht zog ihr die Brust zusammen, und es kostete sie ihre ganze Selbstbeherrschung, sie nicht doch in die Arme zu schließen.

»*Hola,* Inés«, murmelte sie und suchte erneut ihren Blick. »Ich bin so froh, dich zu sehen ...« Ihr brach die Stimme, als Inés, kaum hatten ihre Augen sich gefunden, wieder fort blickte. »*Hola,* Elena« war alles, was sie erwiderte, um sich dann neben Esperanza zu setzen, die mittlerweile auf dem

Sofa Platz genommen hatte und nun ihrerseits in den Tiefen ihrer Handtasche etwas Wichtiges zu suchen schien. Elenas Tasche stand auf dem Boden neben dem Sessel, in dem sie eben noch gesessen hatte. Für einen Moment verspürte sie den Wunsch, kopfüber darin zu verschwinden, so angespannt war die Atmosphäre. Sie stand einen Augenblick unschlüssig da und schaute auf die beiden Frauen herunter, dann setzte sie sich. Ihre Handflächen waren feucht. Sie hatte das Gefühl, noch etwas sagen zu müssen.

»Willkommen in Buenos Aires, ihr zwei!«, brachte sie schließlich mit leicht krächzender Stimme heraus. Das war nun wieder blöd, denn Esperanza hatte sie schon am Tag zuvor willkommen geheißen, aber diese ging darüber hinweg.

»Danke, Elena, es ist schön, hier zu sein«, erwiderte sie freundlich. Nach einer winzigen Pause fuhr sie fort: »Die Suche nach Werken von Marí und die Suche nach Mateo geht weiter.«

Ines nickte nur unbestimmt.

Elena war dankbar, dass Esperanza mit so wenigen Worten schnell zum Anlass ihres Treffens und ihres gesamten Besuchs gekommen war. Esperanzas Bitte folgend, hatte sie alles, was sie außer den Bildern von Marí besaß, mitgebracht, und so kramte schließlich auch sie in ihrer Tasche, während die beiden anderen schweigend zuschauten, wie sie die beiden Skizzenbücher, eine Fotografie von Rosalia, einen leeren Briefumschlag und eine Einladung zu einer Ausstellung der *grupo del gato,* einer Künstlergruppe, der Marí angehört hatte, zum Vorschein brachte. Schließlich legte sie noch eine Sichtfolie mit einem Zeitungsausschnitt von Oswaldos Todesanzeige auf den Tisch.

»Das ist alles, was ich von Marí besitze, Esperanza. Außerdem bewahre ich schon seit Jahren diese von Rosalia aufgegebene Todesanzeige auf. Leider ohne ihre Privatanschrift. Ich habe nie ausfindig machen können, wo sie lebt und ob sie überhaupt noch lebt. Lediglich ihren früheren Wohnsitz, als Oswaldo noch Secretario de Estado im Wirtschaftsministerium war, habe ich über das Ministerium herausgefunden. Sie wohnten in Recoleta. Genützt hat mir diese Information nichts. Offenbar ist Oswaldo in den siebziger Jahren, zu Zeiten der letzten Militärdiktatur, abgesägt und auf einen unbedeutenden Posten bei der Nationalbank versetzt worden. Dort verbrachte er die wenigen verbleibenden Jahre bis zu seiner Pensionierung 1980. Mehr hat man mir nicht sagen können. In dieser Zeit sind sie auch aus der repräsentativen Villa in Recoleta ausgezogen – wohin habe ich nie in Erfahrung bringen können. Die Bank konnte mir keine Adresse nennen. Außerdem ist es nicht ausgeschlossen, dass Rosalia nach Oswaldos Tod ein weiteres Mal umgezogen ist. Das Einwohnermeldeamt hat mir damals wie heute keine Auskunft gegeben.« Elena war redlich bemüht, sich auf das Thema Marí zu konzentrieren. Zu ihrer Beruhigung nahm sie wahr, dass ihre Stimme mittlerweile wieder normal klang und ihre Hände keine feuchten Flecken auf dem Glastisch zwischen ihnen hinterließen. Esperanza zog den Briefumschlag, die Ausstellungseinladung und die Todesanzeige zu sich herüber. Inés nahm die Dinge von ihrem Platz aus in Augenschein und vermied es, Elena anzuschauen.

»Die Skizzenbücher kenne ich zur Genüge«, sagte Esperanza und schob sie zur Seite. »Wir haben jede einzelne Skizze daraus eingescannt. Also zu diesen drei Sachen hier: Der Umschlag gibt nicht viel her – die Adressatin hat dir schon vor Jahren nicht weiterhelfen können. Der Poststempel ist unleserlich und somit nicht zu gebrauchen, und einen Absender gibt es nicht.« Sie strich sich das Haar zurück und griff nach der Einladung. »Du hast damals ein Mitglied dieser *grupo del gato* ausfindig gemacht – habt ihr davon gesprochen, ob es noch weitere lebende Mitglieder gibt?«

»Haben wir, aber Fernando Espina wusste nichts über ihren Verbleib«, antwortete Elena.

»Nun ja, wenn sie in Marís Alter sind oder auch älter, könnten sie noch leben oder aber auch nicht.« Esperanza seufzte. »Alles sehr vage, aber wir könnten in diese Richtung noch einmal weiterrecherchieren.« Esperanza klang selbst nicht sehr überzeugt von ihrem Vorschlag. Dann nahm sie Oswaldos Todesanzeige von 1989 in die Hand und drehte und wendete sie. »Warum zum Teufel ist hier keine Privatadresse angegeben, um zu kondolieren und Blumen zu senden? Nur Ort und Zeit der Trauerfeier.« Esperanza starrte entmutigt auf das Papier. Dann erhellte sich ihr Gesicht plötzlich. »Was ist mit seinem Grab? Weißt du, wo er beerdigt wurde?«

Elena war überrascht. Der Gedanke, nach Oswaldos Grab zu suchen, war ihr in all den Jahren nicht gekommen. »Nein.« Sie verspürte eine wachsende Aufregung. »Es gibt nicht viele Friedhöfe in Buenos Aires. Genau genommen werden – soweit ich weiß – alle Verstorbenen aus dem zentralen Teil von Buenos Aires in La Chacarita beerdigt.« Sie hielt einen Moment inne. »Aber wohin führt uns das? Rosalia als seine Ehefrau wurde sicher an seiner Seite bestattet …«

»Wenn sie schon gestorben ist! Sie müsste heute etwa neunzig sein. Sie könnte noch leben«, entgegnete Esperanza.

Inés hatte sich derweilen die Todesanzeige gegriffen und hielt das Blatt verkehrt herum, wie Elena bemerkte, als sie einen kurzen Blick zu ihr riskierte. An Esperanza gewandt, sagte sie: »Sollte sie noch leben, wird sie nicht täglich an seinem Grab stehen in ihrem Alter. Was willst du machen? Dich ans Grab setzen und auf Rosalias Erscheinen warten?«

»Nein. Natürlich nicht. Wie die Dinge stehen, sollten wir wohl auch lieber an Marís Grab auf Rosalia warten, oder?«, entgegnete Esperanza.

»Das kann ich euch zeigen. Sie liegt auch auf dem *cementerio* de La Chacarita. Ich war selten dort in all den Jahren. Aber ich habe nie jemanden am Grab bemerkt oder Blumen vorgefunden – was nichts heißen muss, denn ich bin insgesamt nur drei oder vier Mal seit ihrem Tod 1979 auf dem Friedhof gewesen.«

»Ich habe nicht vor, mich hinter Gruften und Steinkreuzen auf die Lauer zu legen, bis eine alte Frau vorbeikommt, die Rosalia sein könnte. Aber wenn sie noch lebt, kann man vielleicht über die zuständige Gemeinde oder Friedhofsverwaltung die Anschrift der Angehörigen herausfinden – bei uns *en Canarias* geht das, wenn mich nicht alles täuscht.«

Elenas Puls beschleunigte sich. War das eine Möglichkeit, an Rosalia heranzukommen? Sie hatte nie daran gedacht. Vielleicht war es ganz einfach, auf diese Weise ihre Adresse herauszufinden? Sie wünschte, Esperanza läge mit ihrer Mutmaßung richtig. Was, wenn Rosalia noch lebte und es ihnen tatsächlich gelänge, sie ausfindig zu machen? Für einen Moment rückte Inés' Anwesenheit in den Hintergrund. Aufgeregt sagte Elena: »Ich werde mich mit La Chacarita in Verbindung setzen und Friedhöfe in der Provinz Buenos Aires heraussuchen. So viele werden das nicht sein.« Sie wünschte sich ein Glas Wasser, aber offenbar wurde in der Lobby nichts serviert. Weit und breit war kein Angestellter in Sicht, bis auf den dösenden Mann an der Rezeption.

Esperanza nickte energisch. »Wir fangen einfach damit an. Wir haben so wenig in der Hand, irgendwo müssen wir beginnen. Aber jetzt zu Mateo. Im Einwohnermeldeamt durften wir natürlich nicht ins Melderegister schauen. Der Beamte hat uns abblitzen lassen, so wie dich zuvor. Ich habe mir überlegt, deinem Rat zu folgen und meinem speziellen Freund Juan Bautista Gamberi von diesem Problem zu erzählen. Ganz allgemein, ohne auch nur anzudeuten, dass ich Hilfe brauche. Selbstredend werde ich ihn zum Mittagessen einladen und darauf hoffen, das ihn sein großes Herz und seine Eitelkeit veranlassen, sich von Amts wegen, als Leiter von Argentiniens bedeutendstem Kunstinstitut, dafür zu verwenden, dass dieser Beamte der *oficina de empadronamiento* seinen Computer befragt. Am besten nach Mateo *und* nach Rosalia.« Esperanzas Stimme war spöttisch, doch ihr war anzusehen, dass sie nichts unversucht lassen wollte. Dann rief sie dem Mann am Empfang zu, ob es möglich wäre, etwas zu trinken zu bekommen.

Inés starrte auf die Todesanzeige. Der innerhalb eines schwarzen Rahmens gedruckte Text gab kaum etwas preis. Sie ließ das Gespräch zwischen Elena und Esperanza an sich vorüberziehen. Die beiden verstanden sich mittlerweile bestens. Als Elena in Las Palmas bei der Ausstellungseröffnung gewesen war, hatten sie viel Zeit miteinander verbracht, und Esperanza schien in Elena eine Freundin zu sehen. Ihr aufgeregter Bericht über ihren gemeinsamen Ausflug ins Nachtleben von Buenos Aires, bestätigte das nur. Es hatte Inés einen Stich versetzt, als Esperanza davon sprach, sich von Elena unterrichten zu lassen. Sie hatte sich die beiden Tango tanzend vorgestellt und zu ihrem Ärger Eifersucht verspürt. Angeregt diskutierten sie immer noch, wie Mateo aufgestöbert werden konnte. Esperanza wollte Elenas Einwand, dass auch er schon gestorben sein könnte, nicht gelten lassen. Inés blickte verstohlen zu Elena hinüber. Wie es schien, war sie vollkommen auf Esperanza konzentriert. Inés betrachtete ihre schönen Hände, die beim Sprechen Linien und Bögen in die Luft malten. Sie wünschte sich, dass diese Hände sie berührten und ärgerte sich, dass sie schon wieder schwach wurde. Das Gespräch mit Caridad am Tag zuvor hatte ihr schließlich erneut klargemacht, dass Elena es nie ernst mit ihr gemeint hatte. Inés hatte die halbe Nacht wachgelegen, um zu verdauen, was sie von Caridad erfahren hatte. Bis zum Morgen hatte sie sich wütend über sich selbst hin- und hergewälzt. Sie hatte immer geahnt, dass es eine andere Frau in Buenos Aires gab, aber nie gewagt, Elena darauf anzusprechen. Nun waren Elena und Caridad getrennt. Doch es war Caridad gewesen, die sich getrennt hatte, nicht Elena. Und wer wusste, ob sie nicht längst eine Neue hatte? Selbst wenn dem nicht so war und Elena vielleicht doch noch Interesse an Inés haben sollte, war sie nun zu stolz, Elena mit offenen Armen zu empfangen.

Mittlerweile erörterten Esperanza und Elena, ob es Sinn hatte, auch nach Mateos Grab zu suchen. »Wenn wir es finden, wissen wir, dass wir nach diesem Kerl nicht länger suchen müssen und können uns weitere zermürbende Behördengänge sparen«, sagte Esperanza in dem Moment, als der Mann vom Empfang ihnen Gläser und eine Flasche Wasser brachte. Elena schenkte ein. Inés entging nicht, dass sie dabei erneut ihren Blick suchte. Doch Inés mochte Elena nicht in die Augen schauen, so betrogen fühlte sie sich von ihr. Außerdem hatte Elena Caridad nie von ihr erzählt. Sie war nur eine Randfigur in Elenas Bericht über ihre Zeit in Las Palmas gewesen. Die Frau, durch die sie Esperanza kennengelernt hatte. Keine Silbe mehr.

Inés drehte und wendete die Todesanzeige in den Händen. Kleine Ranken in allen vier Ecken zierten den schwarzen Rahmen. Die schlichte Anzeige gab nichts preis über die Trauernde oder den Verstorbenen. Inés mochte sich nicht am Gespräch zwischen Elena und Esperanza beteiligen. Was tat sie überhaupt hier? Sicher, es war schön, in Buenos Aires zu sein, aber die Wahrheit war doch, dass Esperanza und Elena ihre Unterstützung nicht benötigten. In Las Palmas hatte sie Elena noch weiterhelfen können, aber hier kannte sie – bis auf Caridad – keine Menschenseele. Es war nett gemeint gewesen von Jennifer, aber bei dieser ganzen Aktion war sie vollkommen überflüssig. Sie starrte weiter auf die Anzeige, bis die Buchstaben vor ihren Augen verschwammen. Merkwürdigerweise sah es so aus, als sei eine der Ranken dicker als die anderen. Inés blinzelte, bis sie wieder klar sah. Die Ranke in der unteren rechten Ecke war tatsächlich dicker. Sie drehte die Anzeige auf den Kopf und stutzte. Dicht an die Verzierung angeschmiegt machte sie ein paar Buchstaben aus. Eilig zog sie den Zeitungsausschnitt aus der Sichtfolie und hielt ihn dicht vor die Augen. *Imprenta Paolo Gritti, Recoleta* entzifferte sie mit etwas Mühe. Das war offenbar die Druckerei, die die Anzeige gedruckt hatte. Ob sich damit etwas anfangen ließ? Inés überlegte. Auch wenn die Anzeige sechzehn Jahre alt war, die Druckerei konnte es noch geben. Ob sie dort etwas über die Auftraggeberin in Erfahrung bringen konnten – womöglich gar ihre Anschrift? Inés' Unmut war verflogen. Vielleicht hielt sie eine blasse Spur zu Rosalia in den Händen?

Plötzlich war es wieder da, dieses prickelnde Gefühl, vor etwas Neuem zu stehen – so wie damals in Las Palmas, als sie das erste Bild von Marí entdeckt hatten. Inés blickte zu Elena hinüber. Es war eine aufregende Zeit gewesen, die Suche nach Spuren von Marí, ganz unabhängig von ihren Gefühlen für Elena. In ihrem Leben zu Hause in Deutschland war in den letzten Jahren eigentlich gar nichts passiert. Inés seufzte. Ihr altes Thema. Irgendetwas musste anders werden. Ihr Leben brauchte eine Wendung – so spannend es war, in der Vergangenheit anderer Menschen zu stochern und Erstaunliches zu Tage zu fördern, sie wollte mehr als Abenteuer aus zweiter Hand.

Elena hob den Kopf und sah Inés' Blick auf sich ruhen. Sie lächelte. Ein bezauberndes Lächeln, wie Inés zugeben musste. »Was denkst du, Inés?«, versuchte Elena sie einzubeziehen.

Inés schluckte und blickte Esperanza an, als sie sagte: »Ich frage mich, ob wir über die Druckerei Rosalias Adresse erfragen können.«

Esperanza schaute sie verblüfft an. »Welche Druckerei?«

»Die, die diese Anzeige gedruckt hat.« Inés hielt die Todesanzeige hoch. »Imprenta Paolo Gritti in Recoleta. Zumindest steht das hier.«

»Oh, das habe ich nicht gesehen – du, Elena?« Esperanza war anzusehen, wie es in ihrem Kopf arbeitete. Elena hingegen starrte in ihr Wasserglas.

»Wer weiß, vielleicht haben sie noch eine alte Kundendatei? Rosalia hat die Anzeige zwar vor vielen Jahren aufgegeben, aber ich finde, es ist eine Nachfrage wert. Könntest du das in die Hand nehmen, Inés? Vielleicht nachher, wenn wir hier fertig sind? Ich werde in der Zeit noch mal mit Juan Bautista Gamberi sprechen, *vale?*«

Inés nickte zögernd. Das konnte doch auch Elena machen. Als hätte sie ihre Gedanken gelesen, sagte Elena schnell: »Ich begleite dich. Ich muss erst abends unterrichten, da haben wir Zeit genug, die Druckerei ausfindig zu machen.« Elena schaute Inés voller Begeisterung an, und ihre Augen schienen still zu bitten, sie mitzunehmen. Inés senkte den Blick auf die Todesanzeige. Elena hätte sie wenigstens fragen können, ob es ihr recht wäre. Sie sollte ja nicht glauben, dass Inés darauf wartete, von ihr begleitet zu werden. Und was hätte sie geantwortet, wenn sie sie tatsächlich gefragt hätte?

»*Entonces – todo listo*. Dann hätten wir das«, bemerkte Esperanza und griff zufrieden nach ihrem Wasser. Noch während sie trank, kam ihr offenbar eine Idee. Schnell setzte sie das Glas ab und sagte an Elena gewandt: »*¡Jolín!* Verflixt, Elena, was ich dich schon die ganze Zeit fragen wollte: Wo befand sich eigentlich das Atelier deiner Tante?«

Elena starrte sie an. »Das Atelier …? *Dios,* ich habe keine Ahnung! Daran habe ich nie gedacht …«

»Hatte sie vielleicht in ihrer Wohnung einen separaten Raum zum Malen?«, hakte Esperanza nach. »Du hast doch damals deiner Mutter beim Ausräumen der Wohnung geholfen. Kannst du dich nicht entsinnen?«

»Nein. Es war eine ganz gewöhnliche Wohnung. Sehr schön und groß. Als ich sie das erste Mal betrat, war sie auch schon ziemlich leergeräumt, aber es gab nichts, das darauf hindeutete, dass sie dort gemalt hätte. Keine Farben und Pinsel, keine Staffelei, keine Leinwände, Rahmen, kein Geruch nach Lösungsmitteln.«

»Dann muss sich ihr Atelier woanders befunden haben. Hast du keine Idee?« Esperanza schaute Elena gespannt an.

»Ich habe nicht die geringste Ahnung, wo Marí gemalt hat.« Elena runzelte die Stirn.

»Wer könnte das wissen? Deine Mutter?«

Inés blickte zu Elena hinüber. Jetzt wurde es spannend. Wenn man sie auf ihre Mutter ansprach, reagierte Elena für gewöhnlich allergisch. Elena schien sich einen Moment zu sammeln, warf dann einen schnellen Blick zu Inés hinüber und antwortete an Esperanza gewandt: »Wahrscheinlich weiß sie etwas. Sie hat damals höchstpersönlich dafür gesorgt, dass Marís Sachen an ein Nonnenkloster gingen. Sie wollte, dass mein Vater sich da heraushielt, was er nur zu gerne getan hat. Bis auf vier Bilder, die er an sich genommen hat, hat ihn nichts von seiner Schwester interessiert. Wenn ich heute daran zurückdenke, macht es mich total wütend, dass er das alles seiner Frau überlassen hat – wie üblich bemüht, keinen Streit vom Zaun zu brechen. Ich mochte meinen Vater, aber diese Seite an ihm hat mich immer enttäuscht.«

»Kannst du deine Mutter nach dem Atelier fragen, Elena?« Esperanza ließ nicht locker.

Elena zögerte und sagte dann: »Ich kann sie fragen – aber ob ich eine vernünftige Antwort bekomme, steht in den Sternen. Sie hasste Marí.«

»*Bueno.*« Esperanza nickte und schaute auf die Uhr. »Was haltet ihr von einem Bissen zu essen? Und danach mache ich mich auf zu Juan Bautista Gamberi, während ihr diese Druckerei sucht?«

»Gute Idee«, antwortete Elena schnell.

Inés zuckte die Schultern und murmelte: »*De acuerdo.* Einverstanden.«

Sie sammelten ihre Sachen zusammen und gingen zwei Straßen weiter in ein Bistro. Bei Salat und *bife de chorizo* drehte sich die Unterhaltung um die Chance, in Buenos Aires eine Ausstellung auf die Beine zu stellen. Inés studierte die Karte auf der Suche nach einem Nachtisch. Möglichst mit Schokolade. Sie hatte auf einmal einen wahnsinnigen Heißhunger auf Schokolade. Doch auf der Karte standen nur Zitronenkuchen mit *dulce de leche* und Fruchteis. Enttäuscht ließ sie die Karte sinken.

Elena, die immer wieder versucht hatte, die einsilbige Inés ins Gespräch einzubeziehen, wagte tapfer einen weiteren Vorstoß, obgleich ihr sicherlich nicht entgangen war, dass Inés bemüht war, sie zu ignorieren. »Suchst du etwas Bestimmtes? Nachtisch? Sie haben meistens auch eine größere Auswahl Kuchen. Schau vorne in der Vitrine, was es gibt.«

Inés schüttelte den Kopf. Elena lag zwar richtig mit ihrer Vermutung, dass sie Lust auf etwas Süßes hatte, aber das mochte sie nicht zugeben. Sie schüttelte den Kopf: »Ach nein.«

»In Recoleta gibt es eine Reihe guter Cafés. Wenn du magst, können wir auf dem Weg dorthin oder nachdem wir die Druckerei gesucht und vielleicht auch gefunden haben, irgendwo einkehren.« Sie schaute Inés erwartungsvoll an, doch die sagte nur: »Woher wissen wir überhaupt, ob es diese Druckerei noch gibt?«

»Ich schaue gleich im Internetcafé die Einträge im Branchenverzeichnis durch. Wenn es dort nicht steht, rufen wir einfach die Auskunft an.« Elena wollte sich offenbar nicht entmutigen lassen. Weder von der Möglichkeit, dass diese Druckerei nicht mehr existierte, noch von Inés, die sich redlich Mühe gab, ihr die kalte Schulter zu zeigen. In spätestens einer halben Stunde würde Esperanza aufbrechen, dann wären sie allein.

Mit einem Ausdruck in der Hand trat Elena aus dem Internetcafé. Inés hatte mit der Begründung, sie hasse die Luft in solchen Läden, draußen gewartet. »Hier!« Triumphierend hielt sie das Blatt in die Höhe. »Es gibt sie noch, die Druckerei Paolo Gritti in Recoleta. Wir sollten den *colectivo* nehmen. Zu Fuß dauert es zu lange.«

Inés musste wider Willen lächeln. Das war eine gute Nachricht. Doch das Schönste war Elenas Anblick, wie sie mit vor Aufregung glühenden Augen vor ihr stand und mit dem Blatt Papier wedelte.

»Wo ist die nächste Haltestelle?«, fragte sie mit dünner Stimme und ließ ihren Blick suchend die Straße hinauf- und hinuntergleiten, Hauptsache, sie schaute nicht zu lange in diese dunklen Augen.

»Hier.« Elena deutete auf ein Schild, keine drei Meter von ihnen entfernt. »Und dahinten kommt er schon. Wir haben Glück.«

Der Bus war bereits sehr voll. Alle Sitzplätze und die meisten Stehplätze waren besetzt. Elena kramte Kleingeld aus ihrer

Hosentasche. »Hast du noch Münzgeld? Fahrkarten gibt es nur in diesen Automaten für achtzig *centavos*. Münzen sind hier Gold wert.«

»Gibt es zu wenige?«

»Die Regierung behauptet nein, die Opposition meint ja, und die meisten *porteños* halten die Busgesellschaft für korrupt. Sie sammelt angeblich so lange über ihre Automaten Münzen, bis sie knapp werden, und dann verscherbeln sie sie über ihrem tatsächlichen Wert an Mittelsmänner, die sie weiter an Banken verkaufen. Manche Leute sagen, es gäbe eine Münzgeldmafia, die die Münzen sammelt und nach Chile verkauft, wo sie angeblich eingeschmolzen werden, weil ihr Materialwert aufgrund der Inflation über ihrem Nennwert liegt. Wie auch immer, du solltest dein Kleingeld zusammenhalten, solange du hier bist, denn aus der Ankündigung, Magnetstreifenkarten für den Bus einzuführen, ist bislang noch nichts geworden.«

Der Bus bahnte sich seinen Weg durch den zähen Verkehr auf der Avenida Las Heras. Immer mehr Fahrgäste stiegen ein, und es wurde immer enger. Eine Mutter mit zwei Kindern und zahlreichen Einkaufstaschen ließ mit einem entschuldigenden Lächeln ihre Taschen zwischen sich und Inés auf den Boden gleiten, so dass Inés näher an Elena gedrängt wurde, die wiederum zwischen einem jungen Schnösel mit Aktentasche, einem dicken Mann und dem Automaten eingepfercht war. Inés wandte Elena den Rücken zu und bemühte sich, einen akzeptablen Abstand zwischen sich und ihr einzuhalten. Doch der *colectivo* fuhr an und bremste, fuhr wieder an, um daraufhin noch heftiger zu bremsen … Die Fahrgäste wurden durchgeschüttelt und stießen aneinander, was viele nicht davon abhielt, zu lesen, miteinander zu reden oder zu telefonieren. Hoffentlich steigt bald jemand aus, dachte Inés und verdrängte den Gedanken an Elena, die sie dicht hinter sich spürte. Aber an der nächsten Haltestelle stiegen noch mehr Menschen ein. Die junge Mutter hatte das kleinere der beiden Kinder auf den Arm genommen, das größere klammerte sich an ihr Bein, während sie sich selbst, den Arm vor Inés' Bauch, an einem der Griffe festhielt. »Es ist immer dasselbe um diese Uhrzeit«, sagte sie an Inés gewandt. Inés lächelte sie an. Ein Gespräch mit dieser Frau konnte sie vielleicht von Elenas Anwesenheit ablenken. Sie öffnete gerade den Mund, um etwas zu erwidern, da schob eine Horde Schüler die junge Frau weiter. Das Kind auf ihrem Arm wurde zwischen Inés und ihr eingeklemmt und fing an zu schreien. Inés machte einen winzigen Schritt nach hinten und stieß an Elena. *Mi madre*, dachte sie, das halte ich nicht aus. Sie ließ die Stange los, an der sie sich festgehalten hatte und versuchte von Elena abzurücken. Das Kind zappelte und ließ sich nicht beruhigen. Der Bus fuhr an, und Inés verlor den Halt. Mit ganzer Wucht wurde sie gegen Elena geschleudert. Der entfuhr ein schmerzerfülltes *»¡Ay!«,* dann spürte Inés eine Hand auf ihrer Schulter, die sie stützte. Verzweifelt suchte sie nach einer Möglichkeit, sich festzuhalten. Sie stand nur auf einem Fuß, für den anderen fand sie keinen Platz auf dem Boden. Die Mutter mit Kind streckte ihr eine Hand entgegen, die Inés dankbar ergriff. Die Frau zog sie wieder in eine stabile Position, und die Hand auf ihrer Schulter schob gleichzeitig von hinten. *»¿Estás bien?«*, fragte die Frau. Inés nickte und bedankte sich. Wann hatte diese Fahrt endlich ein Ende? Sie kam sich blöd und ungeschickt vor. Die *porteños* um sie herum ließen sich von dem Geruckel des *colectivo* nicht aus der Fassung bringen. Nur sie musste so eine peinliche Vorstellung geben. Etwas kitzelte ihre Wange, und Elenas Stimme dicht an ihrem Ohr ließ ihre Knie augenblicklich puddingweich werden. »Wenn du jetzt nur noch von meinem Fuß heruntergehen könntest, wäre das wunderbar«, sagte sie mit samtener Stimme, die in völligem Kontrast zu ihren Worten stand. Inés nahm ihren Fuß fort und wandte den Kopf. »Tut mir leid, *disculpa*«, murmelte sie und sah in Elenas spöttische Augen, die ihr einen langen Blick schenkten. Inés schoss das Blut in den Kopf; sie spürte, sie war feuerrot. Schnell wandte sie sich ab. Wieso reagierte ihr Körper immer noch so auf Elena? Sie mochte vielleicht die verführerischste Frau der nördlichen und südlichen Hemisphäre sein, aber sie meinte es nicht ernst mit ihr, das musste sie ihm klarmachen.

Sie brauchten nicht lange, um die Druckerei zu finden. Elena ging auf den erstbesten Mitarbeiter zu und schilderte ihm ihr Anliegen. »*Ché*, du möchtest eine Kundenadresse von uns? *Cierto*, wir haben alle hier im Computer gespeichert, aber ich weiß nicht recht, ob ich sie dir geben darf.« Der Mann blickte Elena unschlüssig an.

Elena schenkte ihm ein gewinnendes Lächeln. »*¡Por favor!* Es ist eine Freundin meiner Tante. Die ist aber schon gestorben, ich kann sie nicht mehr nach der Adresse fragen, und im Telefonbuch habe ich auch nichts gefunden. Ich weiß ja auch gar nicht, ob Rosalia Catala de la Vega überhaupt noch lebt, aber ich möchte ihr von einer Ausstellung erzählen – mit Bildern meiner Tante. Zu Lebzeiten hatte sie nie eine größere Ausstellung, weißt du. Rosalia und sie standen sich sehr nah. Sie würde sich bestimmt freuen, wenn sie davon hört.«

Der skeptische Ausdruck des Mannes verschwand. Elenas Anliegen kam ihm offenbar glaubhaft vor. »Zeig mal die Anzeige. Wann wurde sie denn aufgegeben?« Er warf einen Blick auf die Todesanzeige und fragte erstaunt: »1989? Das ist ja schon ewig her. Da hatten wir noch keine Computer. Wenn sie nicht später, so ab 1995, erneut etwas in Auftrag gegeben hat, werden wir sie nicht in der Datei finden.« Er zögerte einen winzigen Augenblick und sagte dann: »Na, ich schau einfach mal.« Er tippte schnell ein paar Befehle, starrte konzentriert auf den Bildschirm, scrollte nach unten, schüttelte den Kopf und tippte erneut etwas ein. Ein paar Augenblicke später schüttelte er den Kopf. »*Lo siento,* tut mir leid, aber wir haben sie nicht in der Datei – definitiv.«

Elena war sichtlich enttäuscht. »*Concho,* ich hatte so gehofft, ihr könntet mir weiterhelfen.«

Der Mann hob bedauernd die Hände. Er wollte sich schon abwenden, da schaltete Inés sich ein.

»Und wie habt ihr eure Kundendatei vor 1995 geführt?«

Der Mann blickte sie erstaunt an. »In Büchern – nehme ich an ...«

»Gut«, antwortete Inés. »Und gibt es die noch?«

Die Verwirrung des Mannes stand ihm deutlich ins Gesicht geschrieben. »Du meinst, ob wir die alten Auftragsbücher noch haben? Tja, da fragst du mich was ...« Unschlüssig schaute er von Inés zu Elena.

»Wer könnte das wissen und uns weiterhelfen?« Inés blickte den Mann erwartungsvoll an. Sie war offenbar nicht bereit, sich so einfach abspeisen zu lassen.

Der Mann schien das zu kapieren und überlegte weiter. Plötzlich erhellte sich sein Gesicht. »Alfonso! Alfonso kann euch weiterhelfen. Er ist so alt wie der Chef und schon ewig hier und – er hasst Computer!« Der letzte Teil des Satzes klang geradezu triumphierend.

»Und?«, fragte Inés.

»Die Druckerei im Hof mit all den alten Druckmaschinen ist sein Reich. Kommt mit!« Er winkte sie zu einer Tür und ging durch einen dunklen Flur zum Hinterausgang. Inés und Elena folgten ihm die kleine Treppe hinab über den Hof zum gegenüberliegenden Gebäude. Er öffnete eine Tür und rief: »Alfonso, Kundschaft!«

Das Licht im vorderen Teil des Raumes war trübe, und Elena brauchte einen Moment, bis sich ihre Augen daran gewöhnt hatten. Sie sah zwei riesige Druckmaschinen und ein paar kleinere – Relikte aus einer vergangenen Zeit. Die Regale an der Wand waren vollgestopft mit Werkzeug und irgendwelchen Metallteilen, die sie für Ersatzteile hielt. Sie traten um eine raumteilende Schrankwand herum und kamen in einen von Neonlicht hell erleuchteten Bereich der Druckerei. An den Wänden befanden sich eine Reihe Setzkästen mit Buchstaben, weitere Kästen standen auf Tischen. Alles wirkte uralt, jedoch gepflegt. Ein älterer Herr mit einer großen klobigen Brille kam auf sie zu. Das Gestell war ihm bis auf die Nasenspitze gerutscht, und er schaute sie darüber hinweg abwartend an.

»Das ist Alfonso«, erklärte ihr Begleiter unnötigerweise. »Alfonso, die *señoras* haben ein Anliegen, bei dem du vielleicht weiterhelfen kannst. Ich muss zurück.« Er nickte Elena und Inés zu und verschwand.

*»Buenos dias, señoras«,* sagte Alfonso.

Er war recht klein, und die Art, wie er vor ihnen stand und sie über seine riesige Brille hinweg anschaute, erinnerte Elena an eine Maus. »*Buenos dias*«, sagte sie, und Inés erwiderte ebenfalls seinen Gruß.

»Einen schönen Arbeitsplatz haben Sie hier«, sagte Inés, »wie ein Museum.«

»O ja«, schmunzelte der Mann. »Ich selbst bin auch ein Exponat.«

»Eine sehr interessante Ausstellung«, erwiderte Inés und zwinkerte dem Mann zu. »Ich werde dieses Museum weiterempfehlen.«

»Tun Sie das, tun Sie das!« Er schien sehr zufrieden und fragte: »Wie kann ich Ihnen weiterhelfen?«

Elena ergriff das Wort. »Wir sind auf der Suche nach der Adresse einer Kundin von Ihnen, die vor vielen Jahren diese Anzeige in Auftrag gegeben hat.« Sie reichte ihm das Blatt, und er nahm es voller Interesse.

Er drehte und wendete es. »Die Anzeige haben Sie aus der Zeitung. Die Zeitungsfritzen haben sie nicht selbst gesetzt, sondern unseren Satz übernommen. Hier, sehen Sie, das ist der Name unserer Druckerei.« Er deutete auf den Schriftzug, den Inés am Morgen entdeckt hatte.

»Hat das etwas zu bedeuten?«, fragte Elena.

Der Mann zuckte die Schultern. »Nein, eigentlich nicht. Es ist nur ungewöhnlich. Diese Anzeige sieht so aus, wie wir damals Trauerkarten gesetzt und gedruckt haben, die von den Angehörigen verschickt wurden. Dies ist eine Anzeige aus der Zeitung. Für gewöhnlich wurden die von den Zeitungen selbst gesetzt. Aber das muss nichts bedeuten.« Er ging mit der Anzeige in der Hand zu einem großen Regal, in dem an die fünfzig dicke, in Wachspapier eingeschlagene Bände standen. Elenas Augen folgten dem Mann, der sich die Brille hochgeschoben hatte und die Jahreszahlen auf den Einbänden durchging.

»Ob das die Auftragsbücher sind?«, flüsterte Elena Inés aufgeregt zu.

Inés zuckte die Schultern. »Sieht ganz danach aus.«

Gespannt verfolgten sie, wie der Mann einen der Bände aus dem Regal zog und auf einen Tisch unter eine Lampe legte. Er warf einen erneuten Blick auf die Todesanzeige und schlug ein Register am Anfang des Bandes auf. Die Brille saß ihm wieder auf der Nasenspitze und drohte jeden Augenblick herunterzurutschen. Gezielt schlug er eine Seite in der zweiten

Hälfte des Buches auf und blätterte dann behutsam Seite für Seite um. Der Zeigefinger seiner linken Hand fuhr dabei die Zeilen hinunter und verharrte nach einer kleinen Ewigkeit an einer Stelle: »Hier! Da haben wir sie: Rosalia Catala de la Vega.«

Elena hielt den Atem an. Inés warf ihr einen kurzen Blick zu und ging einen Schritt auf Don Alfonso zu. Der schien nichts von ihrer Anspannung zu spüren und fuhr fort: »Die Adresse lautet: Virrey Loreto 1880 in Belgrano. Eine Telefonnummer ist nicht angegeben, stattdessen der Vermerk *schriftlich benachrichtigen*. Nun? Zufrieden?« Er kicherte. »In so einem Museum«, dabei machte er eine allumfassende Armbewegung, »geht so schnell nichts verloren. Eine anständige Buchführung, ordentlich auf Papier, das war schon etwas. Heute dagegen ....« Er schüttelte den Kopf.

Elena war in Hochstimmung. Eine Adresse von Rosalia. Jahrelang hatte sie erfolglos danach gesucht. Hoffentlich war sie noch aktuell – hoffentlich lebte Rosalia noch! Aufgeregt drückte sie Inés' Arm. »Ich fasse es nicht, Inés!«

Inés nickte begeistert, entzog sich jedoch Elenas Griff. »Hoffentlich lebt sie noch. *¡Ojalá!*«

Der Mann schaute auf. »Doña Rosalia? Das können Sie nun herausfinden. Ich schreibe Ihnen die Adresse auf.« Mit diesen Worten griff er nach Papier und Stift und schrieb in gestochener Schrift die Adresse ab. Mit einer kleinen, spöttisch-galanten Verbeugung reichte er Elena das Blatt und sagte: »Das Museum dankt!«

»O nein, ich muss Ihnen danken!« Elena suchte nach Worten, dann umarmte sie den kleinen Mann und platzierte einen Kuss auf seine linke Wange. Er freute sich sichtlich und tätschelte großväterlich Elenas Wange. »*De nada*, gern geschehen!«

Zurück auf der Straße standen sie sich unschlüssig gegenüber. Eben noch, in Anwesenheit des netten Alfonsos, war die Spannung zwischen ihnen fortgewesen. Nun baute sie sich wieder auf, wie eine finstere Gewitterwolke.

Elena versuchte ihre Gedanken und Gefühle zu sortieren. Sie musste jetzt endlich mit Inés reden, die bereits zielstrebig die Haltestelle des *colectivo* ansteuerte. Sie durfte sie nicht fortlassen, bevor sie nicht miteinander gesprochen hatten. Und sie hielt Rosalias Adresse in den Händen. Wie sollte sie jetzt vorgehen? Sie konnte schlecht stante pedes bei ihr aufkreuzen und sagen: »*Buenos dias,* Doña Rosalia. Ich bin Marís Nichte.« Nein, dieser Besuch musste wohl überlegt werden. Sie sollte sich mit Esperanza und Inés besprechen. Aber nicht jetzt. Jetzt musste sie Inés dazu bringen, sich mit ihr in irgendein Cafe zu setzen oder einen Spaziergang zu machen und sich anzuhören, was Elena ihr zu sagen hatte. Ihr Herzschlag beschleunigte sich. Wie konnte sie den Wunsch, mit Inés zu sprechen, formulieren? Welche Worte sollte sie wählen, ohne plump und aufdringlich zu wirken?

Inés stand vor dem Haltestellenschild und blickte sich suchend um.

»Wo ist der Fahrplan?«, fragte sie.

»Das ist eine alte Haltestelle. Da gibt's keinen Fahrplan. Die Linien, die hier halten, stehen oben auf dem gelben Schild. Alle paar Minuten kommt ein *colectivo*, manchmal gleich zwei oder drei derselben Linie hintereinander. Man stellt sich einfach hin und wartet.«

»Aha, und woher weiß ich, welche Linie ich nehmen muss?«

»Sag dem Fahrer des nächsten *colectivo*, wohin du willst oder frag die anderen Wartenden. Die Hauptrichtung wird über der Frontscheibe angezeigt.«

»Hier ist aber niemand außer uns.« Inés schien mit der Antwort nicht zufrieden. Offensichtlich wären ihr ein Liniennetz und ein Fahrplan mit konkreten Abfahrtzeiten lieber.

»Dann frag mich!«, bot Elena mit einem vorsichtigen Lächeln an.

Inés seufzte. »Gut, Elena. Wie komme ich zurück in mein Hotel?«

»Mit der Nummer 60. Auch die Linien 34 und 36 gehen über Palermo, aber von der anderen Seite der Straße.«

Inés nickte. Bevor sie sich verabschieden und umwenden konnte, sagte Elena hastig: »Aber … bitte geh noch nicht! Ich …« Weiter wusste sie nicht. Inés schaute sie ausdruckslos an, machte aber keine Anstalten zu gehen. Elena schluckte. All die Worte, die sie sich zurechtgelegt hatte, waren verschwunden. Sie stand vor Inés und hoffte auf eine Eingebung. Doch nicht eine Silbe kam ihr über die Lippen. Hatte Inés schon zuvor wenig interessiert gewirkt, so zeichnete sich nun Ungeduld auf ihrem Gesicht ab.

»*¡Quedate!* Bleib! Wir müssen reden!«, platzte es aus Elena heraus.

Inés schaute sie gequält an. »So, *müssen* wir das?«

In Elena wuchs die Verzweiflung. Sie ging es schon wieder komplett verkehrt an. So, wie sie es gesagt hatte, klang es wie ein Befehl. Kein Wunder, dass Inés sauer reagierte. Sie atmete tief durch. »Das war nicht sehr geschickt formuliert. Ich meine, ich möchte sehr gerne noch eine Weile mit dir zusammensein und ich möchte mit dir reden. Es gibt so vieles, das … Ich bitte dich, nimm dir noch eine halbe Stunde Zeit für mich, *¡te pido!*« Das klang schon besser, fand sie. Inés konnte doch nicht allen Ernstes denken, sie hätten nichts miteinander zu bereden, nach allem, was geschehen war … Und nicht geschehen war, mahnte sie sich. Sie war endlich bereit zu reden – es durfte nicht sein, dass Inés nun nichts mehr hören wollte.

»Dann sag, was du zu sagen hast.« Inés' Stimme war tonlos.

»Hier? Bitte, Inés, lass uns irgendwo hingehen. In eines der Cafés, von denen ich gesprochen habe, in einen Park, irgendwohin, wo wir uns in Ruhe unterhalten können. Nicht hier, mitten auf der Straße.«

»Ich will mich nicht unterhalten. Ich bin bereit, mir anzuhören, was du zu sagen hast. Das ist alles. Wenn du es loswerden willst, wirst du es mir hier und jetzt sagen müssen.«

Inés verschränkte die Arme vor der Brust. Ihr eisiger Blick schnürte Elena die Kehle zu. Inés verlangte tatsächlich von ihr, sich mitten auf der Straße zu erklären. Wie sollte sie so die richtigen Worte finden? Inés' wachsender Unmut war nicht zu übersehen. Panisch machte Elena einen Schritt auf sie zu und sprudelte los: »Ich weiß, dass du damals immer darauf gewartet hast, dass ich rede, dass ich mich zu meinen Gefühlen für dich bekenne, dass ich erkläre, wieso ich mich so verhalten habe, wie ich es getan habe. Ich habe mich verdammt mies benommen, ich habe dich verletzt, ich war nicht ehrlich zu dir. Ich weiß das, und ich wusste es damals schon. Trotzdem habe ich es nicht fertiggebracht, offen mit dir zu reden. Womöglich interessiert dich das jetzt nicht mehr. Wenn es so ist, sag es mir und ich werde nie wieder davon anfangen, aber es gibt Gründe, warum ich mich so verhalten habe – sie entschuldigen nichts und sie werfen kein gutes Licht auf mich, aber es gibt sie. Einer davon ist, dass ich damals noch eine Lebensgefährtin hier in Buenos Aires hatte. Sie hat sich mittlerweile von mir getrennt und hatte allen Grund dazu. Ich habe also auf ganzer Linie versagt, wenn du so willst. Nachdem ich dich näher kennengelernt habe, wurden meine Gefühle für dich immer tiefer, und ich habe mich in dich verliebt. Das hat mir Angst gemacht, weil ich glaubte, mich nicht auf dich einlassen zu dürfen, da ich zu meiner Lebensgefährtin zurückkehren müsste.« Elena zögerte einen Moment, dann fuhr sie fort: »Mit einer schnellen Affäre hätte ich keine Probleme gehabt, aber mit dem, was ich für dich empfunden habe, bin ich nicht klargekommen.« Sie straffte die Schultern und sah Inés geradewegs in die Augen. »Ich habe dich nicht vergessen – und ich empfinde nach wie vor viel für dich.«

Inés und sie standen sich gegenüber, ohne etwas zu sagen. Elena konnte Ines' Gesichtsausdruck nicht deuten. Was mochte sie denken? Würde sie nachfragen, was genau Elena für sie empfand? Elena wartete. Sie hatte viel gesagt, wenn auch längst nicht alles erklärt. Sie mochte Inés längst verloren haben, aber selbst wenn es so war, wünschte sie sich sehnlichst, dass Inés verstand, was sie empfand.

»Ich werde über das, was du gesagt hast, nachdenken, Elena«, sagte Inés ruhig und ohne erkennbare Emotion. »Jetzt werde ich zur Haltestelle auf der anderen Straßenseite gehen und den nächsten *colectivo* nehmen.«

Es war nicht nötig zu erwähnen, dass Elena sie nicht begleiten sollte, sie verstand es auch so. *No te vayas,* geh nicht, flehte sie stumm. Doch Inés hob kurz die Hand und drehte sich um. Elena rührte sich nicht von der Stelle. Sie starrte Inés hinterher. Tränen traten ihr in die Augen. Was sollte das nun? Wieso musste Inés jetzt nachdenken? Für sie war doch immer alles einfach und klar gewesen. Warum konnte Inés nicht wenigstens mit ihr reden?

Elena hatte kurz geduscht und kletterte nun, das Haar noch nass, mit einer Flasche Wasser aus ihrem Fenster auf das Dach des Nachbarhauses. Es blieben ihr noch zwei Stunden, bis sie zum Unterricht aufbrechen musste. Sie zog sich einen der beiden alten Klappstühle in die Sonne und trank zügig aus der Flasche. Ihr Blick glitt über die Häuserdächer, während sie tief ein und aus atmete. Langsam kam sie zur Ruhe. Sie sollte endlich ein paar Blumen und Kräuter in die Kübel pflanzen, dachte sie und nahm einen weiteren Schluck. Irgendetwas Duftendes.

Was mochte sie heute bei Inés ausgelöst haben? Sie fragte sich, ob es richtig gewesen war, gleich von Caridad zu erzählen und der Tatsache, dass diese es gewesen war, die sich getrennt hatte. Womöglich dachte Inés jetzt, sie sei die zweite Wahl? Elena hatte nicht den geringsten Schimmer, wie Inés ihr hastiges Geständnis mitten auf der Straße aufgenommen hatte. Sie hatte anschließend scheinbar ungerührt das Weite gesucht. Ihr, Elena, blieb nichts, als abzuwarten. Sie konnte nichts erzwingen. Am besten sie stürzte sich jetzt in die weitere Suche. Sie beschloss, Esperanza anzurufen und ihr von ihrem Besuch in der Druckerei zu berichten. Sie zog ihr Handy aus der Hosentasche und wählte die Mobilfunknummer von Esperanza, die sich praktischerweise ein argentinisches Kartentelefon besorgt hatte.

Esperanza meldete sich nach kurzen Klingeln. »*¡Hola,* Elena! Gerade habe ich mit Inés gesprochen. Das sind ja tolle Nachrichten!«

Elena zögerte. Hatte Inés Esperanza etwa auch von Elenas Geständnis erzählt? Ihr war ein wenig mulmig bei dem Gedanken, doch sie riss sich zusammen. »O ja! Jetzt halte ich Rosalias Adresse in den Händen. Jahrelang habe ich danach gesucht, und nun zaubert ein älterer Herr sie plötzlich aus verstaubten Auftragsbüchern hervor. Es ist wie ein Wunder. Ich hoffe so sehr, sie ist noch aktuell.«

»Das Wunder haben wir Inés zu verdanken«, entgegnete Esperanza. »Hätte sie sich heute Morgen nicht geradezu meditativ in die floralen Ornamente der Todesanzeige vertieft …«

Spielte Esperanza auf Inés' Schweigsamkeit an? Machte sie Elena zum Vorwurf, dass sich Inés am Vormittag kaum am Gespräch beteiligt hatte? Um Elenas eben gewonnene Ruhe war es wieder geschehen. Sie schluckte. »Wie es aussieht, ist Inés nicht gut auf mich zu sprechen …«

»Sie ist überhaupt nicht richtig zu sprechen«, antwortete Esperanza leichthin. »Nachdem sie mir kurz und knapp von eurem Besuch in der Druckerei berichtet hat, ist sie auf ihr Zimmer gegangen. Ach ja, und sie sagte noch, dass sie mich morgen nicht ins Museo de Arte Latinoamericano de Buenos Aires begleiten wird – ich habe dort einen Termin gemacht, das hat sich vorhin erst ergeben. Inés will sich morgen unbedingt irgendeinen *barrio* anschauen – Villa 21 de Barracas oder so ähnlich.«

»Villa 21 de Barracas?« Elenas Stimme schraubte sich entsetzt in die Höhe. »Aber das ist gefährlich! Was zum Teufel will sie dort? *¿Qué coño hace?*«

»Gefährlich? Davon hat sie nichts gesagt. Sie wird schon nicht gefressen werden, Elena. Inés ist besonnen und weiß sich zu helfen. Sie wird sich nicht gedankenlos in Gefahr bringen. Lass uns lieber überlegen, wie wir die Sache mit Rosalia am besten angehen. Ich meine, die Dame ist um die neunzig Jahre alt, wenn sie noch lebt. Wir wissen nicht, in welcher Verfassung sie sich befindet. Leider habt ihr ja keine Telefonnummer.«

Elena musste sich zwingen, Esperanza zuzuhören. Villa 21 de Barracas. Was zum Kuckuck hatte Inés dort zu suchen? Sie war fremd hier und hatte keine Vorstellung, was sie dort erwartete. Caridad beteiligte sich dort an einem Projekt und war daher öfter dort. Mittlerweile kannte man sie, und wenn sie heil zu den Leuten gelangt war, mit denen sie zusammenarbeitete, war ihr Aufenthalt dort ungefährlich. Aber Inés – sie brauchte nur den Mund aufzumachen und schon wussten alle, dass sie fremd war. Bei einer Fremden würde man mehr Geld vermuten als bei einer *porteña,* und so oder so war man dort nicht zimperlich. Nicht wenige Menschen hatten dort schon für ein paar *pesos* ihr Leben verloren. Die Vorstellung schnürte ihr die Kehle zu.

»Esperanza, du musst Inés davon abhalten, dorthinzugehen! Wenn sie meint, diese Gegend besuchen zu müssen, dann wenigstens nicht allein.«

Endlich erfasste Esperanza Elenas ehrliche Sorge. »Ist es so schlimm dort? Ich werde ihr sagen, dass du ausdrücklich davor gewarnt hast, Elena, und sie noch einmal bitten, mich lieber ins Museo de Arte Latinoamericano zu begleiten. Versprochen!«

Elena beruhigte sich ein wenig. Wahrscheinlich dachte Esperanza, sie übertreibe es mit ihrer Sorge um Inés, aber das war ihr egal. Sie versuchte sich wieder auf ihr eigentliches Gesprächsthema zu konzentrieren. »Ich werde die Adresse wohl einfach aufsuchen müssen – wir wissen ja auch nicht, ob sie dort überhaupt noch wohnt.«

Esperanza zögerte einen Moment. »Nun, vielleicht ist das gar nicht so schlecht, einfach hinzugehen, statt zu schreiben, wobei ich mir nicht vorstellen kann, wie sie reagieren wird, wenn du auf einmal vor der Tür stehst. Sie wird wahrscheinlich auch nicht allein leben. Vielleicht muss sie betreut werden – in dem Alter.«

»Sie wird sicher nicht diejenige sein, die mir die Tür öffnet, Esperanza. Sie lebt in Belgrano – da hat man in aller Regel Personal. Und wenn sie in einem dieser Hochhäuser wohnt, sitzt unten ein *portero.* Bevor ich sie zu Gesicht bekomme, wird man ihr gesagt haben, wer sie zu sprechen wünscht.«

»Es kann also auch passieren, dass man dich abwimmelt.«

»Ja. Ich weiß nicht, wie sie reagiert, wenn sie erfährt, dass eine Frau namens Domínguez del Río sie sprechen möchte, aber ich werde es herausfinden – gleich morgen.«

»Gut. Wir haben keine Zeit zu verlieren, aber überleg dir lieber genau, was du ihr sagen möchtest – es ist ja nicht so, als hätten wir nicht genügend Fragen zu Marí und Mateo, aber wird sie es schätzen, wenn du mit der Tür ins Haus fällst?«

Elena musste Esperanza recht geben. »Ich denke, ich werde keine Fragen stellen, sondern ihr von der Ausstellung in Las Palmas erzählen und dass vielleicht in absehbarer Zeit eine weitere hier in Buenos Aires zustande kommt. Dann müsste sie eigentlich diejenige sein, die Fragen stellt – hoffe ich zumindest. *¡Ojalá!*«

»Klingt gut.« Esperanza überlegte noch einen Augenblick und meinte dann: »Nimm einen Ausstellungskatalog mit. Dann hast du etwas in der Hand, das deinen Bericht bestätigt. Außerdem kannst du ihn auch einfach dortlassen, falls sie dich nicht empfängt.«

»Gute Idee. Wenn ich erfolglos war – wenn Rosalia mich nicht empfangen hat, nicht mehr dort wohnt oder nicht mehr lebt –, kann ich versuchen, von den Nachbarn etwas über sie zu erfahren. Leider sind sie in solchen Vierteln eher verschwiegen, fürchte ich. Aber ich habe viel Zeit – morgen den ganzen Tag. Dafür muss ich übermorgen schon um elf in der Tanzschule sein.«

»Schau, was du ausrichten kannst, Elena. Wir telefonieren irgendwann nachmittags oder abends. Ich erzähle dir dann, ob ich im Museo etwas erreicht habe«, antwortete Esperanza.

»*Que tengas suerte*, Esperanza, viel Glück!«

Elena beendete das Gespräch und starrte in die Ferne. Die Idee mit dem Katalog war gut. Während sie die sinkende Sonne über den Dächern von Buenos Aires beobachtete, legte sie sich einige Worte für Rosalia zurecht. Sie fragte sich, in welcher Verfassung die alte Dame wohl sein mochte und hoffte, dass sie zumindest bei klarem Verstand war. Dann würde sich alles Weitere schon ergeben. Sie warf einen Blick auf die Uhr. Es blieb ihr immer noch etwas Zeit. Ihre Gedanken kehrten zu Inés zurück.

Elena stieg an der Station Juramento der Linie D aus der *subte* und überquerte die Plaza Manuel Belgrano. Sie war schon ewig nicht in dieser Gegend gewesen. Bald erreichte sie den Teil von Belgrano, in dem Gebäude mit bis zu zwanzig Stockwerken in den Himmel ragten. Selbst die großen Platanen, die die ruhigen Straßen säumten, nahmen sich daneben wie Zwerge aus. Dazwischen duckten sich im Schatten der Hochhäuser einige wenige alte Häuser. Elena blickte auf den Stadtplan und trat zur Seite, denn ein *paseaperro*, ein Hundeausführer mit etwa fünfzehn Hunden, vom Zwergpinscher bis zum Golden Retriever, kam ihr entgegen. Er nickte ihr dankbar zu und ermunterte die Meute, die sich für etwas Undefinierbares im Rinnstein interessierte, weiterzulaufen.

Elena bog noch ein paar Mal ab. Schließlich gelangte sie in die Straße Arribeños. Sie warf einen Blick auf die Hausnummer und lief zügig eine *cuadra*, einen Häuserblock, weiter. Die Straße, die sie suchte, hieß Virrey Loreto. Als sie sie fand, war es gleich das erste Haus an der Ecke. Elena prüfte noch einmal die Hausnummer, dann nahm sie es in Augenschein. Eine kleine Villa im Landhausstil mit zwei Giebeln, umgeben von vielen Bäumen, die die Sicht darauf einschränkten. Es war herrschaftlich, jedoch nicht protzig wie die Villen in den hermetisch abgeriegelten *countries* außerhalb der Stadt, seelenlose Siedlungen mit pompösen Gebäuden, Mauern, Stacheldraht und privaten Wachmannschaften. Eine halbhohe

Mauer, auf der sich wiederum ein Zaun befand, umgab das Anwesen.

Elena atmete tief durch und überprüfte ihre Kleidung, dann betätigte sie den Klingelknopf aus blankem Messing. Daneben war ein elektronischer Spion in das Mauerwerk des Tores eingelassen. Seit dem Aufstehen hatte sie nichts bis auf einen *mate* und eine halbe *medialuna* herunterbekommen. Sie war furchtbar aufgeregt. Erstaunlich schnell erklang ein Summen, und sie drückte das Gartentor auf. Ihre Aufregung steigerte sich, als sie auf einem hell gefliesten Weg durch den kleinen Vorgarten zur Treppe schritt. Noch während sie die Stufen hochging, öffnete sich die Haustür, und eine adrett gekleidete Frau mittleren Alters schaute sie erstaunt an.

»Oh, ich dachte es sei *doctora* Docampo! Wer sind Sie – ihre Vertretung?« Die Frau musterte Elena, und ein leichter Vorwurf lag in ihrer Stimme, als sie sagte: »Doña Rosalia hatte fest damit gerechnet, dass sie heute selbst käme …«

Elena war bis in die Haarspitzen elektrisiert. Die Frau hatte *Doña Rosalia* gesagt! Sie bemühte sich um ein gewinnendes Lächeln. »*Buenos dias*. Nein, ich bin nicht *doctora* Docampo oder ihre Vertretung. Ich bin …«

Die Frau unterbrach sie ungehalten, und mit dem blasierten Auftreten einer Hausangestellten, die sich des gesellschaftlichen Status' ihrer Arbeitgeberin bewusst ist, fragte sie: »Sie sind nicht ihre Vertretung? Was wollen Sie dann hier?« Noch einmal glitt ihr Blick an Elena auf und ab, die es gelassen über sich ergehen ließ. Dann fragte sie zweifelnd: »Sind Sie gekommen, um die Wäsche zu holen? Der Eingang ist unten links.«

Elena, die mittlerweile oben auf dem Treppenabsatz angekommen war, antwortete: »Nein. Ich bin Elena Domínguez del Río.« Sie hoffte, es war ihr gelungen, ihrer Stimme ein angemessenes Quantum an Bestimmtheit und Herablassung zu verleihen, das unmissverständlich signalisierte, sie habe hier durchaus etwas zu suchen, auch wenn das Personal sie nicht kannte. Die Frau stand wie eine Wächterin vor dem Eingang. Ihre Miene drückte bestenfalls Neutralität aus. Immerhin schwieg sie nun und schien auf eine weitere Erläuterung zu warten.

»Ich möchte Doña Rosalia sprechen«, sagte Elena schlicht und hoffte, die Tatsache, dass sie nicht nach Señora Catala de la Vega gefragt hatte, erweckte den Eindruck, sie und Rosalia kennten sich bestens.

Ihr Auftreten schien seine Wirkung nicht zu verfehlen. Die Frau zögerte zwar immer noch, doch ihr Gesichtsausdruck war nun freundlicher. Elena war darauf eingestellt, es mit abweisendem und misstrauischem Personal zu tun zu haben. Sie kam der Frau, die gerade den Mund öffnete, zuvor und mischte eine deutliche Spur Ungeduld in ihre Stimme, als sie sagte: »Wenn Sie mich nun bitte zu ihr lassen. Ich habe ihr etwas zu übergeben«, dabei deutete sie auf ihre Tasche und machte einen entschlossenen Schritt auf die Frau zu, die sofort zur Seite wich. Elenas Freude über den billig errungenen Sieg im kleinen Machtkampf mit der Frau währte nur kurz. Wie sollte es nun weitergehen? Würde die Frau sie zu Rosalia führen, die möglicherweise in schlechter Verfassung war – schließlich hatte man ja eine Ärztin erwartet.

Die Frage erübrigte sich, als Elena ein leises Quietschen vernahm. Ihr Blick ging in die Richtung, aus der das Geräusch kam. Nach einem kleinen Augenblick erschien langsam der vordere Teil eines Rollstuhls in einem Türrahmen. Seine Räder waren es, die das Geräusch auf dem glatten Steinboden verursachten. Elena sah zuerst Füße und Beine, die in einer hellgrauen Hose mit akkurater Bügelfalte steckten. Dann erschien auch der Oberköper einer alten Dame, die mit arthritischen Händen mühsam die Räder ihres Gefährts anschob. Rosalia. Elena starrte sie wie gebannt an. Ihre Haltung war sehr aufrecht, und das klare Profil umrahmte volles schneeweißes Haar, das glatt herabfiel und knapp unterhalb des Kinns endete. Mit einer Drehung des Rollstuhls, die sie sichtlich Kraft kostete, stand sie Elena nun direkt gegenüber. Aus einem zerfurchten Gesicht mit leicht hängenden Augenlidern schauten Elena zwei große grüne Augen an. Die Hausangestellte setzte an, etwas zu sagen, doch Rosalia hob die Hand und wandte sich an Elena. »Sie wünschen?«

Elena wurde es heiß und kalt. Sie fragte sich, ob Rosalia ihren Wortwechsel mit ihrer Angestellten mit angehört hatte und so möglicherweise auch ihren Namen. Während sie noch überlegte, ob sie sich erst vorstellen und dann für ihr unangekündigtes Erscheinen entschuldigen sollte, rollte Rosalia auf sie zu. Ihrem Gesicht war nicht anzusehen, was sie von diesem Besuch hielt. Doch noch während Elena wortreich um Verzeihung bat, trat ein ungläubiger, vielleicht sogar verstörter Blick in Rosalias Gesicht. Ihre Hände ließen die Räder los und verkrampften sich in ihrem Schoß ineinander. Als Elena sich schließlich mit den Worten: »Ich bin Elena Domínguez del Río« vorstellte, erstarrte Rosalia, und ein erstickter Aufschrei entfuhr ihr.

Die Angestellte war mit einem Satz bei ihr und redete auf sie ein, fragte, was los sei, und bat, sie möge sich beruhigen. Gleichzeitig entschuldigte sie sich dafür, Elena hereingelassen zu haben, der sie sofort die Schuld für Rosalias Reaktion gab. Elena wusste nicht, wie ihr geschah. Ihr war unbehaglich unter Rosalias Blick. Es lagen Schrecken und Ablehnung, aber vor allem ein großer Schmerz darin. In ihrer Hilflosigkeit begann Elena gegen das unablässige Gerede der Angestellten anzusprechen, indem sie versuchte, Rosalia schnell ihre wichtigste Botschaft zu übermitteln, denn sie ahnte, viel Zeit blieb ihr nicht mehr in diesem Haus.

»Señora Catala de la Vega, bitte! Ich weiß nicht, wodurch ich Sie so erschreckt habe. Ich bin gekommen, weil ich Ihnen erzählen wollte, dass es kürzlich in Las Palmas de Gran Canaria eine Ausstellung mit Bildern von Marí, meiner Tante, gegeben hat. Hier, schauen Sie, das ist der Katalog zur Ausstellung.« Elena beeilte sich, das Buch aus ihrer Tasche zu ziehen und wollte es Rosalia reichen, die jedoch entsetzt zurückwich und keine Anstalten machte, den Katalog entgegenzunehmen.

Die Hausangestellte schob Elenas ausgestreckten Arm resolut fort und zischte: »Lassen Sie sie, sofort! Ich rufe Hilfe.«

Elena ging ein paar Schritte rückwärts, redete jedoch wieder beschwörend auf Rosalia ein. »Bitte, Doña Rosalia, hören Sie mich an. Ich habe Marí kaum gekannt, aber ich habe mein halbes Leben damit verbracht, nach Spuren meiner Tante zu suchen. Ich verstehe, dass mein Erscheinen hier sehr unerwartet und plötzlich für Sie ist. Ich entschuldige mich vielmals dafür. Wenn Sie heute nicht mit mir sprechen wollen, dann vielleicht ein andermal. Bitte!« Rosalia schüttelte den Kopf, ihre Augen glänzten in unergründlichem Grün. Elena versuchte es dennoch weiter. »Ich möchte mehr über meine Tante erfahren. Bitte helfen Sie mir dabei …« Elena verstummte, als Rosalias nun feindlicher Blick sie beinahe durchbohrte.

Auf ein Zeichen von Rosalia hin, schob die Angestellte die alte Dame aus dem Eingangsbereich fort und rief nach irgendjemandem. Elena war verzweifelt. Sie war es völlig falsch angegangen. Was hatte sie nur gesagt, das Rosalia so aus der Fassung gebracht hatte? Sie legte den Katalog auf einen kleinen Tisch, in der Hoffnung, er fände später Beachtung. Dann kramte sie nach ihrer Visitenkarte. Kaum hatte sie sie gezückt, kam die aufgebrachte Angestellte herangerauscht wie ein Racheengel.

»Sie sind ja immer noch hier! Was bilden Sie sich ein? Wie konnten Sie Doña Rosalia so zusetzen? Verschwinden Sie – sofort!«

Elena reichte der Frau ihre Karte. »Meine Adresse. Falls Doña Rosalia doch noch mit mir in Kontakt treten will.«

Die Frau schnappte die Karte. »Geben Sie! Wenn Ihr Auftritt hier ernsthafte Folgen für Doña Rosalia hat, weiß ich wenigstens, wen wir dafür zur Verantwortung ziehen können!«, zischte sie.

Elena ging hocherhobenen Hauptes und ohne die Frau weiter zu beachten, hinaus.

Maßlos enttäuscht fand sie sich auf dem Gehweg vor Rosalias Haus wieder. Nun hatte sie Rosalia gefunden, mit ihr gesprochen – und doch nichts ausrichten können. Das Tor hinter ihr war wieder geschlossen, das Haus sah friedlich und unnahbar aus – ganz so, wie sie es wenige Minuten zuvor vorgefunden hatte. Wenige Minuten, in denen all ihre Hoffnung erst in Erfüllung zu gehen schien, denn Rosalia lebte, und dann, binnen weniger Augenblicke, zerplatzte.

Elena warf einen letzten Blick auf das gepflegte Anwesen und lief zügig die Straße entlang, fort von diesem Ort. Sie bog in eine Nebenstraße und beschleunigte ihren Schritt, fast rannte sie, Verzweiflung und Enttäuschung trieben sie an. Wie hatte das passieren können? Was hatte Rosalia veranlasst, derart abweisend zu reagieren? Sie war völlig entgeistert gewesen. Elena hatte nicht den geringsten Zweifel, dass Rosalia ihr Anliegen verstanden hatte. Sie mochte sehr alt sein, aber sie hatte all ihre Sinne beisammen. Natürlich musste es schmerzhaft für sie sein, an Marí erinnert zu werden, aber die Botschaft von einer Ausstellung mit ihren Werken hätte sie dennoch froh stimmen müssen. Was war es, das sie so erschreckt hatte? Marís Selbstmord lag sechsundzwanzig Jahre zurück. Bei allen Qualen, die Rosalia erlitten haben musste, war sehr viel Zeit vergangen, und doch sah sie sich offensichtlich nicht in der Lage, über Marí zu sprechen. Vielleicht brauchte sie Zeit, um Elenas hastig übermittelte Informationen zu verarbeiten? Hoffentlich überzeugte sie der Ausstellungskatalog, doch mit Elena Kontakt aufzunehmen. Sie hatte so viele offene Fragen zu Marí. Es war ihr völlig klar, dass eine rund neunzigjährige Dame der besseren Gesellschaft vermutlich nicht ohne Weiteres von ihrer Liebesbeziehung zu einer Frau sprechen würde. Aber vielleicht wäre eine behutsame Annäherung möglich gewesen? Bei aller Recherche war immer noch unklar, wieso Marí ihre Bilder Mateo überlassen hatte. Nichts als Mutmaßungen hatten sie, Inés, Esperanza und Jennifer dazu angestellt. Nur eine Zeitzeugin oder ein Zeitzeuge würde ihnen Gewissheit verschaffen können – doch Rosalia schien nicht dazu bereit. Elena war verzweifelt.

Außer Atem blieb sie stehen und presste ihre Hand auf ihre linke Seite. Sie hatte Seitenstechen – das hatte ihr gerade noch gefehlt. Was rannte sie auch wie von Sinnen durch die Straßen? Alles lief schief. Am Tag zuvor das Treffen mit Inés und heute ihr erfolgloser Besuch bei Rosalia. Sie steckte fest. Schwieg Rosalia, blieb nur noch die Hoffnung, Mateo zu finden und zur Rede zu stellen – doch wie groß mochte die Chance sein, dass auch er noch lebte? Langsam ein- und ausatmend stand sie auf dem Gehweg und blickte sich um. Belgrano hatte sie längst hinter sich gelassen. Diese Gegend war bürgerlich, doch nicht vornehm. Sie ging ein paar Schritte weiter und traf auf die Avenida Monroe. Es war nicht mehr sehr weit bis zu dem Viertel, in dem ihre Mutter lebte. Ihre Mutter. Sie hatte Esperanza und Inés versprochen, sich mit ihr in Verbindung zu setzen. Warum nicht jetzt, sofort? Auch sie war letztlich jemand, der Marí gekannt, wenn auch verachtet hatte. Was würde geschehen, wenn Elena nicht einfach nur nach Marís Atelier fragte, sondern sie mit den Fakten konfrontierte, die sie bisher zu Marí gesammelt hatte?

Es war das zweite Mal an diesem Tag, dass sie an einer Tür klingelte, von der sie nicht wusste, ob sie sich öffnete und was sie dahinter erwartete. Erst vernahm sie ein schabendes Geräusch, das vermutlich von einem Riegel herrührte, dann öffnete sich die Tür. Elena stand ihrer Mutter gegenüber. Sie erschrak. Eine alte, leicht gebeugte Frau mit fast weißem Haar und dem vertrauten harschen Zug um den Mund blickte ihr entgegen. Seit dem Tod ihres Vaters, 1986, hatten sie sich nicht mehr gesehen und nur sehr selten miteinander telefoniert. Ihrer Mutter war das Erstaunen ins Gesicht geschrieben, doch sie sagte nichts. Einen Moment standen sie einander gegenüber, dann fragte Elena: »Willst du mich nicht hereinlassen, Mutter?«

Elenas Mutter trat zur Seite und sagte: »*Buenos días,* Elena. Was führt dich hierher?« Ihr Ton wirkte neutral, doch Elena spürte sofort, dass ihre Mutter auf der Hut war. Fürchtete sie sich? Hatte sie Angst vor ihr? Elena zögerte einen Moment, dann beugte sie sich vor und gab ihrer Mutter einen flüchtigen Kuss auf die Wange. Mit Erstaunen stellte sie fest, dass sie sich dabei ein gutes Stück herabbeugen musste. Ihre Mutter schien diese Geste nicht weiter zur Kenntnis zu nehmen und deutete stumm in Richtung *salón*.

Elena war, als träte sie in eine vergangene Welt. Auf den ersten Blick sah es so aus wie am Tag nach ihrem *bachillerato,* als sie, mit dem Abiturzeugnis in der Hand, aus der Wohnung ihrer Eltern ausgezogen war. Nur das Fernsehgerät war eindeutig jüngeren Datums und auch die Gardinen mochten andere sein, aber Möbel und Teppiche waren immer noch dieselben. Sogar der Geruch der Wohnung war wie früher. In ihrer Brust wurde es eng. Während sie der Aufforderung ihrer Mutter, sich in einen der Sessel zu setzen, folgte, bemühte sie sich, flach zu atmen und möglichst wenig von der Luft aufzunehmen, die sie umgab. Ihre Mutter nahm ihr gegenüber auf dem Sofa Platz, legte die Hände in den Schoß und saß schweigend, ohne sich anzulehnen, einfach da. Ihre Miene war reglos, ihr Blick auf Elena gerichtet.

Elena räusperte sich. Es kostete sie viel Kraft, sich auf ihr Anliegen zu konzentrieren und aufwallende Gefühle fortzudrängen. Aus den Ecken des Raumes schienen Geister aus der Vergangenheit zu quellen. Es war, als glitten sie über den Boden auf sie zu und leckten an ihren Füßen. Mit Mühe brachte sie den ersten Satz hervor: »Ich bin gekommen, Mutter, um mit dir über meine Tante Marí zu sprechen.« Widerwillen glitt über das Gesicht ihrer Mutter. Es war nur ein winziger Moment gewesen, doch Elena hatte ihn erfasst. Der Anfang war gemacht, und auch wenn ihr klar war, dass ihre Mutter nicht hören wollte, was sie nun zu hören bekäme, gelang es ihr, mit fester Stimme fortzufahren. »Du weißt sicher nicht, dass ich seit vielen Jahren versuche, mehr über Marís Leben herauszufinden. Seit ihrem Tod trage ich Steinchen für Steinchen mit Informationen aus ihrem Leben zusammen, über die Vater und du sicher größtenteils Bescheid wusstet, euch aber ausgeschwiegen habt. Über die Gründe dafür brauchen wir nicht zu sprechen. Ich habe mit Hilfe anderer viele von Marís Bildern ausfindig machen können. Sie waren nicht mit ihrem Namen signiert, sondern mit dem Namen Mateo. Mateo war ein Cousin von Vater und Marí – ich hatte dich vor längerer Zeit am Telefon nach ihm gefragt. Ihre Werke werden seit September in Las Palmas de Gran Canaria ausgestellt, und wahrscheinlich wird es bald auch hier eine Ausstellung geben.«

Elenas Mutter saß ohne jede Regung da. Elena hatte den Eindruck, dass sie ihr zwar widerwillig, jedoch aufmerksam zuhörte. »Wie du ja wahrscheinlich weißt, hatte Marí eine Geliebte, Rosalia Catala de la Vega.« Ihre Mutter atmete scharf ein. Sie presste ihre Lippen aufeinander, und ihre Augen verengten sich zornig. Elena ignorierte das. »Nachdem ich ihre Adresse herausgefunden habe, war ich heute bei ihr. Sie ist sehr alt, aber bei klarem Verstand. Ich habe ihr von der Ausstellung erzählt und sie gebeten, mir von Marí zu berichten, die ich – wie du weißt – kaum kannte. Doch sie wollte nicht mit mir sprechen, sondern schien über mein Erscheinen völlig entsetzt. Ich kann versuchen, mir mögliche Gründe dafür zusammenzureimen, aber es wird bei Vermutungen bleiben – ganz so, wie die Gründe für Marís Selbstmord für mich immer noch im Dunklen liegen.«

Sie machte eine kleine Pause und sagte dann: »Ich bin gekommen, um endlich von dir zu erfahren, was damals passiert ist. Ich bin sicher, du und Vater wusstet mehr, als ihr mir erzählt habt – was nahezu nichts war. Auch wenn du sie nicht geschätzt hast, bitte ich dich, mir endlich zu erzählen, was du weißt.« Es war gesagt, und Elena verspürte einen Hauch von Erleichterung. Auf einmal drängte es sie, noch viel mehr zu sagen, noch eindringlicher zu fragen. Doch sie beließ es dabei aus Angst, ihre Mutter könnte sich so bedrängt fühlen, dass sie wieder nichts sagte, ganz so wie damals bei Marís plötzlichem Tod.

»Sie hat in Sünde gelebt und ist mit der denkbar größten Sünde von dieser Welt geschieden. Früher hat man diese Menschen nicht in geweihter Erde bestattet, doch dein Vater hat dafür gesorgt, dass sie ein christliches Begräbnis bekam!«, stieß ihre Mutter angewidert hervor.

»Sie wird einen Grund gehabt haben, wieso sie ihrem Leben ein Ende gesetzt hat, Mutter. Ich möchte ihr Handeln begreifen, denn seit meiner Jugend habe ich das Gefühl, mit meiner mir fast fremden Tante einen Menschen verloren zu haben, der mir sehr nah hätte sein können.«

Elenas Mutter lachte gehässig auf. »Natürlich, seit deinen frühen Kindertagen warst du vernarrt in deine Tante. Ich musste zusehen, dass wir den Kontakt auf ein Minimum beschränkten, als du älter wurdest. Doch umsonst. Sie hat dich verdorben.«

Elena schnappte nach Luft. Der Hass, der ihr entgegenschlug, war stärker, als all die Schroffheit und Kälte, die ihre Mutter ihr entgegenbrachte, seit sie denken konnte.

»Ich war ein einziges Mal allein fort – ohne deinen Vater und dich«, fuhr Elenas Mutter mit anklagender Stimme fort. »Vier Tage auf einer Wallfahrt nach Luján, gemeinsam mit meiner Schwester. Du gingst noch nicht zur Schule. Als ich zurückkam, hast du in einem Fluss nur von ihr geplappert. Dein Vater hatte dich, gedankenlos und naiv wie er war, zwei oder drei Tage bei ihr gelassen, statt eine *niñera* zu suchen, die auf dich aufgepasst hätte, als er unerwartet nach Montevideo musste.«

Elena schwindelte. Sie hatte als kleines Kind ein paar Tage bei Marí verbracht und besaß nicht die geringste Erinnerung daran? Soweit sie sich entsinnen konnte, war sie Marí bei der einen oder anderen Familienfeier begegnet, aber da war sie längst zur Schule gegangen. Schon immer hatte sie bei Gedanken an Marí dieses nagende Gefühl eines Verlustes gespürt, das nun wieder hervorbrach. Sie hatte Zeit mit Marí verbracht, ohne sich die Erinnerung daran bewahrt zu haben. Wie alt mochte sie gewesen sein, als sie schon sprechen konnte, aber noch nicht in die Schule ging? Drei, vier oder fünf Jahre? Sie konnte sich an ihre Einschulung erinnern, aber gab es Erlebnisse aus der Zeit davor? Im Augenblick war da nichts Greifbares. Aber vor allem wollte sie nicht unkommentiert stehenlassen, was ihre Mutter eben behauptet hatte.

»Was willst du damit sagen, sie hätte mich verdorben?«, fragte Elena tonlos, obwohl sie längst wusste, was ihre Mutter meinte.

Ihre Mutter schnaubte und sagte nur: »Du bist nicht verheiratet, Elena.«

In Elena stieg blinde Wut hoch, und mit letzter Beherrschung fragte sie: »Was meinst du damit? Was hat Marí damit zu tun?« Würde ihre Mutter es aussprechen?

»Du weißt genau, wovon ich spreche.«

»Willst du sagen, meine Tante hätte mich im Vorschulalter ›verdorben‹, womöglich gar verführt, weil ich ebenso wie sie lesbisch bin?« Elenas Stimme triefte vor Abscheu und Sarkasmus.

Nie zuvor hatte sie dieses Wort in Gegenwart ihrer Mutter in den Mund genommen. Nie hatte sie auch nur im Traum daran gedacht, ihrer Mutter zu offenbaren, wie sie empfand. Auch nicht, als sie längst die Angst vor ihr verloren hatte. Wozu diese Ehrlichkeit der Frau gegenüber, die sie zwar geboren, ihr aber nie auch nur einen Hauch Wärme entgegengebracht hatte?

»Es ist Sünde und wider die Natur!« Ihre Mutter schrie fast, so gellte ihre Stimme durch den Raum. Sie griff nach dem Kreuz um ihren Hals und stierte Elena an, als sei sie der Leibhaftige.

Elena war angewidert und wünschte sich fort. Aber sie war gekommen, um etwas in Erfahrung zu bringen und nicht, um sich mit ihrer Mutter über ihr Lesbischsein zu unterhalten. Doch ihre Mutter war noch nicht fertig.

»Du bist wie sie. Du lebst in Sünde, ich weiß es. Du tust nur, was dir in den Sinn kommt, ganz wie sie. Sie hat gemalt, sich herumgetrieben wie ein Flittchen. Und du hast schon als Kind nur geträumt. Nach ihrem Tod wurde es noch schlimmer, dabei hatten wir dafür gesorgt, dass du sie kaum noch zu Gesicht bekamst, aber dennoch, alles wolltest du wissen über sie. Im Leben gilt es, seinen Platz einzunehmen und Verantwortung zu übernehmen. Deine Tante hat das verweigert. Du hast gesehen, wohin das geführt hat, doch es hat dir nicht die Augen geöffnet.«

So viele irrwitzige Anschuldigungen in einem Zug hatte Elena noch nie gehört, und so sagte sie nur: »Ich habe meinen Platz in dieser Welt, ebenso wie Marí ihn hatte.«

Das Lächeln um den Mund ihrer Mutter war hässlich. »Nein. Keine von euch. Beide pervers. Ich weiß es, seit Sor Inmaculada, deine Spanischlehrerin in der Oberschule, uns auf dich und deine Mitschülerin Ana aufmerksam gemacht hat. Anas Eltern haben sofort gehandelt und sie von der Schule genommen. Sie hat bald geheiratet, doch du hast keine Lehre daraus gezogen.«

Elena wurde schwarz vor Augen. Ihre Freundin Ana. Seit Jahrzehnten hatte sie nicht mehr an sie gedacht. Von einem Tag auf den anderen war sie aus der Schule verschwunden, kein Jahr vor dem *bachillerato*. Elena hatte versucht, sie zu Hause zu besuchen, doch Anas Eltern ließen sie nicht zu ihr. Von Ana selbst kam nie wieder ein Lebenszeichen. Ihre Eltern und auch Sor Inmaculada hatten kein Sterbenswort über Anas Verschwinden verloren. Elena hatte es damals nicht für möglich gehalten, dass ihre Eltern und Sor Inmaculada die Wahrheit über Ana und sie wussten. Sie war davon ausgegangen, dass sie sie sonst hart bestraft hätten. Jetzt wusste sie, dass die Mauer des Schweigens, hinter der Ana verschwunden war, als hätte sie nie existiert, eine stumme Warnung gewesen war. Mühsam schob sie den Gedanken an diese Zeit fort. Es hatte keinen Sinn, mit ihrer Mutter darüber zu reden. Sie musste endlich die Fragen stellen, die sie beantwortet haben wollte, und durfte nicht ihre Mutter das Gespräch bestimmen lassen. Mit unendlicher Anstrengung sagte sie: »Mutter, ich möchte wissen, wo Marí ihr Atelier hatte und wo die Bilder, die sie gemalt hat, nach ihrem Tod geblieben sind.«

»Sie, immer nur sie! Du willst alles über sie wissen, gibst keine Ruhe. Was schert es dich …«

»Ich werde nicht gehen, bis du mir diese Fragen beantwortet hast.«

Auf den verzerrten Zügen von Elenas Mutter zeichnete sich Erschöpfung ab. »Alles aus ihrer Wohnung ging ins Convento Santa Clara. Sie hatte ein Atelier in Palermo. Welche Straße war es noch? Ach ja, Honduras, zwischen Scalabrini Ortíz und Malabia. Wir haben es an einen Taugenichts von Maler verkauft, der es komplett übernommen hat. So wie es war. Ich musste nicht auch noch diesen Schund fortschaffen. Er nannte sich El Divino – dieser gottlose Aufschneider.«

Bei ihren letzten Worten brachte ihre Mutter es tatsächlich fertig, sich zu bekreuzigen. Elenas Abscheu wuchs. Sie musste fort von hier, raus auf die Straße, irgendwohin, wo sie frei atmen konnte. Nicht eine Minute länger hielt sie es hier aus. Mochte ihre Mutter noch über weitere Informationen verfügen, Elena sah sich nicht in der Lage, weiter in einem Raum mit ihr zu sein und die Luft zu atmen, die sie atmete.

Sie stand auf und nickte ihrer Mutter zu. »Ich gehe jetzt. Wir werden uns wohl nicht wiedersehen. *Vaya con dios*. Geh mit Gott.« Es klang pathetisch, aber angesichts des verquasten Weltbildes ihrer Mutter und ihrer ekelerregenden Frömmelei vielleicht doch passend. Mit wenigen Schritten war sie an der Wohnungstür und stürzte die Treppe hinab auf die Straße. Nie wieder würde sie hierher zurückkehren. Esperanza und Inés könnten mit Engelszungen auf sie einreden. Um nichts auf der Welt wollte sie ihre Mutter je wiedersehen. Als die Haustür hinter ihr ins Schloss fiel, zitterte sie. Wahrscheinlich sollte sie endlich etwas essen. Seit dem übersichtlichen Frühstück am Morgen hatte sie nichts mehr zu sich genommen. Doch ihr Magen revoltierte allein schon bei dem Gedanken an Essen, und ihre Übelkeit verstärkte sich.

Blind lief sie die Straße entlang. Sie wusste, sie sollte Esperanza anrufen und ihr von den beiden Besuchen berichten. Am besten fuhr sie sofort nach Palermo. Auch wenn sie keine Hausnummer hatte, die Beschreibung ihrer Mutter von der Lage von Marís Atelier war hinreichend genau. Vielleicht fand sie dort einen Menschen, den sie nach Marí fragen konnte, auch wenn es unwahrscheinlich war. Palermo Viejo hatte sich seit den siebziger Jahren radikal verändert. Weite Teile waren jetzt quirlige Ausgehmeilen mit Clubs, Bars und teuren Wohnungen für Yuppies. Die wenigsten Künstlerinnen und Künstler würden heute noch die dortigen Preise bezahlen können. Wahrscheinlich auch dieser El Divino nicht, Marís Nachfolger, von dem sie nun immerhin den Künstlernamen kannte. Elena war bewusst, dass sie vielleicht eine neue Spur entdeckt hatte, aber sie konnte sich kaum darüber freuen. Immer noch hatte sie das Bild ihrer Mutter vor Augen, wie sie hasserfüllt von Marí sprach und davon, dass Elena durch sie »verdorben« worden sei. Es war unfassbar, doch offenbar hatte sie als kleines Kind mehr Kontakt zu Marí gehabt, als sie angenommen hatte. Warum nur fehlte ihr jede Erinnerung daran?

Und dann Ana. Nur ihre Hochzeit hatte Sor Imaculada kurz vor dem Abitur den ehemaligen Mitschülerinnen mitgeteilt. Mehr Worte waren zu ihr nicht gefallen, und auch Elenas Klassenkameradinnen hatten sich nach einigem Getratsche schnell damit abgefunden, dass sie fort war. Mit ihrem Auszug von zu Hause wenige Monate später hatte sich Elena ganz in ihr neues Leben in Freiheit, allerdings ohne jede Unterstützung geworfen. Sie hatte aufgehört, auf ein Lebenszeichen von Ana zu hoffen und sie schließlich aus ihren Gedanken verbannt. Dafür nahm die Spurensuche nach Marí in ihrem Leben zunehmend mehr Raum ein. Womöglich hatte sie anderes damit verdrängt? Es erfüllte sie mit Wehmut, und gleichzeitig zehrte sie davon, dass es diese Tante gegeben hatte, die in der Welt, in der sie lebte, nicht den Erwartungen entsprochen hatte.

Elenas Schritte waren fest und schnell. Sie marschierte mehr, als dass sie ging. Die Übelkeit war zwar fort, doch in ihrem Kopf herrschte ein einziges Chaos. Sie mochte nicht stehen bleiben, sie mochte auch Esperanza nicht anrufen, sie war rastlos, aufgedreht und hundemüde zugleich. Sie wusste nicht weiter und sehnte sich danach, mit jemandem zu reden, ohne allzu viel erklären zu müssen. Caridad. Sie würde zu Caridad gehen.

Elena bog eilig um die Ecke. Gleich hatte sie es geschafft, noch knappe hundert Meter trennten sie von ihrem alten Zuhause. Sie warf einen Blick auf die Uhr. Es war kurz vor drei, und Caridad war sicher in ihrer Werkstatt – wenn sie überhaupt da war. Elena schickte sich an, die Straße zu überqueren, da entdeckte sie Caridad, die auf der anderen Seite gerade hinter einem parkenden Laster hervortrat. Elena machte einen Schritt auf die Straße und hob schon freudig den Arm, um ihr zuzuwinken, da blieb ihr der Gruß, den sie hinüberrufen wollte, in der Kehle stecken. Caridad war nicht allein. Elena blinzelte und traute ihren Augen kaum. Caridad ging ins Gespräch vertieft, Arm in Arm mit einer Frau die Straße entlang. Und diese Frau war – Inés.

Elena sprang hastig wieder auf den Gehweg zurück. Das konnte nicht wahr sein! Sie musste träumen. Vorsichtig spähte sie hinter einem der parkenden Autos hervor. Die beiden hatten sie sicher nicht gesehen, denn sie schlenderten weiter und schienen die Welt um sich vergessen zu haben. Caridad hatte ihren rechten Arm um Inés' Taille gelegt, mit der freien Hand malte sie ausdrucksvoll Gesten in die Luft, die das zu illustrieren schienen, was sie Inés erzählte. Ein bezauberndes Lächeln auf den Lippen, hatte Inés ihr Gesicht Caridad zugewandt. Elena zerriss es fast das Herz. Inés wirkte ebenso glücklich wie gelöst. Keine Anspannung, keine Zurückhaltung waren ihr anzusehen wie bei ihrem Treffen am Tag zuvor. Caridad und Inés. Elena schaute ihnen fassungslos hinterher, als sie in den Torbogen zu Caridads Werkstatt einbogen und aus ihrem Blickfeld verschwanden.

Woher kannten die beiden sich? Wie betäubt blieb sie noch eine Weile stehen. Um nichts in der Welt würde sie jetzt bei Caridad aufkreuzen. Hier hielt sie nichts mehr, es war Zeit, nach Hause zu gehen, die Tür hinter sich zuzumachen und an alles andere zu denken, nur nicht an Inés und Caridad.

Elena drehte sich abrupt um, machte einen großen Schritt und stieß mit etwas Hartem zusammen. Ihre Stirn schlug gegen etwas Glattes. Das scheußliche Geräusch des Aufpralls hallte noch in ihrem Kopf wider, als sie taumelnd zurückwich und an einem Auto Halt suchte. Sie lehnte sich an und fasste sich an die Stirn. Blut klebte an ihren Fingern, und sie brauchte einige Augenblicke, bis sie begriff, dass sie gegen einen Laternenpfahl geprallt war. Etwas Warmes rann an ihrer Nase herab, und Elena hielt die eine Hand darunter, während sie mit der anderen nach einem Taschentuch kramte. Dies war der scheußlichste Tag ihres Lebens, beschloss sie.

## *Buenos Aires, November 1967*

Rosalia ließ sich vom Fahrer, wie meist, wenn sie zu Marí wollte, an der Plaza Italia, gegenüber dem Botanischen Garten absetzen. Für gewöhnlich ging sie die verbleibende Strecke bis zu Marís Wohnung zu Fuß, doch an diesem Tag hatten sie sich tatsächlich im Botanischen Garten verabredet. Die milde Frühlingsluft versprach einen schönen Tag, und der Anblick der Jacaranda-Bäume, deren leuchtendes Lila unwirklich gegen den blauen Himmel stach, beschwingte Rosalias Schritt. Unerwartet hatte Marís Bruder Roberto, der plötzlich geschäftlich verreisen musste und dessen Frau sich auf einer Pilgerfahrt befand, seine Tochter Elena bei ihrer Tante untergebracht. Rosalia hatte noch Marís freudig-aufgeregte Stimme vom Abend zuvor im Ohr, als sie aufgekratzt bei ihr anrief und vorschlug, die nächsten drei, vier Tage mit ihr und Elena zu verbringen. Marí bekam ihre Nichte, in die sie sehr vernarrt war, selten genug zu Gesicht. Rosalia, überglücklich in Marís Stimme endlich wieder Freude zu vernehmen, hatte nicht einen Augenblick gezögert, auf Marís Vorschlag einzugehen. Gleich nach dem Telefonat war sie zu Oswaldo gegangen und hatte ihm ihren Entschluss, die kommenden drei Tage bei Marí zu verbringen, mitgeteilt. Seinen Missmut darüber hatte sie ignoriert, heilfroh, dass er keinen plausiblen Grund fand, weshalb ihre Anwesenheit in den nächsten Tagen unerlässlich wäre.

Während sie durch das Eingangstor des Gartens schritt und zügig die Stufen nahm, lächelte sie glücklich vor sich hin. Wenn es jemanden gab, der Marí aus ihrer zunehmenden Lethargie und Gleichgültigkeit reißen konnte, dann war es die kleine Elena, ein aufgewecktes, lebhaftes Kind. Da Elenas Mutter den Kontakt zu ihrer Schwägerin mied, bekam Marí ihre Nichte nur dann zu Gesicht, wenn sie sich mit ihrem Bruder ohne seine Frau traf. Bei diesen Gelegenheiten brachte er Elena meist mit, die ihre Tante ebenso sehr liebte wie diese sie. Sie waren ein Herz und eine Seele. Rosalia war Marís Bruder Roberto das ein oder andere Mal begegnet. Er verhielt sich ihr gegenüber immer höflich, dennoch spürte Rosalia eine deutliche Zurückhaltung. Rosalia vermochte nicht zu sagen, ob er sie persönlich nicht schätzte oder ihre Beziehung zu seiner älteren Schwester missbilligte. Die jedoch schien er aufrichtig zu lieben, denn trotz der Abneigung seiner Gattin gegenüber seiner Schwester ließ er es sich nicht nehmen, sie regelmäßig auf ein Stündchen im Café oder im Park zu treffen.

Marí und Elena erwarteten sie am großen Gewächshaus, bis dahin waren es keine zweihundert Meter. Roberto hatte Elena in aller Frühe zu Marí gebracht. Die beiden waren sicher schon voller Tatendrang. Rosalia lief um den Indicador Meteorológico herum, ein hässliches Monument, das die österreichisch-ungarische Gemeinde von Buenos Aires dem Botanischen Garten geschenkt hatte, und erblickte Marí und Elena. Marí hielt Elena an der Hand, die auf dem Sockel des Gewächshauses balancierte. Für einen Moment missbilligte sie das. Als sie aber beim Nähertreten die Freude auf den Gesichtern der beiden sah, die nichts um sich wahrzunehmen schienen, mahnte sie sich selbst, es mit der Etikette nicht zu übertreiben. Marí warf ihr das so manches Mal vor. Sie trat näher, wieder erstaunt, wie ähnlich sich die beiden sahen. Sie könnten Mutter und Tochter sein. Ohne sich bemerkbar zu machen, genoss sie den Anblick der beiden in ihr Tun Versunkenen. Elena plapperte auf Marí ein, die fröhlich lachte und völlig gelöst wirkte.

Rosalias Herz floss über vor Liebe. Wann hatte sie Marí das letzte Mal unbeschwert gesehen? Was gäbe sie dafür, ihre Geliebte immer so zu erleben! Doch es gab nur noch wenige Gelegenheiten, bei denen Marís alte Lebensfreude aufblitzte. Die

Treffen mit ihrer Nichte gehörten dazu. Rosalia war nur allzu bewusst, wie groß ihr Anteil an Marís Leid war. Auch wenn Oswaldo seit einigen Jahren monatlich eine nicht unerhebliche Summe an Mateo zahlte und Marí ihm nun keine weiteren Bilder lieferte, hatte sie trotz ihres ursprünglichen Enthusiasmus' nur einen halbherzigen Versuch unternommen, eine Galerie zu finden und eine Ausstellung auf die Beine zu stellen. Als sie vor Jahren aus Las Palmas zurückgekehrt war, hatten sich Wut und Verzweiflung in Energie gewandelt. Damals malte sie unermüdlich, schlief wenig, nahm aber am Leben teil. Es waren düstere, aber kraftvolle Bilder gewesen, die sie geschaffen hatte. Im Vergleich dazu arbeitete sie nun wenig, auch wenn sie viel Zeit in ihrem Atelier verbrachte. Immer noch verwendete sie ausschließlich dunkle Farben, doch Rosalia fand, den Werken war die Kraftlosigkeit ihrer Erschafferin anzusehen. Marí blieb häufig für sich. Selten noch schlug sie ein Treffen vor, und würde Rosalia sie nicht regelmäßig darum bitten, ihre neuesten Werke sehen zu dürfen, hätte sie wahrscheinlich seit Jahren keines zu Gesicht bekommen.

Rosalias Brust zog sich zusammen. Alles hatte sich verändert, seit sie mit Oswaldo vereinbart hatte, dass er von nun an für Mateos Schweigen zahlen würde. Nach einem letzten heftigen Streit, in dem Marí sie, wie schon oft zuvor, aufforderte, dem Theater, wie sie es nannte, ein Ende zu setzen, sich zu ihr zu bekennen und von Oswaldo zu trennen, hatte Marí resigniert und sich zurückgezogen. Die schreckliche Wahrheit war, so gestand sich Rosalia zum wiederholten Male ein, dass sie es nicht verdient hatte, überhaupt noch an Marís Leben teilhaben zu dürfen. Und umso dankbarer war sie für Marís Anruf am Tag zuvor. Marí war ihre große Liebe. Sie sollte die kommenden Tage dazu nutzen, sie dies spüren zu lassen.

Entschlossen ging sie auf Marí und Elena zu. Die Kleine balancierte unermüdlich auf dem Mauerabsatz. Dabei machte sie jeweils drei große Schritte an der Hand ihrer Tante vorwärts, dann einen Schritt zurück, gefolgt von einem Hüpfer, dem wieder drei Schritte vorwärts folgten. Ihr langer Zopf wippte auf und ab, während sie ohne innezuhalten ihre Schrittfolge wiederholte. Dann entdeckte Marí sie. Ihre Augen strahlten Rosalia an. Für einen Moment ließ sie Elena los, die Rosalia aufmerksam betrachtete, und gab ihr einen flüchtigen, aber zärtlichen Kuss auf jede Wange. Rosalia sog glücklich Marís Duft ein. Sie drückte ihren Arm und hielt ihren Blick einen Moment fest. Dann wandte sie sich an Elena.

»*Buenos días*, Elena.« Sie beugte sich zu Elena, die ihr artig einen Kuss auf die Wange gab. »Tanzt du Ballett?«

Elena betrachtete Rosalia einen Moment prüfend, dann erklärte sie: »Nein, ich übe Seiltanz.«

»Oh!« Rosalia war beeindruckt. »Das ist etwas sehr Schönes, aber findest du das nicht auch ein wenig gefährlich?«

Elena schüttelte heftig den Kopf. »Nein, sie haben ein Netz. Wenn sie stürzen, plumpsen sie hinein. Es ist nicht gefährlich. Ich habe es mit Vater im Zirkus gesehen.«

Rosalia lächelte. »Gut, dann bin ich beruhigt, und solange du noch auf der Mauer übst, hält Marí deine Hand.«

Elena nickte. Dann sagte sie unvermittelt und reckte dabei ihre kleine Hand in die Höhe: »Ich werde bald fünf!« Sie schloss und öffnete die Hand und spreizte die Finger weit auseinander.

»Dann kommst du auch bald in die Schule«, antwortete Rosalia.

Elena schaute Marí fragend an, die erklärte: »Diesen Winter kommt Elena in die Vorschule, hat mir ihr *papá* gesagt.«

Elena nickte und fragte dann: »Gehen wir in den Zoo?«

Rosalia blickte auf ihre Uhr. »In einer Stunde öffnet er seine Türen. Welche Tiere magst du am liebsten, Elena?«

»Affen. Die Großen sind wie *papá.*«

Marí lachte schallend und machte unartikulierte Geräusche, in die Elena sogleich begeistert einfiel. Rosalia schmunzelte, schaute sich aber dennoch dezent um. Gott sei Dank war niemand in ihrer Nähe, während sich ihre Liebste in der Öffentlichkeit derart daneben benahm.

Als sie Stunden später an Maris Küchentisch saßen, räumte Rosalia die Teller vom Abendessen ab und kochte Kräutertee. Marí holte Papier und Stifte und zeichnete auf einen großen Bogen alle Tiere, die Elena sich wünschte. Dann schob sie Elena ein leeres Blatt zu und sagte: »Jetzt du. Mal mir einen süßen kleinen Affen.«

Elena zog das Blatt zu sich und kaute an ihrem Stift. »Willst du die Affenmami mit Baby?«, fragte sie Marí und schaute sie forschend an.

»Ja, genau die. Malst du sie mir?«

Elena nickte eifrig und fragte an Rosalia gewandt: »Und du? Was soll ich für dich malen?«

Rosalia überlegte einen Moment, dann sagte sie: »Die beiden Flamingos auf der Insel in dem kleinen See. Könntest du die für mich zeichnen?«

Elena überlegte einen Moment und zog dann die ersten vorsichtigen Striche über das Papier.

Über Elenas eifrig gebeugten Kopf hinweg, lächelte Marí Rosalia an und griff zu einem weiteren Block. Zügig begann sie, erst Elena und dann die ganze Küche mit Rosalia und Elena am Tisch zu zeichnen. Es herrschte eine friedliche Stille zwischen ihnen.

Rosalia nippte an ihrem Tee und beobachtete versonnen ihre Geliebte, die ebenso wie die kleine Elena ganz in ihre

Arbeit vertieft war. So musste es sich anfühlen, eine Familie zu haben, dachte sie, verbat sich den Gedanken jedoch im nächsten Moment. Sie und Marí konnten keine Familie bilden, das war ein absurder Gedanke. Aber es wäre schön, wenn Marí öfter mit Elena zusammensein könnte und sie, Rosalia, mit ihnen. Dieses Kind berührte Marí zutiefst, vielleicht fände Marí so wieder zu sich. Rosalia allein vermochte Marí nicht aus ihrer Trauer und wachsenden Gleichgültigkeit dem Leben gegenüber zu reißen. Noch war die innere Verbindung zu ihr nicht komplett gerissen. Doch Marís Liebe hing an einem seidenen Faden. Irgendwie musste es ihr gelingen, wieder ein festeres Band zu weben. Mehr Nähe zuschaffen und Marís Vertrauen wiedergewinnen.

## *Buenos Aires, November 2005*

Es war noch früh und relativ frisch. Doch der blaue wolkenlose Himmel kündigte gutes Wetter an. Inés trat in das Café, das Caridad ihr genannt hatte, und schaute sich nach einem guten Platz um. Kaum hatte sie sich für einen Tisch entschieden, trat Caridad ebenfalls ein, begrüßte Inés mit einem flüchtigen Kuss auf die Wange und ließ sich dann auf einen Stuhl fallen. »*Hombre*, es wird heute sehr warm werden für die Jahreszeit.«

Inés blieb neben ihrem Tisch stehen und fragte: »Was möchtest du zum Frühstück, Caridad?«

Ohne zu zögern sagte Caridad: »*Cortado*, *jugo de naranja* und dazu zwei kleine *medialunas*.«

Inés nickte und ging zur Theke. Für sich selbst bestellte sie Milchkaffee und einen Schokomuffin. Als sie mit dem Tablett an den Tisch zurückkehrte, sagte Caridad mit Blick auf den Muffin: »Die US-amerikanische Frühstücksvariante.«

Inés lächelte. »Soweit ich das bisher mitbekommen habe, scheinen *medialunas* hier sehr beliebt zu sein. Ich bin aber kein Fan von Croissants, und Schokolade hat so etwas Tröstliches.«

»Brauchst du Trost?« Caridad schaute sie ernst an und fragte weiter: »Wie war dein Wiedersehen mit Elena?« Ihre Stimme klang neutral, und ihr Blick war offen und abwartend.

Inés servierte Caridad ihr Frühstück, stellte das leere Tablett auf den Nachbartisch und setzte sich, bevor sie zögernd antwortete: »Anstrengend und verwirrend.« Sie wusste nicht so recht, wie und was sie Caridad von dem Wiedersehen mit Elena berichten sollte.

»Was hat dich verwirrt?«, fragte Caridad.

Für einen Moment spürte Inés wieder Elenas Blick auf ihrem

Rücken und ihre eigenen glühenden Wangen, als sie nach dem Druckereibesuch allein die Straße überquerte und zum *colectivo* ging. Mit Elenas Geständnis, sie hätte sich in Las Palmas in sie verliebt, hatte sie ganz und gar nicht gerechnet. Elena hatte nun endlich ausgesprochen, was Inés schon in Las Palmas geahnt hatte. Doch damals hatte Elenas sprödes und abweisendes Verhalten sie an dieser Vermutung zweifeln lassen. Am liebsten hätte sie es auf Band gehabt, zum Zurückspulen, weil sie es nicht glauben konnte. Es war wie damals auf Gran Canaria: Elena löste ein ständiges Wechselbad der Gefühle in ihr aus. Inés pendelte zwischen Glückseligkeit und Angst. Sie räusperte sich.

»Sie hat mir zum ersten Mal gesagt, was sie für mich empfindet – das habe ich nicht erwartet, auch wenn ich es gehofft habe.«

»Demnach hegt sie die gleichen Gefühle für dich wie du für sie«, stellte Caridad fest.

Inés wand sich innerlich. »Offenbar ...«

Caridad lächelte sie an und sog am Strohhalm ihres Orangensafts. »Es fällt dir schwer, mit mir darüber zu sprechen, das kann ich verstehen. Es ist auch einfach zu verrückt, dass ausgerechnet wir uns hier über den Weg gelaufen sind. Ich will dich nicht in Verlegenheit bringen. Lass uns von etwas anderem reden.«

Inés schaute sie unschlüssig an. Einerseits machte es sie befangen, dass Caridad Elenas Ex-Geliebte war, andererseits drängte es sie, über Elena zu sprechen und Caridad tausend Fragen zu stellen. Aber sie wollte auch nicht taktlos und indiskret sein. Und umso mehr ärgerte sie sich, als es unvermittelt aus ihr herausbrach: »Möchtest du wirklich nicht mehr mit Elena zusammensein?«

Zu ihrer Erleichterung grinste Caridad jedoch amüsiert, während sie in ihre *medialuna* biss und antwortete: »Nein, wirklich nicht.« Kauend ergänzte sie: »So wie du klingst, Inés, kannst du dir offenbar nicht vorstellen, dass man nicht mit Elena zusammensein möchte – es hat dich richtig erwischt.«

»Entschuldigung, das war jetzt völlig bescheuert …«

Caridad winkte ab. »Ach was. Aber ich kann mich noch gut erinnern, wie es sich anfühlte, als es mir so ging wie dir und ich mir nichts mehr wünschte, als mit dieser Frau zusammenzusein.« Sie nahm einen weiteren Bissen und trank ihren *cortado* in einem Zug aus. Dann fuhr sie fort. »Elena ist jemand Besonderes, eine aufmerksame, humorvolle Gefährtin und eine verdammt gute Liebhaberin – du hast dich wahrhaftig in eine tolle Frau verliebt.«

Inés spürte, wie sie rot wurde. Sie wusste ja, dass Latinas manchmal so eine Art hatten, Dinge beim Namen zu nennen – aber dennoch. »Du sprichst immer noch so liebevoll und wertschätzend von ihr …«

»Tu ich das?« Caridads Ton wurde leicht ironisch. »Du meinst, obwohl ich mich von ihr getrennt habe und sie mehr als einmal etwas mit einer anderen Frau hatte? Aber das war ja nicht das eigentliche Problem, sondern Folge einer zunehmend schwieriger werdenden Beziehung.«

»Na ja … Außerdem könntest du auch sauer auf mich sein, weil …«

»*Du* musst dich mir gegenüber nicht verantworten, das wäre allein Elenas Sache gewesen.« Caridad klang ein wenig aufgebracht. »Sie hat vorgezogen, mir nicht von dir zu erzählen, obwohl wir nach unserer Trennung auch über ihre Affären gesprochen haben, wenn auch nicht im Detail. Aber es ist ja auch schwer, mit seiner neuen Ex gleich über eine andere zu sprechen, für die die Gefühle tiefergehen, als für die gelegentlichen Intermezzi aus irgendwelchen Bars.«

Inés schluckte. Auch sie war letztlich so ein Intermezzo aus irgendeiner Bar – zumindest hatte es so angefangen.

Doch Caridad war noch nicht fertig. »Ich habe die Augen verschlossen, solange Elena mit mir lebte. Als sie dann ein Jahr in Las Palmas verbrachte, begriff ich endlich, was zwischen uns los war, in welcher Sackgasse wir steckten. Ich habe erst getobt, als sie fort war – zuvor war ich wie gelähmt. Es war, denke ich, nicht nur die Suche nach Spuren von Marí, die Elena veranlasst hat, für eine Weile fortzugehen. Sie hat indirekt wohl auch einen Ausweg aus unserem festgefahrenen Leben gesucht. Mit ihrer Reise hat sie den Weg für uns beide freigemacht, auch wenn wir uns darüber getrennt haben. Erst als Elena fort war und ich gemerkt habe, dass ich auch ohne sie meinen Alltag bewältige, konnte ich es zulassen, darüber nachzudenken, wie sehr unsere Beziehung aus dem Gleichgewicht geraten war – ich konnte mir eingestehen, was wir einander antaten. Lange Zeit hatte ich die Augen davor verschlossen, wie schwer es Elena mit mir hatte. Ich war abgedriftet und habe mich für den Alltag, der hart genug war, kaum interessiert, so sehr war ich mit der Vergangenheit und dem Schicksal meiner Schwester beschäftigt. Elena wollte mir von Herzen helfen. Sie hat mich behütet wie eine Glucke, mir den Rücken für meine Arbeit freigehalten, mich angespornt und mir alles nur Erdenkliche abgenommen. Sie hat sehr unter meiner Depression gelitten. Ich wusste, dass sie sich nach Unbeschwertheit in einem ohnehin anstrengenden Alltag sehnte. Zeitweise sorgte sie fast allein für unseren Lebensunterhalt. Ohne ihren Job in der Tangoschule mit den Trinkgeldern wäre es nach dem *corralito* 2001 wirklich schlimm gewesen. Ich hatte nur ab und zu einen Gelegenheitsjob. Jetzt ist die Situation etwas besser, aber längst nicht alle Menschen in diesem Land leben ein würdiges Leben – du wirst es nachher in Villa 21 sehen.«

Caridad pickte mit der Spitze des Zeigefingers die letzten Krümel von ihrem Teller auf. »Ich weiß, Elena hat mich wirklich geliebt, so wie ich sie. Wir haben unsere Chance und unsere Zeit gehabt. Einiges davon haben wir uns bewahren können. Aber wir konnten eben keine Beziehung für immer daraus schmieden – muss ja auch nicht sein.« Caridad griff nach dem Tablett vom Nebentisch und stellte ihr Frühstücksgeschirr darauf.

»*Bueno*, jetzt weißt du wirklich bald alles über mich und Elena. Ich frage mich, wieso ich dir das alles erzählt habe, aber wahrscheinlich will ich einfach nicht, dass du immer so verlegen bist, wenn es um deine Gefühle für Elena geht. Und im Übrigen solltest du Elenas Worte – was auch immer sie dir im Detail gestanden haben mag – ernst nehmen. Sie neigt eher dazu, gar nichts zu sagen, als dass sie etwas sagt, das sie nicht meint.« Caridad machte eine kleine Pause. Dann sagte sie: »So, und jetzt lass uns aufbrechen, bis Villa 21 ist es ein ganzes Stück.«

In Inés tobten die unterschiedlichsten Gefühle. Sie hatte bis vor kurzem nicht gewusst, dass Elena eine Geliebte gehabt hatte und bis eben hatte sie auch keine Vorstellung von ihrer belastenden Beziehung zu Caridad gehabt. Sie hielt Caridad am Arm fest, als diese sich erheben wollte und sagte: »Danke, Caridad. Es beeindruckt mich sehr, wie du über all dies sprichst. Ja, ich habe mich bis über beide Ohren in Elena verliebt. Ich konnte sie nicht vergessen und bin hergekommen, um zu sehen, ob es eine Chance für uns gibt, auch wenn ich nicht den geringsten Schimmer habe, wie die aussehen könnte. Als ich sie gestern wiedersah, waren all die Gefühle immer noch da.« Inés holte Luft. »Egal, was aus Elena und mir wird, ich bin froh, dich kennengelernt zu haben.« Inés schaute Caridad unsicher an.

Caridad drückte Inés kurz an sich. »Eine Menge Geständnisse vor zehn Uhr morgens. Lass uns gehen«, sie zwinkerte Inés zu, »mehr verkrafte ich für heute nicht.«

Eine Stunde später stellte Caridad Inés Mirta vor, eine zierliche Frau, deren langes, dunkles Haar zu einem lockeren Knoten geschlungen war, der von einem Kugelschreiber gehalten wurde.

»Kommt herein«, sagte sie und lächelte ein breites, freundliches Lächeln. »Hier ist mein Büro.« Sie deutete auf einen winzigen Raum mit einem schmalen Bett und einem uralten Computer auf einem kleinen Tisch. Sie kramte in einem Stapel von Papieren und reichte Caridad schließlich eine handgeschriebene Liste mit Namen. »Das sind die Kinder, die auch gerne noch an deinem Werkkurs teilnehmen möchten.«

Caridad nickte. »Ich schaue, was sich machen lässt. Antonia hat mir gesagt, dass es mit dem zweiten Schweißgerät wahrscheinlich klappt. Dann können wir die Gruppe vergrößern.«

Mirta freute sich sichtlich. »Wunderbar! Kommt, wir gehen hinüber in den *comedor*. Hier ist es zu dritt zu eng.«

Sie führte Inés und Caridad in das Nachbargebäude, wo in einer Gemeinschaftsküche gerade an die hundert Kinder mit Mittagessen versorgt wurden. Die Kleinsten hatten bereits gegessen. Jetzt quetschten sich die älteren Kinder auf die Bänke und warteten geduldig auf ihre Portion Kartoffeln, Salat und *milanesa,* Schnitzel. Die benutzten Plastikschalen wurden in der Küche schnell gespült und erneut gefüllt. Drei Frauen und vier ältere Kinder gaben das Essen aus.

Inés' und Caridads Ankunft erregte Aufmerksamkeit. Ein paar Kinder winkten Caridad zu und riefen: »Fangen wir gleich nach dem Essen an? Wer ist die Frau, die du mitgebracht hast?« Und: »Hast du schon gehört – sie haben die Metallstücke geklaut, die wir gesammelt haben!«

Caridad blickte Mirta fragend an.

»Ja«, nickte sie traurig. »Mit der Solidarität in der Nachbarschaft ist es auch nicht mehr weit her.«

»Wir sammeln neue. Macht euch nichts daraus!«, rief Caridad zurück.

»Pablo hat schon zwei alte Schutzbleche gefunden und Emiliana drei lange große Schrauben«, antwortete ein Mädchen von acht oder neun Jahren stolz. »Und ich einen merkwürdigen Stab aus Metall.«

»Dann haben wir ja schon wieder etwas.« Caridad lächelte den Kindern aufmunternd zu. »Das ist Inés. Sie ist heute mit mir gekommen, weil sie sehen wollte, was wir gemeinsam bauen.«

Hinter dem Gebäude standen ein paar alte Holztische. Caridad ging, von Inés gefolgt, das Schweißgerät und einen Werkzeugkasten holen und sagte: »Künftig müssen wir wohl den Schrott und alle sonstigen gesammelten Materialien auch hier einschließen.« Sie reichte Inés eine größere Kiste. »Hier, kannst du die raustragen? Heute habe ich die Kinder, übermorgen dann die Jugendlichen. Ich hoffe, dass nicht sie es waren, die die Sachen geklaut haben.«

»Es ist den Kindern anzusehen, wie sehr sie sich darauf freuen, mit dir zu arbeiten«, sagte Inés.

»Ja, es ist eine willkommene Abwechslung für sie. Die meisten von ihnen gehen nicht in die Schule. Es sind die Kinder der illegalen Einwanderer aus Bolivien, Peru oder Paraguay. Ihre Eltern haben ein Leben in Armut in ihrer Heimat gegen ein Leben in Armut in Buenos Aires getauscht. Ich schätze, ihre Chancen haben sich keinen Deut verbessert. Jede Form von Unterricht und jede Gemeinschaftsaktion ist gut. Ich habe Elena schon gefragt, ob sie nicht auch einmal die Woche Tango unterrichten könnte.«

»Und?«, fragte Inés gespannt. »Will sie?«

»Sie hat es sich noch offen gehalten«, antwortete Caridad.

Mirta trat zu ihnen und fragte Inés: »Und – kannst du schweißen?«

Inés lachte. »Nein, das habe ich noch nie gemacht.«

»Dann hast du jetzt Gelegenheit, es zu lernen«, sagte Mirta. »Ich bin so froh, dass Caridad diesen Kurs gibt. Die Kinder sind kreativ, erschaffen etwas Eigenes und beschäftigen sich auch außerhalb der Zeit, die Caridad mit ihnen verbringt, gedanklich damit, was sie bauen wollen. Sie lernen etwas Handfestes, was man im Leben gebrauchen kann. Die Jugendlichen haben gemeinsam mit Caridad schon das Dach des *comedor* geflickt.«

Sie brachten alle Gerätschaften und Utensilien auf den Hof, und die Kinder scharten sich um Caridad.

»Gibt es noch weitere Kurse wie den von Caridad?«, fragte Inés.

»Wir haben noch eine Lehrerin, die Lese- und Schreibkurse für Erwachsene und Kinder anbietet, und zwei Studentinnen, die ihr zur Seite stehen. Die beste Hilfe ist genau diese: Menschen, die mit ihrer Zeit und einer Idee zu uns kommen. Völlig egal was – Hauptsache, es gibt dem Alltag dieser Kinder und Jugendlichen Struktur und Bestätigung. Wenn sie zudem noch etwas lernen, umso besser. Wenn morgen jemand käme und anböte, Chinesisch zu unterrichten – warum nicht? Auch wenn sie es wahrscheinlich niemals brauchen werden. Ihre Chancen, aus diesem Leben hier herauszukommen, bleiben so oder so gering.« Mirta sagte es leichthin, und Inés fragte sich, woher sie den Elan nahm, sich einzusetzen, obwohl sie für die Kinder kaum eine Zukunft sah.

»Bekommt ihr sonst noch Unterstützung? Gelder?«, fragte sie.

»Die Organisationen wollen immer nur Lebensmittel spenden. Davon haben wir mittlerweile genug – das war nicht immer so«, fuhr Mirta fort, als ein sehr kleiner Junge zu ihr trat und seine Arme um ihr Bein schlang. Mirta strich ihm über den Kopf. »*Que pasa*, Juan, magst du nicht mitmachen?«

Der Junge schüttelte den Kopf und schaute Inés ernst an. Seine Augen sahen viel älter aus, als er sein konnte, und auch seine Hände waren die eines Erwachsenen, mit Hornhaut und tiefen Kerben in den Handflächen. Inés fühlte sich befangen unter seinem forschenden Blick und suchte nach einem freundlichen, unverfänglichen Satz, mit dem sie sich an ihn wenden konnte, doch der Junge kam ihr zuvor.

»Caridad sagt, du kommst nicht aus Argentinien«, sagte er mit fester Stimme, »und auch nicht aus Bolivien, wie meine *mamá.*« Er schwieg einen Moment. »Sie sagt, du bist keine *gringa*, aber du kommst aus einem Land, das noch weiter weg ist als die Staaten.«

»Ja, das stimmt«, antwortete Inés. »Ich komme aus einem Land, das Deutschland heißt. Es liegt in Europa, so wie Argentinien in Amerika.«

»Du sprichst *castellano«*, sagte der Junge. »Die *gringos* sprechen Englisch.« Es schien, als suche er nach einem Beleg, dass sie auch ganz bestimmt keine *gringa* war.

»Ja«, antwortete Inés. »In Europa sprechen die Menschen viele verschiedene Sprachen – manche *castellano*, andere Englisch, und in meinem Land, in Deutschland, spricht man Deutsch.«

»Dann sprichst du auch … Deutsch?« Er sprach das fremde Wort mit Bedacht aus.

»Ja«, antwortete Inés.

Der Junge legte den Kopf schief und schien über das Gehörte nachzudenken.

»In Europa gibt es viele kleine Länder«, erklärte Mirta. »Fast alle haben eine andere Sprache. Manche haben die gleiche Sprache, so wie Bolivien und Argentinien.«

»*¿Hay mucho cartón en Europa?* Gibt es viel Pappe in Europa?«, fragte der Junge unvermittelt.

Inés stutzte einen Moment, doch dann begriff sie den Hintergrund der Frage. Sie spürte Mirtas gespannten Blick auf sich.

»Ja, in Europa gibt es sehr viel Karton und Papier.« Sie zögerte und entschied sich dann für die Wahrheit. »Es gibt viele reiche Menschen in Europa, deshalb gibt es auch viele Verpackungen und viel Karton. Er wird auch gesammelt und in großen Fabriken wieder zu neuer Pappe verarbeitet.«

Mirta grinste, aber sie schien die Antwort akzeptabel zu finden. Inés fragte sich, was nun folgen mochte, doch Juan nickte nur, ließ Mirtas Bein los und lief zu den anderen Kindern. Inés konnte hören, wie die Worte Karton und Europa aus ihm heraussprudelten.

»Er arbeitet als *cartonero,* zusammen mit seinem älteren Bruder – wie viele von ihnen.« Mirta wies mit dem Kopf zu den Kindern hinüber.

Inés nickte. »Das habe ich mir schon zusammengereimt«, antwortete sie und dachte an die Hände des Jungen. »Wie alt ist er?«

»Neun. Bei ihm wissen wir es. Sein Bruder wird zwei oder drei Jahre älter sein, er wurde noch in Bolivien geboren.«

»Und die Mutter?« Inés fragte sich, ob die Mutter möglicherweise nicht mehr lebte und Mirta deshalb nicht wusste, wie alt der Bruder war.

Mirta verkniff den Mund, dann antwortete sie abweisend: »Frag mich nicht. Sie sammelt auf jeden Fall keinen Karton. Vielleicht putzt sie hier und da. Ich weiß es nicht.«

Inés hatte das Gefühl, dass Mirta durchaus eine Vorstellung

davon hatte, was Juans Mutter tat, doch es war offensichtlich, dass sie es Inés nicht erzählen mochte. Wahrscheinlich fand sie, dass es Inés nichts anging. Inés verstand sie. Sie wusste, sie war eine Voyeurin, die für ein paar Stunden in diese Welt eingedrungen war und am Abend wieder in ihrem angenehmen Hotelbett liegen würde.

Mirta schien ihr Unbehagen zu spüren und sagte in munterem Ton: »Komm, jetzt schauen wir, was Caridad und die Kinder bisher zustandegebracht haben.«

Nachdem Caridad ihre Arbeit mit den Kindern beendet und sie Villa 21 verlassen hatten, lud sie Inés ein, ihr Atelier zu besuchen. Inés freute sich. Mit Caridad Zeit zu verbringen, mit ihr über Gott und die Welt zu reden, empfand sie als Geschenk. Sie war zutiefst beeindruckt davon, wie Caridad ihr Leben anging. So, wie sie Caridad erlebte, konnte sie sich kaum vorstellen, dass diese Frau jemals nicht voller Elan gewesen war und mit ganzer Kraft gegen das ankämpfte, was sie in ihrem Land hasste.

Als sie von der Haltestelle des *colectivo* in Richtung Atelier gingen, sagte Inés: »Wenn ich sehe, wie Menschen wie du oder Mirta versuchen, die Dinge zu ändern, die euch gegen den Strich gehen, dann schäme ich mich umso mehr, dass ich nichts unternehme gegen das, was falschläuft in Deutschland. Sei es nun ein Problem vor meiner Haustür, das ich täglich ignoriere, oder unser Verhältnis zu anderen Ländern außerhalb der EU, vor deren Menschen wir uns abschotten. Eigentlich drehe ich mich seit Jahren nur um mich selbst und das auch noch ohne jegliches Resultat. Ich weiß nicht, welche Richtung ich meinem Leben geben soll.«

Caridad legte den Arm um sie und drückte sie herzlich an sich, während sie weiterliefen. »Mit Scham und Selbstbezichtigung ist dir auch nicht geholfen. Es wird seine Gründe haben, warum du so mit dir selbst beschäftigt bist – das ist ja nichts Schlechtes.« Sie machte eine Pause. »Ich habe mich jahrelang um mich selbst gedreht, weil ich nicht ertragen konnte, wie meine Schwester umgekommen ist. Für meine Schwester kann ich nichts mehr tun, aber dafür, dass dieses Land menschlicher wird, schon. Deshalb habe ich mich in Bewegung gesetzt und betreue jetzt das Projekt in Villa 21. Und – es mag merkwürdig klingen – anderen zu helfen, hilft mir. Ich habe also durchaus auch egoistische Beweggründe für mein Engagement.«

»Ich würde gerne etwas Sinnvolles in meinem Leben machen. Soziales Engagement wäre ja nur eine Möglichkeit, eine andere, etwas Schönes zu schaffen oder wenigstens einen Job zu haben, der Sinn hat – ich aber übersetze Gebrauchsanweisungen für Telefone.«

Caridad zuckte lächelnd die Schultern. »Klingt nicht unbedingt spannend, aber auch nicht völlig unnütz. Mach dir nicht zu viele Gedanken. Man kann das Leben auch einfach genießen. Leid macht ein Leben nicht unbedingt sinnvoll – Freude schon. Du wirst schon noch herausfinden, wie es bei dir weitergehen soll. Den Anfang hast du gemacht: Du bist hierhergekommen, um deine Gefühlte für Elena zu klären.«

Inés lächelte. »Du machst mir Mut. Ich habe zwar ausnahmsweise einmal nicht an Elena oder mein Liebesleben gedacht ...«

»... aber auch das, oder besser gesagt, *sie* könnte Teil eines erfüllten Lebens sein«, beendete Caridad den Satz.

Am nächsten Tag begann Caridad zeitig zu arbeiten. Als sie gerade eine Pause machen wollte, erschien Alfonso in der Tür des Ateliers und rief: »Caridad, Telefon für dich! Irgendeine Frau. Ich habe den Namen nicht verstanden.«

Caridad wunderte sich. Sie besaß seit etwa einem Jahr ein Handy, obwohl sie die Dinger hasste. Wäre es nach ihr gegangen, hätte ihr die gelegentliche Mitbenutzung von Alfonsos Telefon in seiner Autowerkstatt genügt. Doch Elias Amado, ihr Galerist, hatte ihr ans Herz gelegt, sich eines zuzulegen, um besser erreichbar zu sein. Sie folgte Alfonso in dessen Werkstatt und nahm den Hörer. »Caridad Guzmán.«

»*Hola*, Caridad. Hier ist Conchita von der Tanzschule. Caridad, ich rufe dich an, weil ich nicht weiter weiß.« Conchita klang beunruhigt. »Elena ist heute Vormittag nicht zum Unterricht gekommen. Das hat es noch nie gegeben. Ich versuche seit Stunden, sie auf dem Handy zu erreichen, aber nichts.«

»Sie hat gefehlt, ohne Bescheid zu geben?« Caridad war sofort alarmiert. »Das ist merkwürdig.«

»Ja. Und ich finde den Zettel mit ihrer neuen Adresse nicht, deshalb habe ich es unter der alten Telefonnummer der Werkstatt versucht, weil ich ja weiß, dass du noch dort wohnst. Es tut mir leid, aber mir fällt niemand sonst ein, den ich nach Elena fragen könnte. Weißt du, was mit ihr los ist? Mir ist das irgendwie unheimlich – Elena hat noch nie unentschuldigt gefehlt.«

»Ich habe keine Ahnung. Es ist schon ein paar Tage her, dass wir uns gesprochen haben.« Caridad war ernsthaft besorgt, und kurzentschlossen sagte sie: »Ich werde zu ihr fahren, um zu sehen, was los ist, Conchita. Ich melde mich dann wieder bei dir.«

Caridad machte sich sofort auf den Weg. Was war los mit Elena? Ob ihr etwas zugestoßen war? Es sah ihr so gar nicht ähnlich, einfach vom Unterricht fortzubleiben, da hatte Conchita völlig recht. Als sie auf die Straße trat, sah sie schon den *colectivo* kommen. Sie spurtete los und schaffte es im letzten Augenblick einzusteigen. Unruhig beobachtete Caridad den

Verkehr. Um diese Zeit war zum Glück nicht so viel los, und der Bus kam zwar nicht schnell, aber stetig voran. Sie wünschte sich dennoch, er verdoppelte sein Tempo. Irgendetwas stimmte nicht mit Elena. Das mulmige Gefühl, das sich seit Conchitas Anruf in ihr festgesetzt hatte, verstärkte sich. Was, wenn sie Elena nicht in ihrer Wohnung anträfe? Sie hatte nicht den geringsten Schimmer, wo sie sonst nach ihr suchen könnte.

Caridad zwang sich zur Ruhe. Sie atmete tief ein und aus. Heutzutage verschwanden Menschen nicht mehr einfach so, rief sie sich in Erinnerung. Doch irgendetwas musste passiert sein. Vielleicht hatte man Elena überfallen. Caridad konnte ihre Panik nur mühsam unterdrücken. So etwas kam in Buenos Aires alle Tage vor. Sie alle wussten das und lebten damit. Meistens ging es den Tätern nur um Geld und Wertgegenstände, und wenn man seine Tasche oder auf was auch immer sie es abgesehen hatten, sofort hergab, waren sie in der Regel auch nicht gewalttätig. Allen *porteños* war das klar, auch Elena, die schon einmal ihre Geldbörse auf dem nächtlichen Nachhauseweg losgeworden war, ohne dass die beiden Jugendlichen, die mit dem Mofa unterwegs gewesen waren, ihr ein Haar gekrümmt hatten. Caridad war sich sicher, dass Elena in einer ähnlichen Situation keinen Widerstand geleistet hätte – sie kannte die Stadt und ihre ungeschriebenen Gesetze.

Kaum stand sie vor dem Haus, in dem Elena wohnte, klingelte sie Sturm. In ihren Ohren rauschte es, und ihre Schläfen pochten. Elena sollte endlich öffnen! Caridad musste sich beherrschen, nicht gegen die Tür zu hämmern. Es hätte ohnehin keinen Zweck gehabt – Elena wohnte im fünften Stock. Sie fluchte vor sich hin und hätte beinahe das schwache *»ché«* nicht gehört, das über ihr erklang. Elektrisiert blickte sie nach oben und sah Elena mit zerzausten Haaren aus dem Fenster schauen.

»*¡Ché, Elena! ¡Vaya, susto me diste!* Was hast du mir für einen Schreck eingejagt!«

Elenas Kopf verschwand, und es dauerte eine Weile, dann ließ sie ihr den Schlüssel an einer Schnur herab. Caridad eilte die Treppen hinauf. Außer Atem stieß sie die angelehnte Wohnungstür auf und trat ein. Sie ging durch die Küche im Eingangsbereich in das Zimmer und sah, dass Elena sich wieder aufs Bett geworfen hatte.

»Mein Gott, Elena, was ist los?« Caridad trat an das Bett und zog die Decke zur Seite, unter die Elena den Kopf gesteckt hatte. Sie erschrak, als sie die dicke blaurote Beule um eine kleine Platzwunde auf Elenas Stirn und ihre verquollenen Augen sah, doch dann war ihr schnell klar, dass Elena sicher schmerzhaft, aber nicht lebensgefährlich verletzt war.

»Was willst du hier, Caridad?«, knurrte Elena mit geschlossenen Augen und zog sich die Decke wieder bis zur Nase.

Caridad wollte gerade antworten, als ihr der Geruch von Alkohol in die Nase stieg. Sie schnüffelte und entdeckte die Rumflasche neben Elenas Bett.

»Hast *du* die geleert?«, fragte Caridad ungläubig, nahm die Flasche in die Hand und hielt sie hoch. Sie war halb leer. Seit wann trank Elena? Caridad mochte es nicht glauben. »Bist du betrunken irgendwo gegengelaufen?«, fragte sie und zog wieder an der Decke.

Elena schlug die Augen auf und murmelte: »Lass mich, Caridad. Ich brauche Ruhe.«

»Ich lasse dich, aber ruf bitte Conchita an. Die hat sich besorgt an mich gewandt, weil du nicht zum Unterricht erschienen bist und sie dich telefonisch nicht erreichen konnte. Ich bin gekommen, um zu sehen, was mit dir los ist«, sagte Caridad sanft. Es war nicht zu übersehen, wie hundeelend sich Elena fühlte.

»*Concho*, der verdammte Unterricht ...« Elena versuchte sich aufzurichten und ließ sich sogleich mit schmerzverzogenem Gesicht zurückfallen. Mit matter Stimme sagte: »*Me importa un pimiento,* interessiert mich nicht die Bohne. Mir ist speiübel.«

Caridad kam aus dem Staunen nicht heraus. Elena nahm ihren Job sonst so ernst. Was war hier los? Sie zog sich einen Stuhl ans Bett, setzte sich und sprang im nächsten Moment wieder auf. »Ich schaue mal in deinen Kühlschrank, ob es Eis gibt. Brauchst du einen Eimer?«

»Nein. Mach nicht so eine Hektik – mir wird nur noch schwindeliger, Caridad.«

Caridad trat mit einem Plastikbeutel, den sie mit Eiswürfeln gefüllt hatte, und einem Handtuch wieder an Elenas Bett. Elena ließ es kommentarlos zu, dass Caridad das Handtuch mit dem Eisbeutel auf ihrer Stirn platzierte und sich dann neben sie setzte. Mit brüchiger Stimme sagte sie: »Ich sollte wohl Conchita und Ramón anrufen ...?«

»Ich kann das für dich machen«, bot Caridad an. »*¿Donde esta tu celular?* Wo ist dein Handy?«

»Keine Ahnung.«

Caridad stand auf und blickte sich im Zimmer um. Sie sah Elenas Tasche neben der Tür und fragte: »Könnte es in deiner Tasche sein? Soll ich mal nachschauen?«

Elena nickte. »Die Nummer ist eingespeichert.«

Caridad griff sich die Tasche und setzte sich wieder zu Elena. Selbst als sie noch ein Paar gewesen waren, hatte Caridad nicht in Elenas Tasche kramen mögen. Sie hatte das Handy schnell gefunden. Auch das Portemonnaie war noch da. Man hatte offenbar nicht versucht, Elena auszurauben. Caridad brauchte eine Weile, bis sie die Nummer gefunden hatte. Nach dem Wählen musste sie nicht lange warten, bis Conchita abnahm.

»*Hola*, Conchita, ich bin es – Caridad. Ich bin hier bei Elena. Es geht ihr nicht so gut. Sie hat einen Schlag an den Kopf bekommen, und ihr ist schlecht.«

»Oh, was ist passiert? Hat man sie überfallen? Hat sie eine Gehirnerschütterung? Übelkeit kann ein Zeichen dafür sein.« Conchita klang sehr besorgt.

Conchita stellte sich wahrscheinlich eine riesige Platzwunde vor, und Caridad beschloss, den Grund für Elenas Übelkeit nicht weiter zu erläutern. »Nein, nein«, antwortete sie. »Es war ein Unfall. Ich habe noch keine Details aus ihr herausbekommen. Es geht ihr im Moment nicht gut, aber ich glaube, es ist nichts wirklich Schlimmes.«

»*Gracias a dios*. Grüße sie von mir und gute Besserung.«

»Sie wird dich anrufen, wenn es ihr besser geht. *Hasta luego*, Conchita.«

Nachdem sie das Gespräch beendet hatte, schaute Caridad Elena in die Augen, die diese nur mit Mühe geöffnet hielt. »Also, was ist passiert? *Te chingaste*, du hast dich volllaufen lassen und bist dann irgendwo gegen gerannt?«

Elena schloss die Augen und knurrte: »Umgekehrt. Ich bin erst gegen eine Laterne gelaufen und habe mir dann eine Flasche Rum gekauft.«

»Aha. Aber der Alkohol war nicht zur Wunddesinfektion gedacht?«

»Nein. Der war für mich gedacht.«

Caridad nickte, auch wenn Elenas Antworten wenig aufschlussreich waren. Elena setzte sich mühsam auf und lehnte sich an die Wand. Mit der einen Hand drückte sie den Eisbeutel weiter an ihre Stirn, mit der anderen hielt sie die Decke unter ihrem Kinn fest, als sei ihr kalt. Eine Weile sagte keine von beiden etwas. Caridad überlegte, ob sie weiter in Elena dringen sollte. Im Augenblick vermochte sie nicht einzuschätzen, ob Elena nichts sagte, weil sie immer noch so benommen war oder weil sie nicht wollte. Sie entschied sich, einen Versuch zu wagen. Leichthin sagte sie: »Die Begegnung mit dem Laternenpfahl hat dir also so zugesetzt, dass du eine halbe Flasche Rum trinken musstest?«

Erst schwieg Elena, dann sagte sie: »Nein, nicht die Begegnung mit dem Laternenpfahl. Sie war gestern nur die letzte einer Reihe von Begegnungen, die ich verdauen musste. Ich dachte, Alkohol könnte mir dabei helfen – das war ein Irrtum.« Mit diesen Worten nahm sie die Hand mit dem Beutel von der Stirn und betastete die Beule vorsichtig. Schmerzerfüllt verzog sie das Gesicht.

Caridad sah Elena mitleidig an. Sie war wirklich in einem erbärmlichen Zustand, dennoch hätte Caridad gern erfahren, was passiert war. »Du sprichst in Rätseln, Elena.«

»Also gut. Ich wollte es dir ja sowieso erzählen. Gestern schon. Ich war gestern bei Rosalia …«

»… sie lebt noch?! Hast du endlich ihre Adresse herausgefunden?« Caridad schaute sie ebenso überrascht wie freudig an, doch Elena ging nicht weiter darauf ein.

»… dann war ich bei meiner Mutter …«

»*¡No me digas!* Was? *¡Concho!* Wie kommst du dazu?« Caridad kam aus dem Staunen nicht mehr heraus.

»… und schließlich habe ich euch gesehen, wie du …« Elenas Stimme verlor sich in einem unverständlichen Murmeln. Caridad sah sie fragend an. Doch Elena schwieg und starrte auf den Eisbeutel, der mittlerweile große Wasserflecken auf der Decke verursacht hatte.

Caridad hakte nach: »Wie ich was, Elena?«

»Wie du mit Inés …« Elena holte Luft und fuhr fort: »Du hast sie im Arm gehalten, als ich gerade bei dir vorbeischauen wollte, um dir von Rosalia und meiner Mutter zu erzählen.«

Sie hantierte mit dem tropfenden Beutel und schaute Caridad nicht an.

Nun war Caridad alles klar. Elena musste sie am Tag zuvor, als sie mit Inés aus Villa 21 zurückgekehrt war, auf der Straße vor ihrer Wohnung gesehen haben. Sie erinnerte sich, dass sie zwischen der Haltestelle des *colectivo* und ihrem Atelier ein Stück Arm in Arm mit Inés gegangen war. Doch es war nicht das gewesen, wonach es für Elena wahrscheinlich ausgesehen hatte.

Caridad holte tief Luft. Sie hatte Elena einiges zu erklären. »Ich habe Inés vor einigen Tagen zufällig im Instituto Universitario Nacional Del Arte kennengelernt, als ich meine Ausstellung vorbereitet habe. Sie war mit Esperanza dort, der Kunsthistorikerin aus Las Palmas, von der du mir ja schon erzählt hast – nicht aber von Inés, doch das ist ein anderes Thema. Wir haben uns am nächsten Tag noch einmal getroffen und waren gestern gemeinsam in Villa 21 …«

»… dann war sie da wenigstens nicht alleine.« Elenas Stimme klang schwach, aber erleichtert.

»Nein, sie war mit mir dort und ist heil zurückgekommen, wenn das deine Sorge war. Wir haben uns wunderbar unterhalten in der Zeit, die wir gemeinsam verbracht haben, und es hat nicht lange gedauert, bis wir herausfanden, dass wir eine gemeinsame Freundin haben, hier in Buenos Aires.«

»Sie ist eben ein sehr kommunikativer Mensch«, sagte Elena lakonisch.

»Ja, das ist sie. Die Zeit mit ihr vergeht wie im Flug, und ich empfinde es als unheimlich wohltuend, mit jemandem zusammenzusein, der so unkompliziert, erfrischend und natürlich ist wie sie.«

»Zweifellos weitere Eigenschaften, die sie auszeichnen«, warf Elena ein.

»Ich sehe, es geht dir schon wieder besser«, antwortete Caridad trocken und schwieg.

Elena schluckte. Caridad war sichtlich angetan von Inés. Es war weiß Gott nicht so, dass sie das nicht verstehen konnte, aber es versetzte ihr erneut einen Stich – ganz so wie am Tag zuvor, als sie die beiden so vertraut miteinander gesehen hatte. Und Inés? Schwärmte sie ebenso für Caridad wie diese für sie? Verhielt sie sich deshalb ihr gegenüber so abweisend? Sie würde es nicht ertragen, wenn die beiden ein Paar wurden – oder schon waren. Bisher wäre es die denkbar größte Katastrophe gewesen, wenn Inés sie endgültig abwies, jetzt wusste sie, dass es noch schlimmer kommen konnte.

»Und – willst du sie?«, fragte sie, bemüht, möglichst sachlich zu klingen.

Caridad lächelte fein und eine winzige Spur verlegen, sagte dann aber mit fester Stimme: »Ach, Elena, was du gleich wieder denkst ... Aber ich muss gestehen, ich war ziemlich entzückt, als sich herausstellte, dass sie lesbisch ist. *Y bueno*, sie ist zweifellos in vielerlei Hinsicht sehr attraktiv, und ich habe mich sofort sehr zu ihr hingezogen gefühlt, aber ich habe schnell begriffen, was, oder besser gesagt, wer der Grund ist, aus dem sie hier in Buenos Aires ist, Elena. Ich denke, in der Hinsicht hätte ich keine Chance bei ihr – und so richtig denkbar ist es für mich auch nicht.« Caridad zog an Elenas Decke. Elena blickte auf und starrte dann wieder auf den Beutel. »Lass den Kopf nicht hängen, Elena, nach dem, was sie mir erzählt hat, ist eines klar: Sie ist wahnsinnig in dich verliebt.«

Elena hob den Kopf. Ihr Herz klopfte. Wenn Caridad das im Brustton der Überzeugung sagte, musste da etwas dran sein. Sie schwankte zwischen Verzweiflung und Hoffnung. »Aber sie lässt sich nicht auf mich ein, Caridad. Ich habe versucht, mit ihr zu sprechen, habe ihr meine Gefühle gestanden ...«

Elena verstummte, sie wollte Caridad um nichts in der Welt verletzen. Es war schwierig, mit seiner Ex-Geliebten über eine neue Liebe zu sprechen. »Ich habe einen Haufen Fehler gemacht, ihr und dir gegenüber, ich weiß das. Das habe ich ihr auch gesagt. Und du hast mich vorhin auf einen weiteren hingewiesen: Ich habe dir nicht von Inés erzählt – ich konnte es einfach nicht. Es tut mir leid. Erst stand ich zwischen zwei wunderbaren Frauen, was mich hilflos gemacht hat. Jetzt sind wir getrennt und ich möchte mit Inés zusammensein, aber sie zögert. Und du, mit deiner gnadenlos ehrlichen Art, führst mir schmerzhaft vor Augen, dass ich früher hätte reden sollen. Gleichzeitig zeigst du mir wieder, was ich mit dir verloren habe. Ich könnte platzen oder in einem Erdloch verschwinden – so in der Art.«

»Elena, wir haben einander nicht verloren. Dass unsere Beziehung ein Ende gefunden hat, lag nicht allein an dir oder an irgendwelchen Fehlern, die du gemacht hast. Wir haben das schon etliche Male durchgesprochen. Es gibt keinen Grund, dich mir gegenüber schuldig zu fühlen. Das, was war, ist vorbei. Du bist frei. Wenn du Inés liebst, wirst du ehrlich zu ihr sein müssen, um sie zu gewinnen …«

»Aber das war ich jetzt doch!« Elena sah vollkommen mutlos aus.

»Aus Inés' Sicht gibt es wahrscheinlich noch einiges zu klären, und du musst ihr ein wenig Zeit geben.«

»Sie wird bald abreisen.«

»Sie wird nicht abreisen, ohne eine Entscheidung zu treffen, Elena, da bin ich sicher. Bis dahin solltest du die Zeit nutzen.« Caridad lächelte schief. »Ich komme mir schon vor wie eine Kupplerin. Ich denke, die Details klärt ihr besser untereinander.«

Elena griff nach Caridads Hand. »Danke.«

Caridad blickte Elena an. Es würde erst einmal nicht einfach für sie sein, wenn Elena eine neue Partnerin hätte. Würde es die Sache leichter oder schwerer machen, wenn es sich dabei um Inés handelte, die sie selbst so sehr mochte? Sie schob den Gedanken beiseite. »Wolltest du mir nicht noch vom Besuch bei deiner Mutter und bei Rosalia erzählen?«

»Ja. Ich stehe jetzt auf und dusche. Ich fühle mich völlig verklebt. Dann muss ich dringend etwas essen. Bleibst du noch? Ich möchte dir unbedingt alles erzählen.«

Caridad nickte, und Elena ging mit noch unsicheren Schritten zu ihrem Kleiderschrank, suchte etwas zum Anziehen heraus und schlurfte weiter ins Bad.

»Ich werde alt«, stöhnte sie.

»Ach was, wenn du es dir nicht zur Gewohnheit machst, alleine eine halbe Flasche Rum zu leeren, wirst du nach wie vor jünger aussehen als du bist!«

»So ein Quatsch.«

»Doch wirklich, Elena, von hinten gehst du als Dreißigjährige durch.« Caridad hob kichernd die Arme, als Elena drohte, das Handtuch nach ihr zu werfen. »Du wirst nicht treffen mit dem Restalkohol in deinem Blut – gib lieber gleich auf! Und akzeptiere, was ich gesagt habe!«

»Das tue ich doch ohnehin ständig«, grummelte Elena und verschwand im Bad.

Am späten Nachmittag war Caridad immer noch bei Elena. Mit einem Kaffee in der Hand saßen sie auf Elenas Dachterrasse. Elena war sichtlich erschöpft. Sie hatte Caridad von ihren beiden Besuchen bei Doña Rosalia und ihrer Mutter zählt. Das Zusammentreffen mit ihrer Mutter steckte ihr immer noch in den Knochen. Und die Geschichte mit Ana, ihrer ersten Liebe, hatte Caridad noch nie zuvor gehört.

Elena schaute zu Caridad hinüber und fragte: »Was macht

dein Projekt in Villa 21? Wir haben die ganze Zeit nur von mir und meinen diversen Problemen und Projekten gesprochen.«

»Oh, es läuft prima, ich gehe nach wie vor zweimal die Woche dorthin und zeige den Kindern und Jugendlichen, wie man Plastiken aus Lehm macht oder Skulpturen aus Schrott. Wir bekommen wahrscheinlich bald ein zweites Schweißgerät, dann wird es leichter, weil die Gruppen schon recht groß sind.« Caridad setzte ihre Tasse auf den Boden neben sich.

Elena fragte: »Möchtest du noch mehr Kaffee?«

»Nein, danke, ich habe genug.«

»Caridad, ich habe mich entschlossen, einmal die Woche bei Mirta in Villa 21 einen Tangokurs anzubieten, aber nur im Sommer und im Winter. Im Frühjahr und Herbst ist Hochsaison in der Tanzschule, da möchte ich flexibel bleiben und muss ohnehin mehr arbeiten. Vielleicht kannst du für mich mal vorfühlen, an welchen Wochentag so ein Kurs am besten passt. Vormittags wäre es für mich am günstigsten.«

»Es passt wahrscheinlich immer. Viele gehen ja nicht oder nicht mehr zur Schule, und vielleicht gibt es auch ein paar Erwachsene, die Interesse hätte. Überleg du dir einfach einen Tag, und ich sage es Mirta. Sie wird sich freuen.«

Elena nickte. »Gut, nächste Woche bespreche ich mit Ramón ohnehin den neuen Stundenplan. Danach sage ich dir Bescheid.«

Caridad ließ zufrieden ihren Blick über die Dächer des Stadtteils Boedo gleiten. »Du hast einen guten Fang gemacht mit dieser Wohnung und vor allem mit dieser Dachterrasse.«

Elena schaute sie an. »Diese Wohnung war der erste Lichtblick, nachdem ich aus Las Palmas zurück war und du dich von mir getrennt hattest. Am Abend des Einzugs hatte ich zum ersten Mal die leise Hoffnung, dass die Dinge irgendwann wieder ins Lot kommen könnten.«

Caridad lächelte und wechselte das Thema. »Sag mal, willst du mir nicht mal diese Esperanza vorstellen? Ich finde, wir sollten sie mit Elias Amado zusammenbringen, meinem Galeristen«, fügte sie mit Stolz in der Stimme an. »Vielleicht kann er ihr helfen, eine Ausstellung mit Marís Werken auf die Beine zu stellen. Kommt doch morgen zur Eröffnung meiner Ausstellung, Elias ist ohnehin da, und dann können Esperanza und er sich kennenlernen. Außerdem werde ich ihn auf diesen El Divino ansprechen. Vielleicht sagt ihm der Name etwas, schließlich ist er schon seit Mitte der Siebziger in der Kunstszene tätig.«

Elena war begeistert. »Esperanza wird sicher höchst interessiert sein, mit Elias zu sprechen. Und El Divino aufzuspüren wäre wahrscheinlich nicht schlecht. Wohlmöglich kannten er und Marí sich. Das ist überhaupt die Idee, Caridad – wieso ist mir der Gedanke nicht schon gekommen?«

Caridad zog schelmisch die Augenbrauen hoch. »Du bist doch zurzeit mit ganz anderen Dingen beschäftigt, Elena.«

Elena schleppte schwer an einem großen Sack Blumenerde. Auf dem Rückweg von der Tanzschule hatte sie ein Dutzend junger Pflanzen erstanden. Sie betrat ihre Wohnung, wischte sich den Schweiß vom Gesicht und zuckte zusammen, als sie die Beule auf ihrer Stirn berührte. Zum Glück waren Ramón und Conchita voller Verständnis für ihr unentschuldigtes Fortbleiben am Tag zuvor gewesen. Die rotblaue schorfige Beule hatte sie nachhaltig beeindruckt, und Conchita mutmaßte immer noch, Elena müsse eine leichte Gehirnerschütterung haben, ansonsten hätte sie tags darauf nicht verschlafen. Elena ließ sie gern in diesem Glauben. Mit Ramóns Einverständnis hatten sie und Fifo ihren Unterricht getauscht, so dass sie abends Caridads Ausstellungseröffnung besuchen konnte.

Mühsam hievte sie den Sack über die Fensterbank. Ihre Schultern und ihr Rücken schmerzten – kein Wunder, so verspannt, wie sie war. Nachher würde sie noch ein Schläfchen halten und ihre hässliche Beule kühlen. Doch die Wahrscheinlichkeit, dass sie bis zum Abend so gut wie verschwand, war gering. Es blieb ihr nichts anderes übrig, als Esperanza und Inés mit der Beule unter die Augen zu treten. Elena seufzte und riss den Sack auf. Vorsichtig schüttete sie seinen Inhalt in die Blumenkübel. Schon frühmorgens hatte sie mit Esperanza telefoniert und ihr die Neuigkeiten von Rosalia und ihrer Mutter berichtet und sie dann in Caridads Namen zur Ausstellungseröffnung eingeladen. Esperanza war hellauf begeistert und hatte Elena anschließend gefragt, ob sie nicht Lust hätte, mit ihr und Inés ins Museo de Bellas Artes zu gehen, doch Elena hatte abgelehnt. Sie brauchte ein wenig Ruhe und Zeit für sich allein. Die jüngsten Ereignisse saßen ihr noch in den Knochen, auch wenn der rasende Kopfschmerz abgeklungen war. Außerdem war es ihr wichtig gewesen, sich möglichst schnell bei Conchita und Ramón blicken zu lassen.

Vorsichtig pflanzte sie die Campanula in die Kübel. Laut Verkäufer blühten sie lange und sehr üppig. Die Vielzahl kleiner Knospen hatte Elena überzeugt. In etwa einer Woche würden sie sich öffnen, hatte der Mann versprochen, und eine einzige Pracht in blau und weiß vorausgesagt. Ob Inés sie mögen würde? Mochte sie Blumen überhaupt? Auf Gran Canaria hatten sie viel Zeit miteinander verbracht, dennoch gab es so vieles, was sie nicht voneinander wussten. Sie könnte Inés Blumen schenken – rote Rosen natürlich – und sie im Hotel abgeben, so dass Inés sie bei der Rückkehr von Caridads Ausstellungseröffnung vorfinden würde. Ob sie das kitschig fände? Elena wusste es nicht. Und sie hatte keine Ahnung, wie sie Inés am Abend gegenübertreten sollte. Allzu gerne wollte sie Caridads

Beteuerung, Inés sei in sie verliebt, Glauben schenken. Trotzdem hatte Inés gesagt, sie müsse nachdenken. Worüber noch? Elena drückte die Erde um die Blumen fest und griff zur Gießkanne. War Inés sich ihrer Gefühle nicht sicher? Elena verstand es nicht. Sollte Inés nur annähernd das für Elena empfinden, was diese für sie empfand, gab es keine Zeit zu verlieren. Auf Gran Canaria schien alles so klar und einfach für Inés gewesen zu sein – warum zögerte sie jetzt? Doch Elena musste sich eingestehen, dass sie auf Gran Canaria nicht wirklich offen miteinander gewesen waren. Elena war allen Versuchen von Inés, das Thema anzuschneiden, beharrlich ausgewichen.

Sie seufzte und betrachtete ihr Werk. Die bepflanzen Töpfe sahen gut aus, sie war gespannt auf die Blüte. Eigentlich waren sie und Inés in Las Palmas überwiegend mit der Spurensuche befasst gewesen. Alle gemeinsamen Aktivitäten waren damit verbunden gewesen. Fast alle. Elena goss noch etwas Wasser nach. Sie wünschte sich, wieder mit Inés Tango zu tanzen. Ob sie sie nachher einfach fragen sollte? Sie stellte sich vor, wie sie engumschlungen über das Parkett glitten. Der Gedanke an Inés' Körper dicht an ihrem weckte die Sehnsucht nach Zärtlichkeit in ihr. Vielleicht war eine Einladung zum Tangotanzen doch etwas gewagt? Sie wollte keinesfalls, dass Inés sich bedrängt fühlte. Statt tanzen zu gehen, könnten sie auch etwas unternehmen, einen Ausflug machen, mit dem Schiff nach Montevideo oder Colonia fahren. Auf alle Fälle musste sie mehr Zeit mit Inés verbringen. Es war dumm gewesen, Esperanzas Angebot, sie ins Museum zu begleiten, abzulehnen. Inés war jetzt eine Woche hier, zwei weitere blieben, bis sie zurückreiste. Sie setzte sich auf einen der beiden Stühle und zündete sich eine Zigarette an. Vielleicht fing Inés von sich aus ein Gespräch an? Irgendwann musste ihre Nachdenkerei doch ein Ende haben.

Vor dem Eingang des Instituto traf Elena auf Esperanza und Inés, die natürlich sofort ihre Beule entdeckten. Elena musste lachen, als die beiden mit geweiteten Augen auf ihre Stirn starrten und wie aus einem Mund voller Entsetzen fragten: »*¿Qué pasó?* Was ist passiert?«

»Oh, ich hatte ein Rendezvous mit einem Laternenpfahl – nicht der Rede wert«, tat Elena lässig ab.

»Nicht der Rede wert?«, fragte Esperanza entgeistert. »Unter einem Rendezvous stelle ich mir aber was anderes vor. Das da«, sie deutete auf Elenas Stirn, »sieht furchtbar schmerzhaft aus. Warum hast du am Telefon nichts davon gesagt?«

Elena winkte ab. »Das Schlimmste ist vorbei. Ich habe die Beule regelmäßig gekühlt, und wenn ich sie nicht berühre, tut es nicht mehr weh. Dafür kann man nun sämtliche Farbnuancen zwischen rot und blau bewundern, bis die grüngelbe Verfärbung das Ende dieser Zierde einleitet.«

»Wie hast du es fertiggebracht, gegen einen Laternenpfahl zu laufen?«, wollte Inés wissen.

»Das ist eine längere Geschichte«, antwortete Elena ausweichend. Es war einfach zu peinlich.

»Ach ja?« fragte Inés. »Ich habe eine Schwäche für längere Geschichten, ehrlich.« Ihr Schmunzeln war ziemlich keck. Elena war nervös. Zu gerne wollte sie mit Inés reden, jetzt auf der Stelle und wenn es sein musste auch über die Ursache für ihren Zusammenstoß mit dem Laternenpfahl, aber eigentlich war es Inés, die endlich reden sollte. Mit einem feinen Lächeln schaute sie Inés an und sagte: »Wir können gerne eine gemeinsame Exkursion zu diesem Laternenpfahl machen und die Situation nachstellen, damit du eine genaue Vorstellung bekommst.«

Inés' Blick war warm, doch als sie ansetzte, etwas zu erwidern, sagte Esperanza: »Kommt jetzt, wir müssen nach oben. Es ist schon kurz nach neun.«

Elias Amado beendete seine Ansprache und schüttelte während der Applaus verklang *decano* Gamberi die Hand. Die Anwesenden erhoben sich von ihren Plätzen und verteilten sich in den Ausstellungsräumen, um die Skulpturen und Plastiken zu betrachten. Elias trat neben Caridad, die etwas verlegen und mit geröteten Wangen ein paar Schritte vom Rednerpult entfernt stand und das muntere Treiben um sich herum beobachtete. Er legte ihr den Arm um die Schultern und drückte sie kurz. »Ein weiterer wichtiger Schritt für dich. Herzlichen Glückwunsch, Caridad.«

»Danke, Elias. Ohne dich und Javier stünde ich nicht hier. Es fühlt sich gut, aber immer noch etwas fremd an.«

»Es kommt ja auch nicht alle Tage vor, dass eine Ausstellung eröffnet wird – selbst nicht bei erfolgreichen und bekannten Künstlern. Morgen bist du wieder in deinem Atelier, als wäre nichts gewesen.«

»In der Tat, ein beruhigender Gedanke.«

»Dort hinten steht Eva Morales von *Radio Cultura*. Sie hat mich heute Nachmittag angerufen und gefragt, ob wir ihr gemeinsam ein Interview geben ...«

»Oh, auch das noch ...«

»Ja, auch das noch, aber sie beißt nicht. Ich kenne sie schon seit über fünfzehn Jahren. Sie hat eine sehr angenehme Art, Fragen zu stellen. Im Moment scheint sie noch beschäftigt – willst du mich in der Zwischenzeit nicht dieser Spanierin und deiner Ex-Freundin vorstellen? Das scheint mir eine spannende Geschichte zu sein – mit der verstorbenen Tante und ihren wiederentdeckten Bildern.«

Caridad nickte. »Komm, dort drüben an der Tür steht Elena, meine Ex. Daneben Esperanza, die spanische Kunsthistorikerin, und Inés, die sie hierherbegleitet hat.« Sie gingen gemeinsam zu ihnen. Caridad stellte die drei Frauen Elias

Amado vor, der galant über Elenas leuchtend bunte Beule hinwegsah und ihr stattdessen ein Kompliment zu ihren schönen Augen machte. Auch für Esperanza und Inés fand er charmante Worte, indem er ihnen sogleich dafür dankte, dass sie einen so weiten Weg auf sich genommen hatten, um sich für eine argentinische Künstlerin einzusetzen.

Obwohl sie Elias Amado sympathisch fand, verdrehte Inés innerlich die Augen. Typisch Latino. Sie warf einen verstohlenen Blick zu Esperanza, aber diese schien, dem Glänzen ihrer Augen nach, Elias' Charme völlig erlegen. Elena dagegen stand ungerührt neben Caridad und lächelte Elias freundlich an. Männer, die tagtäglich neue blumige Komplimente, *piropos*, ersannen und bei jeder sich bietenden Gelegenheit zum Besten gaben, kannte sie sicher zur Genüge. Und außerdem stimmte es ja, Elena hatte wunderschöne Augen. Doch bevor sie Gefahr lief, sich in der Betrachtung von Elenas Augen zu verlieren, wollte Inés sich lieber mit Esperanza unterhalten. In dem Moment hörte sie, wie Elena zu Elias sagte: »Ich kann Ihnen gar nicht sagen, wie sehr ich mich freue, dass Caridad nun von Ihrer Galerie betreut wird …« Ihre Stimme klang bewegt, und es schien, als wolle sie noch etwas hinzufügen, doch stattdessen legte sie kurz den Arm um Caridad und schaute sie an. Caridad war sichtlich gerührt und schenkte Elena einen liebevollen Blick. Es versetzte Inés einen Stich zu sehen, wie sehr sie einander zugetan waren. Sofort ärgerte sie sich über sich selbst. Was hatte sie denn erwartet – schließlich waren die beiden viele Jahre ein Paar gewesen, und Caridad hatte ihr doch erzählt, dass sie nach ihrer Trennung eine gute, vertrauensvolle Ebene gefunden hätten.

Elias Amado lächelte Elena an und sagte: »Lass uns einfach du sagen. Caridad hat schon einiges von dir erzählt, und so habe ich das Gefühl, dich schon länger zu kennen.« Elena nickte und wirkte etwas verlegen. Elias klatschte in die Hände und machte eine kleine Drehung zu Esperanza und Inés. »So, jetzt möchte ich aber alles über diese argentinische Künstlerin erfahren, von der ich noch nie etwas gehört habe. Caridad sagte mir, es hätte kürzlich in Las Palmas eine Ausstellung zu ihrem Werk gegeben, Señora Nuñez? Bitte erzählen Sie mir davon!«

Esperanza und Elena waren sofort in ein Gespräch mit Elias Amado verwickelt, während Caridad von einer Reihe Besucherinnen und Besucher in Beschlag genommen wurde. Inés hörte mit halbem Ohr der Unterhaltung zwischen Elena, Esperanza und Elias zu und ließ gleichzeitig ihren Blick durch den Raum gleiten. Der Knochenbaum, der sie bei ihrem ersten Besuch so fasziniert hatte, war aufgrund der andauernden Vibration durch die vielen Schritte stetig in Bewegung. Caridads übrige Skulpturen und Plastiken waren völlig anders als dieser Baum. Die meisten Werke waren kompakt, schwer und sehr ausdrucksstark. Doch keines zog Inés so in Bann wie der Baum. Was mochte Caridad dazu inspiriert haben? Hatte sie Elena am Entstehungsprozess ihrer Werke teilhaben lassen, ihr davon berichtet, sie Unfertiges sehen lassen oder ihr eine Skulptur erst gezeigt, wenn sie endgültig fertiggestellt war? Sie fragte sich, wie Caridads Arbeit auf Elena gewirkt haben mochte. Es waren keine schönen und erbaulichen Motive, sie waren fast alle beklemmend und gingen unter die Haut. Der Baum bot in Inés' Augen zumindest eine andere Sichtweise – auch wenn sie sich schließlich als trügerisch erwies, schien er ihr zumindest wie ein Hoffnungsschimmer, der Leben symbolisierte.

»... meine Mutter sagte, er nannte sich El Divino.«

Inés schnappte Elenas letzte Worte auf und wandte ihre Aufmerksamkeit wieder den dreien zu.

»Der Name sagt mir durchaus etwas«, meinte Elias Amado. »Er hat in den Siebzigern eine Reihe mehr oder weniger abstrakte Ölbilder gemalt, die man als psychedelisch bezeichnen könnte. Bestenfalls Mittelmaß. Ich weiß nicht, was aus ihm geworden ist, aber ich werde mich umhören. Er war damals nicht älter als Mitte, Ende zwanzig. Wenn ich lange genug überlege, fällt mir auch noch sein richtiger Name ein ... Und jetzt muss ich mich entschuldigen, das Interview mit Caridad steht noch an. Ich will Eva Morales von *Radio Cultura* nicht warten lassen.« Er wandte sich an Esperanza. »Bitte kommen Sie übermorgen zu mir, damit wir zusammen mit meinem Partner Javier Cuevas in aller Ruhe die Möglichkeiten für eine Ausstellung besprechen können. Sollte ich noch vorher etwas über El Divino in Erfahrung bringen, melde ich mich.« Er machte eine kleine Verbeugung und verschwand in der Menge.

Esperanza atmete tief durch und strahlte. »Er scheint wirklich interessiert und ist ein ganz anderes Kaliber als Juan Bautista Gamberi.« Sie blickte von Elena zu Inés und von Inés zu Elena, die nickten, aber ansonsten stumm dastanden. »Ich werde jetzt ebenfalls eine kleine Runde durch die Ausstellung drehen, *hasta luego*.«

Elena sah Inés an. »Willst du dir auch die Ausstellung anschauen?«

Inés zögerte. Ursprünglich war sie gekommen, um sich Caridads Werk anzusehen, aber im Moment verspürte sie nicht die geringste Lust dazu. Sie schüttelte den Kopf. »Zu viele Menschen. Ich glaube, ich komme lieber morgen oder übermorgen wieder. Vielleicht findet Caridad ja auch die Zeit, mir alles in Ruhe zu zeigen. Jetzt ist sie vollauf beschäftigt.«

»Hier habt ihr euch kennengelernt, nicht wahr?«, fragte Elena.

»Ja, gleich an meinem ersten Tag hier in Buenos Aires. Esperanza und ich waren bei diesem Gamberi gewesen. Eigentlich wollten wir noch gemeinsam ins Museum des Instituto, doch Esperanza war so entnervt von dem Gespräch mit diesem aufgeblasenen Lackaffen, dass sie nicht bleiben mochte. Als ich dann erfuhr, dass das Museum sich ganz woanders befindet, eine Mitarbeiterin mich aber gleichzeitig auf Caridads Ausstellung aufmerksam machte, beschloss ich, mir die anzugucken. Sie war noch im Aufbau, aber ich bin trotzdem in den Raum gegangen und dabei hat mich Caridad erwischt – so sind wir ins Gespräch gekommen.«

»Ihr versteht euch wirklich gut, du und Caridad«, sagte Elena in neutralem Ton.

Ja, dachte Inés, und du solltest dich hüten, eifersüchtig zu sein. Aber das war ein blöder Gedanke. Eben noch war sie es gewesen, die angesichts der liebevollen Nähe zwischen Elena und Caridad einen Stich verspürt hatte. Sie wunderte sich, dass Elena das Gespräch so schnell auf Caridad brachte. »Sie ist eine spannende und warmherzige Frau«, antwortete sie schlicht. »Ich mag ihre direkte Art.«

»Geradezu deutsch?«, schmunzelte Elena. »Zumindest neige ich dazu, meinen deutschen Schülerinnen und Schülern eine direkte Art zu attestieren – *wenn* sie denn endlich mal aus sich herausgehen. Zurzeit unterrichte ich übrigens schon wieder eine Gruppe Deutscher und Holländer. Sie sind für zwei Wochen hier. Wenn ich sie sprechen höre, frage ich mich manchmal, ob du auch diese komischen Laute hervorbringst, so ganz ohne Vokale und mit lauter Zischlauten und diesem merkwürdigem R hinten in der Kehle.« Dabei fasste sie sich an den Hals und verdrehte ein wenig die Augen.

Inés amüsierte sich. Sie konnte sich gut vorstellen, wie seltsam die deutsche Sprache in Elenas Ohren klingen mochte.

Ihre Familie auf Gran Canaria war früher oft belustigt gewesen, wenn sie Inés mit ihrem Bruder Deutsch sprechen hörte. Kichernd hatten sie versucht, das *sch* und das *ch* zu imitieren, das ihrer Ansicht nach in jedem zweiten deutschen Wort vorkam. Elena dachte also an sie, wenn sie andere Menschen Deutsch sprechen hörte. Es war albern, aber es machte sie froh. Übermütig überlegte sie, zu Elena einfach irgendetwas auf Deutsch zu sagen. Nein, nicht irgendetwas. Sie könnte ihr sagen, dass sie wahnsinnig in sie verliebt war, dass sie sie nicht hatte vergessen können, dass sie sich nach ihr verzehrte und trotzdem völlig verunsichert war. Sie könnte ihr an den Kopf werfen, wie sauer sie gleichzeitig war, wie enttäuscht, dass Elena keine Silbe über Caridad verloren hatte, dass sie ihr vertrauen wollte, es aber nicht konnte und Angst hatte, sie käme Elena nun gerade recht, nachdem die Beziehung zu Caridad in die Brüche gegangen war … Doch schließlich sagte sie einfach: »Lass uns rausgehen und einen Spaziergang machen.«

Elena lachte und versuchte die Worte nachzusprechen. Dabei verdrehte sie fürchterlich die Augen, so dass Inés laut lachen musste.

»Heißt es das, was ich mir wünsche?«, fragte Elena und blickte Inés tief in die Augen.

Inés hörte auf zu lachen. »Das musst du selbst herausfinden«, sagte sie schlicht und versuchte ihr Herzklopfen zu ignorieren.

»Wie lautet eine freundliche und angemessene Antwort auf diese unverständlichen Laute?«, wollte Elena wissen.

»Ja, gerne«, antwortet Inés auf Deutsch.

»Jagerrne«, sprach Elena nahezu perfekt nach.

Inés lachte wieder, nahm sie beim Wort und winkte ihr, ihr zu folgen.

Elena durchfuhr es heiß. Wohin sollte sie Inés jetzt folgen?

Die Worte waren offenbar kein Liebesgeständnis, wie sie halb im Scherz gehofft hatte, sondern irgendeine Aufforderung. Aber wozu? Egal, solange Inés weiter so bezaubernd lachte und ihre Augen strahlten.

Draußen auf der Straße klärte Inés Elena auf: »Du hast dich gerade auf einen Spaziergang mit mir eingelassen – nur damit du im Bild bist.«

Elena war fast ein wenig enttäuscht, aber was hatte sie denn erwartet? »Gut, ich bin beruhigt, dass ich dir nicht versprochen habe, mit dir bis zum Iguazú zu laufen.« Doch wenn sie ehrlich war, würde sie sich auf der Stelle auf den Weg machen. Hauptsache, sie war mit Inés zusammen.

»Schade eigentlich – das muss ein bombastischer Wasserfall sein. Ich würde gerne einmal erleben, wie die Wassermassen dort tosen«, antwortete Inés.

»Es ist ein Wahnsinnsspektakel. Zu Fuß wirst du es in deiner verbleibenden Zeit allerdings kaum schaffen. Am schnellsten geht es mit dem Flugzeug; der Überlandbus fährt rund zwanzig Stunden.«

»Na ja, wenn ich mich schon dahin aufmachte, wäre es wahrscheinlich sinnvoll, eine Weile dort zu bleiben und mir gleich den ganzen Norden anzuschauen. Außerdem gibt es hier in Buenos Aires ja auch noch viel zu sehen. Und Jennifer hat mich als Esperanzas Assistentin mitgeschickt, da kann ich schlecht tagelang entschwinden, statt ihr zu helfen.« Inés blieb stehen und deutete auf die Kreuzung vor ihnen. »Links oder rechts, wo ist es schöner?«

»Links. Wir könnten zur Plaza de Peña gehen, wenn du magst.« Elena schwieg einen Moment, dann sagte sie: »Diese asiatische Jacke steht dir übrigens wahnsinnig gut.«

Ihre Augen versuchten Inés' Augen festzuhalten. Inés machte Elenas intensiver Blick ganz schwach. »Plaza de Peña klingt gut«, sagte sie mit dünner Stimme und wandte sich in die genannte Richtung. Schon als sie Elena vor dem Institut getroffen hatte, hätte sie sie am liebsten in die Arme geschlossen, sich den Gedanken aber sogleich verboten. Caridad mochte recht haben, dass Elena nicht einfach irgendwelche Geständnisse machte, ohne es so zu meinen, und dennoch, zu vieles war ungeklärt, unausgesprochen. Eine kurze Affäre für die verbleibenden zwei Wochen genügte ihr nicht. Wenn, dann wollte sie mehr. Nur wie sollte das konkret aussehen? Und was genau wollte Elena? Du bist eine blöde Kuh, schalt sie sich selbst. Alles oder nichts, geordnete Verhältnisse, am besten gleich mit Treueschwur für den Rest des Lebens. Eigentlich konnte man sich bei solchen Gedanken gleich die Kugel geben, weil es kaum eine bessere Möglichkeit gab, alles im Sumpf der Vorhersehbarkeit zu versenken, statt den Augenblick zu genießen. Dennoch. Sie konnte nicht über ihren Schatten springen, bevor sie nicht herausgefunden hatte, was sie Elena wirklich bedeutete.

»*Oye,* du rennst ganz schön. Hast du es eilig?«, fragte Elena. »Vielleicht willst du doch bis zum Iguazú laufen?«

Inés bremste ihren Schritt. »Tut mir leid«, sagte sie und registrierte sehr wohl Elenas interessierten Blick. Immer wenn sie durcheinander oder ärgerlich war, neigte sie dazu, schnell zu laufen. An einem heißen Abend wie diesem war das keine gute Idee – der Schweiß trat ihr aus allen Poren. »Ist es noch weit bis zur Plaza? Es ist immer noch ganz schön warm.«

»Selbst wenn wir etwas langsamer gehen, dauert es nur noch fünf, sechs Minuten. Zuerst müssen wir an der Plaza de Houssay vorbei, mit Abstand der hässlichste Platz, den Buenos Aires zu bieten hat. Du wirst gleich sehen.«

Etwa hundert Meter weiter deutete Elena auf eine betonierte Fläche. In der Mitte befand sich eine Kirche, neben der die Lüftungsschächte einer Tiefgarage aus dem Beton wuchsen.

»Wirklich kein Schmuckstück«, sagte Inés.

»Ich glaube, die einzigen, die diese Plaza mögen, sind die Skater.« Elena deutete auf die Jugendlichen, die im Schein der Laternen über den groben Beton ratterten. Sie gingen weiter, und Elena sagte: »*Madre de dios*, es ist wirklich heiß.« Sie wischte sich über die Stirn und zuckte zusammen.

Inés sah es und hätte Elenas Stirn am liebsten vorsichtig abgetupft und mit einem Eisbeutel gekühlt. Es musste scheußlich weh tun. Halt dich zurück, Florence Nightingale, mahnte sie sich. »Diese Beule ist ganz schön groß und tut sicher verdammt weh. Gibt es einen Brunnen auf der Plaza? Ich habe Taschentücher dabei. Es ist sicher gut, wenn du sie ein wenig kühlst«, sagte sie trotzdem und dachte ironisch, ob sie vielleicht eine Ausbildung als Krankenschwester in Erwägung ziehen sollte – das wäre eine ganz neue berufliche Orientierung.

»Gute Idee«, erwiderte Elena. »Ja, es gibt einen Brunnen.«

Wieder lag dieses gewinnende Lächeln auf ihren Lippen, das Inés zum Schmelzen brachte. Sie bogen um eine Ecke, dann sah Inés den Eingang zur Plaza de Peña, die eher ein Park mit von Buchshecken eingefassten Beeten war. Sie setzten sich auf eine Bank vor den Brunnen, und Inés kramte ein Päckchen Papiertaschentücher hervor. Sie hielt zwei davon unter den dünnen kühlen Wasserstrahl und sagte resolut: »Los, komm her!« Vorsichtig betupfte sie Elenas Stirn, die es bereitwillig geschehen ließ und Inés dabei mit ihren dunklen Augen musterte. Wenn sie doch bloß nicht so gucken würde! Inés fühlte sich unbeholfen, befeuchtete die Tücher erneut und fuhr damit sanft über Elenas Stirn und Gesicht. Du kannst es nicht lassen, dachte sie. Wenn man verliebt ist, macht man die merkwürdigsten Sachen. Elena schloss die Augen, und Inés dachte, nein, lass sie lieber auf. Sie warf die nassen Papiertücher in den nächsten Abfalleimer. Als sie wieder an die Bank trat und sich neben Elena setzte, hatte diese die Augen wieder geöffnet und sagte lächelnd: »Ich verspüre schon Linderung – vielen Dank!«

»Mach dich nicht lustig. Wenn du dieses Gebilde auf deiner Stirn in absehbarer Zeit loswerden willst, solltest du das etwas ernster nehmen und die Beule häufiger kühlen.«

»Mache ich«, versprach Elena.

Wenn Inés es vorgeschlagen hätte, hätte sie auf der Stelle ihren ganzen Kopf unter den Wasserstrahl gehalten. Sie war so unbeschreiblich glücklich, mit Inés hier zu sitzen.

»Wenn dir die Reise zum Iguazú zu weit ist, was hältst du dann von einer Schiffstour nach Uruguay? Nach Montevideo oder nach Colonia, das schafft man an einem Tag. Ich bin sicher, Jennifer hätte nichts dagegen, wenn du dich ein paar Stunden nicht deinen Aufgaben als Agentin Ihrer Majestät, ich meine natürlich Assistentin, widmest.« Sie zwinkerte Inés zu.

Inés kicherte. »Und wer ist Ihre Majestät? Jennifer, die Queen oder Juan Carlos?«

»Jennifer natürlich. Sie ist die Herrscherin über den Trust zugunsten von Marí. *En serio*, im Ernst, Inés, wie die Dinge stehen, läuft doch gerade alles sehr gut. Elias Amado scheint ehrlich an einer Zusammenarbeit mit Esperanza interessiert – da kannst du ihr ohnehin nicht weiter helfen, und sollte er tatsächlich El Divino aufspüren, sind wir einen guten Schritt weiter. Bis dahin haben wir frei. Findest du nicht?«

Inés zögerte, doch Elena ließ nicht locker. »Fast immer, wenn wir uns sehen, steht es im Zusammenhang mit Marí, der Suche und all dem. Das war schon auf Gran Canaria so. Können wir nicht einfach mal so Zeit miteinander verbringen – etwas miteinander unternehmen?« Sie machte eine winzige

Pause, dann fuhr sie fort: »Nach Colonia dauert es mit dem Schnellboot eine Stunde. Nach Montevideo braucht man zweieinhalb bis vier Stunden, je nach Bootstyp. Vielleicht wäre Colonia das bessere Ziel für uns, da es näher ist. Die Altstadt lässt sich bequem in ein bis zwei Stunden erkunden, ohne zu hetzen. Es ist wirklich schön dort. Ein verschlafenes Nest mit kleinen alten Häusern aus der Kolonialzeit. Der absolute Kontrast zu Buenos Aires. Ich bin sicher, es gefällt dir.«

»Das glaube ich dir. Du hast Jennifer und mir schon damals, auf Gran Canaria, in leuchtenden Farben geschildert, was man alles an einem Wochenende in Buenos Aires machen kann, einschließlich Bootstrip über den Rio de la Plata.«

»Und? Fährst du mit mir dorthin?«, hakte Elena nach und hielt die Luft an.

Inés antwortete zum Glück prompt: »*Sí*, lass uns das machen.«

»Gut.« Elena strahlte. »Montevideo oder Colonia?«

»Colonia – es klingt gut, was du davon erzählst, und es soll dort unzählige Laternen geben, habe ich gehört.«

»Laternen?«

»Ja, alle paar Meter, mit besonders scharfkantigen Pfählen, vor denen ich dich bewahren muss.« Inés schmunzelte. »Falls ich in die Verlegenheit gerate, Jennifer eine Erklärung für diesen Ausflug liefern zu müssen …«

»Ach so.« Elena lachte und konnte gar nicht aufhören, so aufgekratzt war sie bei dem Gedanken an einen Tag allein mit Inés. Beruhige dich, mahnte sie sich selbst. So originell war der Witz mit den Laternen nun auch wieder nicht. Inés würde sie noch für übergeschnappt halten, wenn sie nicht bald mit diesem albernen Gekicher aufhörte. Sie riss sich zusammen. »Wie wäre es mit morgen? Ich muss nur leider abends in der Tanzschule sein. Um neun.«

»Egal«, antwortete Inés. »Das schaffen wir. Lass uns einfach früh losfahren. Weißt du, wann die Fähren gehen?«

»Sie fahren regelmäßig. Wir könnten uns morgen früh um acht am Terminal von *buquebus* treffen. Er liegt direkt am Puerto Madero. Ich hole vorher schnell Tickets in der Avenida Córdoba, die gibt's leider nicht am Anleger selbst. Wir nehmen dann die nächste Fähre. Findest du da hin oder soll ich dich irgendwo abholen? Passt dir die Uhrzeit oder ist es zu früh?« Elena bremste ihren Übereifer.

»Ein perfekter Plan«, antwortete Inés schlicht, und ihr Lächeln war so zauberhaft, das Elena an sich halten musste, um sie nicht sofort in die Arme zu schließen.

Inés lächelte immer noch. »Wenn ich an die Uhrzeit morgen denke, mache ich mich jetzt besser auf den Weg ins Hotel.« Sie stand auf.

»Darf ich dich noch ein Stück begleiten?« Elena erhob sich ebenfalls und versuchte sich ihre Enttäuschung über den plötzlichen Aufbruch nicht anmerken zu lassen.

»Auf keinen Fall. Du gehörst ebenfalls schleunigst ins Bett – in deinem prekären Gesundheitszustand.«

Am liebsten mit dir, dachte Elena, sagte aber: »Ach was, seit deiner Behandlung vorhin geht es mir schon viel besser. Ich könnte glatt sofort die Fähre nach Colonia nehmen.«

Inés gab Elena einen sanften Kuss auf die Wange und deutete hinter sich. »Ich muss in die Richtung, oder?«

Elena nickte. »Ja.«

Ines drehte sich um und ging.

Elena schaute ihr nach und rief: »Denk an deinen Pass morgen!« Dann setzte sie sich wieder auf die Bank, um dem angenehmen Prickeln auf ihrer Wange nachzuspüren.

Sie erreichten den riesigen Fährterminal von *buquebus* fast gleichzeitig. Inés war freudig-aufgeregt und gleichzeitig schrecklich nervös. Elena, die mit einer großen Schultertasche ausgerüstet auf sie zukam, legte ihr leicht die Hände auf die Schultern und küsste sie auf beide Wangen. »Gut geschlafen?«, fragte sie und schaute sie liebevoll an.

»Ja«, antwortete Inés, was nicht ganz der Wahrheit entsprach. Sie war zu aufgedreht gewesen. Bei ihrer Rückkehr ins Hotel hatte man ihr an der Rezeption einen Strauß roter Rosen – mit herzlichen Grüßen von Elena – überreicht, und sie hatte lange gebraucht, um einzuschlafen.

»*Gracias por las rosas,* danke für die Rosen, Elena. Sie sind wunderschön …«

»So wie du!«, antwortete Elena und hielt Inés' Blick fest, bis diese verlegen die Augen senkte.

»Quatsch«, murmelte Inés und fragte dann: »Wann geht die Fähre?«

Elena blieb lächelnd vor ihr stehen. »Wirst du den Blick für den Rest des Tages gesenkt lassen, nur weil ich dich mit einer Rose verglichen habe, *cariño?* Wenn ich es recht überlege, bist du sogar noch schöner«, setzte sie noch eines obendrauf.

»Bitte, Elena, du machst mich ganz nervös – und das am frühen Morgen.« Inés ärgerte sich, wie mühelos Elena es verstand, sie aus der Ruhe zu bringen. Der Gipfel aber war ihre Nonchalance, so unverfroren mit ihr zu flirten, als hätte es nie auch nur den geringsten Misston zwischen ihnen gegeben.

»Aber es ist wahr! Vielleicht darf ich zu späterer Stunde noch mal auf deine Schönheit zu sprechen kommen?«, neckte Elena Inés weiter, die die Anzeigentafel mit den Verbindungen nach Uruguay studierte, um den warmen dunklen Augen zu entkommen, die sie so belustigt wie zärtlich musterten.

»Um halb neun geht eine Fähre«, verkündete sie sachlich.

»Das wird die sein, die dort drüben ablegt.« Elena stellte sich auf die Zehenspitzen, kniff die Augen zusammen und spähte aus dem Fenster am Ende der großen Halle. »Sie machen gerade die Leinen los.«

»Wie kannst du sehen, dass sie gleich ablegt?«, fragte Inés und versuchte etwas zu erkennen. »Ich sehe nichts und niemanden, außer dem Schiff.«

»Also bitte, Inés, ich bin eine *porteña*, das Wort kommt, wie dir nicht entgangen sein dürfte von *puerto*, Hafen, folglich kenne ich mich mit Schiffen ein wenig aus.«

»Ah, jetzt schlägt wieder der Lokalpatriotismus durch«, antworte Inés, die sich langsam fing. »Ich erinnere mich: Nirgendwo ist es so schön wie in Buenos Aires, und Gott ist Argentinier – wenn nicht sogar *porteño*.«

»*¡Exacto!* Genau so ist es, meine Liebe, bis auf das Detail, dass es sich um eine Göttin handelt. Sie nennt sich Santa Porteña«, behauptete Elena mit todernstem Gesicht. »Du solltest die Liebe zu meiner Stadt nicht ins Lächerliche ziehen, Inés, es sei denn, du möchtest mich verletzen.«

»Nein, nein, auf keinen Fall. Die Blessuren, die du kürzlich davongetragen hast, sind schon heftig genug. Sicher warst du – eine glühende Feministin, wie ich gerade feststellen durfte –, als du durch die Straßen dieser einzigartigen Stadt geschlendert bist, so erfüllt von ihrem Geist, dass du versehentlich gegen die Laterne gelaufen bist.«

»Es war nicht ganz so …«

»Ist das die längere Geschichte, die ich noch zu hören bekomme?«, fragte Inés.

»Ja, gelegentlich«, antwortete Elena. »Es gibt einige längere Geschichten, die ich dir noch erzählen möchte …«

Inés nickte und beließ es dabei, auch wenn es vieles gab, worüber sie sprechen sollten. Doch für den Moment wünschte sie sich Unbeschwertheit. Eine Lautsprecherdurchsage forderte sie kurze Zeit später auf, einzuchecken und die Passkontrolle zu durchlaufen. Inés erhielt gleichzeitig den Ausreisestempel für Argentinien und den Einreisestempel für Uruguay. Es gebe keine weiteren Einreiseformalitäten in Uruguay, erklärte ihr Elena. Gemeinsam mit einer Schar Touristinnen und Touristen betraten sie die Fähre. Sie fanden einen Platz am Fenster, und die Fähre legte ab. Inés blickte enttäuscht durch die milchige Scheibe. Man sah nicht viel außer einigen Kriegsschiffen und Krananlagen für Container. Buenos Aires selbst war kaum erkennbar.

»Ich habe gehofft, die Skyline von Buenos Aires zu Gesicht zu bekommen, aber der Ausblick ist wenig spektakulär«, sagte sie zu Elena.

»Man sieht nicht viel«, bestätigte Elena. »Bei der Rückkehr ist es besser. Die beste Sicht hat man von diesen Schnellfähren nicht, so wie sie konstruiert sind – es sei denn, man sitzt in der ersten Klasse. Da kann man durch die Frontscheibe schauen. Dafür sind wir aber in einer Stunde in Colonia und nicht in drei, wie mit dem normalen Schiff. Ich hoffe, du bist nicht allzu enttäuscht?«

Inés schüttelte den Kopf und schaute Elena zu, die begann, eine kleine Thermoskanne und ein Glas mit Mate-Blättern und eines mit Zucker auszupacken. Es folgten *bombilla* und Becher sowie eine große Papiertüte mit *medialunas*.

»Ich nehme an, es geht dir so wie mir und du hast noch nicht gefrühstückt«, sagte sie, während sie Mate-Blätter in den Becher gab und dann mit heißem Wasser übergoss. Sie wartete einen Moment, bevor sie die vollgesogenen Blätter mit der *bombilla* kräftig umrührte. Dann reichte sie den Becher mitsamt Trinkhalm Inés. »Vorsicht, heiß! Las es noch ein wenig ziehen. Wenn du Zucker brauchst – hier«, sie wies auf das kleine Glas mit Zucker und riss dann die Tüte mit den *medialunas* auf. Schließlich arrangierte sie alles auf einer weißen Stoffserviette auf dem Sitz zwischen ihnen und legte noch eine Rose dazu. Es war die gleiche Sorte wie der Strauß, den sie Inés tags zuvor gesandt hatte.

Inés war gerührt. »Das ist der schönste Frühstückstisch, an dem ich je gesessen habe. Danke.« Elena lächelte und schwieg. Inés sog an der *bombilla* und beobachtete Elena, wie sie genussvoll in eine *medialuna* biss. Sie war so fürsorglich. Wenn sie an die oft schroffe, unbeherrschte Elena in Las Palmas zurückdachte, konnte sie fast nicht glauben, es mit derselben Frau zu tun zu haben. Hatte Elena damals wirklich schon tiefe Gefühle für sie gehegt, wie sie nach dem Besuch der Druckerei beteuert hatte? Elenas Versuch, sich mit einer Geste wie diesem Frühstück behutsam anzunähern, wirkte glaubhaft und ehrlich und berührte Inés weit mehr als Elenas Flirten. Würde sie künftig tatsächlich mehr von sich preisgeben, über ihre Gefühle sprechen, über das, was sie bewegte, was sie schmerzte, was ihr wichtig war im Leben? Wollte sie Inés jetzt daran teilhaben lassen? Hatte sie das gemeint, als sie von einigen längeren Geschichten sprach, die sie Inés erzählen wolle? Inés beschloss, es darauf ankommen zu lassen und sagte: »Du hast mir noch gar nichts von deinem Besuch bei Rosalia und bei deiner Mutter erzählt. Von Esperanza weiß ich das Wesentliche, aber wie war es für dich?« Sie griff nach einer *medialuna* und beobachtete Elena. Die wirkte völlig entspannt, als sie antwortete.

»Der Besuch bei Rosalia ist völlig schiefgelaufen. Ich frage mich, ob ich es hätte anders anstellen sollen, aber ich wüsste nicht wie. Ich kann nur hoffen, dass sie es sich doch noch anders überlegt und sich mit mir in Verbindung setzt. Ich habe ihr den Katalog von Marís Ausstellung und meine Adresse dagelassen.« Sie trank ein Schlückchen *mate*.

»Es ist erst ein paar Tage her. Gib ihr etwas Zeit. Sie hat sicher einiges zu verdauen und sie ist nicht mehr die Jüngste«, antwortete Inés und fragte sich, ob Elena nun auch vom Besuch bei ihrer Mutter erzählen würde.

Als hätte sie ihre Gedanken erraten, sagte Elena: »Bei meiner Mutter sah es noch genau so aus wie damals, als ich von zu Hause ausgezogen bin. Es war ein merkwürdiges und beklemmendes Gefühl, meiner homophoben Mutter gegenüberzusitzen und sie nach Marí zu befragen. Aber immerhin: Diesmal hat sie mit mir gesprochen.«

»Wann bist du von zu Hause ausgezogen?«, fragte Inés.

»Vor hundert Jahren – so kommt es mir zumindest vor. Nein, nach dem *bachillerato* – drei Monate bevor ich achtzehn wurde. Ich musste fort, ich habe es nicht mehr ausgehalten.«

»Wie ich. Am Tag meines Abiturs habe ich meine Koffer gepackt.«

»Und was hast du dann gemacht?«, wollte Elena wissen.

»Ich bin mit einer Freundin zwei Monate quer durch Europa gereist, nachdem ich mich für Germanistik und Anglistik eingeschrieben und ein Zimmer in einem Studentenwohnheim ergattert hatte. Endlich mein eigenes Reich.« Inés lächelte.

Elenas Blick verdunkelte sich. »Schön für dich, erst eine lange Reise und dann ein Studium – nicht schlecht«, sagte sie spitz.

Inés war verwirrt. Was war jetzt los?

Elena lieferte gleich die Erklärung: »Deine Eltern haben dich offenbar gut unterstützt.«

Ach, daher wehte der Wind. Inés entsann sich, dass Elena damals in Las Palmas so manchen bissigen Kommentar zum privilegierten Leben in Europa gemacht hatte.

»Ich habe für die Reise während meiner Schulzeit gejobbt und seit dem Tag meines Auszugs kein Geld mehr von meinen Eltern angenommen«, antwortete sie schärfer als beabsichtigt. Es war anstrengend gewesen, den großzügigen Angeboten ihrer Eltern zu widerstehen. Aber sie war stolz darauf, standhaft geblieben zu sein. Die finanzielle Unterstützung hätte ihren Eltern stillschweigend das Recht gegeben, sich in ihr Leben einzumischen – das Letzte, was sie gewollt hatte. Versöhnlicher fügte sie hinzu: »Ich hatte Glück. Zu meiner Zeit musste man für das Studium – bis auf eine kleine Semestergebühr – nicht zahlen. Heute ist das anders.«

»Tja, das ist eben Europa: Mit einem Schülerjob lässt sich eine monatelange Reise bezahlen, und das Studium ist kostenlos. Das ist hier leider anders – und der Grund, weshalb ich nicht studiert habe.« Elenas Miene war finster.

»In Deutschland war es so, aber längst nicht in allen europäischen Ländern.« Inés wollte nicht, dass das Gespräch eskalierte. Zu gut erinnerte sie sich noch an manchen Streit mit Elena auf Gran Canaria. »Elena, ich weiß, dass ich aus einem der reichsten Länder der Welt komme. Mir ist bewusst, dass ich Privilegien habe, von denen andere nur träumen können oder nicht einmal ahnen, dass sie existieren. Aber hätte ich die Chancen, die sich mir boten oder immer noch bieten, deshalb nicht ergreifen sollen? Hättest du nicht studiert, wenn es kostenlos gewesen wäre – aus Solidarität mit anderen, die diese Möglichkeit nicht haben?«

»Nein, natürlich nicht. Du hast gewonnen. Im Übrigen gibt es auch hier Hochschulen, die man besuchen kann, ohne astronomische Summen zahlen zu müssen.« Elenas Gesicht war reglos.

»*Coño*, Elena, was heißt hier, ich hätte gewonnen? Müssen wir uns streiten, weil wir in eine ungerechte Welt hineingeboren wurden? Was soll ich tun – Abbitte bei dir persönlich leisten? Ich bin nicht blind – ich weiß, dass ich aus einem Land komme, das auch auf Kosten anderer lebt und zu den Ländern gehört, die die Spielregeln in dieser Welt bisher bestimmt haben. In Villa 21 wurde mir das deutlich vor Augen geführt. Auch wenn ich – wie die meisten Menschen aus Europa – solche Tatsachen sonst gerne beiseiteschiebe. Ja, ich gebe es zu.« Inés wusste nicht weiter. Sie hatte einen dicken Kloß im Hals, und ihre Augen brannten. Musste sie mit Elena darüber streiten? Warum machte Elena ihr einen Vorwurf daraus, dass sie aus Deutschland kam? Schon damals auf Gran Canaria war Elena mehr als erstaunt darüber gewesen, wie Inés es sich hatte leisten können, für ein Jahr eine Auszeit zu nehmen. Und Inés wusste – auch wenn sie mietfrei im alten Haus ihrer Tante gewohnt und nebenher eine Übersetzung gemacht hatte – dass das ein Privileg gewesen war. Elena hatte für das Jahr in Las Palmas viel härter arbeiten müssen. Der Leiter einer Tanzschule hatte sie illegal beschäftigt und für viel Arbeit ein sehr karges Gehalt geboten, für das kein Spanier und keine Spanierin bereit gewesen wäre, erstklassigen Unterricht zu geben. Aber die Vereinbarung hatte es Elena überhaupt erst ermöglicht, für so lange Zeit ihr Land zu verlassen, dessen Währung im Ausland keinen Pfifferling wert war. Elena hatte ein Ziel vor Augen gehabt und sich auf die Bedingungen eingelassen. Inés schluckte und schlagartig wurde ihr klar, was ihr noch mehr zusetzte als dieser Streit. Sie selbst steuerte schon seit Jahren eher orientierungslos durch ihr Leben. Unzufrieden mit ihrer Arbeit, unzufrieden mit ihrem Alltag, aber getragen von einem System, in dem sie Einsatz auf kleiner Flamme leistete. Sie arbeitete Teilzeit, genug, um über die Runden zu kommen. Für den relativ niedrigen Lebensstandard, den sie so in Deutschland halten konnte, mussten die Menschen in Argentinien deutlich mehr rackern. Sie hatte relativ viel Zeit, aber nichts, womit sie sie sinnvoll füllte. Es gab nichts, das sie anstrebte oder wofür sie sich einsetzte, um ihrem Leben einen tieferen Sinn zu geben. Es war eine Leere in ihr, die sie erkannt hatte, aber nicht zu füllen wusste. Elena und ihre Suche nach Spuren von Marí waren das, was sie in letzter Zeit am meisten gefesselt hatte. Aber es war Elenas Angelegenheit – sie nahm Teil an etwas, das nicht ihr Eigenes war. Sie schwieg. Nach einer Weile war es Elena, die das Schweigen brach.

»Es tut mir leid, Inés. Ich muss missgünstig und neidisch auf dich wirken … Es geht nicht gegen dich.« Elena suchte ihre Augen. »Da ist manchmal eine Wut in mir über die hiesigen Verhältnisse, die mich blind macht. Ich bin zufrieden mit meinem Leben. Es ist nicht wirklich schlimm, dass ich nicht studiert habe. Es war nicht fair, was ich vorhin gesagt habe …«

Inés beruhigte sich. »Was hättest du gerne studiert?«, fragte sie und wünschte sich, all das zu vergessen, was sie unterschied. Doch das war nicht möglich, es existierte und machte ihr Wesen aus. Welche Bedeutung sie dem einräumten, war eine andere Frage.

»Klassischen Tanz und Choreografie an einem Vorgängerinstitut des heutigen Instituto Universitario Nacional del Arte. An Tango habe ich damals noch nicht gedacht. Wahrscheinlich wäre ich dann Dozentin geworden. Eine Karriere als Tänzerin steht ja nicht vielen offen. Kurz gesagt, ich würde letzten Endes wahrscheinlich das gleiche machen wie heute: unterrichten.« Elena lächelte und streichelte, wie es Inés schien, mit ihren Augen über Inés' Wange. »Ich will mich nicht mit dir streiten …«

»Ich mich auch nicht mit dir …« Sie wollte diese Frau. Konnte es eine Zukunft für sie geben? Inés wünschte, dass zwischen ihnen nicht der freie Sitz wäre, auf dem die Reste ihres Frühstücks lagen. Sie wollte ganz nah bei Elena sitzen, doch diese dusselige Fähre hatte eine Bestuhlung wie ein Flugzeug. Also fragte sie: »Was hast du gemacht, nachdem du von zu

Hause ausgezogen warst?« Es gab so vieles, das sie von Elena nicht wusste.

»Ich habe eine Ausbildung als Zahntechnikerin gemacht, ein Beruf, der damals eine große Chance bot, eine Stelle zu finden. Ich habe auch jahrelang in diesem Beruf gearbeitet und Hunderte von Kronen, Prothesen und Zahnspangen angefertigt. An und für sich ein guter Job. Man macht etwas mit den Händen und hat den Kopf frei.«

»Und woran hast du gedacht?«, warf Inés ein.

»Ans Tanzen natürlich. Bald habe ich mit Tango angefangen. In den Achtzigern begann Tango langsam wieder populär zu werden. Zuerst habe ich einem Tangolehrer assistiert, später habe ich selbst begonnen, sporadisch zu unterrichten. Als ich in der Wirtschaftskrise Ende der neunziger Jahre meinen Job als Zahntechnikerin verlor, habe ich kurze Zeit in einem Grafik- und Fotoatelier gejobbt, bis ich die Chance bekam, bei Ramón und Conchita als Tangolehrerin zu arbeiten. Ich habe zuerst gezögert, meine Leidenschaft zu einer Vollzeitbeschäftigung zu machen. Ich hatte Angst, dass mir die Freude daran verdorben wird. Finanziell betrachtet war klar, dass ich dieses Angebot nicht ablehnen konnte. Und auch wenn ich die Touristengruppen oft anstrengend finde, die ja immer nur kurze Zeit hier sind, hat sich die Entscheidung im wahrsten Sinne des Wortes bezahlt gemacht. Bis Anfang 2002 war der *peso* an den Dollar gebunden. Als er dann auf etwa ein Drittel seines früheren Wertes fiel, waren die Trinkgelder in Dollar das, was mich über Wasser gehalten hat.«

Inés registrierte, dass Elena nicht gesagt hatte, dass dieses Geld auch Caridad ernährt hatte. Es gefiel ihr, das Elena diesen Umstand nicht erwähnte. Schließlich räumte Elena die Reste ihres Frühstücks zusammen und verstaute die Sachen in ihrer Tasche. Zum Schluss nahm sie die Rose und schaute sie versonnen an. Inés' Herz klopfte schneller. Würde Elena ihr gleich wieder Komplimente machen? Sie wünschte es und fürchtete gleichzeitig den geballten Latina-Charme, der sie verlegen machte. Doch Elena sagte: »Meine Mutter hat mir übrigens noch etwas erzählt …« Sie machte eine kleine Pause. »Als kleines Kind habe ich Marí wohl öfter zu Gesicht bekommen, als mir bewusst war. Nur leider kann ich mich daran überhaupt nicht erinnern. Ich habe wohl sogar einmal drei oder vier Tage bei ihr verbracht, als meine Eltern fort waren. Angeblich habe ich anschließend nur noch von Marí geredet – zum Unmut meiner Mutter. Ich gäbe viel dafür, mich daran erinnern zu können …«

»Wie alt warst du damals?«, fragte Inés.

»Meine Mutter sagte, ich sei noch nicht zur Schule gegangen, also war ich höchstens fünf Jahre alt, aber ich konnte schon sprechen.«

»Ich glaube, mit drei Jahren fängt man an zu sprechen«, antwortete Inés.

»Wie alt auch immer ich gewesen sein mag, ich habe nicht die Spur einer Erinnerung«, antwortete Elena traurig. »Weißt du, was sie noch gesagt hat? Sie sagte, Marí hätte mich verdorben, deshalb habe sie den Kontakt zu ihr unterbunden …« Elenas Stimme brach.

»Als du als Kind bei ihr warst?« Inés war empört. »Die hat sie doch nicht alle!«

Elena zuckte die Schultern. »*De todas formas es una tontería*. Das ist doch sowieso Bockmist mit dem schlechten Einfluss. Egal in welchem Alter. Ich bin doch nicht lesbisch, weil meine Tante lesbisch war.«

»Sicher ist es das, aber was für ein krankes Hirn muss man haben zu denken, die lesbische Tante verdirbt ihre höchstens fünf Jahre alte Nichte?«

»Ich sehe schon, du hättest deine helle Freude an meiner Mutter.« Elena lächelte gequält. »Nach spätestens einer Stunde mit ihr hättest du ein ganz anderes Bild von der Welt.«

»Niemals!« Inés spürte, wie sie immer wütender wurde. Kein Wunder, dass Elena gleich nach dem Abitur ausgezogen war. Elenas Mutter schien nicht einen Schritt auf ihre nun fast zweiundvierzigjährige Tochter zugegangen zu sein. Sie schwiegen beide und hingen ihren Gedanken nach.

Nach einer Weile sagte Elena: »Schau da!« und wies mit der Hand. »Das ist Colonia.«

Inés schaute auf und sah eine Landzunge mit einer Reihe kleiner Häuser, aus deren Mitte ein Leuchtturm ragte.

»Gleich legen wir an«, sagte Elena und hob die Rose, die sie immer noch in der Hand hielt, an ihre Lippen, hauchte einen Kuss darauf und überreichte sie wortlos Inés. Inés schluckte und nahm sie entgegen. Ihre Augen hingen an Elenas Mund, der gerade beinahe die Rose berührt hatte. Dann ging ihr Blick zu Elenas Augen, die, wie es schien, Inés völlig gelassen betrachteten.

»Danke«, krächzte sie und hätte sich beinahe verschluckt. Elenas Blick war zärtlich und abwartend. Inés wollte etwas sagen; sie wusste, Elena erwartete, dass sie endlich sprach, doch sie fand keine Worte für das Chaos in ihrem Kopf. So schwieg sie, und einige Augenblicke später verkündete eine knarzende Lautsprecherstimme, die Fähre habe angelegt und die Passagiere sollten sich zum Ausgang begeben.

*»¡Vámonos!«,* sagte Elena. »Dann lass uns gehen!«

Sie verließen das hässliche Hafengelände, und Elena deutete nach links. »Hier geht es zur Altstadt.« Sie wechselten die Straßenseite, und Elena steuerte zielstrebig auf ein unscheinbares Haus zu. Sie blieb vor einem der Fenster stehen, über dem in roter Schrift von Hand geschrieben stand: *Hay agua caliente.*

Sie klopfte an die Scheibe, und gleich darauf erschien eine Frau, die das Fenster öffnete. Die beiden wechselten ein paar Worte, dann reichte Elena der Frau ihre Thermoskanne. »Heißes Wasser für unseren *mate* heute Nachmittag«, erklärte sie Inés, während sie warteten.

»Wie praktisch. So müsst ihr Argentinier nicht einmal im fernen Ausland auf euer heißgeliebtes Getränk verzichten.«

»Bitte keine respektlosen Kommentare zu unserer Kultur.« Elena blickte Inés gespielt drohend an. »Man sagt übrigens, die Menschen in Uruguay hätten einen noch höheren Pro-Kopf-Verbrauch an *mate* als wir«, fügte sie hinzu und nahm gegen ein paar Münzen dankend ihre gefüllte Kanne entgegen.

Inés war bewusst, dass sie versuchte, sich mit flapsigen Bemerkungen über ihre Nervosität hinwegzuhelfen. Bis zur Rückfahrt lagen mehr als sechs Stunden allein mit Elena vor ihr. Sie war aufgeregt bis in die Haarspitzen und bewunderte Elenas scheinbar mühelose Gelassenheit – und das, obwohl sie immer noch nicht auf Elenas Geständnis nach dem Druckereibesuch reagiert hatte. Elena war geduldig und drängte sie nicht. Was für eine Frau.

Sie gingen die *calle* Florida entlang und schwiegen, bis sie zu den Resten einer alten Bastion gelangten.

»Dies war die Festung San Miguel«, erklärte Elena. »Hier hinter dem Tor beginnt die Altstadt – sie steht unter UNESCO-Schutz. Komm, wir gehen weiter über die Plaza Mayor.«

Inés genoss den leichten Wind, der über ihr Gesicht strich, und bewunderte die große, von vielen blühenden Bäumen und Sträuchern bestandene Plaza. Anders als viele Plätze in Lateinamerika bestand dieser nicht aus einer zugepflasterten Fläche, sondern aus vielen Beeten und Rasenflächen. Neben Palmen standen Platanen, Koniferen und Zitrusbäume und eine Reihe Arten, die Inés nicht kannte. Am schönsten aber waren die blühenden Hibiskussträuche, die die beiden parallel verlaufenden Straßen beidseits des Platzes säumten. Die Häuser an der Plaza Mayor waren klein, und selbst die prächtigsten unter ihnen nahmen sich bescheiden aus gegenüber den majestätischen Bäumen. Einige wenige Menschen saßen auf Bänken oder auf den Stufen einer kleinen Treppe an der Südseite. Die meisten Ausflügler, die mit ihnen auf der Fähre gekommen waren, strömten in Richtung des Leuchtturms.

»Sie glauben, von dort oben hätten sie eine bessere Sicht über das Meer nach Buenos Aires«, erklärte Elena.

»Kann man Buenos Aires von hier aus sehen?«, fragte Inés erstaunt. »Ich dachte, es sei etwa sechzig Kilometer entfernt.«

»Ist es auch. Aber seitdem Puerto Madero zu einem neuen *barrio* von Buenos Aires mit riesigen Hochhäusern nahe am Río de la Plata als Wohngebiet erschlossen wird, kann man bei klarem Wetter und noch besser bei Sonnenuntergang die Silhouetten dieser elitären Wohntürme erkennen. Dazu musst du aber nicht auf den Leuchtturm steigen. Du wirst es nachher vom Ufer aus erkennen können. Es ist nicht weiter spektakulär.«

Inés nickte. Sie hatte auch gar keine Lust, auf den Leuchtturm zu klettern. Lieber wollte sie mit Elena das Städtchen erkunden und dann an einem lauschigen Ort sitzen.

Als hätte sie ihre Gedanken erraten, deutete Elena nach rechts und sagte: »Komm, wir ziehen eine Runde durch die Gassen. Danach schlage ich ein anständiges Mittagessen unten an der Plazoleta Santa Rita mit Blick aufs Wasser vor. Später dann kommt meine frischgefüllte Thermoskanne für einen anständigen *mate* wieder zum Einsatz – wenn du magst.« Sie zwinkerte Inés zu. »Wir müssen sehen, dass wir ein schönes Plätzchen finden. Wir werden nicht die Einzigen sein, die den Nachmittag *mate* schlürfend am Wasser verbringen wollen.«

»Du willst mir nicht erzählen, dass alle Ausflügler, die mit uns auf der Fähre waren, sowie die ganzen Einwohner von Colonia nachmittags *mate* am Río de la Plata trinken«, antwortete Inés.

»Nein. Nur die eine Hälfte, die andere angelt – und trinkt *mate*. Bis auf die Kinder, die stürzen sich im alten Hafen vom Landesteg ins Wasser – du wirst schon sehen.«

Es kam, wie Elena vorausgesagt hatte. Anscheinend saßen alle Menschen nach dem Mittagessen an der kleinen Promenade, dem Kiesstrand oder auf einem der flachen Felsen, die malerisch ins Wasser ragten, plauderten, angelten und tranken *mate*. Elena führte sie über einen staubigen Platz zur Südseite der Landzunge, auf dem eine Reihe Autos standen. Hinter einem bröckeligen Mäuerchen kamen sie zu einem tiefergelegenen Uferbereich, der von einer Reihe orangerot blühender Tulpenbäume bestanden war. Zwischen grauen flachen Felsen, in deren Vertiefungen Wasser stand, wuchs ein borstiges Gras, das an manchen Stellen kurzgemäht war wie ein Rasen. Inés war entzückt. Einzig die Tatsache, dass sie nicht allein waren, war ein Wermutstropfen im Ozean ihrer überschäumenden Gefühle.

Sie machten es sich bequem, und Elena bereitete, wie angekündigt, den *mate* zu. Als sie später dicht beieinander, jedoch ohne sich zu berühren, auf dem Rücken lagen und sich sonnten, sagte Elena unvermittelt: »Ich könnte gut darauf verzichten, schon die Fähre um halb fünf zu nehmen. Heute zieht mich nichts zu meinen tangobegeisterten Schülern. Ich sehe sie schon, wie sie voller Eifer vor mir stehen und erwarten, dass ich sie mit einem Zauber belege, der sie in null Komma nichts befähigt, so zu tanzen, wie sie es bei der Tangoshow gestern Abend gesehen haben.«

Inés kicherte. »Oh, du besitzt also auch magische Kräfte …«

»Eben nicht. Und es kostet mich oft viel Mühe, sie davon zu überzeugen, dass Tango in erster Linie eine getanzte Unterhaltung ist, deren Verlauf und Ergebnis man zuvor nicht kennt. Und außerdem *auch* eine choreografierte Kür sein kann, bei der jeder Schritt und jede noch so kleine Bewegung einstudiert ist. Das kann tänzerisch sehr anspruchsvoll sein, zielt aber in erster Linie auf den optischen Effekt ab und nicht auf die Kommunikation.«

»Aber das lässt sich doch erklären«, antwortete Inés und drehte sich auf die Seite.

»Das sagst du. Aber viele, gerade Anfänger, kommen mit großem Ehrgeiz und hohen Erwartungen an sich selbst in den Unterricht. Ich frage meistens zu Beginn, was ihnen Tanzen und Tango überhaupt bedeutet …« Elena hielt inne. »Lassen wir das, ich will dich nicht mit meinen pädagogischen Überlegungen langweilen.«

»Es langweilt mich nicht die Bohne«, entgegnete Inés. »Was bedeutet Tango dir?«, fragte sie spontan. Sie wollte, dass Elena weiterredete. Sie wollte ihre Stimme hören. Elena sprach hier in ihrer Heimat ganz in der Mundart *castellano rioplatense*. Inés ergötzte sich am weichen Klang dieser Sprache und dem immer wieder eingestreuten Füllwort *ché*. Aus Elenas Mund klang es doppelt so schön, fand sie. Es war, als streichle sie ihre Ohren.

»Musik, Bewegung, Dialog und die Suche nach der perfekten Umarmung«, antwortete Elena schlicht und schenkte Inés einen langen Blick. In Inés' Ohren rauschte es. Vor ihrem inneren Auge sah sie sich und Elena engumschlungen tanzen. Elena ließ ihre Augen nicht los und fragte ernst: »Wirst du wieder mit mir tanzen, Inés?«

»Ich …« In Inés tobte es. Gefühle, Gedanken überschlugen sich. Sie fragte: »Hast du sie schon oft gefunden – die perfekte Umarmung? Ich meine, du tanzt doch mit so vielen …« Sie hätte sich auf die Zunge beißen können.

»Wir beide haben sie schon einmal gefunden. Damals, in Las Palmas.«

»Ja«, erwiderte Inés leise.

»Das heißt, du wirst mit mir tanzen«, stellte Elena fest. Inés nickte. Elenas Augen waren eine einzige Verheißung, doch ihre folgenden Worte waren umso nüchterner: »Gut. Wie wäre es mit übermorgen? Wir könnten in die Milonga im Club Social y Deportivo Pedro Morán gehen, wo ich auch schon mit Esperanza war. Eine Milonga des *barrios.*«

Inés kamen Esperanzas Worte in den Sinn, die diese Milonga als nachbarschaftliches Volksfest beschrieben hatte, an dem die ganze Familie vom Säugling bis zur Oma teilnahm. Dort wollte Elena mit ihr tanzen? Sie war etwas enttäuscht, sagte aber: »Gut, übermorgen.« Dann fragte sie zaghaft: »Werden wir nicht sehr auffallen, wenn wir dort zusammen tanzen?«

Elena lächelte wissend. »Ein wenig. Aber zwei Frauen, die miteinander tanzen, erregen nun auch wieder nicht *so* viel Aufmerksamkeit – solange es dabei bleibt.«

Inés schluckte und suchte nach einer schlagfertigen Antwort. Es war offensichtlich, dass Elena, deren Lächeln immer breiter wurde, sich köstlich amüsierte. Sie strich mit ihren Augen über Inés' Gesicht und blieb an ihrem Mund hängen.

Sie will mich küssen, dachte Inés, als ein ohrenbetäubender Krach sie beide zusammenfahren ließ. Wie alle anderen Menschen ringsum reckten sie anschließend die Hälse. Ein großes Stück Metall hatte sich vom Dach eines kleinen Lkws, der jenseits des Mäuerchens stand, gelöst und war mit Getöse auf die darunterliegenden Felsen gefallen.

Als Inés glücklich und noch völlig erfüllt von den wunderbaren Stunden in Colonia zurückkehrte, erwartete sie an der Rezeption eine Nachricht von Esperanza, sich bitte so schnell wie möglich bei ihr zu melden. Inés wunderte sich nicht weiter, sondern ging zu Esperanzas Zimmer. Der Abschied von Elena war ihr unendlich schwergefallen. Am liebsten hätte sie sie in die Tanzschule begleitet und ihr beim Unterrichten zugeschaut. Aber Elena hatte nichts dergleichen vorgeschlagen, und Inés war sich nicht sicher, ob sie es mögen würde. Also hatte sie sich losgerissen und an den tröstlichen Gedanken geklammert, sie zwei Tage später wiederzusehen. Ihre Knie wurden weich bei dem Gedanken, mit Elena zu tanzen. Tango zu tanzen. Allein die Vorstellung, engumschlungen mit ihr zur Musik über das Parkett zu gleiten, war kaum auszuhalten. Wenn es tatsächlich soweit war, würde sie vermutlich einer glückseligen Ohnmacht nahe sein. Und eine Mischung aus siebtem Himmel und Vorhölle erwartete sie, wenn sie sich weiter in Zurückhaltung übte. Doch wollte sie das überhaupt noch?

Sie klopfte an Esperanzas Tür, die kurz darauf aufging.

»Da bist du ja! Komm rein! Endlich! Ich habe verzweifelt versucht, euch auf euren Handys zu erreichen, dich und Elena, aber vergeblich.«

Inés, eben noch in Gedanken ganz woanders, stotterte: »Entschuldige …« Schwang da ein Vorwurf in Esperanzas aufgeregter Stimme mit?

»Heute Mittag rief Elias Amado an. Er hat El Divino ausfindig gemacht, mit bürgerlichen Namen Francisco Martín. Ich habe seine Adresse. Ich dachte, du und Elena könntet ihm morgen vielleicht einen kleinen Besuch abstatten, während ich mich mit Elias und seinem Partner in der Galerie treffe. Arbeitsteilung gewissermaßen.«

»Ja, natürlich …« Inés brauchte einen Moment, um diese aufregende Neuigkeit zu verarbeiten und starrte Esperanza einfach nur an. »Aber Elena unterrichtet morgen den ganzen Tag …«

»Dann eben übermorgen«, fiel Esperanza ihr ins Wort. »Elena will sicher dabei sein.«

Inés nickte. Esperanza wies auf die zwei kleinen Sessel. Sie legte den Kopf schief und sagte: »Du wirkst nicht wirklich anwesend. Kann es sein, dass ich es nur mit deiner Hülle zu tun habe und Inés sich in Wahrheit noch mit Elena auf einer Fähre draußen auf dem Río de la Plata befindet?« Sie zwinkerte Inés verschwörerisch zu.

»Irgendwie schon … Also, na ja, es war sehr schön in Colonia«, antwortete Inés und wurde rot.

Esperanza wartete einen Moment, dann sagte sie: »Bevor die Hochzeitsglocken läuten, gibst du mir Bescheid, damit ich mir rechtzeitig ein entsprechendes Kleid kaufen kann.«

Inés schluckte, ihr Mund war völlig trocken. Das klang ja, als sei es nur noch eine Frage der Zeit, bis sie und Elena zusammenkämen. Die Tatsache als solche schien außer Frage zu stehen. Sie riss sich zusammen und nahm das ursprüngliche Thema wieder auf. »Ich rufe Elena an. Übermorgen wird sie sicher Zeit haben – schließlich arbeitet sie morgen schon den ganzen Tag.« Sie schwieg kurz und fuhr dann fort: »Wie es aussieht, lernen wir also bald diesen El Divino kennen. Unglaublich, wie schnell Elias Amado ihn aufgespürt hat.«

»Wenn ihr ihn antrefft. Elias hat mit ihm telefoniert, aber der Kerl malt wohl nicht mehr und ließ sich vom Anruf eines Galeristen nicht aus der Ruhe bringen. Er betreibt einen Fahrradladen. Hier ist die Adresse.« Esperanza reichte Inés einen Zettel. »Er weiß von Elias, dass Elena sich für sein ehemaliges Atelier interessiert und hat gesagt, dass sie kommen könnte, wann sie wolle. Sie würde dann schon merken, ob er da sei oder nicht. Er wollte sich nicht auf eine Uhrzeit festlegen. Zu normalen Geschäftszeiten solltet ihr ihn antreffen, denke ich.«

»Ich rufe Elena an und frage sie, wann es ihr passt«, sagte Inés.

Esperanza nickte. »Gut, grüße sie von mir. Es wäre zu schön, wenn ihr noch irgendetwas über Marí in Erfahrung bringt.«

Das Fahrradgeschäft im Süden von San Telmo, gegenüber dem Museo Histórico Nacional, war ein kleiner Eckladen, der vom Gebrauchtrad über Mountainbikes und Artistenräder bis zum Beachcruiser alles anbot, was ein oder zwei Räder hatte und keinen Motor brauchte.

»So einen schönen Fahrradladen mit so einem vielfältigen Angebot hätte ich in Buenos Aires nicht erwartet«, sagte Inés zu Elena, die schwungvoll die Klingel auf der Ladentheke betätigte. »Seitdem ich hier bin, habe ich höchstens zehn Radfahrer gesehen. Die paar Radwege, die es gibt, werden offenbar nur von Motorradfahren benutzt, um in halsbrecherischen Manövern Autos zu überholen.«

Elena grinste. »Vielleicht solltest du es dir zur Aufgabe machen, einen neuen Trend zu setzen und uns *porteños* von den Vorzügen des Fahrradfahrens überzeugen. Für Räder scheint zumindest schon mal unser Francisco eine echte Leidenschaft zu haben.« Sie machte eine allumfassende Geste. »Hoffentlich weiß er noch etwas Spannendes über Marí zu berichten«, wisperte sie Inés noch schnell zu, denn aus dem hinteren Teil des Geschäfts näherten sich Schritte. Ein Mann von Mitte fünfzig mit voller Mähne und wachen kleinen Augen begrüßte sie freundlich.

»*Buenos dias, señoras*. Auf der Suche nach einem Fahrrad für den Sommer?«

»Heute leider nicht«, ergriff Elena das Wort. »Wobei, wenn ich mich so umschaue – du hast tolle Räder. So ein Einrad hier«, sie deutete auf ein Modell links von ihr, »wäre doch was für dich, Inés.«

»Nur wenn du auf einem Dreirad nebenherfährst«, antwortete Inés.

Der Mann war sichtlich erheitert. »Dreiräder habe ich leider nicht im Angebot.« Und mit Blick auf Elena fügte er hinzu: »Ein Rennrad kann ich mir für die *señora* auch viel besser vorstellen. Aber wenn ihr keine Räder kaufen wollt, verratet mir, was euch dann zu mir führt.«

»Ich bin Elena Domínguez del Río. Elias Amado, ein Galerist, hat dich gestern angerufen. Ich interessiere mich für dein früheres Atelier in Palermo.«

»Ah«, antwortete Francisco Martín, »dann bist du die Nichte der Malerin, von der ich damals das Atelier übernommen habe.«

»Genau. Elias hat dir also bereits gesagt, worum es geht?«

»Nicht wirklich. Er sagte, dass du Informationen über deine verstorbene Tante suchst – nur habe ich sie leider nicht gekannt. Ich kann dir nichts von ihr erzählen. Als ich das Atelier übernahm, habe ich alles mit einer Familienangehörigen geregelt.«

»Das wird meine Mutter gewesen sein ...«

»Ja, es war eine Frau. Aber schwer vorstellbar, dass es deine Mutter gewesen sein soll. Es war so eine verkniffene Person, dass ich mich noch gut an sie erinnere. Sie hat mich die ganze Zeit angewidert betrachtet. Zugegeben, ich war damals ein langhaariger, bärtiger Typ mit schlampigen, farbbekleckerten Klamotten – Ausdruck meiner Künstlerexistenz ...«

»Das klingt ganz nach meiner Mutter ...«

»Dann kommst du wahrscheinlich nach deinem Vater.«

»Vielleicht …« Elena war anzusehen, dass ihr das Thema nicht behagte. »Kannst du mir erzählen, wie es aussah, das Atelier meiner Tante, als du es übernommen hast?«, fragte sie und fügte an: »Und du bist ihr wirklich nie begegnet? Sie war doch Malerin wie du.«

»Nein, woher denn. Sie muss doch viel älter gewesen sein als ich, wenn sie schon Ende der Siebziger gestorben ist. Außerdem haben meine Kumpels von damals und ich es nicht weit gebracht in der Kunstszene. Deshalb war ich auch nicht schlecht erstaunt, als Elias Amado mich anrief. Ich musste erst mal scharf nachdenken, woher mir der Name etwas sagte.«

»Sie war gar nicht so alt. Sie hat Selbstmord verübt«, erklärte Elena.

»Oh!« Francisco Martín wirkte ehrlich betroffen. »Das wusste ich nicht. Deine Mutter hat kein Wort darüber verloren. Das hätte ich mir sicher gemerkt.« Er schwieg einen Moment, dann fuhr er fort: »Um es offen zu sagen, deine Mutter schien alles zügig über die Bühne bringen zu wollen. Sie bot mir die gesamte Ausstattung des Ateliers mit an. Es waren zwei schöne große Räume, die ich damals für recht wenig Geld bekommen habe. Hab das kleine Erbe meines Onkels in den Kauf gesteckt. Anders als deine Tante habe ich dort auch gewohnt. Hätte ich es noch zwanzig Jahre behalten, hätte ich mit dem Wiederverkauf ein hübsches Sümmchen verdienen können. Die Preise in Palermo Viejo sind ins Astronomische gestiegen. Kein Wunder bei all den Schickimicki-Läden, die es jetzt dort gibt. Aber ich habe die Malerei schon etwa zwei Jahre später aufgegeben. Bin erst mal für ein paar Jahre aus diesem Land abgehauen. War keine gute Zeit damals – für junge Männer mit Bart allemal nicht.«

Elena nickte. »Was befand sich denn alles im Atelier, als du es übernommen hast?«

»Es war komplett ausgestattet, alles vom Feinsten. Ich habe es so übernommen wie es war, bis zum letzten Pinsel. Leinwände, Paletten, Skizzenblöcke, große Mengen hochwertiger Ölfarben, Pigmente, Leinöl, Lösungsmittel, Rahmen – alles eben. Ein echter Glücksgriff für mich damals.«

»Und?«, fragte Inés. »Hast du gleich losgelegt und viel gemalt?«

»O ja. Zwei Kumpel haben auch davon profitiert. Zu dritt hatten wir alles schnell verbraucht – bis hin zu den bereits bemalten Leinwänden deiner Tante.«

Elena stutzte. »Was für bemalte Leinwände? Hast du noch fertige Bilder von ihr vorgefunden?«

Inés hielt den Atem an. Sprach er von vollendeten Bildern?

»Sicher«, antwortete Francisco Martín ganz entspannt. »Wie gesagt, ich habe alles übernommen, was sich in den Räumen befand, auch fertige und halbfertige Bilder.«

»Und wo sind die jetzt?«, fragte Elena aufgeregt.

»Die? Keine Ahnung. Wir haben sie wiederbenutzt. So feine Leinwand war nicht so einfach zu bekommen.«

»Willst du damit sagen, ihr habt die Bilder übermalt?«, fragte Inés.

»Ja, sicher.« Francisco schien sich keiner Schuld bewusst. »Warum nicht? Mit der Kunst deiner Tante hatten wir nichts am Hut«, sagte er an Elena gewandt. »Alles war so finster. Wir dagegen machten Pop Art wie Jorge de la Vega und Luis Felipe Noé. Sie haben Pop Art in den Sechzigern nach Argentinien gebracht und gemeinsam mit Rómulo Macció Kunst politisiert und ein neues Lebensgefühl zu uns gebracht – war nur nicht mehr angesagt in der beschissenen Zeit ab 1976, da hielt man besser die Klappe. In diese Zeit passten die finsteren Farben, die deine Tante benutzte, eindeutig besser – wir haben sie trotzdem übermalt.«

Elena und Inés starrten ihn entgeistert an. Elena entfuhr ein Fluch, der sich gewaschen hatte, doch Francisco Martín war nicht aus der Ruhe zu bringen. »*Oye,* hör mal, ich habe den ganzen Kram gekauft. Ich konnte damit machen, was ich wollte«, sagte er zu Elena. »Wenn es dich beruhigt: Wir haben immer nur die Rückseite der Bilder bemalt.«

Elena starrte ihn wortlos an. Inés fing sich als Erste wieder. »Gibt es diese Bilder noch? Bitte, es ist wichtig für uns! Elena versucht, das ganze Werk ihrer Tante zusammenzusuchen. Sie war deshalb sogar in Las Palmas de Gran Canaria, wo sie einige verschollene Bilder entdeckt hat …«

Francisco Martín zuckte mit den Schultern. »*No lo sé*, ich weiß es nicht. Von meinen Bildern gibt es wahrscheinlich noch ein paar auf dem Dachboden meines Elternhauses in Luján. Meine Schwester wohnt jetzt dort und sie hätte es gerne gesehen, wenn aus ihrem kleinen Bruder ein Künstler geworden wäre. *Puede ser,* kann sein, dass sich darunter auch einige Bilder befinden, die ich auf die Rückseite der Bilder deiner Tante gemalt habe. Was mit den Bildern meiner Kumpels passiert ist, weiß ich nicht. Das eine oder andere haben sie, so wie ich, verkauft, aber groß rausgekommen ist keiner von uns.«

»Würdest du deine Schwester bitten nachzuschauen?«, fragte Inés. »Oder wir fahren hin und schauen selbst nach, wenn du einverstanden bist. Wie weit ist es bis Luján?«

»Ungefähr sechzig Kilometer. Du bist wohl nicht von hier«, stellte Francisco fest. »Ich rufe sie an. Bei wem soll ich mich für den Fall, dass wir fündig werden, melden? Bei Elias Amado oder bei dir?« Er blickte Elena an.

»Elias Amado«, sagte Inés schnell und erntete einen ärgerlichen Blick von Elena.

»Kannst du deine Schwester nicht gleich anrufen?«, bat Elena. Ihre Ungeduld war ihr deutlich anzusehen.

»Nein, *guapa,* sie ist Lehrerin und jetzt nicht zu Hause. Ich werde sie heute Abend anrufen«, antwortete Francisco Martín leicht entnervt. »So eilig kann man es nach bald dreißig Jahren nun auch nicht haben.«

Zu Inés' Erleichterung verkniff sich Elena eine Antwort. Sie verabschiedeten sich von Francisco, der bester Laune war, obwohl sie kein Fahrrad gekauft hatten.

Draußen auf der Straße fragte Elena Inés: »Wieso sollte er Elias anrufen? Er hätte ebenso gut mir Bescheid geben können.«

»Er hatte auf einmal Dollarzeichen in den Augen. Lass das besser Elias mit ihm klären, gemeinsam mit Esperanza. Schließlich wollen wir an Marís Bilder herankommen – wenn auf diesem Dachboden tatsächlich welche sind. Er wird sicher ein Sümmchen dafür verlangen, auch wenn seine Bilder nichts wert sind. Ich hätte wohl besser nicht erwähnt, dass du bereits Bilder in Las Palmas gefunden hast und nach weiteren auf der Suche bist. Das hat ihn, zusammen mit der Tatsache, dass er am Tag zuvor von einem Galeristen angerufen wurde, bestimmt stutzig werden lassen. Wir sollten jetzt schleunigst Esperanza und Elias anrufen.«

Inés stand in der Dusche und rasierte sich die Beine. Sollte sie eine Hose anziehen, das Kleid oder den Rock? Vorsichtig fuhr sie mit dem Rasierer über die Rückseite der Wade. Wenn sie sich schnitt, konnte sie Kleid oder Rock gleich vergessen. Zu dem schwarzem Etuikleid passte die kurze blaue Jacke mit den eingewebten Silberfäden, überlegte sie, während sie das andere Bein einseifte. Aber es war die letzten Tage so heiß gewesen – ob es in dieser Milonga eine Klimaanlage gab? Vielleicht war der Rock doch besser. Der Stoff mit dem schwarz-roten Blumenmuster war leicht und fiel locker. Mit einem einfachen schwarzen Shirt kombiniert, war das die luftigere Variante ihrer Reisegarderobe. Sie brauste sich noch einmal mit eiskaltem Wasser ab. Später hockte sie auf der Bettkante und cremte sich ausgiebig ein. Sie blickte auf die Uhr. Es waren noch Stunden bis zur verabredeten Zeit. Die Milonga begann abends um zehn, was für *porteños* früh war. Es war sicher schlau, sich noch ein wenig aufs Ohr zu legen. Entgegen Elenas ursprünglichem Vorschlag besuchten sie nicht die Milonga, in der Elena und Esperanza getanzt hatten. Elena hatte ihr eine Adresse in San Telmo genannt, *El Tacuarí*, Tacuarí 1557. Inés konnte die Adresse längst auswendig. Sie seufzte und verteilte die restliche Creme auf ihren Füßen. Vielleicht sollte sie sich noch die Fußnägel schneiden – sie war viel zu aufgeregt, um zu schlafen –, aber eigentlich gab es da nichts zu schneiden. Vor ihrem inneren Auge sah sie sich mit Elena im *Chicas* in Las Palmas tanzen. Ihr Herzschlag beschleunigte sich bei dem Gedanken, dass sie in ein paar Stunden wieder in Elenas Arm über das Parkett gleiten würde. Mit Elena getanzt zu haben gehörte zu den sinnlichsten und erotischsten Erlebnissen in ihrem Leben. Würde sie ihr heute Abend widerstehen können? Wollte sie das überhaupt? Elena warb ebenso sanft wie beharrlich um sie. Und sie glaubte auch, dass Elenas Beziehung zu Caridad tatsächlich geklärt war. So ließ sie die Frage zu, ob Elena vielleicht wirklich bereit war für eine neue Liebe – oder gar für eine neue Beziehung. Elena schien es tatsächlich ehrlich zu meinen. Sie wollte Inés und schien sich, anders als zuvor, keine Gedanken darüber zu machen, ob diese Liebe lebbar war und welche Konsequenzen sie nach sich zog. Nun war Inés diejenige, die an das Flugticket in ihrer Tasche dachte, das auf den 21. November datierte. Noch zehn Tage, dann würde sie Buenos Aires verlassen. Damals auf Gran Canaria hatten sie, als sie sich kennenlernten, wenigstens ein paar Monate vor sich, aber jetzt blieben ihnen nur wenige Tage. Würden sie eine Entscheidung treffen können? Das Gespräch mit Elena auf der Überfahrt nach Colonia hatte ihr erneut vor Augen geführt, wie unterschiedlich ihr Leben bisher verlaufen war. Inés empfand das nicht als Problem, doch sie ahnte, dass es für Elena anders aussah.

Als sie Stunden später *El Tacuarí* erreichte, ihre Tanzschuhe in der Hand, denn sie konnte unmöglich mehr als dreißig Meter darin laufen, geschweige denn den Balanceakt im Bus überstehen, entdeckte sie Elena sogleich. Inés stockte der Atem. Elena sah umwerfend aus. Sie trug einen kurzen schwarzen Rock, der deutlich über den Knien endete. Darüber eine auf Figur geschnittene schwarze Jacke. Das Revers und die Aufschläge der Ärmel waren aus dunkelrotem Brokat oder Samt, das ließ sich auf die Entfernung nicht genau erkennen. Wenn ich näher herangehe, falle ich in Ohnmacht, dachte Inés. Und kam sich ein wenig albern vor mit ihren Schuhen in der Hand. Als sie näher trat, sagte sie schlicht: »*¡Hola!*« und versuchte, Elena nicht zu auffällig anzuschauen.

Elena erwiderte ihren Gruß und hielt grinsend einen Beutel in die Höhe. »Ich habe meine Hochhakigen auch mitgebracht. Zum Laufen sind sie eine einzige Katastrophe.«

Inés lachte erleichtert auf. Sie hätte ihre Schuhe auch in eine Tasche stecken sollen – manchmal war sie zu dusselig.

»Ich hoffe, ich habe heute Abend Gelegenheit, sie anzuziehen, Inés – es sei denn, du möchtest den ganzen Abend geführt werden, dann lasse ich lieber diese hier an.« Dabei deutete sie auf ihre schlichten flachen Schuhe.

»Ich weiß nicht – ich habe ewig nicht mehr getanzt ...« Inés riss ihren Blick von Elenas Dekolleté. Die Jacke war tief ausgeschnitten, und es war nicht ganz klar, ob Elena noch etwas darunter trug. Einen BH wird sie schon anhaben, sagte Inés sich. Der Gedanke war aber auch nicht wirklich beruhigend.

Sie traten ein. *El Tacuarí* war eine schlichte kleine Milonga: schwarz-weißer Steinboden, an den Wänden ein paar Tangomotive, Neonlicht und die ewig gleichen Ventilatoren an der Decke. Einige wenige *tangueras* und *tangueros* nutzten die noch leere Tanzfläche für raumgreifende Figuren. Die kleinen Tische mit direktem Blick auf die Tanzenden waren alle besetzt, und so wählte Elena einen Platz in zweiter Reihe aus. Sie setzten sich und bestellten Wasser.

Während Elena Inés diskret auf die eine oder andere Tänzerin aufmerksam machte und den Ort als solchen kommentierte, betrachtete sie Inés, die für den Moment vollauf damit beschäftigt schien, alles auf sich wirken zu lassen. Du wirst nicht versuchen, sie zu verführen, mahnte sie sich. Es muss von ihr ausgehen. Sie soll bestimmen, wie dieser Abend endet. Elena hatte bewusst diesen Ort gewählt, um mit Inés zu tanzen. Hier herrschte eine ungezwungene Atmosphäre mit einem bunten Publikum. *El Tacuarí* stand auch in krassem Kontrast zu vielen angesagten, aber gesichtslosen Clubs mit ihrem hochgestylten Partyvolk. Natürlich hätten sie auch ins *La Marshall* gehen können, wo fast ausschließlich Schwule und Lesben tanzten, aber solche Orte kannte Inés sicher zur Genüge. Als Inés vorhin auf sie zugekommen war, die Tanzschuhe einfach in der Hand, hätte sie sie am liebsten umarmt und nie wieder losgelassen. Nicht nur dass sie in dem bunten Rock wunderschön aussah – mit dem schlicht hochgesteckten Haar und nur einem Hauch Kajal um die Augen wirkte sie vollkommen natürlich. Da war rein gar nichts Fassade, nichts aufgebrezelt.

»Es scheint keine Touristen hier zu geben«, stelle Inés fest. »Wahrscheinlich seid ihr *porteños* froh, beim Tango einmal unter euch zu sein.«

Elena zuckte die Schultern. »Ach nein, so sehe ich das nicht. Das einzige Problem mit vielen Touristen in einer Bar oder Milonga ist, dass sie uns dazu verleiten, ständig neue Klischees über unser Leben zu erfinden und durch ihre Anwesenheit die Preise für Getränke in die Höhe schnellen lassen. Tango wurde von Menschen erfunden, die selbst noch Fremde in diesem Land waren und mit ihrem Tanz nur ein Naserümpfen bei den alteingesessenen *porteños* hervorriefen. Tango musste erst in der Fremde, in Europa – vor allem in Paris – wahrgenommen werden, damit die Alteingesessenen bemerkten, was da vor ihrer Haustür entstanden war. Argentinische Exilanten haben den Tango im Ausland mehr gepflegt und weiterentwickelt als die Menschen am Río de la Plata – Piazzolla ist das beste Beispiel dafür. Ich bin froh, dass sich so viele für Tango begeistern. Als Ende der achtziger Jahre nur noch ein paar alte Leutchen Tango tanzten, sorgte das Interesse der Touristen dafür, dass er aus der Versenkung geholt wurde. Irgendwann haben dann auch die *porteños* die Tanzschuhe wieder angezogen und das wiederentdeckt, was lange Zeit als Touristenklischee verpönt war.« Selbstironisch ergänzte Elena: »Du weißt doch, wir sind ständig auf der Suche nach unserer Identität. Tango bietet diesem Land mit den großen Unterschieden, was Herkunft, Wohlstand und politische Überzeugung angeht, einen gemeinsamen Nenner.«

Elena ließ Inés noch eine Weile Zeit, um den Raum und die Menschen in Augenschein zunehmen. Dann lächelte sie sie aufmunternd an und legte ihr die Hand leicht auf den Arm. »Komm!« Während sie sich erhob, machte sie eine auffordernde Kopfbewegung in Richtung Tanzfläche. *»¡A la pista!«*

Allein diese sanfte Berührung ging Inés durch und durch. Jetzt war es soweit: der Moment, den sie herbeigesehnt und sich hundertfach ausgemalt hatte. Sie ging mit Elena zur Tanzfläche. Nach ihrem letzten Tango mit Elena vor über einem Jahr hatte sie in Berlin zwei frustrierende Versuche unternommen, Tango zu tanzen. Bald hatte sie sich eingestehen müssen, dass sie ihre Tanzpartnerinnen ständig mit Elena verglich, was nicht gerade dazu beigetragen hatte, sich auf sie einzulassen. Am Rand der *pista* stellte sich Inés vor Elena. Zögernd hob sie die Hand und wusste nicht, wohin damit. Auf ihre Schulter, du Esel, schalt sie sich, doch sie war zu nervös und ließ sie wieder sinken. Wie sollte sie diese Nähe aushalten, die sie so sehr wollte? Würde sie auch nur einen einzigen vernünftigen Schritt zustande bringen? Elena sah sie liebevoll an, nahm wortlos ihre Hand und legte sie sich auf die Schulter, dann griff sie die andere und umfasste Inés behutsam mit ihrer Rechten. »Ich habe ewig nicht getanzt, Elena …« Ihre Stimme war dünn. Inés ärgerte sich – sie klang wie ein kleines Mädchen. Das war ja ein toller Anfang!

»Entspann dich!« Elena lächelte. »Dein Körper wird sich erinnern.«

O ja. Ihr Körper erinnerte sich nur zu gut – wenn auch nicht unbedingt an die richtigen Schritte.

»Ich …«

»Vertrau mir …« Elena räusperte sich. Sie pendelte ganz leicht auf der Stelle nach links und rechts und fragte: »Fühlst du dich so gut gehalten?«

Inés nickte nur.

Behutsam setzte Elena die ersten langen Schritte. Sie hielt Inés nah, jedoch nicht eng. In einer fließenden Bewegung durchquerten sie den Raum. Nach einer Weile variierte Elena die einfachen *pasos* mit Halb- und Vierteldrehungen. Wenn es die Musik vorgab, machte sie schnelle Schritte im doppelten Tempo, dann wieder nur zwei lange Schritte innerhalb eines Taktes. Inés entspannte sich zunehmend. Sie hatten schon zwei

Runden geschafft, ohne dass sie gestolpert oder sonst irgendetwas Peinliches passiert wäre. Die Tanzfläche war nicht allzu voll, und zu ihrer Erleichterung schien niemand groß Notiz von ihnen zu nehmen. Elena verzichtete weiterhin auf komplizierte Techniken und tanzte einen schlichten, eleganten Stil. Schließlich fasste sich Inés ein Herz und ergänzte zwei einfache langgezogene Rückwärtsschritte mit einer kleinen Verzierung, bei der ihre Fußspitze in einem Bogen über den Boden glitt. Elena öffnete die Tanzhaltung leicht und führte Inés ins *cruz*. Sie verharrten einen Augenblick auf der Stelle, dann ging Elena einen kleinen Schritt zurück und zog Inés' Oberköper mit sich, während deren gekreuzte Beine am Platz blieben. Einen Takt später löste sie das Kreuz und lief ein paar schnelle Schritte vorwärts. Als der letzte Ton verklang, standen sie sich gegenüber und verharrten einen Moment regungslos. Elena löste sich von Inés, beließ ihre rechte Hand aber weiterhin auf deren Schulterblatt. Sie suchte Inés' Blick und fragte ernst: »Wie fühlst du dich?«

Inés schluckte. »*Bien*«, war alles, was sie hervorbrachte.

Elena blickte sie abwartend an und schien eine weitere Erläuterung zu erwarten, dann nickte sie nur.

Die Musik setzte wieder ein, doch alle Tanzpaare um sie herum plauderten miteinander und machten keine Anstalten zu tanzen. Inés schaute Elena fragend an. »Das ist hier so. Gleich geht es weiter.« Und in der Tat begaben sich die ersten Tänzerinnen und Tänzer in Pose. Elena tat es ihnen gleich und ergriff wieder Inés' Hand. Mit fragendem Blick zog sie sie sanft ein Stück näher. Inés ließ es zu und schlang ihren Arm um Elenas Schulter. Behutsam lehnte Elena ihren Kopf an Inés'. Ihre Schläfen und ihre Oberkörper berührten sich, nur ihre Beine hatten Raum, sich unabhängig voneinander zu bewegen. Inés hörte auf zu denken und spürte, wie gut das ihren Körper tat, der auf Elenas Impulse intuitiv reagierte. Sie schloss die Augen und ließ sich ganz auf Elena ein.

Auch der nun folgende Tango war zu Elenas Freude eher langsam und bot die Gelegenheit, engumschlungen zu tanzen. Sie war glücklich. Inés entspannte sich nicht nur spürbar, sondern hatte offensichtlich gegen diese Nähe nichts einzuwenden. Sie war eine wunderbare Tänzerin, und Elena wünschte sich sehnlichst, auch von ihr geführt zu werden. Wie schön wäre es, sich ihr ganz hinzugeben, ohne sich um die Schrittfolge und das zunehmende Gedränge auf der Tanzfläche kümmern zu müssen. Doch sie spürte, dass Inés dazu noch nicht bereit war. Sie wollte, dass Inés diesen Abend genoss und sich mit ihr eins fühlte. Sie hoffte, dass die Nähe ihrer Körper Inés' inneren Widerstand löste. Schließlich öffnete sie doch ein wenig die Tanzhaltung und führte Inés in zwei *ochos*. Nach einer *sacada* von Elena tanzte Inés die *ochos* rückwärts und fügte rasch einige kurz aufeinanderfolgende Beinhaken ein. Elena lächelte froh: Das war Inés, wie sie sie von Las Palmas in Erinnerung hatte. Eine Frau, die es verstand, eigene Figuren und Verzierungen einzubringen, ohne die Führung in Frage zu stellen – eine Frau, die sich als Geführte zu behaupten wusste. Waren Inés' *ganchos* um Elenas Beine anfangs flüchtig, verharrte sie mit der Zeit länger, in dem sie ihren Unterschenkel fester um Elenas schloss. Elena ließ sich nur zu gern auf ihr Locken ein und drehte die auf einem Bein stehende und an sie gelehnte Inés genussvoll um ihre Achse. Ihr Mund nah an Inés' Ohr, tat sie das, was eine anständige *tanguera* niemals tat – sie sprach während des Tanzes. Sie wisperte: »*¡Vos sos maravillosa,* du bist wunderbar!« Sie zog Inés in eine so schräge Lage, dass diese ihren Schwerpunkt völlig auf Elena verlagern musste, um das Gleichgewicht zu wahren. Ihre Augen hielten einander fest, und Elena reizte die Pose noch ein kleines Stückchen weiter aus. Vertrau mir, versuchte sie Inés wortlos zu verstehen zu geben. Dann schob sie sie mühelos wieder in eine beinahe vertikale Position. Inés ließ ihr Bein sehr langsam an Elenas herabgleiten, bis sie auf beiden Füßen stand. Die Musik endete viel zu früh, und die Salsa-Rhythmen der *cortina* rissen beide unsanft aus ihrem getanzten Dialog.

Während der Pause sprachen sie kaum. Sie tranken ihr Wasser, und dann war es Inés, die Elena bereits zum ersten Stück der folgenden *tanda* auf die Tanzfläche bat. Eine Milonga in schnellem Zweivierteltakt erklang. Milonga zu tanzen war purer Spaß. Milongas waren fröhlich, ihnen hafteten nicht der Ernst und das Melodrama des Tangos an. Inés freute sich über die Abwechslung, auch wenn sie sich nun nicht an Elena schmiegen konnte. Elena zwinkerte ihr zu, und schon ging es in zügigen kleinen Schritten über die Tanzfläche. Ein Schritt nach rechts, zwei nach hinten, einer nach links und zwei Schritte vor. Elena tanzte diese Folge ein paarmal mit ihr, dann begann sie zu variieren. Sie drehten sich im Kreis, angetrieben von den munteren Klängen auch im doppelten Schritttempo. Als Inés nach Luft schnappte und jeden Moment zu stolpern glaubte, hielt Elena sie für einen Moment enger und leitete anschließend eine lange Promenade ein. In einfachen fließenden Rückwärtsschritten glitten sie über den Steinboden. Inés fühlte sich wie eine Eisprinzessin, die über einen glitzernden See schwebte. Einzig die Temperatur und die stetig rotierenden Ventilatoren passten nicht ins Bild. Elena leitete eine *ocho* rückwärts ein und schob Inés gleichzeitig beharrlich weiter, die Reihe von *ochos* nahm kein Ende, und Inés dachte schon, Elena würde sie nie wieder aus dieser Figur lassen, da drehte sich Elena einmal komplett um Inés, stellte sich hinter sie und führte sie von hinten seitwärts in eine weitere Reihe von *ochos*. Inés konnte nicht fassen, wie einfach es war. Elena variierte diese klassische Tangofigur so abwechslungsreich, dass Inés das Gefühl hatte, völlig unterschiedliche Figuren zu tanzen. Tango war ein Kinderspiel, wenn man so geführt wurde, wie Elena es tat. Inés fühlte sich frei und glücklich. Sie tanzte wieder mit Elena, und es war noch schöner, als sie es sich ausgemalt hatte.

Um kurz vor eins verließen sie *El Tacuarí*. Sie hatten bis auf die erste halbe Stunde und während der *cortinas*, der Pause zwischen zwei Tanzeinheiten, ununterbrochen miteinander getanzt. Schließlich entschlossen sie sich zu gehen. Mit der Zeit war es in dem hohen Raum trotz der Ventilatoren immer wärmer und stickiger geworden.

»Es ist dermaßen schwül – es würde mich nicht wundern, wenn es diese Nacht oder morgen früh ein Gewitter gibt«, sagte Elena, während sie Inés die Tür aufhielt.

»Puh, ich zerfließe«, antwortete Inés. »Gibt es in der Nähe einen kühlen Ort, wo wir uns eine Weile hinsetzen können? Ich fürchte, ich bekomme eine kapitale Blase am linken Fuß.«

»Wir können irgendwo einkehren, wo es klimatisiert ist, oder wir gehen in einen Park, nicht weit von hier. Dort ist die Luft sicher etwas frischer.«

Sie gingen schweigend nebeneinander her. Nach kurzer Zeit erreichten sie den Parque Lezama. Die Jacaranda-Bäume standen in voller Pracht. Die ersten Blüten waren auf den Boden gefallen und bildeten einen leuchtenden lila Teppich. Das Licht der Laternen ließ sie in der Dunkelheit unwirklich scheinen. Ein zarter, honigsüßer Duft hing in der Luft. Sie gingen ein Stück durch den Park. Elena wies auf eine Bank. Normalerweise liebte sie diesen Geruch, nur Linden rochen noch besser. Tagsüber war er nicht wahrnehmbar, aber die Nachtluft zauberte ihn hervor. Düfte beschwingten sie. In diesem Augenblick aber konnte sie ihm nichts abgewinnen, er unterstrich nur ihre Wehmut. Die ohnehin kurze Blüte war früh dieses Jahr, und noch ehe sie zu Ende war, wäre Inés fort.

»Was denkst du?«, fragte Inés, ohne sie dabei anzuschauen.

»Ich denke daran, dass du nicht mehr lange hier bist«, antwortete Elena wahrheitsgemäß und sah Inés nicht an. Vor ihnen glitzerten die Lichter von La Boca. Der Parque Lezama bot von einer kleinen Anhöhe aus einen Blick über das alte Hafenviertel. Als von Inés keine Antwort kam, schaute Elena sie an. Ihre Augen trafen sich, und Inés sagte: »Ja.« Sie rückte ein Stück näher und wandte sich Elena zu. Dann griffen ihre Hände nach Elenas und hielten sie fest, schweigend und ohne Elena aus den Augen zu lassen.

Elenas Herzschlag setzte einen Moment aus. Sollte sie jetzt etwas sagen? Ihr Mund war trocken. Wieso fehlten ihr in solchen Situationen immer die Worte? Inés schwieg weiterhin. Elena räusperte sich und schluckte.

»Sag nichts«, bat Inés schnell. »Ich möchte dir etwas sagen.«

Elenas Herz klopfte schneller. War jetzt der Moment gekommen? Sagte Inés nun endlich, was sie empfand? Und würde ihr selbst gefallen, was sie zu hören bekäme?

Inés, die immer noch ihre Hände hielt, schaute sie konzentriert an. Dann fing sie an zu sprechen: »Ich bin hierhergekommen, Elena, weil ich es nicht mehr ausgehalten habe. Ich musste dich wiedersehen.« Sie schwieg einen Moment. Dann fuhr sie fort: »Ich habe versucht, dich aus meinen Gedanken und Tagträumen – von den Nächten ganz zu schweigen – zu verbannen. Ich bin nicht zur Ausstellungseröffnung nach Las Palmas geflogen, weil ich standhaft bleiben wollte und überzeugt war, dass du weiterhin kein Interesse an mir hättest. Ich wollte mich nicht erneut deiner charmanten Art aussetzen, deinem Flirten … und auch nicht deinen Launen. Ich wollte nicht wieder betört und dann doch zurückgewiesen werden. Dann hat

Esperanza eine Bemerkung darüber fallenlassen, dass du ehrlich enttäuscht schienst, mich nicht in Las Palmas getroffen zu haben. Meine Absicht, standhaft zu bleiben, fiel prompt wie ein Kartenhaus zusammen. Hätte ich nicht just am Tag vor unserer ersten Begegnung im Hotel Caridad getroffen«, sie machte eine kleine Pause, »wäre ich dir spätestens nach unserem Besuch in der Druckerei in die Arme gefallen.«

Elena lächelte zaghaft.

»Du hast mir Caridads Existenz damals in Las Palmas verschwiegen. Hättest du eher geredet – es hätte so manches erklärt, und wir hätten offen miteinander sein können. Aber du hast geschwiegen und ziemlich widersprüchliche Signale ausgesandt. Warum hast du nicht einfach gesagt, dass du zwischen zwei Frauen stehst? Das hätte mich nicht gerade glücklich gemacht, aber ich hätte dich besser verstanden. Dann treffe ich hier unverhofft auf Caridad und erfahre, dass sie sich von dir getrennt hat. Seit ich hier bin, bemühst du dich um mich, aber der Verdacht, jetzt käme ich dir gerade recht, nagt dennoch an mir.«

Inés ließ Elenas Hände los. »Gäbe es Caridad nicht, wüsste ich so vieles nicht, was eigentlich du mir hättest erzählen sollen.«

Zu Elenas Erleichterung griff Inés wieder nach ihren Händen. »Ehrlich zu deinen Gefühlen zu stehen hätte nicht zwangsläufig bedeutet, dass wir eine Beziehung angefangen hätten. Auch dann hättest du zu Caridad zurückkehren können, aber ohne mich so zu verletzen.« Sie drückte Elenas linke Hand so fest, dass diese kurz davor war aufzuschreien. »Ich hätte das Schöne, das wir miteinander erlebt haben, in mir bewahren können, als etwas, das es tatsächlich gegeben hat – ohne ständig an meiner Wahrnehmung zu zweifeln.«

Inés holte tief Luft. Ihre Hände hielten immer noch Elenas,

doch ohne sie weiter zu drücken. Und so saßen sie auf der Bank und schauten auf ihre ineinanderverschlungenen Finger. Nach einer Weile begann Elena vorsichtig mit dem Daumen über Inés' Handrücken zu streichen.

Dann sagte sie: »Ich konnte nicht mit dir zusammensein. So sehr ich mich auch danach sehnte – einerseits ... Ich musste hierher zurückkommen, um zu begreifen, dass die Beziehung mit Caridad zu Ende war.« Sie schluckte und blickte Inés an. »Meine Gefühle für dich waren schon in Las Palmas tief und echt. Sie existierten neben meiner Welt mit Caridad. Das hat sie nicht kleiner oder unbedeutender gemacht.« Sie zögerte und fuhr dann fort: »Inés, Caridad wird immer in meinem Herzen sein. Es wäre sicher besser gewesen, wenn ich während der Jahre, als es Caridad besonders schlecht ging, nur ihre Freundin und nicht ihre Geliebte gewesen wäre, aber das ist nicht mehr zu ändern. Ich möchte nicht mehr mit ihr zusammensein. Es ist vorbei. Aber da ist sehr, sehr viel Platz für eine neue Liebe. Bitte glaube mir, auch wenn ich weiß, dass ich dein Vertrauen wohl erst langsam gewinnen muss.«

Inés schaute Elena forschend an. Schweigend saßen sie eine Zeitlang einfach nur da. Trotz der späten Uhrzeit war es nach wie vor drückend. Elena hatte wahnsinnigen Durst, doch sie mochte sich nicht von dieser Bank fortbewegen, mochte diese Hände nicht loslassen, die ihr endlich erlaubten, sie zärtlich zu halten. Was mochte Inés nun denken? Sie spürte immer noch ein Zögern bei ihr.

Unvermittelt sagte Inés: »Ich werde jetzt zurück ins Hotel gehen.«

Elena war wie vor den Kopf geschlagen. Sie umklammerte Inés' Hände fester. »*¡No te vayas!* Geh nicht!«

»Das tut weh, Elena«, sagte Inés und löste sanft ihre Finger.

»Mir auch ...«, entgegnete Elena und senkte den Kopf, damit Inés die Tränen nicht sah, die ihr in den Augen brannten. Nicht schon wieder heulen, betete sie stumm.

»Gib mir ein bisschen Zeit.«

Elena nickte. »*Como quieras*. Wie du willst.«

Inés gab ihr einen schnellen Kuss auf die Wange und erhob sich: »*Ya nos veremos,* wir sehen uns – bis bald, Elena.« Dann drehte sie sich um und ging mit zügigen Schritten davon.

Deine Tanzschuhe, wollte Elena hinterherrufen. Aber die waren jetzt egal, und ihr hätte ohnehin die Stimme versagt. Elena blieb auf der Bank sitzen. Solange sie hier saß, hatte sie das Gefühl, noch eine Verbindung mit Inés aufrechtzuerhalten. Sie legte ihre Hand auf die Stelle, wo Inés gerade noch gesessen hatte. Mach dich nicht komplett lächerlich, mahnte sie sich dann. Inés hatte sie das zweite Mal vertröstet, aber diesmal war Elena zuversichtlicher. Sie beschloss, nach Hause zu gehen, nahm den Beutel, in dem ihre und Inés' Schuhe steckten, und erhob sich. Als sie den ersten Schritt machte, sah sie wenige Meter vor sich eine Gestalt: Inés. Sie stand still da und blickte zu Elena herüber, deren Herz wie wild zu klopfen anfing. Langsam ging sie auf Inés zu. War sie wegen der Schuhe zurückgekehrt? Elena blieb einen Meter vor Inés stehen und wartete ab.

»Kann ich mit zu dir kommen, Elena?«

Elena nickte nur.

»Ist es weit?«, fragte Inés.

»Die *subte* ist seit zehn Uhr geschlossen. Wir müssen den *colectivo* nehmen und einmal umsteigen oder wir ...«

»Können wir bitte ein Taxi nehmen?«

»Das wollte ich gerade vorschlagen.« Elena entspannte sich ein wenig und lächelte zögernd. Sie sprachen kaum, während sie im Taxi durch die Nacht fuhren. Elena war froh darum. Der Fahrer hatte die Fenster zur Hälfte heruntergelassen, und der Fahrtwind im Gesicht tat gut. Je näher sie ihrer Wohnung kamen, umso nervöser wurde sie. Bevor es ihr gelang, die Wohnungstür aufzuschließen, ließ sie zweimal den Schlüssel fallen. Schließlich öffnete Elena die Tür zu ihrem Reich und sandte ein Dankgebet gen Himmel, dass sie kürzlich aufgeräumt und geputzt hatte.

»Ich habe wahnsinnigen Durst«, sagte Inés.

»Ich auch«, antwortete Elena und holte Wasser und Gläser. »Hoffentlich kommt bald das Gewitter – es ist unerträglich. Sie öffnete die Fenster. Eine Weile standen sie schweigend und trinkend vor einem der Fenster und blickten hinaus.

»Was ist das da?«, fragte Inés und deutete auf etwas Dunkles, Unförmiges.

»Meine zusammengeklappten Gartenstühle, die an einem frisch bepflanzten Blumenkübel lehnen«, antwortete Elena.

»Eine *azotea!*« Inés war begeistert. »Wieso stehen wir dann noch hier in der Wohnung? Wie kommt man da hin?«

Elena deutete auf das Treppchen unter ihnen. »Hier. Es ist keine richtige *azotea*, nur ein illegal von mir in Besitz genommenes Flachdach, ohne jede Mauer oder Absicherung.«

*»¡Fantastico!«* Inés war sichtlich begeistert. »Tolle Konstruktion, dieses Treppchen.«

»Das habe ich meinem Vormieter zu verdanken.«

Inés streifte die Schuhe ab und schwang sich auf die Fensterbank. Sie zog die Beine an und drehte sich mit vollendetem Schwung auf ihren vier Buchstaben zur anderen Seite. Sie lief die Stufen hinab, drehte sich um und rief: »Los, Elena, worauf wartest du noch?«

»Ich ziehe mir schnell was anderes an – ich fürchte, in diesem Aufzug mache ich bei dem Balanceakt auf der Fensterbank keine gute Figur. Hier, nimm schon mal das Wasser und die Gläser.« Elena reichte Inés die Sachen an. Inés lächelte anzüglich.

Mach jetzt keinen blöden Kommentar zu meinem engen Rock, dachte Elena. Inés tat ihr den Gefallen und schwieg.

Als Elena kurz darauf barfuß in Jeans und T-Shirt ans Fenster trat, gab sie Inés eine Schale mit Kirschen. »Du hast sicher Hunger«, sagte sie, schwang sich über die Fensterbrüstung und nahm auf einem der beiden Stühle, die Inés schon aufgestellt hatte, Platz. »Ich habe nicht viel da. Möchtest du vielleicht essen gehen, oder soll ich etwas bestellen?«

»Ach, jetzt sitzen wir hier so schön, und ich hatte vor allem Durst. Die Kirschen sind gut, es ist ohnehin viel zu warm, um groß zu essen, vielleicht später, wenn es gewittert hat. Ich habe eben schon ein Grollen gehört. Buenos Aires schläft doch nie, oder? Wir bekommen sicher auch nachher noch etwas zu essen.«

Elena nickte. »Es ist halb drei.«

Inés schien vollkommen entspannt. Sie saß zufrieden Kirschen essend auf ihrem Stuhl und hatte ein Bein untergeschlagen. Elena hingegen wurde immer unruhiger. Was würde nun geschehen? Inés schien ihre Stimmung zu erfassen. Sie legte eine Hand auf Elenas. »Was ist los, Elena? Hätte ich nicht mitkommen sollen?«

»Doch, natürlich, es kam nur so unerwartet, nachdem du dich schon verabschiedet hattest ...«

»Du meinst, nachdem ich weggelaufen war?« Inés lächelte verlegen.

»Na ja, ich hatte eben nicht damit gerechnet ... Und außerdem: Das letzte Mal, als ich mit dir auf einem Dach war, bist du auch fortgegangen. Daran musste ich gerade denken.«

»Irrtum, Elena, ich habe zwar vor dir die *azotea* verlassen, aber du bist diejenige, die gegangen ist – zurück nach Buenos Aires.«

Elena seufzte: »Ja, Inés, wir haben vorhin darüber gesprochen wieso … und diesmal wirst du diejenige sein, die in ihre Heimat zurückkehrt.«

»Entschuldige, das war blöd jetzt.«

Elena winkte ab. Sie wollte nicht mehr reden, geschweige denn streiten. Sie aßen die Kirschen auf, und dann fielen die ersten Tropfen. Binnen Sekunden wurde der Regen stärker und prasselte auf sie herab.

»Schnell!«, rief Elena und bedeutete Inés, als Erste zurück in die Wohnung zu klettern. Sie ließen die leere Schüssel und die Stühle stehen und sahen zu, dass sie hineinkamen.

Inés schüttelte sich lachend und sagte: »Ich bin nass bis auf die Knochen, aber ich liebe Regen.«

»Na ja. Es ist schön, dem Regen zuzuschauen, wenn man selbst im Trockenen ist.« Elena vermied peinlichst jeden Blick auf Inés' Körper. Unter ihrem Shirt zeichnete sich allzu deutlich Verlockendes ab. Ich werde den Verstand verlieren, wenn dieser Abend so weitergeht, dachte sie und sagte: »Ich hole dir ein Handtuch. Möchtest du etwas Trockenes zum Anziehen haben?« Das war eine sachliche Aussage und eine ebenso sachliche Frage. Wenn nötig, würde sie den restlichen Abend mit Sätzen wie diesen bestreiten.

»Ja«, antwortete Inés. »Und ich könnte jetzt tatsächlich was zu essen vertragen. Ich bestelle uns etwas. Hast du irgendeinen Vorschlag und besser noch, eine Telefonnummer? Wie gut, dass es uns nicht im Park erwischt hat«, fuhr sie fort und schaute zu Elena, die den Kopf in ihren Kleiderschrank gesteckt hatte.

Elena reichte ihr eine Jeans und eine weiße Bluse. »Ich habe eine Nummer von einer guten Pizzeria und von einem koreanischen Imbiss. Was möchtest du?«

»Was möchtest *du?«,* entgegnete Inés und nahm die Sachen entgegen.

»Mir ist es egal.«

»Dann koreanisch. Hast du ein Lieblingsgericht?«

Elena schüttelte den Kopf. Sollte sie jemals eines gehabt haben, so fiel es ihr nicht ein. Inés stand abwartend vor ihr und tropfte immer noch vor sich hin. »Vegetarisch.« Elena war erleichtert – ihr war etwas eingefallen. »Irgendwas Vegetarisches.«

Inés nickte. »Gut. Und wie ist die Nummer?« Sie zückte ihr Handy.

»Ich hole sie. Es dauert einen Moment, ich habe sie irgendwo in der Küche. Elena ging zur Küchenzeile und hoffte, dass Inés die Zeit nutzen würde, sich umzuziehen. Sie beeilte sich nicht zurückzukehren, auch wenn sie den Flyer gleich fand. Als sie zurück ins Zimmer kam, hatte Inés sich tatsächlich die trockenen Sachen angezogen und die nassen Kleider über einen Stuhl gehängt. Sie gab ihr den Werbezettel des Koreaners und deckte den Tisch.

»Ich habe nur Wasser da«, sagte sie.

»Das ist gut – oder soll ich noch etwas anderes bestellen?«

Elena schüttelte den Kopf, und Inés gab die Bestellung auf. Als das Essen schließlich geliefert wurde, lief Inés hinunter und nahm es in Empfang. Elena zog sich ein trockenes T-Shirt und eine leichte Jacke über. Gemeinsam packten sie die verschiedenen Aluschalen aus und verteilten die Speisen auf ihre Teller. Sie aßen, bis Inés unvermittelt sagte: »Du bist völlig verkrampft, Elena. Du fühlst dich nicht wohl.«

»Doch. Ich bin glücklich, dass du hier bist«, Elena schluckte, »aber ich kann es nicht richtig genießen … Was passiert jetzt, Inés?«

»Möchtest du, dass etwas passiert?«, fragte Inés.

»Bist du schon fertig mit nachdenken?« Elena schaute Inés an und fuhr fort: »Ich weiß überhaupt nicht, woran ich mit dir bin … Das macht mich ganz unsicher. Willst du mir nicht sagen, was in dir vorgeht?«

Inés zögerte und sagte dann: »Möchtest du mit mir schlafen, Elena?«

Elena schaute sie überrascht an. Natürlich wollte sie das, aber so einfach war es ja wohl kaum. Doch dann nickte sie.

»Ich will auch«, sagte Inés schlicht und pflückte mit ihren Lippen eine grüne Bohne von der Gabel, ohne Elena aus den Augen zu lassen.

»Ich kann auch morgen nachdenken. Oder übermorgen, oder wenn ich wieder zurück in Deutschland bin. Aber ich habe nicht mehr viel Zeit, um dich zu lieben …«

Inés schob ihren Stuhl zurück und stand auf. Es war längst nicht alles geklärt zwischen ihnen. Aber was sie füreinander empfanden stand außer Frage – und das war Grund genug, das zu tun, wonach sie sich beide sehnten. Elena war ebenfalls aufgestanden und schaute sie mit diesen dunklen, dunklen Augen an. Sie waren voller Liebe, und Inés schlang die Arme um sie. Sie legte den Kopf auf Elenas Schulter und schmiegte ihr Gesicht an ihren Hals. Sie roch so gut. Als sie Elenas Arme um sich spürte, seufzte sie auf vor Glück. Sie musste aufhören, alles zu zerreden. Elena hatte ihr Gesicht in Inés' Haar geschmiegt und küsste dann zaghaft ihr linkes Ohr. Es kitzelte ein wenig, aber es war so behutsam, dass Inés Tränen in die Augen stiegen. Zärtlich streichelte sie mit beiden Händen Elenas Rücken, die ihre Arme fester um sie schlang und einfach eng an sie geschmiegt dastand. Es dauerte eine kleine Ewigkeit, bis Elena ihre Wange an Inés' legte, die daraufhin mit sanften Stupsern ihre Nase über Elenas Gesicht gleiten ließ. Dann streiften ihre Lippen vorsichtig Elenas Wangen, ihre Nase, ihre Augen und entlockten Elena ein wohliges Seufzen. Als sich ihre Lippen fanden, verharrten sie einen Moment, bis sie sich küssten. Es waren behutsame Küsse, die einander Zeit gaben. Inés nahm ihren Kopf ein Stückchen zurück und blickte Elena an. Ihre Hände glitten unter Elenas T-Shirt und ihren Rücken hinauf und hinab. Sie spürte die glatte Haut und zeichnete mit einem Finger die Wirbel nach. Elena beugte sich vor und suchte wieder Inés' Mund. Sie küssten sich, und Elena fuhr zart mit der Zunge über Inés' Lippen. Inés öffnete ihren Mund und hieß Elena willkommen. Elenas Hände lagen auf Inés' Hüften, während ihre Küsse immer fordernder wurden. Inés zog ihr die Jacke aus, schob Elenas T-Shirt und BH in einem hoch und trennte sich nur mit Mühe von Elenas Mund, um ihr beides über den Kopf zu ziehen. In dem Moment, als sie Elenas aufgerichtete Brüste mit den dunklen Brustwarzen sah, legte sie ihren Mund darauf und leckte sie gierig. Elena stöhnte laut auf und zog Inés die Bluse hinten aus der Hose. Inés ließ von Elenas Brüsten ab und knöpfte sich hastig die Ärmel auf. Elena begann ihr die Knöpfe von oben nach unten aufzuknöpfen, wobei sie Inés nicht aus den Augen ließ, die ungeduldig ihre Hose öffnete. »Komm«, sagte Inés, »du auch.« Sie öffnete Elenas Jeans und zog sie bis zu den Knien herunter.

»Ich verheddere mich«, kicherte Elena.

»Zieh sie aus! Alles«, antwortete Inés, während sie selbst zusah, schnellstens aus ihren Kleidern zu kommen. Als sie beide nackt voreinander standen, raubte es Inés fast den Atem, so sehr wollte sie Elena.

»Komm, ich will dich ganz spüren«, bat Elena und zog sie zu ihrem Bett. »Komm auf mich!« Elena ließ sich zurückfallen und nahm Inés mit. Inés spürte den festen warmen Körper unter sich. Sie spreizte die Beine und begann sich langsam an Elenas Oberschenkel zu reiben. Gleichzeitig spürte sie Elenas Nässe an ihrem Bein. Elenas Hände glitten über ihren Rücken zu ihrem Po. Sie packte die Backen und presste Ines noch fester an sich. Inés küsste sie atemlos und glitt mit einer Hand zu Elenas feuchter Mitte. »Lass uns kommen«, stöhnte Elena, »ich halte es nicht mehr aus!«

Ines nahm die Hand zurück, stützte sich mit beiden Armen ab und schaute Elena an: »Und wenn ich noch warten will?« Sie fixierte Elena mit einem schelmischen Grinsen und bewegte sich stetig, aber sehr langsam auf ihr.

Elena schaute sie an und sagte ohne mit der Wimper zu zucken: »Dann muss ich mir selbst helfen – oder ich schreie.«

Ines presste sich ein wenig fester an Elena. »Schreien ist unromantisch, aber das ›Selbsthelfen‹ interessiert mich. Darauf komme ich noch mal zurück – später.« Sie ließ Elena nicht aus den Augen und beschleunigte das Tempo ein wenig.

*»Dios«,* stöhnte Elena und drängte ihr Becken gegen Inés. Ihre Hände auf Inés' Hintern versuchten ein schnelleres Tempo vorzugeben, doch Ines lag zu schwer auf ihr. Elena nahm die Hände von ihr und ließ sie hinter ihren Kopf fallen. »Bitte!« Sie schaute Ines an.

Inés wartete noch einen Moment, dann ritt sie Elena mit schnellen kurzen Stößen, ohne ihre Augen loszulassen. Sie brauchten nicht lange, um gemeinsam zu kommen. Stöhnend ließ sich Inés mit dem ganzen Gewicht auf Elena fallen, die schwer atmend unter ihr lag.

Nach einer Weile glitt sie von Elena herunter, die sich auf die Seite rollte und den Kopf auf einen Arm stützte, den anderen um Inés' Taille legte. Sie schaute sie lächelnd an und sagte nichts. Inés strich Elena die Haare aus dem Gesicht und fuhr dann mit zwei Fingern den Bogen von Elenas Augenbrauen nach.

»*¡Qué bárbaro!* Das war verdammt schön, Elena.«

»O ja«, antwortete Elena. »Auch wenn du mich bis zum

Äußersten hingehalten hast, du gemeines Stück.« Sie kitzelte Inés, die laut quiekte.

»Oh, wie schön, du bist kitzelig.« Elena kitzelte ihren Bauch, während sich Inés prustend wand. »Wo? Überall?«, fragte Elena und versuchte es unter Inés' Kinn.

»Das sag ich dir nicht«, schnaufte Inés und versuchte erfolglos, sich zu wehren.

»Dann werde ich es wohl selbst herausfinden müssen«, entgegnete Elena ungerührt und kitzelte Inés unter dem rechten Arm.

»Überall, überall. Aber hör auf Elena, ich krieg keine Luft mehr!«

Elena hörte auf und blickte auf Inés herab. »Das kann ich natürlich nicht riskieren …« Sie streichelte sanft Inés' Brüste und küsste sie zärtlich auf den Mund.

Inés schlang die Arme um sie und ließ die eine Hand zu Elenas Po hinabgleiten. Es fühlte sich so gut und richtig an. Sie streichelte Elena weiter und fragte unvermittelt: »Ist dir kalt?«

»Nein, wieso?«, murmelte Elena.

»Weil du eine Gänsehaut bekommen hast.«

»Das muss irgendwie mit dir zusammenhängen, aber mir ist warm …« antwortete Elena und fragte sich, wie es sich schon so unglaublich vertraut anfühlen konnte, hier mit Inés zu liegen.

»Nur warm?«, fragte Inés.

»Für den Moment«, antwortete Elena grinsend und leckte kurz über Inés' Hals.

Inés kniff sie in den Po. »Der Moment wird zu Ende sein, sobald ich auf der Toilette war. Wo ist sie?« Sie schob Elena sanft von sich, die enttäuscht aufseufzte.

»Draußen, links von der Wohnungstür. Bitte zieh dir etwas über …«

Inés stand auf und griff nach der Bluse. »Dort hinten hängt mein Bademantel.« Elena deutete in Richtung Kleiderschrank und ließ Inés nicht aus den Augen. Sie hatte einen kleinen Leberfleck keine drei Zentimeter vom Bauchnabel entfernt. Den würde sie küssen, sobald Inés zurück war. Inés beließ es bei der Bluse, an der sie nur jeden zweiten Knopf geschlossen hatte. Sie reichte ihr knapp über den Po. »Na ja«, sagte Elena, »nicht dass diese Bluse nicht unheimlich kleidsam wäre, aber muss meine Nachbarin dich so sehen?«

»Ist sie hetero?«, fragte Inés und wandte sich zur Wohnungstür.

»Soweit ich weiß, ja.«

»Dann reicht das hier«, befand Inés ungerührt. »Wo ist der Wohnungsschlüssel?«

»Neben der Tür.«

Als Inés zurückkam, setzte sie sich neben der ausgestreckten Elena aufs Bett. Elena begann sofort die Knöpfe der Bluse zu öffnen. »Gut, dass du zurück bist«, sagte sie lächelnd. »Ich habe es kaum ausgehalten …«

»So? Wie hast du es denn all die letzten Monate bis zum heutigen Tag ausgehalten?«

Elena nahm das Glitzern in Inés' Augen sehr wohl war, als sie leichthin antwortete: »Oh, das war sehr schwer. Ich habe mich so manche Nacht schlaflos hin- und hergewälzt …«

»Ah, die Gelegenheiten, wo du dir selbst helfen musstest?«, fragte Inés harmlos und ließ ihre Finger am Rand von Elenas Schamhaar entlanggleiten.

Elena grinste. »Ja«, antwortete sie und blickte Inés geradewegs an. Gelassen fuhr sie fort: »Ich weiß es daher besonders zu schätzen, dass du nun leibhaftig bei mir bist … Das ist tausendmal schöner als meine kühnsten Fantasien …«

Inés strich sanft über Elenas Bauch. Sie spielte mit den dunklen Locken und streichelte Elenas Schenkel. Elena schloss die Augen und spreizte lustvoll die Beine. Inés beugte sich über sie und küsste sanft die feuchten Lippen. Elena stöhnte auf, und Inés fuhr mit der Zunge über ihre anschwellende Klitoris. Plötzlich ließ sie von Elena ab und richtete sich auf. Elena schlug die Augen auf und hob den Kopf. Verdutzt blickte sie Inés an. »Ist etwas –?«

Inés unterbrach sie. »Los, komm, zeig mir, wie du es machst!«

Elena setzte sich auf und fragte. »Wie ..?«

»Komm schon, ich will sehen, wie du es dir machst!« Sie kniete sich mit leicht gespreizten Beinen vor Elena. Ihre offene Bluse gab den Blick frei auf ihre vollen Brüste, den Bauch und ihre Scham. Elena schaute sie an und war erregter als zuvor. Was brauchte es mehr als diesen Anblick? Sie sah die Lust in Inés' Augen und ließ langsam ihre rechte Hand zu ihrem Schoß gleiten. Als Ines erregt nach Luft schnappte, hielt sie nichts mehr. Sie glitt tiefer, teilte ihre Locken mit den Fingern und fuhr mit der ganzen Hand über ihr nasse Mitte. Sie sah, wie Inés es ihr gleich tat und bewegte ihre Hand schneller. Sie umkreiste ihre Perle mit zwei Fingern und ergötzte sich an Inés, die ihren Unterleib weit vorgeschoben hatte und mit einem Finger in sich drang. Sie kam schneller als Inés und schaute zu, wie diese in sich stieß und laut stöhnend ihren Höhepunkt erreichte.

Die Sonne stand schon hell über den Dächern. Das nächtliche Gewitter hatte den Himmel reingewaschen, und die Luft war würzig und frisch. Elena spürte Inés neben sich. Freude durchströmte sie. Vorsichtig drehte sie sich auf die Seite. Inés lag auf dem Bauch und schien noch zu schlafen. Behutsam barg sie ihr Gesicht in Inés' zerzaustem Haar und atmete ihren Geruch ein. Sie roch nach Schlaf und ein wenig nach Blumen. Elena küsste sachte ihren Nacken. Sie legte sanft einen Arm um Inés, die sich zu regen begann. Elena war unendlich glücklich, dieser Frau beim Aufwachen zuzuschauen.

»Bist du schon lange wach?«, fragte Inés einen Moment später mit klarer Stimme, der nicht anzuhören war, dass sie gerade noch geschlafen hatte.

»Nein, erst eine kleine Weile, *desde hace un ratito.*«

Inés drehte sich zu ihr um und fuhr die Linie zwischen Licht und Schatten auf Elenas Gesicht nach, die die Sonne zeichnete. Sie blickte Elena in die Augen und sagte: »Es ist schön, hier aufzuwachen.«

Elena rutschte ein Stück hinab und vergrub ihr Gesicht an Inés' Brüsten. »Ich wünschte, es wäre immer so«, kam es ihr unversehens über die Lippen. Sie bereute es sofort, als sie spürte, wie Inés sich versteifte. Sie verfluchte ihre Unbedachtheit, mit der sie die Schönheit des Augenblicks verdorben hatte. Sie wagte weder sich zu rühren, noch etwas zu sagen. Sie blieb einfach so liegen. Nach einer Weile entspannte sich Inés und flüsterte in ihr Ohr: »Das wäre wunderschön.«

Elena tauchte vorsichtig auf und riskierte es, Inés in die Augen zu schauen. Meinte sie, was Elena meinte? Inés lächelte sie zaghaft an. Elena zog sie noch näher zu sich und umfing sie mit beiden Armen. Inés ließ es geschehen, und so blieben sie liegen, ohne ein weiteres Wort.

Nach einem sehr späten Frühstück blickte Elena auf die Uhr. »Ich muss in einer Stunde in der Tanzschule sein, das heißt, in einer halben Stunde muss ich los.« Sie hatte nicht die geringste Lust aufzubrechen. Mit einem sehnsüchtigen Blick auf Inés stand sie vom Tisch auf. »Ich gehe duschen.« Als sie in ihrem Kleiderschrank kramte, spürte sie Inés' Arme von hinten um sich.

»Geh noch nicht …« Inés drückte sich an sie.

»Ich muss, Inés. Ich habe zwei Gruppen heute Nachmittag.«

Inés presste sich enger an sie und fuhr mit einer Hand in Elenas Slip. Ihre Finger teilten Elenas Lippen. Sofort war sie wieder erregt. Inés' andere Hand glitt zu ihren Brüsten und streichelten sie sanft. »Komm … noch mal, ich halte es sonst nicht aus, bis du wieder zurück bist.«

Elena durchfuhr ein süßer Schreck. »Heißt das, du bist nachher noch hier?«

»Mmhh, wenn du das möchtest …« Inés bedeckte ihren Nacken mit Küssen.

»Nichts lieber als das.« Sie versuchte sich zu konzentrieren. »Ich lass dir einen Schlüssel da«, brachte sie noch hervor, dann spürte sie nur noch Inés' Hände – überall.

»Schlüssel. Gut. Ich will dich, Elena, jetzt, ganz schnell …« Inés nahm ihre Hand von Elenas Brüsten und begann von hinten in sie zu dringen. »Du bist schön nass«, murmelte sie an Elenas Ohr.

Elena stöhnte. So wie Inés sie berührte, würde sie nicht lange brauchen. Und sie konnte auch sehr schnell duschen. Sie zog Inés zum Bett. Es musste sein.

Sie stiegen die Stufen der *subte*-Station *Independencia* hinauf. Inés ging knapp hinter Elena und konnte ihre Augen nicht von Elenas seitlich geschlitzter Hose lassen. Je nachdem, ob sie stand oder einen Schritt machte, fiel der dunkle dünne Stoff anders. Machte sie einen größeren Schritt, sah es von der einen Seite so aus, als trüge sie einen langen Rock, während von der anderen ein Teil des Beins zu sehen war. Es war ein wirklich heißes Teil, denn die Schlitze gingen sehr weit. Inés fragte sich, was diese Hose erst beim Tanzen preisgäbe.

Elena riss sie aus ihrer Betrachtung, indem sie nach rechts

wies. »Hier entlang. Es sind nur fünf Minuten zu Fuß bis zur Bar *Simón en su Laberinto*. Die *practica* von Jorgelina wird schon angefangen haben, aber so haben wir vor der anschließenden Milonga noch Gelegenheit, dort eine Kleinigkeit zu essen. Ich zumindest kann gut etwas vertragen.« Elena ergriff Inés' Hand. »Komm, wir biegen hier ab und gehen die Parallelstraße entlang, bis Bolívar – an dieser Avenida versteht man ja sein eigenes Wort nicht.«

Inés hielt glücklich Elenas Hand.

»Es ist eine Mischung aus Bar, Restaurant und Bühne für Kleinkunst – oder ab und an ein Ort für eine Milonga. Jorgelina, eine tolle *tanguera,* du wirst sie gleich erleben, hat vor kurzem diese *practicas* zum Thema Rollentausch im Tango ins Leben gerufen. Eigentlich ist sie Dozentin an der Uni und beschäftigt sich mit Genderfragen. Tango ist ihre große Leidenschaft, und sie wünscht sich, auch hier in Buenos Aires, der Heimat des Tangos, eine queere Milonga aufzuziehen. Und wie ich sie kenne, wird ihr das auch sicher bald gelingen.«

»Aber es gibt hier doch Orte für Schwule und Lesben, wo man Tango tanzen kann«, entgegnete Inés.

»Sicher. Die hat es immer gegeben, und es werden immer mehr. Bars nur für uns oder Milongas mit einem gemischten, allseits aufgeschlossenen Publikum. Aber Jorgelina schwebt noch etwas anderes vor. Sie möchte einen Ort schaffen, an dem nicht nur dein biologisches Geschlecht unwichtig ist für die Rolle, die du beim Tanz einnimmst, sondern sowohl Geschlechtsidentität als auch sexuelle Orientierung ohne jede Bedeutung sind. Es wird geführt und gefolgt in jeder nur denkbaren Konstellation. Jorgelina ist zudem Meisterin im steten Rollentausch während eines Tangostücks – was nicht einfach ist. *Es una mujer muy decidida,* sie ist eine sehr entschlossene Frau, die weiß, was sie will.«

»Kennst du sie gut?« Inés hoffte, es klang nicht eifersüchtig, doch diese Frau und das, was sie tat, schienen Elena sehr zu begeistern.

Elena schaute sie belustigt an »Nein, ich kenne sie nur halb gut – du kannst völlig beruhigt sein.« Sie schenkte Inés einen aufreizenden Blick, den diese beantwortete, indem sie Elena in die Seite kniff. Elena war nicht nur unwiderstehlich – sie wusste es auch. »Ich kenne sie, weil wir beide Tango unterrichten. Weiter nichts.«

Inés verkniff sich eine weitere Bemerkung. Sie mochte Elena nicht auf die Nase binden, dass sie nicht die geringste Lust hatte, eine weitere Verflossene von ihr kennenzulernen – was immer aus ihr und Elena werden mochte oder auch nicht. Nach der letzten Nacht wollte sie diesen Abend unbeschwert und Tango tanzend mit Elena verbringen, sie einfach für sich haben, ohne sich Gedanken darum zu machen, wie Elena vielleicht einst mit dieser tollen Jorgelina im steten Rollentausch über die *pista* geschwebt war. Na warte, dachte sie, dir werde ich's zeigen – nachher beim Tango. So selbstbewusst wie du bin ich schon lange. Sie kicherte unwillkürlich.

»Was ist los?«, wollte Elena wissen.

»*Nada*«, antwortete Inés unschuldig. »Ich freue mich einfach auf die *pista*.«

Elena sah sie forschend. »Gut. Sobald ich etwas gegessen habe, bin ich zu allem bereit.«

»Das höre ich besonders gerne«, antwortete Inés mit so ernster Miene, dass beide in albernes Gegacker ausbrachen. Später auf der Tanzfläche, nachdem sie schon einige *tandas* getanzt hatten, zog Inés Elena enger an sich und sagte kühn: »Bevor wir das mit dem Rollentausch vergessen – jetzt wirst du mir folgen!«

Es erklang eine sehr fröhliche Milonga, die *milonga del*

*cogotudo* mit lustigem Text. Elena liebte dieses Stück; es war sehr schnell, und es war nicht einfach, darauf zu tanzen. Doch Inés war nicht zu bremsen. Sie löste sich ein Stück von Elena und begann in winzigen akzentuierten Schritten, die nur beim Tanzen der Milonga eingesetzt werden, auf der Stelle zu tanzen. Elena fiel ein, und Inés führte sie in langen Promenaden und raumgreifenden Bögen geschickt über die *pista*. Elena genoss es, sich nicht um die anderen Tanzpaare im Raum scheren zu müssen, und ließ sich glücklich über den Tanzboden wirbeln. Sie blickte in Inés' aufmerksames Gesicht und wünschte sich nichts mehr, als dass diese Frau sich ganz auf sie einließe. Sie hatte völliges Vertrauen in Inés' Führung und sehnte sich danach, sich nicht nur beim Tango blind auf sie verlassen zu können. Sie ahnte, ihr Leben würde sich anders anfühlen, wenn sie sich öfter fallenlassen könnte, als sie sich in den letzten Jahren zugestanden hatte. Hier und da stoppte Inés abrupt und schaffte Elena Raum für ein paar *boleos,* die Elena mit dem größtem Vergnügen in die Luft malte. In rasantem Tempo eroberten sie gemeinsam den Raum. Schließlich ließ Inés Elenas Hand los und hielt sie nur noch mit ihrer Rechten, die auf Elenas Kreuz ruhte und sie so führte. Lässig steckte sie ihre linke Hand in die Hosentasche und machte schnelle, knappe Schritte vorwärts und rückwärts. Es war wie ein ständiges Drängen und Locken, und Elena ließ sich begeistert auf das Spiel ein. Lässig verschränkte sie ihren freien Arm hinterm Kopf und sah Inés herausfordernd an. Sie würde sich nicht aus dem Konzept bringen lassen, obwohl diese lockere Form der Führung auch der Folgenden viel Aufmerksamkeit abverlangte. Inés lächelte sie unschuldig an, dann plötzlich gab sie durch ein rhythmisches Aufstampfen zu verstehen, dass ein Wechsel bevorstand. Sie holte Elena in eine umarmende Tanzhaltung zurück und führte sie in einige *ochos,* die sie mit *saca-*

*das* immer wieder unterbrach. So zwang sie Elena, in atemberaubendem Tempo die Richtung ihrer Drehungen zu ändern oder über Inés' rechten Fuß zu steigen. Schließlich zog Inés Elenas linken, unbelasteten Fuß mit einer Folge von *barridas* nach links und rechts über den Boden. Wieder löste sie dabei die Umarmung und bestimmte nur über ihren rechten Fuß, wie Elena sich bewegen sollte. Es war eine einzige Wonne, und Elena hätte noch ewig so weitertanzen können. Doch das Stück endete, und Inés fiel Elena mit einem erleichterten Aufseufzen in die Arme. »Führen ist ganz schön anstrengend!«

»Das war dir nicht anzumerken. Für mich war es wunderbar. Diese Figuren bei dem Tempo – einfach exzellent.«

Esperanza und Elias hielten gemeinsam ein Bild hoch und präsentierten es Caridad, Inés, Elena und Elias' Partner, Javier Cuevas. Elena schmunzelte. Die beiden sahen aus wie stolze Eltern mit ihrem Neugeborenen. Und irgendwie hatte es ja auch ein wenig von einer Geburt oder besser, von einer Wiedergeburt. Es war erst vier Tage her, seit sie Francisco Martín in seinem Laden besucht hatten. Am Tag zuvor schließlich hatten sie in Luján einen wahren Schatz gehoben. Eine große Zahl von Franciscos Werken lagerte auf dem Dachboden seiner Schwester. Bei zwölf dieser Bilder war die andere Seite der Leinwand ebenfalls bemalt – unverkennbar Werke aus Marís zweiter Schaffensperiode, signiert mit ihrem eigenen klaren Schriftzug. Ihre Bilder datierten aus den späten sechziger sowie den siebziger Jahren. Das jüngste Bild war von 1979 – das Jahr, in dem Marí gestorben war. Elena seufzte. Mari musste sehr unglücklich gewesen sein. Das Motiv ließ keinen anderen Schluss zu. Es zeigte eine Häuserzeile am späten Abend im Regen. Der Himmel darüber war dunkelblau und grau, ein heller Streifen am linken Bildrand deutete den schwachen Widerschein der untergehenden Sonne an. Auch die Fassaden der Häuser schienen farblos und grau. Einzig die hellerleuchteten Fenster hoben sich aus der Dunkelheit deutlich ab. Das warme Licht, das aus ihnen auf die Straße fiel, vermittelte den Betrachtenden das Gefühl, ausgeschlossen zu sein aus der geborgenen Welt hinter den Fenstern, wo schemenhaft der eine andere oder andere Mensch zu erkennen war. Elena war überzeugt, es spiegelte Marís Empfinden, außen vor zu stehen, wider. Nur so hatte es ihr gelingen können, es derart sprechend auf die Leinwand zu bannen. Es tat ihr in der Seele weh. Sie spürte eine Hand auf ihrem Arm. Inés. Elena blickte in ihre besorgten Augen und lächelte zaghaft. Inés schenkte ihr einen warmen, liebevollen Blick und drückte noch einmal kurz ihren Arm, bevor sie ihre Aufmerksamkeit wieder Esperanza und Elias schenkte. Es tat gut, eine Frau wie Inés neben sich zu haben. Elenas Herz lief über vor Dankbarkeit, der sich sofort die bange Frage nach der Zukunft anschloss.

»Hier seht ihr die Löcher der ursprünglichen Befestigung der Leinwand auf dem Rahmen«, sagte Elias und wies mit dem Zeigefinger darauf. »Francisco, oder besser gesagt, El Divino, hat die Leinwand vom Rahmen gelöst und umgekehrt wieder aufgespannt. Die neue Vorderseite hat er dann nach Gusto bemalt – in diesem Fall gar nicht so schlecht, wie ich finde.«

»Auf so eine Idee muss man erst einmal kommen!«, schnaubte Elena empört.

»Das hat es immer gegeben«, erklärte Esperanza. »Oft haben Künstler die Verso-Seite, also die Rückseite ihrer eigenen Bilder für ein weiteres Werk genutzt. Häufig geschah das aus Sparsamkeit, aber vermutlich auch, um ein früheres Werk zu verwerfen oder als neue, überarbeitete Version des ursprünglichen Gedankens. Ernst Ludwig Kirchner ist ein gutes Beispiel der Klassischen Moderne für einen solchen Umgang mit den eigenen Werken. Manchmal haben Künstler das erste Werk durchgestrichen, oft aber auch gleichberechtigt neben dem zweiten Werk stehenlassen.«

Elias und Esperanza stellten das Bild vorsichtig ab, und Esperanza griff nach einem anderen. »Hier ist El Divino anders vorgegangen. Er hat sich nicht mehr die Mühe gemacht, die Leinwand umzuspannen, sondern hat gleich die Verso-Seite bemalt und glücklicherweise dadurch Marís Werk weniger geschadet als bei dem Gemälde davor.«

»Kann man die Schäden am ersten Bild beheben?«, fragte Inés.

»Ja«, antwortete Elias. »Auf die verletzten, ausgefransten Leinwandränder lassen sich in minutiöser Arbeit neue Leinenränder mit einem thermoplastischen Kunstwachsfilm applizieren. Wir müssen schauen, wie wir vorgehen. Eine behutsame Restaurierung ist ein schwieriges Unterfangen.«

»Auf jeden Fall sollten es eher konservatorische als restaurierende Maßnahmen sein, damit sich noch nachvollziehen lässt, wie mit dem Bild umgegangen wurde. Es wäre falsch, das Bild so restaurieren zu wollen, dass es seinem ursprünglichen Zustand möglichst nahe kommt«, warf Esperanza ein.

»Aber wieso denn nicht?«, rief Elena. »Dieser Francisco hat doch letztlich Marís Werk zerstört. Ich finde, es sollte so gut wie möglich wiederhergestellt werden.«

»Wenn du die Spuren des Umgangs mit diesem Bild beseitigst, Elena, verleugnest du seine Geschichte«, entgegnete Caridad. »Erhältst du die Spuren der Beschädigung, zeigst du auch die Geschichte der Missachtung dieses Werkes.«

Elena tat sich schwer damit, doch letztlich musste sie Caridad recht geben.

»Wir sollten versuchen, beide Seiten des Werkes zu erhalten, die Verso- und die Recto-Seite, und sie so – mit den entsprechenden Erläuterungen – der Öffentlichkeit präsentieren«, sagte Esperanza. »Es ist die anschaulichste Möglichkeit, die Missachtung von Marís Talent darzustellen.«

»Und wir werden uns bemühen, noch weitere Bilder aufzuspüren«, ergänzte Elias übermütig. »Wir haben die Namen der beiden Freunde von Francisco, die ebenfalls Bilder von Marí genutzt haben – vielleicht können wir das eine oder andere Werk noch aufstöbern.«

Elias und Esperanza waren bester Laune. Für sie wurde die ganze Angelegenheit immer spannender. Auch Caridad und Inés freuten sich. Aber Elena ließ der Gedanke daran, wie Marís letzte Lebensjahre wohl ausgesehen haben mochten, keine Ruhe. Diese Bilder hatte sie offenbar nicht mehr Mateo überlassen. Sie trugen ihre Signatur. Warum nur hatte sie niemals mehr ausgestellt oder verkauft? Mateo, das wussten sie nun, hatte an den traurigen Bildern der zweiten Schaffensperiode kein Interesse gehabt, sonst hätte er die in seinem Besitz befindlichen nicht verbrannt. Rechte Freude über diesen aufregenden Fund stellte sich bei Elena nicht ein. Sie diskutierten noch eine Weile über die Motive und den Zustand der Bilder und ob es Esperanza möglich sein würde, die Werke zu erwerben. Francisco Martín hatte schon angedeutet, sie nicht ohne eine ordentliche Entschädigung herauszurücken.

Esperanza blickte auf die Uhr und sagte zu Inés: »Wir sollten uns langsam aufmachen. Jetzt ist eine gute Zeit, um mit Jennifer zu skypen. Ich freue mich schon auf ihr Gesicht, wenn wir ihr erzählen, dass wir in einem Nest bei Buenos Aires weitere Bilder von Marí gefunden haben.« Esperanzas Augen glänzten vor Freude. Sie schien Elenas gedämpfte Stimmung nicht zu bemerken. Sie wandte sich an Elias, der mit Caridad und Javier Cuevas in ein Gespräch vertieft war.

»Sehen wir uns heute noch?«, fragte Inés Elena. Seit ihrer ersten gemeinsamen Nacht hatten sie die folgenden ebenfalls miteinander verbracht, was eine weitere jedoch nicht selbstverständlich machte. Vielleicht wollte Elena auch einmal für sich sein, wenn sie spät nach Hause kam.

»Nichts lieber als das.« Elena schenkte ihr einen zärtlichen Blick. »Ich muss in etwa einer Stunde los. Heute ist ein Einführungsabend für eine neue Gruppe aus Australien. Vor elf, halb zwölf bin ich nicht zurück. Wirst du da sein? Du hast ja den Schlüssel.«

Inés nickte. Am liebsten hätte sie Elena sofort in die Arme geschlossen, aber die Anwesenheit der anderen, vor allem von Caridad hinderte sie daran. Elena schien es ähnlich zu gehen. Sie verschränkte die Arme vor der Brust, während sie Inés sehnsuchtsvoll anblickte. »Findest du den Weg? Am besten, du nimmst den *colectivo*, die Nummer 81 oder –«

»Elena, ich bin nicht mehr zwölf. Ich werde es schon finden – genug Zeit habe ich ja. Ich könnte sogar nach dem Weg fragen ... Bisher habe ich mich den Menschen hier ganz gut verständlich machen können.«

»Schon gut, ich hab's nicht so gemeint. Vermutlich will ich einfach nur sichergehen, dass du auch bestimmt kommst.« Elena trat verlegen von einem Bein aufs andere. Dann schaute sie zu der Gruppe um Elias und fing einen Blick von Caridad auf, den sie nicht so recht zu deuten wusste. Es war nur ein kurzer Moment, dann trat Esperanza ein Stück vor und verdeckte die Sicht. Das Grüppchen löste sich auf, und nachdem Esperanza, Inés und Elias und dann auch Elias Partner Javier sich verabschiedet hatten, ging sie zu Caridad.

»Und – wie fühlst du dich?«, fragte Caridad.

Elena zögerte. »Es ist so viel passiert in den letzten zwei Wochen. Neue Bilder von Marí, Inés ist hier ...«

»Alles Dinge, die du selbst ins Rollen gebracht hast. So wie du klingst, scheint es dir aber ein wenig unheimlich zu sein«, entgegnete Caridad.

»Das nun nicht gerade«, antwortete Elena. »Wahrscheinlich bin ich einfach etwas dünnhäutig zurzeit …«

Caridad schaute sie an. »Für deinen Zustand gibt es ein weitaus treffenderes Wort. Aber egal, nenne es, wie du willst.«

»Du weißt, was ich für Inés empfinde«, sagte sie zu Caridad, »aber wenn ich dich ansehe, jetzt, wo es dir so gutgeht und du so erfolgreich bist, fühle ich mich im Nachhinein betrogen um die schöne Zeit, die wir miteinander hätten haben können.«

»Ja, *hätten*«, antwortete Caridad. »Es hat nicht sein sollen, aber es war nicht alles schlimm und schwierig. Es war auch schön – wunderschön.« Caridad wandte den Blick schnell ab. »Wie läuft es mit Inés?«, fragte sie dann. »Ihr scheint ja nun endlich zueinandergefunden zu haben.«

Elena stutzte. »Ist das so offensichtlich?«

»Also bitte, Elena, ich bin nicht blöd!«

»Na ja, du kennst mich eben einfach zu gut«, antwortete Elena etwas verlegen. Sie war immer noch befangen, wenn sie mit Caridad über Inés sprach. Sie zögerte und setzte dann doch an zu fragen: »Und wie –?«

Aber Caridad unterbrach sie sogleich und erklärte: »Es ist ein komisches Gefühl, wenn ich sehe, wie du sie anschaust. Es erinnert mich an unseren Anfang und ja, es tut ein bisschen weh.« Caridads Stimme war fast heftig, als sie fortfuhr: »Ich werde damit klarkommen, Elena. Aber ich muss es mir vorerst nicht allzu oft antun, Zeit mit euch frischverliebtem Paar zu verbringen.«

»O Caridad, es tut mir leid …«

Caridad schüttelte nur den Kopf und sagte nichts.

»Es wird nicht mehr viele Gelegenheiten geben, wo wir uns alle drei sehen, Caridad. Sie ist bald wieder fort …«

»Vielleicht gefällt es ihr in Buenos Aires so gut, dass sie bleibt.« Caridad lächelte zaghaft. »Einen guten Grund dafür hat sie ja schon.«

Elena lächelte matt. Sie wollte, dass es weiterging, und es blieb ihr nicht mehr viel Zeit, Inés das zu sagen.

»Ich gehe jetzt nach Hause«, sagte Caridad.

Elena warf einen Blick auf die Uhr. »Ich muss auch los. Der Unterricht ruft. Gehen wir ein Stück zusammen?«

Elena war froh, als der Unterricht endete. Er hatte ihr einiges abverlangt. In Gedanken war sie noch bei dem Bilderfund in Luján. Zu gerne würde sie Rosalia davon berichten. Konnte sie es wagen, sie ein zweites Mal zu besuchen? Vielleicht sollte sie ihr schreiben? Elena wischte sich über die Stirn. Die Beule schmerzte nicht mehr. Es war nach wie vor warm, trotz der späten Uhrzeit, und sie sehnte sich nach einer Dusche. Sie fürchtete, dass Rosalia es nicht schätzten würde, wenn sie erneut Kontakt zu ihr aufnähme. Vielleicht freute sie sich über den unverhofften Fund in Luján. Doch ob es sie im Gegenzug dazu veranlassen würde, ihr mehr über Marí zu erzählen, bezweifelte Elena. Ihr Gefühl sagte ihr, dass Rosalia nicht bereit war, Marís und ihr Leben, ihre Liebe, zu offenbaren. Wahrscheinlich sollte sie das respektieren. Sie musste sich damit abfinden, dass sie nicht alles über Marí in Erfahrung bringen konnte. In ihrem eigenen Leben gab es genug, was jetzt wichtiger war als die Vergangenheit ihrer Tante. Sie wünschte sich eine Zukunft mit Inés.

Als sie aus der *subte* trat, beschloss sie, nicht den *colectivo* zu nehmen – der Verkehr war um diese Zeit meist stockend, weil viele *porteños* entweder von ihrem Zweitjob nach Hause fuhren oder schon ausgingen. Zu Fuß brauchte sie kaum länger und konnte es sich ersparen, eingepfercht in einer Blechdose zu stehen und den Stau zu verfluchen. Laufen tat ihr trotz der Temperatur gut. Mitten im Unterricht war ihr eine Idee gekommen. Spontan hatte sie Fifo erneut gebeten, mit ihr den Unterricht zu tauschen. Nun hatte sie den kommenden Tag ganz frei, den darauffolgenden würde sie dafür komplett durcharbeiten müssen. Hoffentlich hatte Inés am nächsten Tag Zeit für sie. Elena war nicht mehr weit von ihrer Wohnung entfernt und hatte nur noch eines im Kopf: Würde Inés dort sein? Sie hatte es versprochen, und jede Faser in Elenas Körper sehnte sich nach ihr. Der späte Abend lag vor ihnen, und wenn Inés bliebe, auch die ganze Nacht und der folgende Tag. Elena malte sich aus, wie sie die Stunden miteinander verbringen könnten. Ginge es nach ihr, würden sie nicht ausgehen. Sicher, bevor Inés abreiste, wollte sie unbedingt noch einmal mit ihr Tango tanzen, doch das musste nicht an diesem Abend sein. Während sie die Haustür aufschloss, sah sie Inés vor sich, wie sie in ihrer ersten Nacht nur mit der Bluse bekleidet über den Hausflur zum Bad gelaufen war. Sobald sie geduscht hatte, wollte sie Inés lieben. Der Gedanke daran erregte sie, und das drangvolle Pochen zwischen ihren Beinen trieb sie noch schneller die Treppe hinauf.

Außer Atem schloss sie die Wohnungstür auf und trat über die Schwelle. Kaum hatte sie die Tür geschlossen, stand Inés barfuß, nur mit einer Bluse bekleidet vor ihr. Ihre Augen glitzerten vor Verlangen, als sie sich an Elena drängte. Ihre Arme umschlossen Elena, die sich fragte, ob die Bluse wieder das einzige war, was sie trug – verständlich wäre es bei diesen Temperaturen.

»Endlich«, stöhnte Inés und presste ihren Mund auf Elenas, um sogleich mit ihrer Zunge fordernd einzudringen.

Die Hitze ihres Kusses schoss Elena sofort in den Unterleib. Sie spürte, wie sie auf der Stelle sehr nass wurde. Inés griff nach Elenas Hand und zog sie zu ihrer nassen offenen Mitte. Als Elena ihre aufgerichtete Klitoris spürte, entfuhr ihr ein freudig-überrascher Laut. Inés drängte mit kurzen Stößen an ihre Hand und stöhnte.

»Komm, fick mich! Schnell, ich halte es nicht länger aus.«

Elena drang mit zwei Fingern in sie. »Das Vorspiel hat wohl ohne mich stattgefunden?« Sie schob Inés zum Tisch. Mit weit gespreizten Beinen saß Inés darauf, während Elena sie mit dem linken Arm umfing und mit den Fingern der rechten Hand tiefer und tiefer in sie drang. Inés' unkontrolliertes Stöhnen trieb ihre eigene Erregung immer weiter in die Höhe. Als Inés mit einem heiseren Schrei gekommen war, zog sie sie hastig vom Tisch und stieß sie aufs Bett. Inés lag heftig atmend auf dem Bauch, während Elena sich die Kleider vom Leib riss. Sie wollte auf diesem knackigen Hintern kommen. Sie legte sich auf Inés, sog ihren Duft ein und presste sich an sie. Sie genoss den Körper unter sich, spürte die festen Pobacken, rieb sich an dieser atemberaubenden Frau und kam schnell. Sie blieb eine Weile auf Inés liegen und glitt dann herunter. Inés drehte sich zu ihr um, und sie schmiegten sich aneinander.

»Tut mir leid, dieser Überfall an der Wohnungstür«, sagte Inés.

»Mir nicht«, antwortete Elena matt und strich mit geschlossenen Augen über Inés' Brüste. »Ich will mehr davon.«

Inés kicherte glucksend. »Dann bin ich beruhigt«, sagte sie und ließ ihre Hand sanft über Elenas Gesicht gleiten.

»Wir haben genau das gemacht, woran ich auf dem Weg hierher gedacht hatte – bis auf das winzige Detail, dass ich zuvor noch unter die Dusche wollte.«

»Das kannst du ja jetzt nachholen. Ich habe eingekauft.

Wenn du willst, koche ich uns etwas – es sei denn, du möchtest ausgehen«, antwortete Inés.

Elena ließ die Augen geschlossen und lächelte. »Ich will auf gar keinen Fall ausgehen, auch wenn es erst halb eins ist. Ist dir das recht? Oder willst du noch etwas von der Stadt sehen, solange du hier bist?«

»Nein, auch wenn es sicher vieles gibt, das ich noch nicht gesehen habe. Außerdem waren wir doch mehrmals aus, und ich habe mich – wie übrigens die ganzen letzten Abende – bestens amüsiert.«

Elena zog Inés noch enger an sich. »Was kochst du uns?«

»Wart's ab.« Inés küsste sie zärtlich auf den Mund.

»Es ist schön, nach Hause zu kommen und du bist da«, sagte Elena unvermittelt. Inés antwortete nicht. Elena schlug die Augen auf und sah ihr ernstes Gesicht vor sich. Wie sollte sie jemals ein Gespräch darüber einleiten, dass sie sich wünschte, mit Inés zusammenzusein, eine richtige Beziehung einzugehen? Schon nach ihrer ersten Nacht war sie drauf und dran gewesen, Inés zu sagen, dass sie sie liebte, doch sie hatte es nicht gewagt. Zu groß schienen diese Worte und zu groß die Gefahr, dass Inés sich bedrängt fühlte.

»Kaum hatte ich heute Nachmittag die Galerie verlassen, habe ich dich vermisst, Elena«, erwiderte Inés.

Elena beließ es dabei. Es war nicht ganz die Antwort, die sie sich gewünscht hatte, aber vielleicht ein Anfang. Ohne Inés' Abflugdatum vor Augen könnte sie besser damit umgehen. Und ohne das Wissen darum, dass Inés aus einem fernen Land kam, mit einer anderen Kultur, die vielleicht bewirkte, dass sie sich eine Zukunft in Buenos Aires nicht vorstellen konnte. Sie musste Inés eine Perspektive bieten, wie ihr gemeinsames Leben aussehen könnte. Doch dieser Plan fand in Elenas Kopf keine Gestalt. Die Ideen waren schemenhaft, und zu groß war ihre Sorge, dass ein Leben hier Inés, die aus diesem reichen Land kam, zu viel abverlangen würde. Die Wahrheit war, sie wusste zu wenig über Inés' Alltag. Sie hatte keine Vorstellung davon, wie sie lebte, wenn sie nicht gerade eine Auszeit nahm oder von einer reichen Engländerin eine Reise auf die andere Seite der Erdkugel bezahlt bekam.

Als Elena mit nassen, nach hinten gekämmten Haaren am Tisch Platz genommen hatte, stellte Inés eine riesige Schüssel mit Salat vor sie und legte zwei große perfekt gebratene Rumpsteaks, *ojo de bife,* auf ihre Teller. Elena drehte den Teller hin und her, als begutachte sie ein seltenes Sammlerstück. Dann stach sie mit Gabel und Messer hinein und sagte. »*Al punto.* So wie ich es liebe. Wie kommt es, dass du Steaks braten kannst wie eine *porteña?*«

»Also bitte, dazu muss man nicht *porteña* sein. Ich bin eine fleischfressende Pflanze. Ich liebe Kurzgebratenes, vor allem vom Rind.«

»Dann bist du in Argentinien ja genau richtig«, antwortete Elena zwinkernd.

»Unbedingt«, antwortete Inés, ohne mit der Wimper zu zucken. »Aber es gibt hier für mich noch anderes von Reiz.«

Elenas Puls beschleunigte sich, und um Coolness bemüht fragte sie: »Als da wäre?«

»Schöne Frauen«, entgegnete Inés prompt.

»Ich glaube, es gefällt mir nicht, dass du den Plural benutzt, Inés.« Elena reckte das Kinn und versuchte ein ernstes Gesicht zu machen.

»Schönheit allein reicht nicht«, antwortete Inés ungerührt. »Kein Grund zur Aufregung.«

»Nicht? Verrate mir, was du noch so erwartest …«

Inés lächelte, ihre Augenbrauen schnellten kurz in die Höhe, doch sie antwortete nicht. Elena war ein wenig enttäuscht.

Inés ließ sich nicht weiter auf ihr Geplänkel ein, dabei hätte es vielleicht in ein ernstes Gespräch münden können. Elena unterdrückte ein Seufzen und probierte das Steak. Kaum hatte sie in das zarte Fleisch gebissen, verzog sie genießerisch das Gesicht. »*¡Delicioso!* Köstlich!« Inés freute sich sichtlich. Sie aßen eine Weile schweigend, dann sagte Elena: »Ich habe spontan mit einem Kollegen den Unterricht getauscht. So habe ich morgen komplett frei, muss aber dafür übermorgen den ganzen Tag praktisch durchgehend arbeiten. Hättest du Zeit und Lust, morgen einen Ausflug mit mir zu machen? Ich würde dir gerne die Umgebung von Buenos Aires zeigen.«

»Nichts lieber als das.« Inés' Augen strahlten, und Elena war froh. »Wohin fahren wir?«

»Zum Delta des Paraná, nördlich von hier. Es gibt einige sehr schöne ruhige, menschenleere Stellen am Fluss. Man braucht etwa anderthalb Stunden bis dorthin.«

»Klingt wie Sommerfrische. Ich fände es schön, noch einmal aus der Stadt herauszukommen und etwas anderes zu sehen.«

»*Maravilloso*, großartig. Du kannst doch Auto fahren. Ich rufe Alfonso an – er hat die Autowerkstatt neben Caridads Atelier – und frage ihn, ob er uns für morgen eines leiht.«

»Heißt das, du möchtest, dass ich fahre?!« Inés' Stimme schraubte sich entsetzt in die Höhe. »Hier, in diesem Verkehr mit zehn-, zwölfspurigen Straßen?«

»Warum denn nicht? Das ist doch nur die Avenida 9 de Julio, die so viele Spuren hat. Du bist ja nicht alleine, ich zeige dir den Weg. Ich kann leider nicht Auto fahren«, entgegnete Elena.

»Ich werde einen Herzinfarkt kriegen, hier wo Eltern mit ihren Sprösslingen ungerührt bei rot die Straße überqueren und das lediglich als Anlass nehmen, die Kleinen anzutreiben, sich zu beeilen. Können wir nicht mit der Bahn oder dem *colectivo* fahren?« Inés schien wenig überzeugt.

»An die wirklich schönen Orte kommt man nicht mit öffentlichen Verkehrsmitteln. Bitte, tu mir die Liebe und fahr uns«, bat Elena eindringlich. »Du wirst es nicht bereuen. Ich weiß, du bist eine gute Fahrerin.«

»Las Palmas und Buenos Aires sind wohl kaum miteinander vergleichbar ...«

»Die Stadt ist kleiner, aber die Anzahl der Autos je Quadratmeter ist auch nicht gerade gering. Wenn wir erst mal aus Buenos Aires raus sind, fahren wir gemütlich immer weiter Richtung Norden. Es ist ganz einfach, du wirst sehen.«

Inés blickte sie unschlüssig an. Vielleicht sollten sie doch ein anderes Ziel ins Auge fassen, ohne Auto, dachte Elena. Sie wollte es gerade vorschlagen, da sagte Inés: »Gut, hoffen wir, dass du eine gute Co-Pilotin bist, die es versteht, mich zu beruhigen.«

Elena schloss Inés in die Arme und drückte sie an sich. »Ganz bestimmt.« Sie hielt sie eine Weile und sagte dann: »Ich rufe schnell Alfonso an.«

»Jetzt?« Inés blickte sie erstaunt an. »Es ist zwei Uhr nachts.«

»Stimmt. Er wird noch unterwegs sein und Taxi fahren – das ist sein Zweitjob. Ich versuche es morgen früh. Ab halb acht ist er immer in der Werkstatt.«

»Es ist mir ein Rätsel, wann ihr *porteños* schlaft.«

»Eigentlich nie.« Elena lächelte nachdenklich. »Was mich betrifft, ich schlafe öfter tagsüber, je nachdem wie der Unterricht liegt, aber viele schlafen sicher nur fünf oder sechs Stunden. Wenn wir nicht gerade mit unserem Zweit- oder Drittjob beschäftigt sind oder im Stau stehen, müssen wir *porteños* schließlich ausgehen und unsere Stadt genießen.«

Inés sah skeptisch drein. »Es ist mir trotzdem schleierhaft. Ich weiß nicht, ob ich das könnte ...«

»Die Kunst besteht darin, die Jobs geschickt miteinander zu kombinieren oder möglichst nur einen Job zu haben, um seinen Lebensunterhalt zu finanzieren. Bei mir klappt das. Sonst sähe mein Leben ganz anders aus.«

»Und ich habe schon den Eindruck, dass du viel arbeitest ... am Wochenende, abends ...«

»Das ist dennoch weniger, als für viele normal ist. Früher, nach dem *corralito,* bis zu dem Zeitpunkt, als ich für das Jahr nach Gran Canaria ging, habe ich viel mehr gearbeitet. Im Sommer und im Winter arbeite ich weniger, da habe zwei Tage die Woche frei. Mit dem Geld, das ich während der Saison verdiene, überbrücke ich die Zeit, wo weniger Unterricht stattfindet. Ich komme zurecht und erlaube mir den Luxus, nur einen Job zu haben.«

»Aber du arbeitest nicht am Stück, du hast zwischendurch Leerlauf, und abends musst du oft mit den Gruppen in die Milongas. Wünschst du dir nicht manchmal mehr Freizeit?« Inés räumte die Teller zusammen.

»Seit du hier bist schon ...« Elenas Augen strichen zärtlich über Inés. »Aber ich mag meinen Job und auch die Lücken zwischen den Unterrichtsblöcken. Ich gehe raus, lese im Park oder setze mich ins Café, dann unterrichte ich wieder. Manchmal lege ich mich zu Hause ein Stündchen aufs Ohr oder ich döse auf der Bank auf irgendeiner schönen *plaza* – wenn das Wetter es zulässt.«

Inés nickte, kommentierte Elenas Worte aber nicht weiter.

»Wie auch immer, morgen können wir ausschlafen, dann rufe ich Alfonso an, und wir machen uns auf den Weg.«

»Hat er denn so kurzfristig ein Auto?«

»*Cierto*. Bestimmt. Irgendwas wird er schon für uns haben.« Elena trat an die Spüle. »Ich wasche ab.«

Während Alfonso Inés die Gangschaltung erklärte, hörte sie mit einem Ohr das Gespräch zwischen Elena und Caridad mit.

»... zum Delta? Lass mich raten, es geht zu einem hübschen Ort namens Dique Luján?« Caridad klang spitz.

»Ja. Ich möchte Inés ein wenig die Umgebung zeigen.« Elenas Stimme klang dafür umso verhaltener.

»Lauschiges Plätzchen – ich erinnere mich.«

»Ja, Caridad. Ich weiß.« Elena sagte es leise und in beschwichtigendem Tonfall.

Sie sind zusammen dortgewesen, fuhr es Inés durch den Kopf, und ihr war unbehaglich zumute. Sie merkte, wie Alfonso sie fragend anschaute. »Entschuldige«, beeilte sich Inés zu sagen. »Ich habe das Letzte nicht mitbekommen.«

Alfonso schien es nicht krummzunehmen. »Beim Rückwärtsgang musst du den Knüppel fest runterdrücken und die Kupplung ganz durchtreten, sonst geht er nicht rein.«

»In Ordnung, es wird schon klappen.«

Alfonso nickte und gab ihr die Schlüssel. »So, jetzt lass ihn an. Und bei kurzen Stopps am besten gar nicht ausmachen.«

Das konnte ja heiter werden mit dieser Möhre. Inés zögerte, den Wagen zu starten, weil sie zu gern noch etwas von der Unterhaltung zwischen Caridad und Elena mitbekommen hätte, doch Alfonso wartete. Also drehte sie den Zündschlüssel, und der Motor sprang ohne Mucken an. Alfonso hob den Daumen und schrie gegen den Diesel an: »Lass ihn an! Elena kommt sicher gleich.« Er klopfte aufmunternd auf Autodach und ging zurück in seine Werkstatt.

Auf dem Weg aus der Stadt heraus sprachen sie nur das Nötigste. Inés konzentrierte sich aufs Fahren im stockenden Verkehr, während Elena sie versiert und vorausschauend lotste. Nachdem Inés ein paar Mal vom ersten in den zweiten Gang und zurück geschaltet hatte, war ihr die Kupplung vertraut, und sie entspannte sich etwas. Als sie schweigend schon ein gutes Stück auf der Panamerica zurückgelegt hatten, sagte Inés: »Da, wo wir jetzt hinfahren, warst du früher auch mit Caridad, nicht?«

Elena zog das linke Bein an und drehte sich mit dem ganzen Körper zu Inés, die geradeaus auf die Straße blickte, und antwortete: »Ja. Es ist ein schöner Ort, und wir haben so manchen Ausflug dorthin unternommen.« Sie blickte Inés an, die nichts erwiderte. »Wir waren acht Jahre zusammen, Inés. Das Jahr, das ich in Las Palmas verbracht habe, nicht eingerechnet. Es gibt in und um Buenos Aires viele Orte, wo wir gemeinsam gewesen sind – wie könnte es anders sein? Ist das ein Problem für dich?«

Inés schluckte. Elena musste denken, sie sei eifersüchtig – und irgendwie stimmte das ja auch. Zudem hatte sie Caridads Stimme noch im Ohr, die offenbar auch Mühe hatte, dass nun sie, Inés, mit Elena einen Ausflug ins Umland unternahm. Sie antwortete: »Nein, aber es fühlt sich merkwürdig an … Und ich hatte den Eindruck, Caridad war vorhin etwas betroffen. Ich fühle mich wie ein Eindringling.«

»Das ist Blödsinn. Wir sind kein Paar mehr – wie könntest du da ein Eindringling sein?« Elena machte eine Pause und fragte neckend: »Du wirst doch wohl nicht eifersüchtig sein?« Der Klang ihrer Stimme verriet Inés, dass ihr der Gedanke durchaus zu gefallen schien, und sie schnaubte missmutig. Es ärgerte sie, wie Elena sich in der Rolle der allseits Begehrten gefiel. Typisch Latina, dachte sie und hatte schon eine gesalzene Antwort auf den Lippen, als Elena nüchtern sagte: »Es ist für uns alle drei nicht einfach … dieser Ausflug, die ganze Situation.« Sie hielt einen Moment inne, dann fuhr sie voller Leidenschaft fort: »Es bedeutet mir viel, Zeit mit dir zu verbringen, zumal sie so kostbar ist. Es ist so schön dort. Worauf oder wie lange sollte ich warten, um mit dir dorthinzufahren?« Inés ließ die Frage unbeantwortet. Sie verstand, was Elena meinte. Elena legte die Hand auf Inés' Bein. »Wirst du den Tag mit mir dort trotzdem genießen können?«

Inés warf ihr einen kurzen Blick zu. Elenas Schläfe ruhte an der Kopfstütze; in ihren Augen lag mehr als die Bitte um diesen einen Tag. »Ja«, sagte sie schlicht und schaute wieder nach vorn. Sie wünschte sich noch viele Tage mit Elena, wenn sie ehrlich war.

Als sie die Panamericana verlassen hatten, dirigierte Elena sie durch ein Gebiet, dessen Eigenart Inés nicht erfassen konnte. Es war eine suburbane Region, in der sich hässliche Industrie- und Gewerbegebiete mit Wald und Sumpfland abwechselten. An mancher Straßenkreuzung befanden sich jedoch auch Wegweiser zu Siedlungen, die offenbar zu den besseren Wohngegenden gehörten, denn neben ihnen fanden sich auch Schilder mit Hinweisen auf Yacht- und Countryclubs.

»Wir sind nicht mehr in Buenos Aires, oder?«, fragte Inés.

»Schon längst nicht mehr«, antwortete Elena. »Die große Schnellstraße, die Avenida General Paz, die wir gekreuzt haben, trennt die Capital Buenos Aires von der Provinz Buenos Aires. Tut mir leid, ich hätte dich darauf aufmerksam machen sollen. Auf dem Rückweg sage ich Bescheid.«

»Mir ist nichts aufgefallen. Überall sind Schnellstraßen, mehrspurige Avenidas, alles ist dicht bebaut.«

»Es ist nicht einfach zu erkennen, zumindest nicht in dem Bereich, durch den wir gefahren sind. Wir nennen den Teil jenseits der Avenida General Paz auch *conurbano*. Es gibt einige sehr reiche Vororte im Norden von Buenos Aires, wie San Isidro. Aber auch viele der armen und sehr, sehr armen Viertel liegen im *conurbano*, meist im Süden der Stadt.«

»Sind wir denn jetzt noch im *conurbano*? Diese Countryclubs und die Schilder mit *Bienvenido* künden nicht von einer armen Gegend.«

»Nein, wir sind zwar noch in der Provinz Buenos Aires, aber nicht im *conurbano*. Gleich gelangen wir in einen Ort – man könnte ihn auch als Dorf bezeichnen – der Dique Luján heißt. Nicht zu verwechseln mit dem Pilgerort Luján, wo Esperanza und Elias die Bilder von Marí gefunden haben. Dique Luján gehört zu Tigre, der Stadt, an der wir eben vorbeigefahren sind.«

»Ah. Hier wirkt es schon ländlicher, aber irgendwie bekomme ich kein Gefühl für die Gegend. Kein Wunder, die Landschaft ist ebenso flach wie endlos.«

»Ja. Das merkt man vor allem bei Hochwasser. Dique Luján liegt direkt am Río Luján, dem südlichsten Ausläufer des Deltas des Paranás und ist damit die eigentliche Siedlungsgrenze des Großraums Buenos Aires. Im Delta selbst gibt es einige bewohnte Inseln, Feriensiedlungen, Clubs und Landsitze.« Elena wies nach rechts. »Langsam, du musst hier abbiegen.« Kurz darauf sagte sie: »Schau, dort drüben ist der alte Bahnhof von Dique Luján. Die Bahnlinie wurde gebaut, weil hier ursprünglich auch ein größerer Hafen geplant war. Er wurde schließlich aber in Tigre angelegt, so dass der Bahnhof ohne Bedeutung blieb. Irgendwann in den sechziger Jahren hat man ihn geschlossen.« Elena zeigte geradeaus. »Wir fahren jetzt ein Stück auf unbefestigten Wegen. Weite Teile des Deltas sind nur per Boot erreichbar. An manchen Seitenarmen und Kanälen führen Wege entlang. Nicht weit von hier liegt der Río Luján, unser Ziel.«

Sie parkten das Auto in der Nähe des Ufers. Inés betrachtete die Umgebung. Das Wasser floss langsam. Es hatte die gleiche Farbe wie der Río de la Plata, was kein Wunder war, denn schließlich bildete der Paraná gemeinsam mit dem Río Uruguay den La Plata. Das Ufer, an dem sie standen, war von Schilf gesäumt, auf der anderen Seite wuchsen Bäume und Sträucher, die ein undurchdringliches Dickicht bildeten. Zum ersten Mal seit Tagen vernahm Inés keinen Verkehrslärm, sondern heisere Vogelschreie und das Geräusch des träge ans Ufer schwappenden Wassers. Skeptisch betrachtete Inés die Fluten. »Gibt es viele Fischer hier?«, fragte sie. »Ich meine, das Wasser sieht so braun aus …«

»Ja, es ist immer so dunkel, aber es gibt trotzdem sehr viel Fisch«, antwortete Elena. »Dort drüben sind die Boote.«

Sie gingen ein Stück auf einem Pfad am Ufer entlang.

»Die Männer, die hier ihre Boote haben, sind meistens Schilf- und Rutenschneider, keine Fischer. Die meisten *isleños,* so nennen sich die Bewohner der vielen Inseln innerhalb des Deltas, arbeiten für die Zelluloseindustrie oder schneiden Weidenruten für Korbmacher – wenn sie nicht im Tourismussektor ihr Geld verdienen oder in einem der vielen Country Clubs. Tigre und die Umgebung sind seit Jahrzehnten Ausflugsziel der *porteños* – mit Vergnügungspark, Casino, Schiffstouren ins Delta mit Dutzenden von Passagieren – nicht mein Geschmack. Wenn ich aus der Stadt heraus bin, möchte ich die Natur genießen. Und zum Glück gibt es noch große Bereiche, die nahezu menschenleer sind. Weil hier so viele, vor allem reiche *porteños* ihr Wochenende verbringen, wird die Gegend auch *El Country* genannt.« Elena hielt inne. »Schau, da liegen ein paar Boote«, sie wies geradeaus. »Mal sehen, ob die Männer uns ein Stück den Canal Arias hinaufbringen.« Als sie die Boote erreichten, sprach Elena zwei Männer an. Die beiden einigten sich mit Elena über den Preis, und Inés und Elena kletterten in ein schwankendes Boot mit kleinem Außenbordmotor. Während sie in gemächlichem Tempo den Kanal entlangtuckerten, plauderte Elena mit dem Mann, der an der

Pinne saß. Inés hörte nicht zu, sondern betrachtete die Landschaft: So hatte sie sich immer den Amazonas vorgestellt, mit all seinen Wasserläufen. Doch bei näherer Betrachtung wurde ihr klar, dass der Vergleich hinkte. Die Vegetation war nicht tropisch; viele Bäume sahen aus wie in Südeuropa. Vom schnurgeraden Kanal bogen sie nach links in einen mäandernden Wasserlauf ein. Nachdem sie kurze Zeit darauf mitten im Nirgendwo, wie ihr schien, ausgestiegen waren, fragte Inés: »Wieso gibt es überhaupt einen Kanal zwischen all den Nebenarmen des Paraná?«

»Er ist auch für größere Boote schiffbar und bietet eine direkte Verbindung vom Siedlungsrand im Süden des Deltas zum Hauptstrom des Paraná, der in diesem Abschnitt übrigens auch Paraná de Las Palmas genannt wird.«

»Da fühle ich mich ja fast heimisch.«

»Das ist genau das, was ich erreichen möchte …« Elena winkte den Männern zu, die ihr Boot wendeten, und suchte dann Inés' Blick, doch die war damit beschäftigt, den Ort zu inspizieren.

»Schön ist es hier«, sagte sie dann. »Ich fühle mich zwar irgendwie ein bisschen ausgesetzt, aber es ist ein toller Kontrast zur Stadt.«

»Keine Angst, sie werden uns in etwa drei Stunden wieder abholen«, beruhigte Elena sie.

Unter einem Baum breiteten sie die mitgebrachte Decke aus, und Inés sagte: »Es gefällt mir, wie wir hierhergekommen sind. Das Auto geborgt von einem Automechaniker, statt von einem Autoverleih, und eine Bootstour für uns allein, nur mit zwei Rutenschneidern, statt mit einem Haufen Ausflügler.«

Elena lächelte. »Das Ergebnis eines schmalen Geldbeutels, verbunden mit dem Unwillen, dieses Paradies mit vielen Menschen zu teilen.«

»Es ist die beste aller Möglichkeiten, ich bin sicher«, antwortete Inés. Sie ließ sich auf die Decke fallen. »Anfangs durch die Stadt zu fahren fand ich furchtbar, dann war es kein Problem mehr. Immerhin kann ich jetzt von mir sagen, ich sei selbst ein Stück die Panamericana entlanggefahren.«

»Das ist für sich genommen noch nicht guinnessbuchverdächtig, *cariño*«, antwortete Elena und reichte ihr die Wasserflasche.

»So weit geht der Ehrgeiz nicht.«

»Schade, ich hätte sonst einen Vorschlag: die Panamericana mit dem Einrad, das wir neulich bei Francisco gesehen haben.«

»Du weißt, nur in deiner Begleitung und ...«

»... mit Dreirad. Das ist mir dann doch zu peinlich. Was mich betrifft, kann ich mich auch gut damit anfreunden, weiterhin deine Beifahrerin im Auto zu sein.«

»Auf alle Fälle ist es weniger anstrengend.« Inés lächelte. Elena streckte sich auf der Decke aus und sagte: »Apropos anstrengend, ich könnte schon wieder schlafen ... Die letzten Tage bin ich nicht allzu viel dazu gekommen.« Sie lächelte keck. »Du hast mich um den Schlaf gebracht ...«

Inés war ein wenig betroffen. »Es tut mir leid, ich ...«

»Mir nicht«, antwortete Elena. »Aber ich glaube, ich könnte jetzt eine unserer *empanadas* verspeisen und dann ein Nickerchen halten.«

Inés kramte in ihrem Rucksack nach der Tüte mit den Teigtaschen und hielt sie Elena hin. »So habe ich das ja auch nicht gemeint. Ich konnte immerhin ab und zu tagsüber schlafen.«

»Genau das werde ich auch gleich machen«, antwortete Elena kauend. »Weck mich, wenn es Nachtisch gibt.«

»Klar. Ich werde ein paar wilde Wurzeln und Früchte sammeln und dir servieren.«

»So viel Aufwand ist gar nicht nötig.« Elena streckte sich genussvoll auf der Decke aus und schloss die Augen.

Inés trank noch einen Schluck aus der Wasserflasche und legte sich neben Elena. Es war wunderbar hier. Sie blickte in das grüne Dach des Baumes und genoss die milde Luft auf ihrer Haut. Es war ein merkwürdig fremder und beinahe entrückter Ort, und Elena neben ihr fühlte sich unheimlich vertraut an. Sie war nun seit über zwei Wochen in Buenos Aires, seit ein paar Tagen schliefen sie miteinander, und schon mochte sie sich nicht mehr vorstellen, wie es ohne Elena wäre. Sie verschränkte die Arme hinter dem Kopf. Was sollte sie tun? Einen Weile später spürte sie Elenas Hand auf ihrem Bauch.

»Ich glaube, ich hätte jetzt nichts gegen Nachtisch«, sagte Elena und schmiegte sich an Inés.

Inés schlang ihre Arme um Elena. Uns läuft die Zeit weg, dachte sie.

»Du kannst nicht viel geschlafen haben, Elena.«

»Schlafen kann ich immer noch ...« Elena fuhr unter Inés' Shirt und streichelte ihren Bauch.

»Ich weiß nicht, ob ich das verantworten kann ...« antwortete Inés und genoss es, wie Elenas Fingerkuppen um ihren Nabel kreisten.

»Die Verantwortung trage ich schon alleine.«

»Na gut.« Inés tat, als müsse sie sich dazu durchringen. »Ich übernehme die Zubereitung des Nachtischs. Du bleibst liegen und rührst dich nicht.«

»Versprochen. Ich bin ganz still.« Elena hörte auf, sie zu streicheln und gab sich mit geschlossenen Augen Inés' zärtlichen Händen hin.

Sie saßen schon eine Weile am Ufer und ließen die Beine ins Wasser baumeln, als sie das monotone Tuckern eines Motorbootes hörten, lange bevor sie es sahen. Es war einer der beiden Männer, die sie vor ein paar Stunden hierhergebracht hatten. Er hielt das Boot mit Hilfe einer Stange, die er in den Grund gerammt hatte, im Gleichgewicht, und sie stiegen ein.

Elena legte den Kopf in den Nacken und betrachtete den Himmel. »Wird es regnen?«, fragte sie den Mann.

Er nickte. »*Probablemente*. Wahrscheinlich. Aber wir schaffen es noch trocken bis nach Dique Luján.«

Inés betrachtete verwundert den Himmel. Sie wäre nie im Leben darauf gekommen, dass es bald regnen könnte. »Woran merkt ihr, dass es regnen wird?«

»Daran, wie die Vögel über uns kreisen«, sagte der Mann. »Sie fangen die Insekten, die vor dem Regen verstärkt herumschwirren.«

»Sobald Wolken aufgezogen sind, geht es meistens sehr schnell zu dieser Jahreszeit«, erklärte Elena. »Noch sieht der Himmel gut aus – wir haben Glück.« Sie lächelte. »Ich weiß ja, wie sehr du Regen magst, aber glaub mir, in einem Boot im Delta des Paraná ist das kein Vergnügen.«

»Dann kannst du Wasser schöpfen, was das Zeug hält«, ergänzte der Mann und deutete auf zwei aufgeschnittene Ölkanister, die offenbar als Eimer dienten.

Inés nickte. »Dann bin ich froh, wenn wir wieder an Land sind.«

*»Llegaremos pronto«,* versicherte der Mann.

Als sie am Auto ankamen, sagte Elena: »Lass uns zusehen, dass wir vor dem Regen von hier fortkommen.« Sie stiegen ein und fuhren den gleichen Weg zurück, am alten Bahnhof von Dique Luján vorbei auf die befestigte Straße.

»Was hältst du davon, wenn wir bis Tigre fahren, dort in der

Nähe des Wassers parken und den Regen abwarten, bevor wir wieder auf die Panamericana fahren?«

Inés nickte. »Es wäre mir lieber, nicht bei Regen zu fahren.«

Elena wies ihr den Weg. Der Himmel bewölkte sich zusehends. Inés konnte sich nun gut vorstellen, dass es bald ein kräftiges Gewitter geben würde. Kaum hatten sie einen Parkplatz am westlichen Rand von Tigre mit direkter Sicht auf den Fluss gefunden, klingelte Elenas Handy. »Verdammt, ich dachte, ich hätte es ausgeschaltet. Vielleicht sollte ich nicht rangehen.« Sie kramte dennoch danach und nahm den Anruf entgegen. »Esperanza«, sagte sie nach einem Moment, dann hörte sie nur noch schweigend zu. Inés beobachtete, wie ihre Miene immer ernster wurde. »Danke, Esperanza. Ja, ich denke, das werde ich machen. Ich frage Inés, ob sie mitkommt. Ja, sie ist hier bei mir. Wir haben einen Ausflug gemacht und sind jetzt in Tigre. Grüß Elias von mir, *hasta luego.*«

»Ist was passiert?«, fragte Inés beunruhigt, sobald Elena das Handy ausgeschaltet hatte.

»Nein. Ja. Das war Esperanza«, antwortete Elena.

»So viel habe ich mitbekommen.«

»Sie ist gerade bei Elias. Die beiden waren mit der Inventarisierung der Bilder beschäftigt, da rief dieser Gamberi an.«

»Gamberi? Der Gockel vom Instituto Universitario Nacional del Arte?«, fragte Inés. »Was wollte der denn?«

»Er hat tatsächlich seine Beziehungen spielen lassen und das geschafft, was du, Esperanza und ich vergeblich versucht haben. Er hat die Adresse von Mateo herausgefunden.«

»Nein!«

»Doch. Über das Einwohnermeldeamt. Seine Kontakte sind offenbar gut.« Elena starrte aus dem Fenster. Genau in diesem Moment schlugen die ersten schweren Tropfen hart auf die Windschutzscheibe. Binnen Sekunden ergossen sich Sturzbäche. Es prasselte ohrenbetäubend auf das Auto, und Inés war froh, nicht mehr auf einer Insel im Delta zu hocken oder gar in einem kleinen Motorboot. Sie tastete nach Elenas Hand und umschloss sie mit beiden Händen.

»Das heißt, Mateo lebt noch«, sagte Inés nach einer Weile und betrachtete den Flusslauf vor ihnen, in den der Regen einschlug wie Hagelkörner. Elena antwortete nicht. »Wollen wir doch jetzt losfahren?«, fragte Inés.

»Jetzt – wieso?« Elena blickte erstaunt zu ihr hinüber. »Du kannst doch kaum etwas sehen. Die Scheibenwischer werden dir kaum was nützen.«

»Na, du willst diesen Mateo doch sicher so schnell wie möglich aufsuchen. Wir brauchen ihn zwar wahrscheinlich nicht mehr, um weitere Bilder zu finden, aber ein paar Fragen hast du ja noch an ihn – und ein Hühnchen mit ihm zu rupfen, wie du damals immer gesagt hast.«

»Das war in Las Palmas. Jetzt habe ich anderes im Kopf. Genau genommen ist er mir inzwischen herzlich egal. Und die Fragen, die ich habe, bekäme ich gerne von Rosalia beantwortet, aber ich bezweifle, dass sie sich jemals melden wird.«

»Gib ihr noch etwas Zeit. Du warst erst vor einer guten Woche dort. Vielleicht kannst du dich ja auch noch mal bei ihr melden, wenn Esperanza und Elias tatsächlich eine Ausstellung auf die Beine gestellt haben.«

Elena schüttelte den Kopf. »Ich möchte nicht aufdringlich sein. Mein Gefühl rät mir, sie nicht zu bedrängen. Der unangekündigte Besuch war wahrscheinlich schon zu viel.« Sie sprach sehr leise und starrte durch die Windschutzscheibe. Inés hatte Mühe, sie zu verstehen, so laut war das Prasseln der Tropfen auf dem Autodach. Sie rückte ein Stück zu Elena und lehnte ihren Kopf an deren Schulter. Es war zwar unbequem, mit einer Pobacke auf der Handbremse zu sitzen, aber sie musste

Elena ganz nah sein. Sie spürte deren Traurigkeit, erfasste aber nicht, was in Elena vorging. »Und du willst wirklich nicht zu Mateo?«

»Doch, wir können übermorgen hingehen, wenn du mitkommen magst. Morgen schaffe ich es sicher nicht. Esperanza ist natürlich unbedingt dafür. Sie hofft auf weitere Details aus Marís Leben, denn die große Frage, wieso es jemals dazu kam, dass Mateo seine Signatur unter Marís Bilder gesetzt hat, ist ja noch immer nicht beantwortet.«

Inés konnte sich nur wundern. Bisher war es vor allem Elena gewesen, die jede sich bietende Möglichkeit genutzt hatte, um etwas über Marí in Erfahrung zu bringen. Esperanzas Interesse war nicht geringer, doch sie betrachtete alles durch die Brille der Kunsthistorikerin, die es mit einem halbgelösten Betrugsfall zu tun hatte, wo Opfer und Täter bekannt waren, doch das Motiv fehlte. »Es reizt dich also nicht mehr so wie früher, dieses Rätsel komplett zu lösen?«

»Nein. Ich habe viel Zeit investiert, um etwas über Marís Leben zu erfahren. Ich bin glücklich, dass ihr durch die Aufmerksamkeit, die sie nun bekommt, posthum Gerechtigkeit widerfährt, aber jetzt ist mir mein eigenes Leben wichtiger.« Elena machte eine kleine Pause. »Und da stehe ich an einem Punkt, an dem ich mich frage, wie es wohl weitergehen wird. Ich habe ein riesiges Problem, das darin besteht, dass du in genau sechs Tagen abreisen wirst. Das macht mich völlig panisch«, brach es aus ihr heraus. »Du hast gesagt, du wolltest nachdenken, aber du verrätst mir nicht, was dabei rausgekommen ist. Und nicht nur das, jedem meiner wahrscheinlich kläglichen Versuche, mit dir darüber zu sprechen, weichst du aus. Du hast offenbar beschlossen zu schweigen.« Elenas Stimme klang erstickt. »Mateo, selbst Marí, sind mir völlig egal, aber du nicht. *Te ...*« Elena brach ab.

Inés erschrak, und ihr Herz hämmerte in ihrer Brust. Elena hatte sich gerade verkniffen, ihr zu sagen, dass sie sie liebte. Sie ahnte, dass Elena es im letzten Moment verschluckt hatte, weil sie sich Inés' nicht sicher war und sich keine Blöße geben wollte. Der Regen ließ nach. Inés ließ den Motor an und fuhr los. Der Himmel klarte zunehmend auf, und die mittlerweile tiefstehende Sonne ließ ihn in unglaublichen Farben von rosarot bis graublau erstrahlen. Als sie die *autopista* entlangfuhren, flog ein Flugzeug wie ein großer glänzender Vogel im Sinkflug über sie hinweg. Es war ein atemberaubend schöner Anblick, wie die Maschine majestätisch durch den Himmel glitt, doch er schnürte Inés die Kehle zu. Nur noch sechs Nächte, dann würde der Tag anbrechen, an dem sie abfliegen musste. Ihr traten Tränen in die Augen, und sie fuhr auf den Seitenstreifen. Elena rührte sich nicht. Hatte sie die gleichen Gedanken gehabt beim Anblick des Flugzeugs? Inés wandte sich ihr zu und sagte: »*Te quiero,* Elena, ich liebe dich, aber weiter weiß ich nicht.«

»*Te quiero,* Inés«, antwortete Elena mit ruhiger Stimme. Sie saß einfach nur da. Inés las die Wehmut in ihren Augen, spürte jedoch gleichzeitig ihre Zurückhaltung. Trotzdem beugte sie sich zu Elena und küsste sie leidenschaftlich. Sie küsste sie und küsste sie, obwohl Elena kaum reagierte. Schließlich löste sie sich von ihr. »Es tut mir leid«, sagte sie und startete den Wagen. Elena schwieg.

Als sie schließlich vor Alfonsos Werkstatt hielten, schaute Inés zu Caridads Atelier hinüber. Es sah verlassen aus, und Inés sandte ein Dankgebet gen Himmel. Sie übergaben Alfonso das Auto und standen wenige Minuten später auf der Straße. Unschlüssig trat Inés von einem Bein aufs andere. Sie fühlte sich elend. Elena wandte sich ihr zu.

»Würde es dir was ausmachen, in deinem Hotel zu übernachten? Ich meine, ich habe morgen einen anstrengenden Tag in der Tanzschule vor mir und brauche ein wenig Ruhe und Zeit für mich allein.«

Für Inés war es wie ein Stich ins Herz, doch sie nickte tapfer. Es war schließlich nicht selbstverständlich, dass sie immer bei Elena übernachtete, es hatte sich einfach bisher nur so ergeben.

»Dort ist die *colectivo*-Haltestelle, nicht wahr?« Inés deutete hinter sich.

Elena nickte. »Ich muss dort lang«. Sie zeigte in die entgegengesetzte Richtung. Sie zögerten beide, und der Moment, sich zu umarmen oder zu berühren, ging vorüber. Elena hob die Hand, und Inés tat es ihr gleich. Jede ging ihres Weges.

Elena drehte den Regler am Mischpult etwas leiser. Ihr dröhnte der Kopf. Drei Gruppen hatte sie an diesem Tag schon hinter sich, weitere drei standen ihr noch bevor, und sie hatte keinen Schimmer, wie sie das durchstehen sollte. Sie war nicht nur völlig übermüdet – sie war gereizt und hasste sich für ihr Unvermögen, mit Inés ein offenes Gespräch über ihre Zukunft zu führen. Irgendetwas war am Tag zuvor verdammt schiefgelaufen. Sie vermochte nicht zu sagen, wann ihr Gespräch diese absurde Wendung genommen hatte. Inés hatte ihr ihre Liebe gestanden. Und anstatt vor Freude Purzelbäume zu schlagen, hatte Elena sie gebeten, im Hotel zu übernachten und sich anschließend die Nacht mit Selbstvorwürfen um die Ohren geschlagen. Warum hatte sie das getan? Um Inés ihrerseits zurückzuweisen? Nur weil diese keine Vorstellung hatte, wie es mit ihnen weitergehen konnte? Um jetzt schon zu spüren, wie es sein würde, wenn Inés endgültig fort war?

Das Stück endete, und Elena schob den Regler ganz nach unten. Sie bat ihre Gruppe, Partner und Partnerin zu wechseln und kündigte drei aufeinanderfolgende langsame Tangos an.

Gleich würde sie herumgehen und die einzelnen Paare loben und korrigieren. Das erste Stück lang gönnte sie sich eine Pause auf dem Schemel hinter dem Mischpult. Es war ihr nicht gelungen, mit Inés über die Zukunft zu sprechen. Verletzt hatte sie sich zurückgezogen, als Ines ihr sagte, sie wisse nicht weiter. Es wäre an ihr, Elena, gewesen, Vorschläge zu machen, Perspektiven aufzuzeigen, Möglichkeiten auszumalen, wie diese Liebe gelebt werden könnte. Doch nichts dergleichen war ihr über die Lippen gekommen. Letztendlich erwartete sie von Inés, eine Perspektive geboten zu bekommen. Elena konnte sie schließlich schlecht bitten, hier bei ihr in Buenos Aires zu bleiben, das musste von Inés kommen – oder nicht? Inés hatte damals ein paar Mal versucht, ihr Las Palmas für einen längeren Aufenthalt schmackhaft zu machen. Sie hatte sich erkundigt, wie Elena an Papiere für einen legalen Aufenthalt gelangen könnte, und versucht, Elenas Chancen, eine Arbeitserlaubnis zu bekommen, abzuschätzen. Wahrscheinlich wäre Inés bei einem einzigen Wort von ihr zu ihrem Onkel, diesem Senator, den sie eigentlich nicht leiden konnte, gerannt und hätte ihn gebeten, alle Hebel in Bewegung zu setzen. Vermutlich hätte sie über ihren Familien- und Freundeskreis auch noch einen besser bezahlten Job als den in der Tangoschule von José aus dem Hut gezaubert – Kontakte und Möglichkeiten, über die Elena in Buenos Aires nicht verfügte. Was konnte sie Inés schon bieten? Es war hart, in Buenos Aires seinen Lebensunterhalt zu verdienen.

Der zweite Tango begann, und Elena riss sich zusammen. Es war Zeit, ihre Runde zu drehen. Zuerst ging sie zu dem netten Paar aus Schweden, das recht passabel *castellano* sprach und große Fortschritte gemacht hatte. Sie lobte die beiden, korrigierte die Tanzhaltung ein wenig und ermutigte sie, so weiterzumachen. Bei vier weiteren Paaren verfuhr sie ähnlich, es waren allesamt freundliche, entspannte Schülerinnen und Schüler, die sich mit ihr in einem Kauderwelsch aus *castellano* und Englisch verständigten und glücklich mit dem Unterricht zu sein schienen. Dann näherte sie sich dem Paar aus der Schweiz, das ebenso ehrgeizig wie verkrampft war. Während des Unterrichts machten sie sich seitenlange Notizen auf einem Block, und nach der Stunde drängten sie Elena, alles noch einmal haarklein mit ihnen durchzusprechen. Sie raubten ihr nicht nur die kurze Pause zwischen zwei Gruppen, sondern auch den letzten Nerv mit einem nur schwer verständlichen Englisch, das sie gerne gleichzeitig auf sie niederprasseln ließen. Sie musste zusehen, dass sie das diesmal vermied. Als sie an das Paar herantrat, merkte sie schon, dass er drauf und dran war, seine Tanzpartnerin mitten im Tango stehenzulassen und seinen Block zu holen. Sie hob beide Hände und sagte beschwörend: »Weitertanzen, weitertanzen! Nicht aus dem Fluss kommen! Sie machen das wirklich sehr gut.« Das war schlichtweg gelogen, doch das war Elena, die sonst immer bemüht war, ein ehrliches Feedback zu geben, an diesem Tag herzlich egal.

Elena kehrte zum Mischpult zurück und ließ sich wieder auf den Hocker fallen. Am liebsten hätte sie die Tanzschule sofort verlassen. So elend hatte sie sich ewig nicht gefühlt. Nach dieser Gruppe hatte sie zwanzig Minuten Pause. Sie würde ein paar Minuten vor die Tür gehen und frische Luft schnappen. Just als sie den Unterricht beendete, blinkte ihr Handy, das neben das Mischpult lag. Erleichtert griff sie danach, denn schon kamen die Schweizer mit Stift und Block bewaffnet auf sie zu. Sie meldete sich und hatte Esperanza am Apparat. Mit betont bedauerndem Blick huschte sie an den beiden vorbei nach draußen.

»Bin ich froh, dass du anrufst! Du hast mich gerade vor zwei furchtbaren Schülern gerettet.«

»*De nada.* Gern geschehen, aber wenn du gerade unterrichtest, rufe ich lieber später noch mal an.«

»Kein Problem, ich habe gerade Pause.«

»*Bueno, entonces* … In Sachen Mateo bist du wahrscheinlich noch nicht weitergekommen?«

»Nein. Heute habe ich von früh bis spät Unterricht. Ich kümmere mich morgen darum.« Elena drückte ihre Finger gegen die linke Schläfe. Sie verspürte nicht den geringsten Drang, Mateo aufzusuchen.

»Prima. Ich bin gespannt, wie du ihn antriffst. Aber das ist nicht der Grund, weshalb ich anrufe. Ich möchte dich zu einem kleinen Abschiedsessen am Vorabend unseres Rückflugs einladen. Dich und alle netten Menschen, die ich hier kennengelernt habe. Ich habe einen Tisch im *Cabrera* in Palermo reserviert – um zehn Uhr.«

»Oh«, sagte Elena und schwieg. Das Wort Abschied hallte in ihr nach. Esperanza überging Elenas Schweigen und fuhr fort: »Ich rechne fest mit dir, Elena. Ich habe auch versucht, Caridad zu erreichen, aber ich fürchte, ich habe die falsche Nummer. Kannst du sie mir bitte geben?«

Elena begann Esperanza die Nummer durchzugeben, doch dann hörte sie, dass Esperanza mit jemand anderem sprach und hielt inne.

»Elena? Entschuldige, das war die Frau von der Rezeption. Jennifer ist am anderen Apparat. Kannst du bitte Caridad für mich anrufen und sie bitten, dann wiederum mich anzurufen? Ich mache jetzt Schluss. Hoffentlich hat Jennifer gute Nachrichten, was die Finanzierung anbelangt. *Ciao.*«

Elena lauschte dem Besetztzeichen einen Moment nach und beschloss, diesem Abschiedsessen mit welcher Begründung auch immer fernzubleiben. Sie würde es nicht ertragen, Inés ein letztes Mal im Kreis von einem Dutzend anderer Menschen zu sehen. Sie wählte Caridads Handynummer und wartete. Als Caridad sich meldete, berichtete sie ihr von Esperanzas Anruf.

»*De acuerdo*. Ich rufe sie gleich zurück«, sagte Caridad. »Apropos Abschiedsessen – wie sieht es aus mit dir und Inés?«

Elena fuhr sich mit der Hand durchs Haar und setzte sich auf eine kleine Treppe in den Schatten. Das musste ausgerechnet Caridad fragen. »Nicht so gut«, murmelte sie.

»Habe ich mir schon gedacht«, antwortete Caridad. »Inés war heute Vormittag hier und schien ziemlich bedrückt. Zudem hat sie peinlichst vermieden, deinen Namen auch nur in den Mund zu nehmen, was ich angesichts eurer jungen Liebe schon ziemlich merkwürdig fand.«

»Bitte erspar mir süffisante Kommentare zur jungen Liebe …«

»Gut. Wie du willst. Was ist los, Elena? Wieso habt ihr Stress?«

»Wir haben keinen Stress. Wir stecken einfach in einer Sackgasse.«

»Und die sieht wie aus?«

»Wie sieht die aus – wie sieht die aus?!«, wiederholte Elena aufgebracht. »Sie sieht so aus, dass wir uns lieben, aber nicht wissen, wie es weitergehen soll.«

»Das verstehe ich nicht.«

»*Por favor,* Caridad! Du erinnerst dich, dass Inés in Deutschland lebt und ich hier in Buenos Aires.«

»Ach, das ist mir völlig neu«, entgegnete Caridad ungerührt. »Zugegeben, das ist ein wenig unpraktisch, lässt sich aber ändern.«

Elena war zum Heulen und Schreien gleichzeitig zumute. »Ja, aber wir bringen nicht einmal ein Gespräch darüber zustande, ob sie sich vorstellen könnte, hier zu leben … Ich habe es versucht, aber sie weicht mir aus.«

»Vielleicht denkt sie auch an eine andere Möglichkeit ...?«

Elena war zu sehr in ihrem eigenen Gedankenfluss verhaftet, um auf Caridads Bemerkung einzugehen, und so redete sie einfach weiter: »Aber selbst wenn sie es sich vorstellen könnte, Caridad, wie sollte ihr Leben hier aussehen?« Elena wünschte sich eine Zigarette, doch ihr Päckchen Tabak befand sich irgendwo in den Tiefen ihrer Tasche und diese wiederum in der Tanzschule. Entnervt knabberte sie am Nagel ihres kleinen Fingers.

»Wie meinst du das, Elena? Es würde wahrscheinlich bald so aussehen wie das von Tausenden *porteñas* – so wie mein oder dein Leben auch.« Caridad klang ernsthaft verwundert.

Elena seufzte: *»Madre de dios,* meine Güte, verstehst du denn nicht? Wovon soll sie hier leben? Du weißt, wie schwierig es ist, hier einen Job zu finden, von dem man in der Regel mindestens zwei braucht. Und selbst dann lebt man bei mehr Arbeit immer noch bescheidener als in Deutschland. Sie ist das nicht gewohnt – und ich kann ihr nicht viel bieten.«

Caridad stieß hörbar die Luft aus. »Mein Gott, Elena! Was sind das für Komplexe? Ich frage mich, was für krause Gedanken du erst hättest, wenn du dich in eine steinreiche Argentinierin verliebt hättest? Klar, Inés kommt aus einem reichen Land, aber sie ist längst nicht so vermögend wie unsere Landsleute aus den *countries* und weit davon entfernt, so weltfremd zu sein wie sie. Sie ist keine Prinzessin. Sie muss nicht von dir beschützt werden, und sicher würde sie auch nicht erwarten, dass du für ihren Lebensunterhalt aufkommst. *Idiota!* Willst du ihre Geliebte sein oder ihre Mutter?« Caridad klang so aufgebracht, wie Elena sie schon lange nicht erlebt hatte. Warum mussten sie das jetzt diskutieren, es führte zu nichts. Doch Caridad war noch nicht fertig. *»Sie* trägt die Verantwortung für sich, Elena! Sicher, sie müsste einen Job finden. Sie würde unsere Unterstützung brauchen, wenn sie hier Fuß fassen wollte. Sie ist nicht auf den Kopf gefallen und sie spricht perfekt *castellano* – die Voraussetzungen wären also schon mal gut. Die Frage ist doch eher, ob sie sich von dem trennen mag, was sie in Deutschland zurücklassen müsste – wie verbunden sie ihrer Heimat ist. *Das* müsstest gerade du als eingefleischte *porteña* in Betracht ziehen. Habt ihr denn nie darüber gesprochen? Hast du sie denn jemals gefragt, ob sie sich vorstellen könnte, hier zu leben?«

»Nein, nicht direkt«, gab Elena kleinlaut zu. Sie hatte einfach noch nicht den Mut gehabt, diese schlichte Frage zu stellen. Sie sah Inés' nachdenkliches Gesicht noch vor sich, als sie ihr von Alfonsos beiden Jobs erzählt hatte. Es fehlte ihr zweifellos nicht an Realitätssinn, um zu erkennen, wie viel härter ein Leben hier im Vergleich zu Europa war. *No se puede vivir de pan y cebolla*. Man konnte nicht allein von Luft und Liebe leben – auch Inés nicht. Sie sprach nicht viel von Deutschland. Wie mochte ihr Leben dort sein?

»Aha! Die Frage solltest du ihr wahrscheinlich mal stellen.« Caridad klang wieder versöhnlicher, als sie fortfuhr: »Auch du musst dich bewegen, Elena!«

»Ja«, knurrte Elena, »und zwar in die Tanzschule. Meine Pause ist zu Ende.«

»Zum Beispiel«, antwortete Caridad.

Elena ahnte, dass Caridad wieder einmal richtig lag mit dem, was sie gesagt hatte. Es war gut gewesen, mit ihr zu sprechen. »Deine Worte sind angekommen, Caridad«, sagte sie. »Ich muss jetzt wirklich Schluss machen, *hasta luego*.«

Inés warf lustlos ein paar Kiesel in Richtung Wasser. Sie hockte auf einem großen Stück Schwemmholz mit Blick auf die braunen Fluten des Río de la Plata. Sie fragte sich, woher dieser Fluss seinen Namen haben mochte: Silberfluss. Silbrig war er ihr noch nie erschienen, bestenfalls bei Nacht – wenn sich bei Puerto Madero die Lichter der Stadt oder der Mond spiegelten, bekam er einen glänzenden Schimmer. Tagsüber hatte sie ihn nie anders als braun gesehen. Seine Tiefe ließ sich nicht ahnen, er wirkte mächtig und unbezwingbar. Sie hatte es den *porteños* gleichgetan und sich ein Fahrrad ausgeliehen, um im ökologischen Schutzgebiet Costanera Sur die Natur zu genießen. Die Menschen kamen hierher, um Rad zu fahren, zu joggen oder einfach nur um am Wasser zu hocken und die relative Ruhe nahe der Metropole zu genießen. Es war nicht wirklich abgeschieden wie das unübersichtliche Delta des Paranás, aber der Blick aufs Wasser tat ihr gut. Sie wünschte, die Strömung könnte sie aus diesem Zustand der Lähmung reißen.

Eigentlich gab es nichts, was sie in Deutschland hielt, und doch hatte sie Angst vor diesem Schritt. So schön es hier war, wie wäre es, in dieser riesigen Stadt zu leben und zu arbeiten? Berlin war ein kleines Nest gegen diese gigantische Stadt, die niemals zur Ruhe kam. Würde sie dauerhaft mit knapp sechs Stunden Schlaf auskommen, was hier offenbar normal war? Wo sollte sie auftanken, wenn sie von der Arbeit käme – in den *parques* und auf den *plazas,* wo es meistens wimmelte von Menschen? Bei einem Ausflug am Wochenende hier an der Costanera Sur, wo es nicht erlaubt war, die Wege zu verlassen und am Ufer allerlei Unrat lag? Es war kein Vergleich zur Küste in Uruguay auf der anderen Seite des Río de la Plata, wo sie noch vor wenigen Tagen lauschige Stunden mit Elena verbracht hatte. Aber vor allem, wie sollte sie ihren Lebensunterhalt verdienen? Wie käme sie an eine dauerhafte Aufenthaltsgenehmigung? Bräuchte sie dazu erst einen Job? Es war ein Wagnis, bei dem sie, hatte sie ihre Zelte in Berlin erst einmal abgebrochen, alles auf eine Karte setzte. Sie seufzte. Ach, Quatsch – natürlich konnte sie nach Berlin zurückkehren, wenn sie hier nicht klarkäme.

Inés schleuderte einen großen Stein ins Wasser. Es spritzte kurz auf. Nur dann würde es umso schlimmer sein, sich von Elena zu trennen. Sie zweifelte weder an ihren noch an Elenas Gefühlen, aber sie hatte keine Ahnung, ob sie dauerhaft hier leben könnte. Wie sähe ihr Alltag in Buenos Aires aus? Fände sie neue Freundinnen, neue Freunde? Hätte sie auch Zeit für sich oder würde auch sie bald von einem Job zum nächsten hetzen? Es gelang ihr nicht, sich in dieses mögliche Leben hineinzuversetzen. Sie hielt sich längst nicht für so heimatverbunden wie Elena, und doch wurde ihr Angst und Bange bei dem Gedanken, aus Deutschland fortzugehen. Ich hätte mich in eine Dänin oder in eine Polin verlieben sollen, nicht in eine *porteña,* dachte sie und zerbröselte einen trockenen Schilfhalm zwischen den Fingern. Oder in eine Spanierin, das wäre vertraut. Buenos Aires lag auf der anderen Seite der Erde, und alles war einfach anders, auch wenn die Stadt auf den ersten Blick so europäisch anmutete. So musste es Elena in Las Palmas ergangen sein, als Inés sie zum Bleiben bewegen wollte. Aber anders als Elena damals hatte sie keine Geliebte zu Hause, waren die Gefühle zwischen ihr und Elena geklärt.

Du bist so verdammt deutsch, ärgerte sie sich über sich selbst. Alles möchtest du vorausplanen, absichern und jede denkbare Unwägbarkeit von vornherein ausräumen. *Porteños* machen sich grundsätzlich keine Gedanken über ungelegte Eier. Sie ritzte mit einer Scherbe Kerben in das Holz, auf dem sie saß. Eine neben die andere, fast verbissen. Elena hatte sie am Abend zuvor gebeten, im Hotel zu übernachten. So unglücklich es sie gemacht hatte, so deutlich hatte es ihr vor Augen geführt, welche Leere sie in Berlin erwartete. Sie hatte sich zu ihrem eigenen Erstaunen nicht wirklich zurückgewiesen gefühlt, zu offenkundig waren Elenas Schmerz und Verzweiflung gewesen, als sie sich nach ihrer Rückkehr vom Delta zurückzog. Sie wusste, Elena litt in diesem Moment ebenso wie sie. Das Letzte, was sie wollte, war, Elena unglücklich zu machen. Sie konnte Elena nicht aufgeben, nur weil sie Angst davor hatte, in einem fremden Land zu leben. Und sie wusste, dass ihr Zuhause nicht mehr dasselbe wäre, wenn sie nach Berlin zurückkehrte. Eine Zukunft ohne Elena schien ihr unerträglich und nicht wert, sich darin einzurichten. Ihr war klar, sie musste handeln, musste Entscheidungen treffen. Sie konnte nicht darauf warten, dass irgendetwas sich von selbst ergäbe. Also musste sie sich endlich rühren. Ihr Zuhause musste einen neuen Namen bekommen, und es war an der Zeit, die Weichen dafür zu stellen.

Entschlossen stand sie auf. Schon am zweiten Tag nach ihrer Ankunft in Buenos Aires war ihr die Anzeige mit der geschwungenen Schrift aufgefallen und hatte sich in ihr Gedächtnis gegraben. Es mochte eine verrückte Idee sein, aber es war ein Anfang. Eine kleine Chance, eine winzige Möglichkeit, auf jeden Fall der erste Schritt in die richtige Richtung. Damit würde sie beginnen. Jetzt sofort. Sie hob das Rad auf, schob es zurück zum Weg, schwang sich hinauf und trat kräftig in die Pedale.

Das Haus befand sich in einer Seitenstraße der Avenida Rivadavia unweit vom Bahnhof Once. Es war schäbig wie die meisten Gebäude in dieser Gegend. Elena zögerte einen Moment, warf einen kurzen Blick auf das Schild neben dem Eingang und trat dann durch die Tür. Hier lebte er also. Nicht weiter erstaunlich. In ein, zwei Minuten würde sie ihm wahrscheinlich gegenüberstehen. Wollte sie sich das wirklich antun? Sie entsann sich noch der Zeit, als sie nichts sehnlicher gewünscht hatte, als ihm gnadenlos die Meinung zu geigen, aber das war lange her. Jetzt musste sie sich ihre Wut von damals in Erinnerung rufen, um sich durchzuringen, an den Empfang zu treten und nach Mateo Domínguez del Río zu fragen. Mit diesem Besuch würde sie das Kapitel endlich beschließen und die Vergangenheit ruhen lassen. Ihr Gefühl sagte ihr, dass Mateo, wie auch immer sie ihn anträfe, ihr nicht helfen würde, ihre letzte Frage zu beantworten: Wie war es jemals dazu gekommen, dass seine Signatur unter Marís Bildern stand? Was die Antwort auf diese Frage anging, hatte sie all ihre Hoffnung auf Rosalia gesetzt – doch die war stumm geblieben.

»Drüben, zweite Tür links, im Aufenthaltsraum.« Der Mann wies desinteressiert den Flur entlang und vertiefte sich sogleich wieder in den Sportteil des *Diario Popular*. Elena nickte und ging den Gang hinunter. In der Luft hing der Geruch von Desinfektionsmittel und Essen. Sie zwang sich weiterzugehen. Die Tristesse dieses Ortes bedrückte sie, doch bei einem städtischen Altenheim war kaum etwas anderes zu erwarten. Sie riss sich zusammen und stieß die Tür zum Aufenthaltsraum auf. Sie würde das jetzt hinter sich bringen.

Der Raum war riesig. Gegenüber der Tür befanden sich einige Fenster, die jedoch wenig Tageslicht hereinließen. Neonlicht erhellte den Raum. In der rechten Ecke plärrte ein Fernseher, um den sich eine kleine Schar versammelt hatte. Alle saßen in Rollstühlen, niemand schenkte der Werbung, die über den Bildschirm flimmerte, Aufmerksamkeit. Vor einem der Fenster hockte eine offensichtlich geistig verwirrte Frau in sich zusammengesunken ebenfalls in einem Rollstuhl. Elena fragte sich, ob wirklich alle gehbehindert waren oder ob es so einfach am bequemsten für das Pflegepersonal war, die Menschen von einem Ort zum anderen zu schaffen. Weiter abseits saß ein alter Mann, auch er im Rollstuhl. Eine Decke lag trotz der Wärme über seinen Beinen; sein magerer Körper steckte in einem karierten Hemd, das weit offen stand und den Blick auf einen dürren Hals und die fahle Haut seiner Brust freigab.

Elena ging ohne zu zögern auf ihn zu. Das war Mateo, sie hatte keinen Zweifel. Seine Augen waren geschlossen, er schien zu dösen. Elena trat leise näher und musterte ihn. Sein Haar war ordentlich geschnitten, seine eingefallenen Wangen rasiert. Zu ihrer Erleichterung ging auch kein unangenehmer Geruch von ihm aus. Alles in allem machte der alte Mann einen gepflegten Eindruck. Wenigstens das, dachte Elena und zog sich einen Stuhl heran, den sie einen guten Meter vor ihm platzierte. Das Schaben der Stuhlbeine auf dem Boden schreckte den Alten auf. Mit klaren Augen blickte er zu Elena hoch, die mit der linken Hand die Rückenlehne des Stuhls umfasste und wortlos auf ihn hinabsah. Nach einer kleinen Weile rappelte er sich ein wenig auf und krächzte: »*¿Qué pasa*? Was ist?«

Elena antwortete nicht. Sie hatte sich keinen Plan zurechtgelegt, wie sie Mateo gegenübertreten wollte. Dieser Mann war, so schien es, eindeutig bei klarem Verstand. Sie starrte ihn einfach an und registrierte, wie sich Misstrauen in seinen Blick schlich.

»Señor Domínguez del Río?«, fragte sie. Er antwortete mit einem zögernden Nicken. Er war es also tatsächlich. Elena setzte sich auf den Stuhl und beschloss, die Sache zügig hinter sich zu bringen.

»Also, Mateo, ich bin gekommen, um dir ein paar Fragen zu stellen.« Sie machte eine kleine Pause und verschränkte die Arme vor der Brust. Er rührte sich nicht, doch sein lauernder Blick verriet, dass er auf der Hut war. »Du bist also Maler?« Seine Augen verengten sich. Er schwieg beharrlich weiter.

»Wie es scheint, willst du mir nicht antworten?« Elena beugte sich vor und stützte die Unterarme auf die Knie, während sie ihn fixierte.

»*No me agobies*, lass mich in Ruhe!«, knurrte er und schloss die Augen.

»Das werde ich tun, sobald du mir ein, zwei Fragen beantwortet hast«, entgegnete Elena, doch Mateo reagierte nicht. »Um es gleich zu sagen, du und ich, wir sind miteinander verwandt. Glücklicherweise nicht in direkter Linie, aber immerhin. Du bist so eine Art Großonkel von mir, um ein, zwei Ecken. Aber egal.« War da gerade ein leichtes Zucken über sein Gesicht gehuscht? »Mir geht es um etwas anderes – um jemand anderen. Es geht mir um Marí.« Er kniff die Augen fester zu. »Mach die Augen auf, Mateo! Wir wissen beide, dass du mich sehr gut verstehst und im Oberstübchen völlig klar bist.« Er reagierte nicht. »Los, schau mich an!«, schnauzte Elena und erschrak selbst über die Aggressivität in ihrer Stimme. Doch ihr herrischer Befehl zeigte Wirkung. Mateo öffnete die Augen, und sie sah deutlich die Angst darin. Er fürchtet sich vor mir. Und er ist mir ausgeliefert. Die anderen Menschen im Raum nahmen nicht die geringste Notiz von ihnen. Sie verspürte ein Hochgefühl von Macht und Boshaftigkeit. Sie könnte es ihm heimzahlen, all das, was er Marí angetan hatte. Aber die Anwandlung von Hass verging, und Elena schämte sich. Was waren das für armselige Gefühle? Rachegelüste und eine alte Wut, die nun, da sie ihm leibhaftig gegenübersaß und sah, wie er versuchte, sich ihr zu entziehen, wieder aufloderte.

»Marí war meine Tante und deine Cousine. Ich nehme an, du und sie, ihr habt euch nicht sonderlich geschätzt, richtig?« Er blieb reglos. Über sein Gesicht fiel ein Schatten, und sein Blick wurde trüb und verlor sich im Unbestimmten. Elenas Wut flammte wieder auf. Auf diese Masche fiel sie nicht herein. Der Kerl versuchte ihr auszuweichen, aber sie würde ihn zur Rechenschafft ziehen. Er sollte zugeben, dass er Marís Bilder als seine ausgegeben hatte. Sie wollte aus seinem Mund hören, dass er ein Betrüger war. Aber vor allem wollte sie wissen, wieso Marí es zugelassen hatte.

»Lass den Quatsch, *boludo,* Alter! Du verstehst mich sehr wohl!«, fauchte sie ihn an und bewirkte damit nur, dass er die Augen wieder schloss. Doch der krampfhafte Griff um die Armlehnen seines Rollstuhls zeigte, wie angespannt er war. »Jetzt mach die Augen wieder auf!«, schrie Elena. Sie konnte es nicht fassen. »Du Feigling!«, zischte sie ihn wutentbrannt an. Mateo rührte sich nicht, und Elena atmete ein paarmal tief ein und aus.

»Gut«, sagte sie schließlich. Ihn zu attackieren führte zu nichts. Sie musste ihn mit Tatsachen konfrontieren, ihm klarmachen, dass sie über einiges durchaus im Bilde war. »Dann werde ich dir ein paar Takte dazu erzählen.« Sie holte erneut tief Luft. »Marí war die Malerin – nicht du.« Von Mateo kam keine Reaktion. »Du hast ihre Bilder als deine ausgegeben, indem du deine Signatur über ihre gesetzt hast. Anschließend hast du die Bilder auf Gran Canaria verkauft und nicht schlecht daran verdient.« Irrte sie sich oder war ein leichtes Zucken über sein runzeliges Gesicht gegangen? Mit geschlossenen Augen und leicht hängendem Kopf saß er vor ihr und mimte weiterhin den alten Verwirrten. »Du bist ein Fälscher und Betrüger!«, sagte Elena laut und deutlich, doch Mateo regte sich nicht. Sie packte die Armlehnen und rüttelte an seinem Rollstuhl, doch Mateo kniff die Augen nur noch fester zusammen.

»Sag was!«, schnauzte sie ihn an. Sie war außer sich. Obwohl sie ihn mit seinem Betrug konfrontierte, tat er weiterhin, als verstünde er nichts. Elena beugte sich vor und sagte betont akzentuiert und langsam: »Du wirst mich nicht los,

Mateo. Ich werde nicht gehen, bevor du mir nicht gesagt hast, wieso Marí es zugelassen hat, dass du ihre Bilder als deine ausgegeben hast.« Sie wartete einen Moment, doch bis auf den Umstand, dass sich sein Atem etwas beschleunigt hatte, saß er weiterhin reglos mit geschlossenen Augen vor ihr.

»*Dígame,* sag mir, was hast du ihr angetan?« Elenas Stimme war nur noch ein drohendes Flüstern. »Wie hast du es geschafft, an ihre Bilder zu kommen? Sie wird sie dir kaum freiwillig gegeben haben.« Elena wartete einen Moment, um sich wieder in den Griff zu bekommen. Dann fragte sie betont ruhig: »Hast du sie erpressen können, weil sie lesbisch war?« Kaum hatte sie es ausgesprochen, spie Mateo nur ein einzigen kurzen Satz aus: »*¡Era una puta!*«

Elena sah rot. Er schimpfte Marí eine Nutte. Sie sprang auf und wollte ihn anschreien, doch die Stimme versagte ihr. Sie ballte die Fäuste und trat mit aller Kraft gegen seinen Rollstuhl. Dank der Gummireifen ruckte er nur etwas zur Seite, doch Mateos Hände krampften sich panisch um die Armlehnen, und er blickte Elena mit schreckgeweiteten Augen an. Elena las die Angst darin und kam mit einem Schlag zur Besinnung. Sie war drauf und dran gewesen, einen wehrlosen alten Mann zu schlagen. Sie zitterte, und ihr Herz raste. So tief würde sie nicht sinken. Für einen kurzen Moment herrschte absolute Stille.

»Womit hast du sie erpresst?«, flüsterte sie, um Beherrschung bemüht. Doch Mateo hatte die Augen wieder geschlossen. »*¡Habla!* Rede!« Sie wartete. Doch Mateo schwieg beharrlich. Elenas überbordende Wut wich der nüchternen Erkenntnis, dass es ihr nicht gelingen würde, Mateo zum Reden zu bewegen. »*¡Vete al carajo!* Geh zum Teufel!« sagte sie mit ruhiger Stimme und warf einen letzten Blick auf die Gestalt vor ihr. Dann drehte sie sich um und ging.

# *Buenos Aires, August 1979*

Die Scheiben waren beschlagen. Marí hockte auf der Fensterbank und wischte mit drei Fingern ein Guckloch frei. Sie hatte ordentlich geheizt, doch dicht am Fenster, wo es durch die Ritzen zog, konnte sie ahnen, wie kalt es draußen sein musste. Es war ihr egal. Am späten Nachmittag, wenn der *portero* fort wäre, würde sie kurz nach unten gehen, um die streunenden Katzen zu füttern, ansonsten hatte sie keinen Grund, ihre Wohnung zu verlassen. Der Kerl hasste Katzen und behauptete, sie verschmutzten den Eingang, den er sauberhalten musste. Und so warteten sie und ihre Nachbarin, die auch ein Herz für die armen Kreaturen hatte, immer, bis er sich am späten Nachmittag in sein hinteres Zimmer zurückzog.

Marí spähte nach unten. Ein paar Autos fuhren vorbei, und die wenigen Fußgänger waren bemüht, dem Spritzwasser auszuweichen. Es regnete seit Tagen fast ununterbrochen, und der tiefhängende graue Himmel gab Marí das Gefühl, unter einer Glocke gefangen zu sein. Das Bild eines Hinterhofs in San Telmo hatte sie gestern abgeschlossen. Nun fehlte ihr jeglicher Elan, ein weiteres Werk zu beginnen. Sie hatte ihr Skizzenbuch durchblättert, aber es hatte sie, wie so oft in letzter Zeit, kaltgelassen. Seit langem schon fehlte ihr eine beflügelnde Inspiration. Es gab nichts, was sie dringend auf die Leinwand bringen musste, nichts, das es wert schien, Pigmente mit Leinöl zu mischen, nichts, ohne das diese Welt nicht auskäme.

Marí zog ihre alte Strickjacke enger um sich. Mit dem Finger malte sie planlose Formen auf die beschlagene Scheibe. Vielleicht sollte sie Rosalia anrufen. Marí setzte mit den Fingerspitzen kleine Punkte unter die gezogenen Linien. Sie konnte aber auch ebenso gut warten, bis Rosalia sie anriefe. Sie würde gern einmal wieder mit ihr ins Theater oder in die Oper gehen. Das wäre schön. Sie musste es ihr sagen, wenn sie das nächste Mal telefonierten. Marí seufzte. Wenn nur endlich Sommer wäre, dann fühlte sich das Leben ganz anders an.

Heute war der 18. August, Elenas Namenstag. Vorhin hatte Marí bei ihrem Bruder angerufen, um Elena zu gratulieren. Leider hatte sie wieder Pech gehabt, ihre Schwägerin war am Apparat gewesen, wie meistens. Dabei rief sie selten genug an. Marí wischte mit der flachen Hand über ihr Fenstergemälde. Sie würde es so machen wie jedes Jahr. Eine Karte an Elena senden, auf die sie vermutlich auch diesmal keine Reaktion erhalten würde. Wahrscheinlich gelangte sie gar nicht bis in Elenas Hände. Und wer wusste, ob sich Elena überhaupt für ihre alte Tante interessierte? Marí hatte sie in den vergangenen Jahren selten zu Gesicht bekommen. Wenn, dann immer im Kreise der Familie, unter den Argusaugen von Elenas Mutter, die es verstand, jede Unterhaltung zwischen ihnen spätestens nach zwei Minuten mit einem fadenscheinigen Vorwand zu unterbrechen. Es war ein Jammer. Sie liebte dieses Mädchen. Als kleines Kind hatte sie sie viel häufiger gesehen, doch ihr Bruder Roberto beugte sich zunehmend den Wünschen seiner Frau, und so konnte sie Elenas Heranwachsen nicht miterleben. Diskussionen mit ihrem Bruder zu dem Thema hatte sie schon vor Jahren aufgegeben. Er hatte kein Rückgrat. Marís Finger liefen über die beschlagene Scheibe wie über eine Klaviertastatur. Mit ihren sechzehn Jahren war Elena mittlerweile eine junge Frau, und in einem Jahr hätte sie sicher ihr *bachillerato* in der Tasche. Nach allem, was sie wusste, war Elena eine gute Schülerin …

Marí hauchte gegen die Scheibe, die sogleich beschlug und die Welt draußen wieder verschwinden ließ. Sie war wieder allein, im Kokon ihrer Wohnung.

Rosalia hörte, wie die Tür ins Schloss fiel. Ihr Blick ging zur Uhr. Sie hatte sich noch immer nicht daran gewöhnt, dass Oswaldo, der nun schon seit über zwei Jahren für die Nationalbank arbeitete, deutlich zeitiger als früher nach Hause kam. Sie war dankbar für jede Minute, die sie ohne ihn daheim verbringen konnte. Wie sollte das erst werden, wenn er nächstes Jahr in Pension ging? Sie hörte, wie Oswaldo mit Ilda, ihrem Mädchen, sprach. Kurz darauf klopfte es an die Tür, und er trat ein. Wie immer war sein Äußeres tadellos. Doch sein Blick war müde und besorgt. Er ist alt geworden, dachte Rosalia, und er fühlt sich auch so – genau wie du. Doch so, wie die Dinge in diesem Land standen, war es zurzeit besser, alt zu sein. Es verschwanden vor allem junge Menschen, Studenten, sogar Schüler. Oswaldo konnte von Glück sagen, dass er sich bereits als Staatsdiener verdient gemacht hatte und nun kurz vor der Pensionierung stand. Seine liberale Gesinnung hatte ihn seinen hohen Posten im Wirtschaftsministerium gekostet, doch Gottlob hatte man sich damit begnügt, ihn auf eine unbedeutende Stelle bei der Bank abzuschieben.

Oswaldo schritt durch den Raum auf sie zu und zog mit finsterem Blick einen Brief aus der Tasche seines Jacketts. Wortlos reichte er ihn Rosalia und ging zum Fenster. Mit dem Rücken zu ihr sagte er: »Ich habe nicht geglaubt, dass er das wagen würde. Mateo verlangt mehr Geld. Aber lies selbst.«

Rosalias Hände zitterten. Nicht auch das noch. Seit Jahren zahlte Oswaldo, und Mateo hatte keine Probleme gemacht. Wieso stellte er nun neue Forderungen? Mit klopfendem Herzen überflog sie die kurzen Zeilen. Der Kerl begründete seinen Anspruch auf mehr Geld damit, dass alles teurer würde und dass er, erhielte er noch Bilder von Marí, diese auch teurer verkaufen könnte. Die Summe, die er bekäme, entspräche nicht mehr dem Gegenwert der Bilder.

Rosalia lachte trocken auf. Das war zu dreist! In Zeiten wie diesen, wo es um Argentiniens Wirtschaft schlecht bestellt war, kauften die Menschen keine Bilder. Doch der Gipfel der Unverschämtheit war, dass er verlangte, Oswaldo solle fünfzig Prozent mehr zahlen oder dafür sorgen, dass er wieder Bilder bekäme. Das war nun wirklich völlig absurd. Wollte dieser Gauner, der schon vor Jahrzehnten sein angebliches Atelier in Las Palmas und seine Kunden aufgegeben hatte, einfach so aus dem Stand heraus wieder in die Rolle des Malers schlüpfen?

»Das ist doch lächerlich«, sagte sie zu Oswaldo.

»Fünfzig Prozent mehr sind wohl kaum lächerlich«, antwortete er, ohne sich umzudrehen.

»Natürlich nicht.« Rosalia bemühte sich, Kraft in ihre Stimme zu legen. »Das musst du ihm klarmachen! Biete ihm ein wenig mehr an. Er wird es akzeptieren, schließlich rechnet er mit dem Geld, das er nun schon seit Jahren bekommt.«

Oswaldo drehte sich um. »Nein«, antwortete er entschlossen. »Wo soll das hinführen? Wenn ich ihm einmal nachgebe, wird er bei der nächsten Gelegenheit wieder eine Erhöhung fordern. Erstaunlich genug, dass er nicht früher darauf gekommen ist, unser gewitzter Erpresser«, fügte er in ironischem Ton an.

Rosalia stöhnte innerlich auf. Ja, so war es mit Erpressungen – hatte man sich einmal darauf eingelassen, führte kein Weg heraus. Es sei denn, sie kündigten die Vereinbarung ganz, aber das kam nicht in Frage.

»Etwas wirst du ihm bieten müssen, damit er weiter schweigt«, sagte sie müde.

»Das sehe ich nicht so«, entgegnete Oswaldo mit unerwarteter Schärfe. »Seit dreizehn Jahren lasse ich mich erpressen. Da ist ein hübsches Sümmchen zusammengekommen. Mehr als die bisherige Summe werde ich nicht zahlen.«

Rosalia erschrak. Wie konnte Oswaldo so etwas sagen? Gerade ihm, der schon bei dem Gedanken, jemand könne sein wohlgehütetes Geheimnis aufdecken, die Nerven verlor, war Mateos Schweigen enorm viel wert. Sie selbst schätzte die Situation mittlerweile anders ein. Oswaldo stand längst nicht mehr im Zentrum der Aufmerksamkeit – das Machtgefüge hatte sich deutlich verschoben. Auch die Gesellschaft hatte seit den fünfziger und sechziger Jahren einen Wandel erlebt. Doch dann wiederum verfolgte die Junta alle Menschen, die nicht ihren Vorstellungen entsprachen. Sie nannten es *Proceso de Reorganización Nacional.* Was störte, wurde vernichtet. Die tatsächliche Gefahr, die für sie beide bestand, war schwer einzuschätzen. Doch so oder so zog auch Rosalia es vor, ihr Privatleben, ihre wahre Identität für sich zu behalten. Was also war in Oswaldo gefahren, dass er nicht bereit war, mehr zu zahlen – wenn auch weniger, als Mateo verlangte?

»In Wahrheit will er doch Bilder«, unterbrach Oswaldo ihre Gedanken, »wie seinen Zeilen klar zu entnehmen ist. Es wird Zeit, dass Marí wieder ihren Beitrag zu diesem Geschäft leistet«, forderte Oswaldo. »Sorg du dafür, dass sie ihm neue Bilder liefert!«

Rosalia traute ihren Ohren nicht. Hatte er völlig den Verstand verloren? »Oswaldo, Marí gibt nichts auf die Erpressung von Mateo! Sie wird nicht dazu bereit sein.«

»So? Wird sie nicht?« Oswaldos Stimme war ein heiseres Flüstern. »Das sollte sie aber, schließlich haben wir es ihr und ihrem unbekümmerten Lebenswandel zu verdanken, dass es jemals zu dieser Erpressung kommen konnte. Ich rate dir, Rosalia, sieh zu, dass sie ihm wieder etwas liefert!«

Für einen Moment war Rosalia wie erstarrt. Oswaldo wagte tatsächlich, ihr zu drohen. Wie weit waren sie gesunken im Zuge dieser unwürdigen Maskerade? Mit eisernem Willen konzentrierte sie sich. Die Situation durfte nicht eskalieren. Oswaldo war nicht mehr der alte. Früher hatten sie vernünftig miteinander sprechen können, er war Argumenten zugänglich gewesen. Heute beherrschte die Angst seinen Verstand, und er drohte, sich in Panik völlig zu verrennen. Sie holte tief Luft. »Selbst wenn sie wollte, Oswaldo, sie ist überhaupt nicht mehr in der Lage, so zu malen, wie Mateo es verlangt. Schließlich erhält Mateo das Geld, weil er mit ihren traurigen Bildern kein Geschäft machen konnte. So ist es doch überhaupt erst zu den Geldzahlungen gekommen. Zuvor hat Marí die ganze Last allein getragen und sie trägt sie noch – sieh dir doch ihre Bilder an. Mateo hat ihr die Chance genommen, als Künstlerin jemals Erfolg zu haben!«

»Das ist auch kein Wunder bei dem finsteren Kram, den sie auf die Leinwand bringt!«, schrie Oswaldo sie an. »Sie wird ja wohl noch in der Lage sein, ein paar bunte Kleckse zusammenzufügen, um dieses elende Schwein ruhigzustellen.«

Um Rosalias Façon war es geschehen. Tränen traten ihr in die Augen. Niemals hätte sie es für möglich gehalten, dass Oswaldo so von Marí und ihrer Kunst dachte, geschweige denn sprach. Sah er denn nicht, wie Marí litt, wie sie nur noch ein Schatten ihrer selbst war? War er tatsächlich so sehr mit sich beschäftigt, dass er nicht erkannte, wer hier das größte Opfer brachte?

Sie suchte nach ihrem Taschentuch. Unter keinen Umständen durfte sie jetzt die Nerven verlieren. Sie bezwang ihre Angst und sagte mit ruhiger Stimme: »Marí kann diese Bilder nicht malen, selbst wenn sie wollte. Mateo geht es in Wahrheit um Geld, der angeblich gestiegene Wert der Bilder ist nur ein Druckmittel. Du wirst nicht umhin kommen, ihm mehr zu zahlen, wenn er weiter schweigen soll.«

»Genau das werde ich nicht tun, meine Liebe.« Oswaldos

Stimme klang merkwürdig fremd. »Ich zahle nicht einen *peso* mehr als bisher. *Du* wirst Marí dazu bringen, ihm *außerdem* das eine oder andere Bild zu liefern. Das ist mein letztes Wort dazu.« Sein Blick ließ keinen Zweifel, wie ernst es ihm war. Es gab nur eines: Rosalia musste ihm mit noch größerer Entschlossenheit entgegentreten.

»Das werde ich niemals tun.«

Für eine Weile herrschte absolute Stille im Raum. Sie blickten einander in die Augen, und Rosalia wünschte, ihn mit ihrem Blick niederringen zu können. Dann plötzlich wandte Oswaldo den Blick ab, und Rosalia wollte schon erleichtert ausatmen, da sagte er: »Gut. Wenn du es ihr nicht klarmachst, mache ich es. Ich gehe zu ihr. Jetzt sofort.«

»Nein!«

Er antwortete nicht und verließ den Raum. Rosalia rang mit sich. Sollte sie ihm nachlaufen und versuchen, ihn aufzuhalten? Sollte sie Marí anrufen, um ihr zu sagen, dass Oswaldo auf dem Weg zu ihr war? Sollte auch sie zu Marí eilen? Doch das hatte alles keinen Sinn. Marí, da war sie sich sicher, würde Oswaldos Forderung schlichtweg ignorieren. Sie würde erst gar nicht anfangen, mit ihm zu diskutieren. Sie würde das tun, was sie immer tat: sich durch Schweigen entziehen. Oswaldo würde sich die Zähne an ihr ausbeißen. Es machte keinen Unterschied, ob sie Marí anriefe oder nicht, es würde ihr Verhalten gegenüber Oswaldo nicht ändern. Rosalia redete sich ein, Marís Sturheit würde ihn wieder halbwegs zu Verstand bringen, und dann könnte sie mit ihm einen vernünftigen Weg finden, Mateo zufriedenzustellen.

Als Oswaldo am frühen Abend heimkehrte, begab er sich sofort in seinen Trakt. Ilda teilte ihr mit, der Hausherr ließe ausrichten, er wolle nicht gestört werden. Nach einem Bad werde er sich sogleich zur Ruhe begeben.

Rosalia verspürte nicht den geringsten Wunsch, Oswaldo noch an diesem Abend zu sehen, am nächsten Tag blieb genug Zeit, die Dinge erneut anzugehen. Sie würde Marí anrufen. Rosalia ging zum Telefon. Sie wählte Marís Nummer. Sie nahm nicht ab. Endlose fünf Minuten später versuchte sie es erneut. Ohne Erfolg. Als sie den Hörer auf die Gabel legte, wusste sie, dass etwas nicht stimmte. Sie zögerte nicht, schickte nach dem Fahrer und verließ, keine Viertelstunde nachdem Oswaldo zurückgekehrt war, das Haus.

Es war längst dunkel. Sie ließ sich zu Marís Wohnung fahren. Als sie in Marís Straße einbogen, sah Rosalia eine kleine Ansammlung von Menschen vor ihrem Haus. Ihr blieb das Herz stehen. Wortlos bedeutete sie dem Fahrer, sie aussteigen zu lassen. Mit zitternden Beinen und um Atem ringend, ging sie auf die Menge zu. Die Polizei hatte eine Absperrung errichtet. Die Menschen schwiegen und starrten einem Wagen nach, der just in dem Moment losfuhr, als Rosalia die Absperrung erreichte.

»Was ist passiert?«, fragte sie die Frau neben sich tonlos.

»Eine Frau ist aus dem Fenster gestürzt. Sie ist tot.« Mit dem Kinn wies die Frau auf den davonfahrenden Wagen. »Sie haben sie schon geholt. Sie war Malerin, sagt man.«

Rosalia schwindelte, ihr wurde schwarz vor Augen. Ihre Beine versagten, und sie stürzte zu Boden. Bevor die Ohnmacht sie fortriss, wirbelte ein Strudel Bilder durch ihren Kopf: Marí auf der Fensterbank, Marí vor ihrer Staffelei, Marí in ihren Armen. Und immer wieder Oswaldo. Außer sich, zornig und von Sinnen. Er war überall, er schob sich zwischen sie und Marí.

Inés sprang die Stufen hinab, immer zwei auf einmal, ohne sich am Geländer festzuhalten. Ein Silberstreif am Horizont, eine kleine Chance, die sie sich nicht nehmen lassen würde. Es war einfacher gewesen, als sie gedacht hatte. Ihr Besuch am Vortag war vergeblich gewesen, der richtige Ansprechpartner war außer Haus. Doch an diesem Vormittag hatte Oliver Fuentes sie umstandslos empfangen. Er war in ihrem Alter und lebte seit fünf Jahren der Liebe wegen, wie er es ausgedrückte hatte, in Buenos Aires. Und er schien es nicht im Geringsten merkwürdig zu finden, dass Inés unangemeldet bei ihm hereingeschneit war. Sie hatten sich auf Anhieb glänzend verstanden. Als Sohn eines Spaniers und einer Deutschen hatte er bis zum Abitur in Deutschland gelebt. Es war ihm anzuhören, dass er in Bayern aufgewachsen war. Schnell hatte er verkündet, was er in Buenos Aires am meisten vermisste: eine anständige Jause mit Brezen, ordentlichem Brot, Speck und Käse. Anständiges Bier dagegen bekäme man hier problemlos, versicherte er Inés. Sie hüpfte die letzte Stufe hinab und blickte sich für einen Moment orientierungslos um. Lag der Bahnhof nun links oder rechts von ihr? Sie musste jetzt sofort Elena anrufen, sie wollte sie sehen, so schnell es ging, und die Rückfahrt ins Zentrum würde eine Weile dauern. Gerade als sie die Nummer eingeben wollte, klingelte ihr Handy.

»Ich wollte dich auch gerade anrufen, Elena …«

»Ehrlich? Da bin ich froh – mehr als vierundzwanzig Stunden ohne dich, das war sehr lang. *Te echaba tanto de menos*. Ich habe dich so vermisst.« Inés' Herz schlug noch etwas schneller. »Ich möchte dich sehen, Inés, wenn es irgend geht, noch bevor ich heute Abend unterrichten muss.«

»Du warst bei Mateo, nicht?«, fragte Inés.

»Ja. Heute Vormittag. Aber darum geht es nicht. Er ist ein elender alter Mistkerl. Wüsste ich nicht, was für ein Betrüger er ist, hätte ich fast Mitleid mit ihm gehabt. Er hat nicht mit mir reden wollen, dieser Feigling. Und ich war kurz davor, völlig auszurasten. Aber deshalb rufe ich nicht an. Bitte, Inés, ich ... Wo bist du gerade?«

Inés war wie aufgedreht. Sie eilte in Richtung Bahnhof und antwortete atemlos: »In Villa Adelina, auf dem Weg zum Zug.« Sie schlug den Weg nach links ein und hoffte, dass es die richtige Richtung war.

»So weit draußen? Was hat dich dorthin verschlagen? Du kennst Buenos Aires bald besser als ich.«

»Das erzähle ich dir gleich«, antwortete Inés, die kaum erwarten konnte, Elena von ihrem Treffen mit Oliver Fuentes zu berichten. »Ich bin gespannt, was du dazu sagst.« Sie ging die Straße entlang. Endlich, da vorn war die Station. Sie wechselte das Handy in die andere Hand und kramte in ihrer Hosentasche nach Kleingeld.

»Fährst du bis Retiro? Dann könnten wir uns an der Torre de los Ingleses, dem Uhrenturm, treffen. Er liegt dem Bahnhof gegenüber. Wenn du aus dem Haupteingang kommst, siehst du ihn gleich.«

»Ich weiß, so weit kenne ich mich schon aus. Da vorne ist die Station. Keine Ahnung, wann der nächste Zug kommt.«

»Ich warte auf dich.« Inés dachte schon, die Verbindung sei unterbrochen, da sagte Elena: »Ich liebe dich. Ich kann es kaum abwarten, dich zu sehen.«

Inés war wie elektrisiert. Auf einmal war alles ganz einfach, ganz klar. Ein Taumel der Glückseligkeit – sie hatte die richtige Entscheidung getroffen. »*Te quiero,* Elena. Und ich muss unbedingt mit dir reden.«

Als Inés aus der Estación Retiro trat, nahm sie aus dem Augenwinkel ein altes wunderschönes schmiedeeisernes Schild wahr, das auf die Gepäckaufbewahrung verwies. Inzwischen war dort ein Kiosk untergebracht. Doch es fehlte ihr die Muße, sich die Details aus der Entstehungszeit des Bahnhofs anzuschauen. Eilig strebte sie dem Ausgang zu und wandte sich sofort zur Ampel. Ungeduldig wartete sie mit dem Schwall Menschen, der aus dem Bahnhof drängte. Auf der anderen Straßenseite lag die Torre de los Ingleses; dort wartete Elena auf sie. Inés reckte den Kopf, konnte Elena jedoch nicht entdecken. Endlich schaltete die Ampel auf Grün. Sie beschleunigte ihren Schritt. Es hätte nicht viel gefehlt, und sie wäre gerannt. Nach wenigen Metern sah sie Elena, die unruhig von einem Bein aufs andere trat und ihren Blick suchend über die vorbeigehenden Menschen gleiten ließ. Sie hält nach mir Ausschau, dachte Inés. Sie sehnt sich nach mir so wie ich mich nach ihr. Inés war kurz davor, Luftsprünge zu machen. Dann entdeckte Elena sie und kam freudestrahlend auf sie zu. Inés rannte nun doch und warf sich in Elenas Arme.

»Endlich!« Elena vergrub ihr Gesicht in Inés' Haar. »Ich halte es nicht aus ohne dich.« Sie schloss Inés fest in die Arme. »Ich war ein Esel, dich zu bitten, im Hotel zu übernachten …«

»Das war gut. Ich musste erleben, wie es sich anfühlt ohne dich … Ich will nicht mehr ohne dich sein …« Inés' Hände glitten über Elenas Gesicht, strichen ihr durchs Haar. Sie standen mitten im Strom der Menschen, der vom Bahnhof in Richtung Plaza San Martín oder zur *subte*-Station floss, ohne ihn wahrzunehmen. Als schließlich ein Mann Elena unsanft seine Aktentasche in die Rippen stieß und ohne ein Wort der Entschuldigung weitereilte, lösten sie sich voneinander. Elena hielt Inés bei den Händen und zog sie weiter.

»Komm, wir suchen uns eine Bank. Auf der Plaza San Martín dort drüben ist weniger los.«

»Ich kann jetzt nicht sitzen, Elena, ich bin viel zu zappelig.«

»Dann laufen wir ein wenig herum. Komm!« Elena schlang den Arm um Inés' Taille.

Inés genoss Elenas Nähe. Um nichts in der Welt würde sie sie jetzt loslassen, jetzt nicht und auch später nicht. Vor allem aber musste sie ihr endlich von ihrer Entscheidung berichten. Sie wandte Elena das Gesicht zu und sagte: »Du hast mir vorgeworfen, dass ich nicht rede, nicht sage, was Sache ist.«

»Ich habe dir nichts vorzuwerfen, Inés …«

»Doch, hast du. Ich habe mir Bedenkzeit erbeten und dann kam nichts. Ich war wie erstarrt, in meinem Kopf bewegte sich nichts.«

»Du hast mir gesagt, dass du mich liebst.« Elena blieb stehen und fasste Inés bei den Schultern. Forschend glitt ihr Blick über Inés' Gesicht. »Das ist nicht nichts. Die Frage, die bleibt, ist, welche Konsequenzen wir daraus ziehen.«

Inés lachte. »Du klingst sehr ernsthaft – so analytisch.«

»Und das, obwohl ich zu den wenigen *porteños* und *porteñas* gehöre, die keine Erfahrung mit Analytikern oder Therapeuten haben. Aber die Frage ist doch, wie geht's mit uns weiter?«

»Ja.« Inés blickte Elena in die Augen. Sie verspürte eine merkwürdige Mischung aus Aufregung und Ernst. Sie setzt an zu sprechen, doch Elena legte ihr die Hand auf die Lippen.

»Sag nichts«, bat sie. »Was immer du beschlossen haben magst, ich würde dir gerne zuerst sagen, was ich mir überlegt habe – wenn ich darf.« Sie ließ Inés' Augen nicht los, die nur nickte. »Es war nicht richtig von mir, nur von dir zu erwarten, dass du sagst, ob und wie es weitergehen könnte, anstatt selbst eine Perspektive aufzuzeigen.« Elena atmete tief durch, dann sagte sie: »Inés, wenn du möchtest, gehe ich mit dir zurück nach Europa.«

Inés starrte Elena ungläubig an, dann lachte sie und drückte Elena mit aller Kraft an sich. »Wirklich?«, fragte sie mit tränenerstickter Stimme. »Du würdest allen Ernstes dein heißgeliebtes Buenos Aires verlassen, die Stadt der Städte, die Königin unter den Metropolen, den Nabel der Welt am Silberfluss?« Sie hielt Elena auf Armeslänge von sich. »Das ist dein Ernst?«

»Ja. Mein voller Ernst.« Elena schaute ihr fest in die Augen, dann schlich sich ein Hauch Verzagtheit in ihren Blick.

»Aber?«, fragte Inés und lächelte sie aufmunternd an. Es war nicht schlimm, wenn Elena vielleicht doch lieber hierbliebe.

»Kein richtiges Aber, nur ein Problem.« Elena blickte sie verlegen an.

»Und zwar? Nun sag schon.«

»Ich kann kein Deutsch ...«

»... was du nicht sagst!«

»... und ich würde mich nicht als übermäßig sprachbegabt bezeichnen, auch mein Englisch ist nicht sonderlich gut ... Und irgendwie muss ich ja dort mein Geld verdienen. Ich habe mich also gefragt, ob wir nach Las Palmas gehen könnten. Dort ist es schön, und wir kennen es beide. Du besser als ich. Ich könnte Tango unterrichten oder so und mich um eine reguläre Aufenthaltsgenehmigung kümmern – so wie du damals vorgeschlagen hast. Oder wir ziehen aufs Festland, nach Spanien. In eine größere Stadt. Madrid, Barcelona, was weiß ich. Vielleicht eröffne ich eines Tages meine eigene Tangoschule. Vielleicht sogar eine queere Tangoschule – dafür wäre eine große Stadt besser als Las Palmas ... Aber erstmal müsste ich Geld verdienen, ohne kann ich mich wohl kaum selbstständig machen ...« Elena hielt erschrocken inne: »Du weinst ja!«

Inés lachte und weinte gleichzeitig. Schluchzend legte sie ihre Arme um Elenas Hals. »Das würdest du wirklich tun! Ich kann es nicht fassen!«

Elena legte besorgt die Hand an Inés' Wange. »Komm, wir suchen uns doch eine Bank. Warte, ich habe ein Taschentuch.«

»Nein, keine Bank. Und ein Taschentuch habe ich selbst.« Sie kramte in ihrer Hosentasche und schnäuzte sich. »Das hätte ich nie für möglich gehalten! Du hast dir ja richtig Gedanken gemacht.«

»Das hättest du nicht für möglich gehalten? Dass ich dir diesen Vorschlag mache oder dass ich mir Gedanken mache, wie er am besten umzusetzen ist?«

»Beides. Alles. Unglaublich.« Inés lachte und küsste Elena, die ihren Kuss leidenschaftlich erwiderte, dann aber heftig protestierte. »Ich bin durchaus in der Lage, mir ein paar Gedanken über mein Leben zu machen. Unterschätz mich nicht!« Drohend zwickte sie Inés in die Seite. »Ich brauche nur manchmal etwas länger.«

Inés ergriff Elenas Hand. »So, und jetzt erzähle ich dir, was ich heute in Villa Adelina gemacht habe.«

Seit dem Augenblick, in dem Elena ihr vorgeschlagen hatte, mit ihr nach Europa zu gehen, war sich Inés noch sicherer als zuvor, ihre Zelte in Berlin abbrechen zu können. Doch für eine kleine Weile wollte sie spüren, wie sich Elenas Vorschlag anfühlte. Sie gingen Arm in Arm, bis sie die Rasenfläche vor der Torre erreichten.

Elena fragte: »Bist du immer noch zu zappelig, um dich hinzusetzen?«

»Ja. Bist du es leid herumzulaufen?«

»Nein. Mir geht es prächtig, denn deinen tränenreichen Ausbruch deute ich so, dass du dich freust, wenn ich mit dir komme, auch wenn du das bisher nicht direkt gesagt hast.« Elena blickte sie liebevoll an, doch eine Spur Unsicherheit lag in ihren Augen.

»Ich freue mich wahnsinnig – so sehr, dass mir die Worte

fehlen, Elena.« Inés umfasste Elenas Mitte mit beiden Armen und schob sie übermütig ein Stück über den Rasen, zwischen den dort hockenden Menschen hindurch.

Elena ließ es lachend geschehen. »Du bist ja außer Rand und Band!«

»Ja! Denn du hast mir eben den perfekten Plan B präsentiert – dafür liebe ich dich. Auch dafür«, verbesserte sie sich sogleich.

»Plan B? Was soll das jetzt heißen?« Elena war auf einmal wieder völlig ernst.

»Dein Vorschlag, mit mir nach Las Palmas oder auf die *peninsula* zu gehen, ist die perfekte Alternative zu dem Vorschlag, den ich dir jetzt machen werde. Wenn er dir nicht gefällt, dann gehen wir zusammen nach Europa.«

Elena blieb abwartend stehen. Sie war erleichtert, dass Inés ihren Vorschlag nicht verwarf, aber unsicher, was nun kam.

»Ich war heute in Villa Adelina. Dort gibt es eine deutsche Schule. Eigentlich ist es eine deutsch-österreichische Schule, aber sie nennt sich nur deutsche Schule.« Elena blickte sie gespannt an, dann ging ihr ein Licht auf. »Ich dachte mir, das könnte ein potenzieller Arbeitsplatz für mich sein«, erklärte Inés.

»Als Lehrerin? Darfst du denn unterrichten?«

»In grauer Vorzeit habe ich Deutsch und Englisch auf Lehramt studiert. Anschließend habe ich mein Referendariat gemacht, womit ich die Befähigung für den deutschen Schuldienst an Gymnasien habe. Ich habe allerdings nie als Lehrerin gearbeitet und daher habe ich auch keine Chance, mich regulär als Lehrerin an einer deutschen Schule im Ausland zu bewerben.«

»Oh.« Elenas eben aufkeimende Hoffnung schwand aus ihrem Blick. »Dann ist das wohl keine Möglichkeit.«

»Doch, doch. Das reguläre Bewerbungsverfahren wäre in meinem Fall ohnehin wenig hilfreich, denn man kann sich nicht für eine spezielle Schule bewerben.«

»Wieso das denn nicht?«

»Es ist ein komisches Verfahren. Die Welt ist in acht oder neun Hauptregionen aufgeteilt, also Nordamerika, Lateinamerika, Nahost, Zentralasien, Südostasien, Afrika, Europa, Australien einschließlich irgendwelcher Inseln, so oder so ähnlich. Man darf zwei Regionen ausschließen, in die man nicht entsandt werden möchte. Innerhalb der verbleibenden Regionen bekommt man dann ein einziges Angebot für eine bestimmte Schule. Man kann annehmen oder es sein lassen.«

»Man könnte dir also ebenso gut La Paz wie Ulan Bator vorschlagen?«

»Genau.«

»Aber ich denke, eine Bewerbung kommt für dich mangels praktischer Unterrichtserfahrung sowieso nicht in Betracht?«

»Ja. So gesehen habe ich keine Chance. Zudem hätte ich mich mit einem Haufen Formulare von Deutschland aus bewerben müssen ...«

»Schade«, sagte Elena und zog Inés an sich. »Aber wir finden etwas anders.«

»Mit etwas Glück habe ich bereits etwas anderes.« Inés kicherte, während sie Elenas wechselndes Mienenspiel betrachtete. »Du schaust aus wie ein Kind, dem man das Bonbonglas unter die Nase gehalten hat und dann fortzieht.«

»Genau so fühle ich mich langsam auch.« Elena legte ihre Stirn an Inés' und knurrte: »Sag endlich, was los ist oder ich kitzle dich! *¡No me tortures más!* Spann mich nicht weiter auf die Folter!«

Inés ließ sich nicht aus der Ruhe bringen. »Ich habe mich also entschlossen, nach der argentinischen Methode vorzugehen und die Formulare Formulare sein zu lassen, das Verfahren zu ignorieren und einen anderen Weg einzuschlagen.«

»Was soll das heißen – ›argentinische Methode‹? Willst du mich in meinem Nationalstolz kränken?« Elena begann Inés am Bauch zu kitzeln.

»Lass das lieber«, quiekte Inés, »sonst erfährst du es nie! Argentinische Methode heißt, ein Auto aus der Werkstatt eines Kumpels zu leihen, statt eines regulären Mietwagens. Schilfschneider für einen Bootstrip anzuheuern, statt sich mit einem Haufen Touristen auf einen Ausflugsdampfer zu drängeln. Oder, besonders verwegen, in Ermangelung einer *azotea* einfach das ungesicherte Dach des Nachbarhauses in Besitz zu nehmen.«

»Alles sehr sinnvolle Herangehensweisen. *Pero que diabolo*, was zum Teufel hat das mit der deutschen Schule zu tun, die sich sicher treu und brav an die Vorgaben hält – sonst falle ich vom Glauben ab, was die deutsche Wesensart angeht.«

»Um es kurz zu machen: Ich habe mich dort einfach durchgefragt, bis ich den passenden Ansprechpartner gefunden hatte, mit dem ich mein Anliegen von Angesicht zu Angesicht besprechen konnte. Er hatte übrigens großes Verständnis dafür, dass ich der Liebe wegen dringend einen Job in Buenos Aires brauche. Es ist noch nicht in Sack und Tüten, aber ich könnte dort vielleicht ein paar Stunden unterrichten. Nicht die Schüler, aber einen Kurs für Erwachsene, den die Schule in Zusammenarbeit mit dem Goethe-Institut anbietet. Möglicherweise wird nächstes Frühjahr auch eine Stelle in der Verwaltung frei.« Inés machte eine Pause. »Ich möchte hierbleiben, Elena, es sei denn, du bestehst darauf, dass wir nach Europa gehen.«

Elena starrte sie einen Moment an, dann fiel sie Inés um den Hals und überschüttete sie mit einem Schwall Liebesschwüren, Flüchen und Dankesbekundungen.

Inés lachte ausgelassen. »Was ist jetzt? Verfluchst du mich, weil du mich liebst oder liebst du mich, weil ich in Buenos Aires bleiben möchte?«

»Beides und sowieso! Und wann erfährst du, ob es klappt?«

»Das kann noch dauern. Und es ist auch längst nicht sicher. Aber ich bleibe, so oder so. Ich kann schließlich auch irgendwas anderes machen. Steaks braten, was ich so gut beherrsche wie eine *porteña,* wie du mir glaubhaft versichert hast. Die Fremdenführerin für deutschsprachige Reisegruppen geben, mir in Deutschland mit etwas Glück einen Roman zur Übersetzung an Land ziehen, so wie damals auf Gran Canaria. Was weiß ich. Die Schule wäre natürlich das Angenehmste, wobei ich sogar ziemlich gut verdienen könnte. Ich kann alles Mögliche machen, nur nicht ohne dich sein.«

Elena zog sie an sich. »Um dich muss ich mir keine Sorgen machen«, sagte sie dicht an Inés Ohr und küsste ihren Hals.

»Hast du das jemals gedacht?«, fragte Inés.

Elena zögerte einen Augenblick, bevor sie antwortete: »Ehrlich gesagt, hatte ich befürchtet, das Leben hier könnte dir zu viel abverlangen … Caridad hat mir diesbezüglich den Kopf zurechtgerückt – du seist keine Prinzessin, hat sie mir empört erklärt. Obwohl, wenn ich dich so ansehe, so sicher bin ich mir da nicht, das Aussehen hast du und ein kleines Krönchen auf deinem schönen Schopf macht sich sicher sehr gut.«

»Nimm das sofort zurück! Ich bin keine Prinzessin und ich sehe auch nicht so aus.«

»Stimmt. Gerade schaust du eher aus wie die böse Königin von *la bella durmiente del Bosque*, Schneewittchen – zum Fürchten …«

»Ich bin weder Prinzessin noch Königin und deshalb habe ich ab Sonntag, wenn ich zurück in Deutschland bin, auch alle Hände voll zu tun …«

»Oh«, sagte Elena, und mit einem Schlag verpuffte alle verliebte Albernheit.

»Mach nicht so ein Gesicht!« Inés streichelte Elenas Wange. »Du erinnerst dich, ich habe einen Job dort. Ich muss meine Wohnung kündigen, und ich habe einen Haufen Kram, über dessen Verbleib ich mir Gedanken machen muss. Außerdem sollte ich mit meiner Krankenversicherung in Kontakt treten, und dann ist da noch die Sache mit der Übersetzung, um die ich mich kümmern will und hundert andere Dinge, die geregelt werden müssen.«

»Und wann kommst du wieder?«

»In sechs bis acht Wochen, denke ich. Weihnachten möchte ich noch mit meiner Familie verbringen – die werde ich dann wahrscheinlich so schnell nicht wiedersehen –, aber zum neuen Jahr werde ich wieder hier sein.«

»Silvester?«, fragte Elena hoffnungsvoll. »Ein doppelter Start: ins Jahr 2006 und in unser gemeinsames Leben hier – das wünsche ich mir.«

Inés küsste Elena zärtlich. »Silvester in Buenos Aires, versprochen. Ich versuche mein Allerbestes!«

*Buenos Aires, April 2006*

Elena beschleunigte ihren Schritt. Bis nach Hause war es nur noch ein Block. Ein wenig Zeit blieb ihr, bis sie am Abend mit einer Gruppe japanischer Schülerinnen und Schüler eine *milonga* in San Nicolás besuchen würde. Sie schloss die Wohnungstür auf und eilte die Treppe hinauf. Vielleicht war Inés schon da? Sie hoffte es – zu gerne würde sie mit ihr noch einen Spaziergang machen, bevor es dunkel wurde.

Außer Atem kam sie im dritten Stock an. Sie öffnete die Wohnungstür und wusste sogleich, dass Inés da war. Es war nicht abgeschlossen, und im kleinen Flur standen ihre Schuhe. Elenas Herz machte einen Hüpfer, wie jeden Tag, an dem sie nach Hause kam und es immer noch wie ein Wunder empfand, Inés in ihrer gemeinsamen Wohnung vorzufinden. War sie nicht da, freute Elena sich über ihre Spuren, wie die zweite Zahnbürste neben ihrer oder einen achtlos hingeworfenen Pullover, die davon zeugten, dass sie hier gemeinsam lebten. Vor drei Wochen waren sie aus Elenas alter Wohnung in diese umgezogen. Zwei wunderbare Zimmer mit Küche und eigenem Bad. Der kleine Balkon war keinen halben Meter tief und kein wirklicher Ersatz für Elenas alte Dachterrasse, aber mit seiner Breite von fast drei Metern bot er genügend Platz für ein paar Blumentöpfe. Inés hatte verkündet, dort im nächsten Sommer Tomaten zu ziehen. Das Beste am Balkon aber waren die beiden großen Flügeltüren. Öffnete man sie weit, drang die Sonne in das größere der beiden Zimmer, und es war fast so, als säße man draußen. Inés hatte sich als geschickte Handwerkerin entpuppt, die, ehe Elena sich's versah, den uralten unansehnlichen Holzboden im kleinen Zimmer abgeschliffen und die Fugen der Fliesen im großen Zimmer neu verfugt hatte und sich nun daran machte, die Wände der ganzen Wohnung in einem abgetönten Weiß zu streichen. Es war ein wenig unpraktisch zu renovieren, nachdem sie schon eingezogen waren, aber sie hatten sich die doppelte Miete sparen wollen. Im Augenblick befanden sich alle Möbel bis auf Bett und eine Kleiderstange im kleineren Zimmer. Elena hörte Ines in der Küche rumoren.

»*Hola, princesa. ¿Como estas?*« Sie trat ein und erblickte Inés mit einem Pinsel bewaffnet auf der Leiter. Sie stand barfuß, in Slip und T-Shirt da, und lächelte auf sie herab.

»Wunderbar. Das Personal hat Ausgang, und so muss die Prinzessin alles selbst machen.«

Elena trat dicht an die Leiter und bewunderte Inés' schöne Waden. »Ich bin beruhigt. So bekomme nur ich dich in diesem Aufzug zu sehen – halb nackt auf einer Leiter. Ist dir so warm?«

»Nein, ich habe keine alte Hose, die ich getrost bekleckern könnte, aber das T-Shirt hat es schon hinter sich. Außerdem lässt sich Farbe ganz gut von der Haut abbekommen, und so erschien es mir ganz praktisch.« Sie zwinkerte Elena zu und wackelte mit den großen Zehen. Elena beugte sich vor und küsste diese lustigen Zehen, auf denen sich schon ein paar Farbsprengsel befanden. Am liebsten hätte sie hineingebissen, so süß sahen sie aus, aber das war vielleicht etwas gefährlich, solange Inés oben auf der Leiter stand.

»Ich weiß, ich sollte dir helfen, aber hättest du nicht Lust, den Pinsel fortzulegen und da runterzukommen?«

Inés stieg die Leiter herab und blieb auf der untersten Sprosse stehen. Sie warf den Pinsel in den Eimer und zog Elena an sich, die sogleich ihr Gesicht zwischen Inés' Brüsten barg und die Händen über ihren Po gleiten ließ.

»Eigentlich hatte ich an einen Spaziergang gedacht«, murmelte sie.

»Wenn du so weitermachst, wird da nichts draus«, antwortete Inés. »Und aus meinem Vorhaben, heute noch die Küche fertigzustreichen auch nicht.« Sie trat die letzte Stufe herab und gab Elena einen flüchtigen Kuss.

Er brannte auf Elenas Lippen, und sie sagte: »Ich muss heute Abend mit den Japanern in die Confitería Ideal – wir haben noch über drei Stunden Zeit. Heute Nacht wird es dafür spät werden ... Morgen Vormittag helfe ich dir beim Streichen – versprochen.«

»Schlagende Argumente«, antwortete Inés. »Gehen wir zusammen duschen?« Ohne eine Antwort abzuwarten, schob sie Elena in Richtung Bad.

Das mit dem eigenen Bad in der Wohnung war prima, dachte Elena und begann sich mit Inés' Hilfe hastig auszuziehen.

Als sie später in ihrem Bett im fast leeren großen Zimmer lagen, sagte Inés: »Wir sollten gleich hier vor die Flügeltüren ein Sofa stellen.«

Elena nickte. »Wie wäre es mit einer Art Futon mit ganz vielen Kissen, die man immer wieder neu arrangiert, je nachdem was man gerade macht?«

»An was genau hattest du gedacht? Lesen, *mate* trinken, dösen und aus dem Fenster gucken? Wie wäre es mit einem tiefen orientalischen Diwan?«, fragte Inés.

»Ja, so was in der Art. Ich würde die Liste der Aktivitäten dann noch um ein, zwei ergänzen ...«

»Gut, es ist wichtig, dass wir im Geschäft genau beschreiben können, um was es uns geht ...« Inés lachte. »Bei diesen multifunktionalen Möbelstücken muss man ganz besonders darauf achten, dass man das richtige erwischt.«

»Ich bin gespannt, wie du das dem Verkäufer oder der Verkäuferin erklärst.« Elena zog die Decke ein wenig fester um sich und Inés. »Magst du noch spazieren gehen? Die Sonne geht gleich unter. Die Tage sind schon merklich kürzer geworden.«

»Nein, vielleicht gehen wir morgen Mittag, wenn es schön warm ist, ein wenig raus, bevor du zum Unterricht musst, was meinst du?«

»Auch gut. Apropos Unterricht, du warst doch heute in Villa Adelina – wie läuft es?«

»Sehr gut. In meiner Damengruppe, alle von Beruf reiche Gattin und Mutter, sind tatsächlich zwei, die Ehrgeiz und echtes Interesse an den Tag legen, Deutsch zu lernen und sich nicht nur die Zeit vertreiben. Den anderen geht es wahrscheinlich nur darum, die Stunden totzuschlagen, bis ihre Kinder aus der Schule und ihre Ehemänner von der Arbeit kommen. Und da die meisten Damen schon vier Vormittage die Woche ins Fitnessstudio gehen, brauchen sie an einem Tag etwas für den Geist, wie Señora Duarte es ausgedrückt hat. Stell dir vor, sie hat mit neunzehn geheiratet, bald darauf das erste Kind bekommen, dem drei weitere folgten. Jetzt ist sie unwesentlich älter als ich und hat, so sagt sie zumindest, mit Kung-Fu und dank ihres Analytikers ihre Depressionen überwunden. Der hat ihr übrigens auch empfohlen, Deutsch statt Englisch zu lernen, damit sie etwas anderes lernt als ihre Kinder, die Englisch und Französisch in der Schule haben.«

»Demnach gehen sie nicht auf die deutsche Schule?«

»Offenbar nicht. Aber ich habe mir schon überlegt, nach dem Namen dieses Analytikers zu fragen und Kontakt zu ihm aufzunehmen. Einmal, um ihm für diesen weisen Rat zu danken, und zum anderen, um ihn zu bitten, mir mit diesem Argument noch viele weitere unterforderte *porteñas* zu schicken, die mit ihrer Zeit nichts anzufangen wissen und so mein Einkommen sichern. Oh, das Wichtigste habe ich ganz vergessen. Ich habe mit Oliver Fuentes gesprochen – ab Juni kann ich zwei weitere Kurse übernehmen, dann sind es insgesamt fünf. Zusammen mit dem halben Tag im Sekretariat komme ich dann auf ein ganz erkleckliches Sümmchen.«

»Und damit rückst du jetzt erst raus? Herzlichen Glückwunsch, *profesora!* Ich freue mich.«

»Ach, und Oliver ist übrigens schwul. Wir hatten heute ein nettes längeres Gespräch. Wir haben ausgemacht, dass wir uns mal zu viert treffen. Sein Liebster ist *porteño*. Ich hoffe, du bist einverstanden.«

»Klar. Ich freue mich darauf.« Elena strich Inés eine Haarsträhne aus dem Gesicht. »Es ist wahrscheinlich schön für dich, mit jemandem Deutsch sprechen zu können oder über die alte Heimat zu reden …«

»Deutsch reden ja, aber wir sprechen eigentlich nie über Deutschland, eher darüber, wie es für uns hier in Buenos Aires so ist. Er ist ja schon fünf Jahre hier – und nach wie vor entzückt von der Stadt.«

»Das höre ich gerne, *cariño.*« Elena betrachtete Inés. So fühlte sich Glück an. Inés fand sich bestens in ihr neues Leben ein. Hoffentlich ging es ihr in fünf Jahren ebenso wie Oliver. Und hoffentlich teilte sie dieses Leben dann immer noch mit ihr. »Und? Wie lautet euer Urteil über Buenos Aires?«, fragte sie und streichelte Inés' Wange.

Inés kicherte. »Ich weiß nicht, ob du es gerne hörst, aber wir sind zu dem Schluss gekommen, dass diese Stadt eine Art aufgeblasenes Paris ist, mit dem Verkehr von New York, mit Menschen, die wie Italiener schreien, wie Brasilianer nuscheln und stolz wie Spanier herumspazieren.«

»Aha! Das muss ich mir mal durch den Kopf gehen lassen …« Elena lächelte. Es machte sie einfach nur glücklich, Inés so zu sehen. Gerade wollte sie nach der Jugendgruppe aus Villa 21 fragen, der ihre Geliebte seit neuestem Englischunterricht gab, da rief Inés: »Mein Gott!«, und schlug sich an die Stirn. »Das Wichtigste habe ich glatt vergessen.« Sie sprang mit einem Satz aus dem Bett, lief zu ihrer Tasche im Flur und kam mit einem großen Umschlag zurück. »Hier, dieser Brief ist heute mit einem Boten gekommen. Ich habe ihn in meine Tasche getan, damit er im Chaos hier nicht verlorengeht. Ein Brief an dich von einem Anwalt, wie es aussieht. Ich habe mir erlaubt, die Empfangsbestätigung mit deinem Namen zu unterschreiben, weil ich das Gefühl hatte, der Zusteller hätte den Brief sonst nicht rausgerückt. Ich hoffe, das war okay?« Sie reichte ihn Elena, die sich aufgesetzt hatte, und schlüpfte neben sie unter die Decke.

»Völlig. Wer weiß, wo ich den Brief sonst hätte abholen müssen.« Elena betrachtete den Umschlag. »Sieh mal, er ist erst an meine alte Anschrift gegangen und mir dann nachgesandt worden.« Sie löste die Klammern des großen Umschlags und hielt die Öffnung nach unten. Sogleich fiel ein einzelner Briefbogen heraus. Elena hielt das kurze Schreiben so, dass Inés mitlesen konnte.

*Sehr geehrte Señora Dominguez del Río,*

*ich habe Ihnen die traurige Mitteilung zu machen, das Doña Rosalia Catala de la Vega am 1. März 2006 nach kurzer Krankheit verstorben ist.*
*Doña Rosalia hat Sie als eine ihrer Erbinnen bestimmt. Zur Testamentseröffnung bitte ich Sie, sich schnellstmöglich mit mir in Verbindung zu setzen.*
*Ich füge diesem Schreiben noch einen an Sie persönlich adressierten Brief von ihr bei.*

*Mit freundlichen Grüßen*
*Oscar Romano Helft, Abogado*

Wie gebannt starrten beide auf das Schreiben. »Das darf nicht wahr sein!«, flüsterte Elena. »Dann habe ich sie ja nicht lange vor ihrem Tod gesehen …«

»Zum Glück«, antwortete Inés. »Sonst hätte sie dir keinen Brief geschrieben. Wie gut, dass du deine Adresse dagelassen hast. Los, mach schon auf – was zögerst du?«

Elena drehte Rosalias Brief in den Händen und brachte kein Wort heraus. Nach einer Weile sagte sie: »Ich hätte sie so gerne noch einmal getroffen …«

»Sie wollte es nicht, Elena, aber offenbar hatte sie dir noch etwas zu sagen. Willst du den Brief vielleicht später lesen?«

Elena schüttelte den Kopf und betrachtete das Couvert, auf dem handgeschrieben ihr Name stand. Dann riss sie es vorsichtig auf. »Wir lesen ihn jetzt«, antwortete sie mit belegter Stimme.

*Buenos Aires, im Januar 2006*

*Liebe Elena,*

*seitdem Sie mich vergangenen November unverhofft aufgesucht haben, ringe ich mit dem Gedanken, Sie wiederzutreffen. Aber meine Kräfte schwinden zusehends, und ich sehe mich dazu nicht mehr in der Lage. Bitte verzeihen Sie!*

*Doch ich denke, ich schulde Ihnen einige Erklärungen, die ich in diesem Brief, den Sie nach meinem Tod erhalten werden, darlegen möchte. So muss ich mich als Erstes bei Ihnen für mein Verhalten am Tag Ihres Besuches entschuldigen. Meine abwehrende Haltung wird Sie befremdet haben, und ich bitte Sie, mir meine Weigerung, Sie angemessen zu empfangen, zu vergeben. Es war weniger Ihr plötzliches und völlig unerwartetes Auftauchen, das mich zu einem solch unangemessenen Verhalten veranlasst hat, als die frappierende Ähnlichkeit mit Ihrer Tante Marí. Sie sind Marí nicht nur wie aus dem Gesicht geschnitten, Elena, nein, Ihre ganze Erscheinung gleicht der ihren unglaublich. Als Sie sprachen – ich darf anmerken, Sie waren recht aufgeregt an dem Tag – war es, als stünde Marí in ihrer übersprudelnden Art vor mir. Für den Moment war ich so erschrocken, dass ich mich auf das, was Sie mir erzählten, nicht konzentrieren konnte. Es mag dem Alter geschuldet sein oder der Intensität dieses Eindrucks – was Sie mir mitteilen wollten, drang in diesem Moment nicht zu mir durch. Wie auch immer, nachdem Sie gegangen waren und ich mich wieder gefasst hatte, habe ich mich tagelang mit ganzer Aufmerksamkeit dem Katalog gewidmet, den Sie mir gottlob dagelassen haben. Um es gleich zu sagen, Ihnen, Elena, sowie Señora Nuñez gebühren größter Dank und größte Anerkennung für das, was Sie geleistet haben. Bitte richten Sie das auch Señora Nuñez mit den herzlichsten Grüßen aus. Meine Freude darüber, ja wie sehr es mich beglückt, dass Marí posthum Aufmerksamkeit und Anerkennung als Künstlerin zuteil wird, kann ich kaum in Worte fassen. Es hat mich auch beschämt, Elena, zu sehen, was Sie für Ihre Tante getan haben und ich nie zu tun vermochte. Und so habe ich mich entschlossen, die wenigen in meinem Besitz verbliebenen Ölbilder Marís dem Trust zugunsten ihres Werkes zu überlassen und ihm eine weitere Zuwendung zu machen, um sein künftiges Engagement zu unterstützen. Das ist das Geringste, was ich nach all den tatenlosen Jahren nun noch zu leisten vermag.*

Elena ließ den Brief sinken: »Sie muss schon sehr kraftlos gewesen sein, als sie dies schrieb – schau, wie unleserlich ihre Handschrift an dieser Stelle geworden ist.«

»Ja. Und sie hat wohl geahnt, dass ihr nicht mehr viel Zeit blieb. Aber offenbar hat sie später weitergeschrieben.« Inés deutete auf den Brief. »Ab hier wird die Schrift wieder leserlicher.«

*Liebe Elena, die Tatsache, dass Sie mich aufgesucht haben, lässt mich annehmen, dass Sie über die Art meiner Beziehung zu Marí im Bilde sind. Dankenswerterweise hält sich der Katalog, was Angaben zu Marís Privatleben anbelangt, erfreulich zurück. Ich halte diese Zurückhaltung gegenüber dem an Marís Kunst interessierten Publikum auch für angemessen. Ich denke, Sie jedoch sollten mehr über das Leben Ihrer Tante erfahren, als Sie bisher aus den Ihnen bekannten Fakten mutmaßen konnten. Ich möchte Ihnen einen Einblick in das Leben Marís gewähren. Mir fällt dies nicht leicht, doch die Tatsache, dass Marí Sie, ihre Nichte Elena, sehr geliebt hat, bestärkt mich in meinem Entschluss. Ich tue dies vor allem auch für Marí. Wie Sie den folgenden Zeilen entnehmen werden, wirft dieser Bericht kein gutes Licht auf mich – ich habe große Schuld auf mich geladen.*

»Oje«, warf Inés ein. »Sie hat sich sicher sehr gequält mit diesem Brief.«

Elena winkte ungeduldig ab, und sie fuhren fort zu lesen.

*Als Marí und ich uns kennen und lieben gelernt haben, war ich bereits mit Oswaldo verheiratet. Die Ehe war von Anfang an ein Arrangement, durch das er und ich uns erhofften, uns einen Freiraum für unsere wahren Neigungen zu schaffen und gleichzeitig den gesellschaftlichen Anforderungen Genüge zu tun. Zu Beginn waren wir drei uns in Liebe und Freundschaft verbunden, und wäre das Schicksal uns freundlicher gesinnt gewesen, hätte es vielleicht auch so bleiben können. Marí verabscheute Oswaldos und mein Arrangement zwar, doch sie akzeptierte es zunächst. Dann trat Mateo in unser Leben, der, wie Sie ja ermittelt haben, Marís Bilder als seine ausgab. Im Katalog wird gemutmaßt, wie es dazu kommen konnte. Nun, die Antwort ist sehr einfach: Mateo hat Marí damit erpresst, das wahre Wesen unserer Beziehung beziehungsweise meiner Ehe preiszugeben. Dies zuzulassen erschien mir und Oswaldo undenkbar – aus heutiger Sicht ist das vielleicht nicht nachzuvollziehen. Marí hat es damals schon nicht verstanden und furchtbar darunter gelitten, ihre Werke herzugeben und auf ihre Anerkennung als Künstlerin zu verzichten. Sie war es, die die Last trug, um eine Lüge aufrechtzuerhalten, die nicht ihre war. Und so wandelte sich eine lebensfrohe Frau in eine depressive, vom Leben enttäuschte. Und natürlich galt ihre Enttäuschung auch mir, die damals nicht bereit war, sich von Oswaldo zu trennen.*

*Nun komme ich zu dem Teil dieses Briefes, der mir am schwersten fällt. Marí wählte den Freitod. Die Ergebnisse Ihrer Recherchen lassen Sie und Señora Nuñez zu dem Schluss kommen, dass Marí aus dem Leben schied, weil sie sich als Künstlerin nicht hat verwirklichen können. Das ist sicher richtig, aber in meinen Augen nur ein Beweggrund. Die Wahrheit ist, dass sie sich zudem von den Menschen betrogen und verraten fühlte, die ihr am nächsten waren: Oswaldo, der von ihrem Opfer am meisten profitierte, und an allererster Stelle ich, die ich sie liebte und doch verriet – die immer wieder Opfer von ihr forderte, statt sie zu stützen.*

*Wie Sie wissen, hat Marí nach ihrem Aufenthalt in Las Palmas begonnen, Bilder zu malen, die von Traurigkeit geprägt waren. Sie ist dortgewesen, um der Erpressung ein Ende zu bereiten. Es ist ihr nicht gelungen. Mateo hatte uns über Jahrzehnte fest im Griff. Da er keine Interessenten für Marís traurige Bilder fand, erhielt er für sein Schweigen ab 1966 Geld von Oswaldo. Aber anders als ich zuerst dachte, bedeutete dies keine echte Erleichterung für Marí. Unsere gesamte Lebenssituation belastete sie so sehr, dass sie weiterhin dunkle, beklemmende Bilder malte. Dann tauchte ein Hoffnungsschimmer auf, von dem ich glaubte, er könne Marí aus ihrer Apathie reißen: Sie, die kleine, fröhliche Nichte Elena. Sie haben Ihrer Tante sehr viel bedeutet – darauf komme ich noch zurück –, doch zunächst einige Sätze zur Erpressung. Mateo hat sich viele Jahre mit Geld begnügt. Dann, 1979, verlangte er von Oswaldo mehr Geld mit dem Argument, durch den Verkauf von Bildern hätte er mehr verdienen können. Oswaldo war nicht bereit, mehr zu zahlen und verlangte – in dem irrwitzigen Glauben, Mateo sei tatsächlich wieder an Bildern interessiert –, Marí solle Mateo ab sofort wieder Bilder für sein Schweigen liefen. Ich habe Oswaldo nicht davon abgehalten, zu Marí zu gehen und von ihr zu verlangen, fröhliche, gutverkäufliche Bilder für Mateo zu malen — etwas, das ich mir nie verziehen habe, zumal Oswaldo zuerst mich aufforderte, Marí darum zu bitten. Ich habe dies verweigert, weil ich wusste, dass Marí Mateo keine Bilder nach seinem Geschmack liefern wollte und konnte. Doch ich wünschte, ich wäre an diesem unseligen 18. August 1979 zu ihr gegangen – nicht Oswaldo. Am Abend dieses Tages stürzte Marí aus dem Fenster. Einige schreckliche Tage glaubte ich, Oswaldo hätte sie aus dem Fenster gestoßen, weil sie sich weigerte, seiner Forderung Folge zu leisten. Etwa eine Woche nach ihrem Begräbnis erfuhr ich jedoch von Marís Nachbarin, dass Marí an jenem Abend gemeinsam mit einem Herrn ihre Wohnung verlassen hatte – dieser sei dann fortgefah-*

*ren, und Marí habe anschließend die streunenden Katzen ihres Viertels gefüttert.*

Elena schnäuzte sich.

»O mein Gott«, flüsterte Inés. »Stell dir vor, es wäre Oswaldo gewesen …«

»Wäre es Oswaldo gewesen, hätte sich Rosalia keine Schuld an Marís Tod geben müssen …« Elena starrte auf den Brief. »So musste sie den Rest ihrer Tage damit leben …«

*Ich möchte weiter nicht über Marís Tod und die Hölle auf Erden, die mit dem Tag ihres Todes für mich begann, sprechen. Stattdessen möchte ich Ihnen nun noch Folgendes erzählen: Sie werden sich wahrscheinlich nicht mehr daran erinnern, doch als kleines Kind haben Sie und Marí sich häufiger gesehen – immer dann, wenn Ihr Vater sich mit seiner Schwester Marí traf. Einmal verbrachten Sie drei Tage bei Marí. Es waren fröhliche, kurzweilige Stunden, an denen auch ich teilhaben durfte. Wir haben zu dritt einiges unternommen. So waren Sie als kleines Mädchen mit Marí und mir im Zoo. Abends haben wir gemeinsam am Küchentisch gesessen, und Marí und Sie haben gezeichnet. In diesen Stunden war Marí glücklich – und ich mit ihr. Ihre Tante hat Sie sehr geliebt, Elena. Und ich möchte sagen, dass auch Sie als kleines Kind begeistert von Ihrer Tante waren. Dass Ihre Eltern den Kontakt zwischen Ihnen und Marí zunehmend unterbanden, war ein weiterer schmerzhafter Verlust im Leben Marís. In meinem Nachlass finden sich einige Bleistiftzeichnungen, die Marí spontan im privaten Umfeld gemacht hat. Darunter auch die Tierzeichnungen, die nach unserem gemeinsamen Zoobesuch entstanden sind. Ich weiß nicht, ob es Ihnen etwas bedeutet, nach so vielen Jah-*

*ren dieses Zeugnis aus Ihrer Kindheit zu erhalten. Doch in der Hoffnung, Ihnen damit eine Freude bereiten zu können, möchte ich Ihnen diese sowie sämtliche weitere Zeichnungen Ihrer Tante vermachen. In dieser kleinen Sammlung finden Sie auch die ersten Versuche Ihrer Tante als Künstlerin: Diese Bleistiftzeichnungen sind auf dem Schiff* Esperanza *entstanden, mit dem Marí als Kind gemeinsam mit ihrer Familie nach Argentinien ausgewandert ist. Sie werden darunter Bilder einer jungen Frau an Deck dieses Schiffes finden. Das bin ich. Marí und ich sind uns dort zum ersten Mal begegnet. Jahre später haben wir uns in Buenos Aires wiedergetroffen. Aus der kleinen eifrigen Malerin war eine selbstbewusste junge Frau geworden, die am Anfang einer vielversprechenden Karriere stand. Diese Zeichnungen waren nie als Vorlage für Marís Ölbilder gedacht. Sie hat zu Block und Stift gegriffen wie andere zum Fotoapparat, um glückliche Momente festzuhalten. Diese Zeichnungen haben mir immer sehr viel bedeutet, da sie in gestohlenen Stunden und Tagen entstanden sind. Sie sind für mich wie ein Fenster in ein Leben, das wir nie gemeinsam gelebt haben. Mari hat mir dieses Fenster ein ums andere Mal gezeigt, es aufgestoßen, doch ich wagte immer nur einen kurzen Blick hinauszuwerfen. Sie mögen mich für schwach halten, Elena, für unentschlossen oder für bigott. Egal, wie Ihr Urteil ausfällt – ich selbst habe mir viel vorzuwerfen. Mögen die Zeichnungen Ihnen nun einen Einblick in die glücklichen Momente im Leben Ihrer Tante gewähren.*

*Ich danke Ihnen von ganzem Herzen und wünsche Ihnen ein glückliches und erfülltes Leben,*

*Ihre Rosalia*

**Rocha, Bettina Isabel:** *Buenos Aires, mi amor / Roman*
*ISBN 978-3-930041-77-0*
*Originalausgabe / Alle Rechte vorbehalten*

*Satz und Gestaltung: Grafikbüro Schadenberg, Berlin*
*Umschlagcollage: © Dagmar Schadenberg, Berlin*
*Druck: CPI – Clausen & Bosse, Leck*

***Wir schicken Ihnen gern unser kostenloses Gesamtverzeichnis:***
*Verlag Krug & Schadenberg, Hauptstr. 8, 10827 Berlin*
*Tel. (030) 61 62 57 52, Fax (030) 61 62 57 51*
*info@krugschadenberg.de, **www.krugschadenberg.de***

## *»Unbedingt lesenswert!«*

DEUTSCHLANDRADIO KULTUR

L.A. International Airport: Hier kreuzen sich die Wege von fünf Menschen auf schicksalhafte Weise: In der Abflughalle des Flughafens kommt es zum Showdown …

»Larson versteht es, die geradezu atemlose Spannung ihrer vielstimmigen Erzählung bis zuletzt aufrechtzuerhalten.«

LAMBDA NACHRICHTEN

»Die Art, wie die Autorin ihren Protagonisten Leben einhaucht und deren Wege auf schicksalhafte Weise miteinander verknüpft, ist eine ganz besondere. Es gelingt ihr meisterhaft und in einer Sprache, die ihresgleichen sucht.«

ROSA PROSA

Leslie Larson | **Turbulenzen**

384 Seiten, gebunden | ISBN 978-3-930041-65-7

*www.krugschadenberg.de*

# *Die k.d. lang der kanadischen Literatur!*

Joey, Automechaniker in der kanadischen Provinz, versteht die Welt nicht mehr: Seine Frau Allyson hat ihn verlassen, um in Calgary mit einer Frau zusammenzuleben. Doch nicht die andere Frau ist Joeys Problem. Er begreift nicht, wie es überhaupt zu der Trennung kommen konnte. Hat er seine Frau so wenig gekannt?

Als Joey unverhofft Besitzer eines Cellos wird, erfährt sein Leben eine Wende. Er beschließt, im fernen Calgary Cellounterricht zu nehmen …

Wie es Joey gelingt, wieder auf die Füße zu kommen und sich mit seiner Ex-Frau und ihrer Lebensgefährtin Kathleen auszusöhnen, erzählt Ivan E. Coyote auf außerordentlich berührende Weise. Am Ende der Romans eröffnen sich für Joey, Allyson und Kathleen unerwartete Perspektiven …

Ivan E. Coyote | **Als das Cello vom Himmel fiel**
224 Seiten, gebunden | ISBN 978-3-930041-74-9

*www.krugschadenberg.de*

# *Damals wie heute …*

Olivia verlebt ein Jahr in einem französischen Mädchenpensionat – und entwickelt Gefühle für Mademoiselle Julie, die Direktorin. Diese werden unausgesprochen erwidert …

»Eine der besten und zutiefst dramatischen Liebesgeschichten, die ich kenne. Sie gehört zu den wenigen Liebesromanen, die es verdienen, zu den Schätzen der Weltliteratur gezählt zu werden.«
THE SUNDAY TIMES

Olivia
**Olivia**
135 Seiten, gebunden
ISBN 978-3-89137-039-1

Weil nicht sein kann, was nicht sein darf, wurde immer wieder große Mühe darauf verwendet, leidenschaftliche Frauenfreundschaften zu vertuschen und zu leugnen. Die Autorinnen dieses Bandes enthüllen, in welchem Maß die Lebenszeugnisse berühmter Schriftstellerinnen wie Charlotte Bronte, George Eliot oder Vera Brittain verschwiegen oder gewaltsam umgedeutet wurden.

Lesbian History Group
**… und sie liebten sich doch**
Lesbische Frauen in der Geschichte: 1840 – 1985
240 Seiten, boschiert
ISBN 978-3-89137-010-0

*www.krugschadenberg.de*